많은 별들이
한곳으로 흘러갔다

많은 별들이
한곳으로 흘러갔다

윤대녕 소설

문학동네

상춘곡

벚꽃이 피기를 기다리다 문득 당신께 편지 쓸 생각을 하게 되었습니다. 그렇지 않더라도 오래전부터 나는 당신께 한번쯤 소리나는 대로 편지글을 써보고 싶었습니다. 막걸리 먹고 취한 사내의 육자배기 가락으로 말입니다. 하지만 내게 무슨 깊은 한이 있어 그런 소리가 나오겠습니까? 하지만 이번이 아니면 매양 또 주저하다 세월만 흘려보낼 것 같아 딴에는 작정을 하고 쓰는 셈입니다.

선운사에 내려온 지 오늘로 꼭 나흘째입니다. 이곳은 미당(未堂)을 길러낸 땅이기도 하지만 당신이 태어난 곳이기도 하죠. 군이 따지자면 당신 고향이 미당의 고향보다 선운사에서 보면 훨씬 가깝지요. 짐작하시겠지만 형편이 좋아 관광을 온 것은 결코 아닙니다.

열흘 전, 실로 칠 년 만에 당신과 해후했을 때 당신은 내게 벚꽃 얘기를 하셨습니다. 4월 말쯤 벚꽃이 피면 그때 다시 만나자고 말입니다. 솔직히 말하면 나는 그때까지 기다릴 자신이 없었습니다. 그래서 미리 남(南)으로 내려가 벚꽃을 몰고 등고선을 따라 죽 북향할 작정이었던 것입니다. 그리고 나는 그 개화 남쪽 지점을 당신의 고향으로 정한 겁니다. 이곳 선운사는 십 년 전에 우리가 처음 인연을 맺은 곳이 아닙니까.

아무튼 갑작스럽게 찾아가서 당황했을 텐데 담담히 맞아주셔서 고마웠습니다. 사실 별스런 말을 나눴던 건 아니었지요. 당신은 눈병이 걸려 나를 마주 보려 하지도 않았으니까요. 생각해보면 그때 미처 못 한 말들이 있어 이렇듯 상춘객들 틈에 섞여 여기까지 내려온 것인지도 모르겠습니다. 이참에 얘기하자면, 그날 못내 쓸쓸한 기분이 들었던 게 한 가지 있었습니다. 다른 게 아니라 당신의 그 목소리 말이지요. 처녀 적 명주실 같던 목소리는 어쩐 일인지 짚신처럼 변해 있었습니다. 삼 년 전에 이혼을 하고 나서 그렇게 됐다고 당신은 짐짓 태연한 얼굴로 말했지요. 그놈의 사람 종자 때문에 미치는 것들도 수두룩한데 그깟 목소리 하나 갖고 뭘요, 라고 말입니다. 하지만 그게 내 귀에는 어쩐지 슬퍼하고 노여워하는 소리로 들렸습니다. 그렇더라도 부디 남에게 보여지는 모습까지 나빠지지는 마시기 바랍니다.

아주 오랜만에 써보는 편지니 군데군데 그릇 깨지는 소리가 나더라도 행여 접지 말고 읽어주시기 바랍니다. 오늘부터 벚꽃이 피는 날까지 천천히 써나갈 생각입니다. 실은 엊그제부터 쓰고자 했는데, 말문이 트이지 않아 얼굴을 납작하게 종이에 댄 채 하냥 풀 먹는 짐승처럼 코만 킁킁거리고 있었습니다.

비바람

　당신은 더한 편이라고 알고 있지만 나 또한 그닥 사람을 즐겨 만나는 성격이 아니란 건 진작부터 아시고 계실 겁니다. 그게 지금은 좀더 심해져서 아예 사람 만날 약속 같은 건 안 하고 사는 형편입니다. 그저 만나지면 만나는 거지 뭐, 하고 사람에 대한 욕심을 잃고 산 지 이미 오랩니다. 그날 인옥이 형을 만난 것도 따지고 보면 다분히 충동적인 일이었다는 것이지요. 인옥이 형이 인사동에서 삼인전(三人展)인가 뭔가를 한다는 것은 엽서를 받아 이미 알고 있었지만 구태여 가볼 생각까지는 하지 않고 있었습니다. 그러다 전시회가 끝나는 날이었지요. 저녁 여섯 시쯤 외출했다 들어오는데 때마침 자동응답전화기에 인옥이 형의 목소리가 녹음되고 있더군요. 얼른 수화기를 들었어야 마땅했지만 나는 열쇠를 손에 쥔 채 물끄러미 전화기만 내려다보고 있었지요.

"몇 년 만에 담벼락에 액자 좀 걸었는데그래, 끝까지 안 올 건 감? 그림이야 볼 것 없고 밤새 술집에 앉아 있을 테니 그리라도 용케 들러다오. 차마 야속한 놈아!"

전작이 있는 듯 쓸쓸하게 혀가 말린 소리로 야속한 놈! 이라고 생생하게 테이프에 감기는 소리를 듣고 있자니 갑자기 마음이 편칠 않았습니다. 화전을 갈고 나온 사람처럼 목소리가 지쳐 있었던 것입니다. 꼭이 남녀 간에 생기는 일이 아니더라도 일을 벌이고 난 뒤의 느낌은 언제나 허전한 법 아닙니까. 나는 외출했다 들어온 모양 그대로 다시 집을 나가 아파트단지에 있는 꽃가게에서 되는대로 이 꽃 저 꽃을 섞어 말아쥐고는 택시를 타고 인사동으로 갔습니다. 비가 오려는지 거리엔 축축한 바람이 몰려가고 있었지요. 그게 아마 3월 25일이었을 겁니다. 그날에야 나는 어디선가 봄이 오고 있구나라는 느낌을 받고 있었습니다. 꽃다발을 안고 우두커니 택시 안에 앉아 있으면서 말입니다.

화랑에 도착하니 벌써 문을 닫고 있는 중이었습니다. 내가 올 걸 정말 기대라도 하고 있었는지 출입문에 인옥이 형이 굵은 사인펜으로 써 붙인 메모지가 바람에 흔들리고 있더군요. 곧 비가 흩뿌리기 시작해 사인펜 글씨가 눈앞에서 흐려지며 금세 알아볼 수 없게 돼버렸지요. 조금만 늦었더라면 그날 나는 인옥이 형을 볼 수 없었을 겁니다. 물론 다음날 당신을 만나지도 못했을 테고 말입니다.

우리 옷

인옥이 형은 '우리 옷'이라는 술집에 앉아 있었습니다. 주인은 삼십대 후반의 화장기가 진한 통통한 여자로 옷감에 치자 따위의 천연염료를 써 한복을 만드는 사람이라고 했습니다. 물론 그 것까지야 제가 알 바 없지만 말입니다. 어, 저놈의 곰팽이가 진짜 왔네, 하며 반기는 인옥이 형 옆에 나는 머뭇머뭇 끼어 앉았지요. 생각해보니 인옥이 형을 만난 것도 꽤 오랜만이었습니다.

뒤풀이하는 자리치곤 그야말로 단출하고 조촐했습니다. 이번 삼인전을 함께 연 사십대 중후반의 여자 둘과 그들의 화실 제자들이라고 하는 몇몇 학생들 그리고 어딘가 모르게 우울해 보이는 사십대 초반의 판화 하는 남자까지 합해 채 열 명도 되지 않았습니다. 모든 사랑의 끝은 남루하나니, 라고 인옥이 형이 주절거리는 소리를 들으며 나는 앉았던 사람들과 어수선한 수인사를 나눴지요. 처음엔 인옥이 형의 얼굴만 보고 돌아갈 셈이었는데, 꽃값만큼 먹어야 보낼 거라며 자꾸 붙드는 바람에 그만 눌러앉고 말았습니다. 밖에서 세차게 비가 뿌리는 소리를 들으며 나는 몇 순배의 술에 조금씩 눈이 흐려지기 시작했지요. 나는 숙맥처럼 앉아 그들이 미처 거르지도 않고 내뱉는 말에 귀나 팔고 있었지요.

"웬 비가 이렇게 오는지 모르겠네요."

삼인전 중 하나인 양장을 곱게 차려입은 사십대 중반의 여자가 술잔을 들고 일어나 창밖을 살피며 구시렁거리는 소리였습니다.

"봄이 거저 오남. 한차례 물을 쏟아 냇물을 불쿠고 꽃샘바람인지 뭔지가 맵게 몰아쳐간 다음에야 그놈의 홍목당혜 코빼기가 보이지."

말본새를 보면 누군가 금방 알겠지요? 인옥이 형은 술만 들어가면 사투리도 뭣도 아닌 이상한 투로 말이 변하지요.

"말도 말그라. 낸 마흔이 넘어서야 봄이 무섭다는 걸 알았는기라. 그때부텀 이래 봄만 되면 가렴증이 도진다 아이가. 이혼하고 나서부터 봄만 되면 미치게 애가 배고 싶은데 이거 무서운 일 아이가?"

이렇게 말한 사람은 왼쪽 눈 밑에 눈물점이 있는 사십대 후반의 여류화가로 역시 삼인전 중의 하나였습니다. 아닌 게 아니라 그녀는 아까부터 몸을 부스럭거리며 남이 보거나 말거나 허벅지와 겨드랑이에 침을 발라 문지르고 있었지요. 그들 셋이 어떻게 만나 전시회까지 열게 되었는지 모르지만 허물없이 주고받는 말을 봐서는 매우 가까운 사이인 듯했습니다. 인옥이 형이 눈물점의 손을 더듬으며, 아직 그 나이에도 느낌이 있는감? 이라고 짓궂게 묻자 눈물점 왈, 니 그래 자꾸 내용 있게 만질래? 하며 눈을 흘기는데 그것도 면박을 주는 투는 아니었습니다. 한데 그런

14

모습들이 그닥 추해 보이지 않았으니 참으로 이상하지요. 전 같으면 그런 꼬락서니를 보고 앉아 있을 위인도 나는 못 됩니다. 물론 농담을 주고받으면서도 서로 거리를 잘 유지하고 있었기 때문이었을 겁니다. 이어 구 년 전에 대학교수인 남편과 이혼했다는 예의 눈물점의 여자가 나애심의 노래를 불렀지요. 그러고 나서 또 얼마간 봄타령이 계속됐습니다. 인옥이 형은 심지어 미당의 「귀촉도」까지 외며 자리를 질펀하게 만들었지요. 시가 끝나고 나서도 인옥이 형이 "제 피에 취한 새가 귀촉도 운다"라는 구절을 자꾸 되풀이하고 있자 내둥 가만히 있던 양장 화가가 대뜸 붉어진 눈으로, 안 그래도 사람 심란해 죽겠는데 너 자꾸 그럴래? 라며 내가 가져간 꽃다발로 인옥이 형의 머리를 내리치기도 했습니다. 덕분에 꽃 모가지들이 여기저기로 마구 튀어 달아났지요.

　그러다 자정쯤이 됐을까요. 누군가 화장실에 다녀오다 바깥문을 열고, 거 참 되게 상스럽네라며 뜻 모를 소리들 씨부렁거리는 사이 입을 꾹 다물고 마른 꽃처럼 앉아 있던 판화가가 먼저 가고 얼마 뒤 제자라는 사람들까지 주섬주섬 일어나자 삼인전의 주인공들과 나만 남게 되었습니다. 자리는 이내 썰렁해졌지요. 그 틈에 눈물점의 화가가 야, 기숙아 어데 갔노! 고만 문 닫고 와서 철사줄 좀 뜯거라 마! 하고 주방에 대고 소리쳤습니다. 알고 보니 술집 주인을 부르는 소리였습니다.

주인 여자는 겉만 봐서는 그리 호감 있게 생긴 사람은 아니었습니다. 무엇보다도 여기저기 찍어바르고 주렁주렁 매단 요란한 치장부터가 우리 옷을 만드는 사람답지 않아 보였지요. 한데 그 여자가 오고 나서 불과 오 분도 채 되지 않아 나는 새벽에 일어나 파밭에서 오줌을 누고 나왔을 때처럼 기분이 맑아졌습니다. 또한 왕겨를 털어내고 먹는 겨울 찬 사과 맛을 아시겠지요. 그 여자의 목소리가 바로 그랬습니다. 여태껏 나는 그렇게 노래를 맑고 깨끗하게 부르는 여자를 본 적이 없었습니다. 그때서야 아닌 게 아니라 천연염료를 만지는 사람답더군요. 그녀가 〈서해에서〉를 부르고 〈꿈은 사라지고〉까지 불렀을 때 나는 정말 감격하고 말았습니다. 아마 나는 당신을 생각하고 있었을 겁니다. 당신은 정작 음치인 편이긴 하지만 말입니다. 술집 주인이 노래를 부르고 있는 동안 나는 기타줄을 뜯고 있는 그녀의 새빨간 손톱과 입술, 속눈썹이 긴 감은 눈, 치렁치렁한 하늘색 귀고리를 적막한 기분에 빠져 바라보고 있었지요. 아직도 내게 아름다움을 느낄 마음이 남아 있었던가 싶어 주책없이 코끝까지 매워졌습니다. 아름다움이란 다만 과거일 것, 이라고 말한 이가 있지요. 그렇다면 그때 나도 과거를 돌아보고 있었던 것 같습니다.

인옥이 형과 눈물점이 마구 부추기는 바람에 주인 여자는 술한 잔에 노래 한 곡씩을 내처 되풀이하다 결국 방바닥에 드러눕고 말았습니다. 그러고는 사람들이 궁둥이에서 빼낸 방석들을 덮어주자 그림처럼 잠이 들어버렸습니다. 그런 후에도 삼인전과 나는 새벽 세 시까지 통음을 하며 눈물점의 화가가 외는 『법성계』와 『천수경』을 고즈넉한 기분으로 듣고 있었습니다. 빗소리는 시간이 갈수록 안으로 차들어오고 있었지요.

그 적멸하는 시간에 내가 무슨 생각을 하고 있었는지 당신은 아시는지요? 그것도 천연염료 같은 것일 테지만 다름 아닌 연두색, 바로 그 추억의 빛깔에 대한 것이었습니다. 십 년 전 봄, 내가 선운사 석상암에서 문지방에 목을 걸고 자빠져 있을 때 찾아들었던 연둣빛, 그러니까 3월의 빛을 말이지요. 당신은 그 연둣빛의 시간이 내 몸을 한참 달구고 있을 때 나를 찾아왔던 것입니다. 당신은 맨발에 집에서 어머니가 신던 흰 고무신을 신고 있었지요.

연두

십 년 전이면 우리가 스물여섯 살 때군요. 돌아보니 참으로 기막힌 세월입니다. 그때 얘기를 하려면 우선 인옥이 형과의 인연부터 짚어봐야겠군요. 아셨겠지만 인옥이 형은 고등학교 때 내 담임선생님이었습니다. 내가 대학에 들어가고 나서 인옥이 형은 학교를 그만두고 포천 산정호수 근처에 있는 폐가를 사들여 개조한 다음 짐을 싸들고 들어가 그림을 붙잡고 늘어졌지요. 다음 해 국전에 입상하고 내가 군에서 제대하고 복학하던 해 첫 개인 전을 열었습니다. 당신과 내가 만난 것도 바로 그날이었죠. 더불 어 그날 나는 '백인옥 선생님'이라는 사람 대신 '인옥이 형'이라 는 사람을 새로 알게 됩니다. 나보다 열 살 위니 경우에 따라선 이래도 저래도 좋겠지만, 고등학교 때 담임선생님을 형이라고 부르는 것은 어쨌든 도리라고 할 수는 없을 겁니다. 하지만 인옥 이 형의 그 황소고집 잘 아시지 않습니까? 내가 왜 샌님이야 오 늘부터 형이라고 불러, 라며 무턱대고 윽박지르는 데야 나도 더 이상 배겨날 수가 없었지요. 딴에는 군에서 제대한 대접을 해준 다고 그랬던 걸 겁니다.

　당신은 인옥이 형의 고종사촌 동생이었습니다. 그때가 아마 2월 중순이었죠? 그렇습니다. 인옥이 형의 첫 개인전이 열리던 날 우리는 만났습니다. 나는 상고머리로 사 학년 일 학기에 복학 할 준비를 하고 있던 참이었지요. 당신은 영문과 대학원에 다니 며 조교 노릇을 하고 있다고 했습니다. 솔직히 나는 당신이 언제 왔는지조차 모르고 있었습니다. 그날도 여지없이 술자리가 있었 지요. 그리고 자정이 지나서야 인옥이 형과 나와 당신 이렇게 셋 만 남게 되었던 걸로 기억합니다. 왜 내가 그때까지 뒤에 남아 있었던가는 확실치 않습니다. 고등학교 때부터 내게 죽어라 그 림을 시키려던 인옥이 형이 그날도 내 뒷덜미를 쥐고 있었던 것 같습니다. 나는 인옥이 형의 뜻대로 미대에 가지는 않았지만 복학을 앞두고 다시 슬그머니 물감색에 끌리고 있을 때였지요. 포장마차에 앉아 우리는 학꽁치구이에 소주를 마셨지요. 그때까지 서로 인사조차 나누지 않아 나는 당신을 인옥이 형의 후배쯤 되는 사람으로 짐작하고 있었습니다.

"그래 복학하고 졸업한 다음엔 뭘 할 건감? 여학교에 가서 폼 잡고 불어 가르칠 건감?"

인옥이 형은 벌써 어지간히 취했는지 혀가 말려 있었지요.

"글쎄요, 전공을 바꿔 천문학과나 갈까 생각중예요."

"흠…… 전방에서 별을 많이 보고 온 모양이구나."

괜히 쓸쓸한 얼굴이 되어 더이상 묻지 않았지만 인옥이 형은 아직도 내게 무슨 미련이 남아 있는 모양이었습니다.

"그림을 했으면 너한테 란영이를 주려고 했는데 말이야."

그게 무슨 뜻인지를 몰라 나는 투명한 소주잔만 멀건히 내려다보고 있었습니다. '란녕이'가 뭔지, 그저 어디서 구하기 힘든 물감 이름인가보다 싶었지요. 그런데다 당신마저 가만히 그 말을 엿듣고만 있었으니, 그게 바로 당신의 이름이란 걸 내가 어떻게 알았겠습니까? 당신은 그날 고창에서 뒤늦게 올라온 참이었지요.

당신의 첫인상이 어땠는지 알고 싶지 않으십니까? 머리 좋은 미인들이 대개 그렇듯이 당신은 가슴을 꼭꼭 여며놓고 절대로 감정을 겉으로 드러내지 않는 타입입니다. 말투는 정확한 발음으로 한마디씩 끊어져 나오고 상대에게 질문 같은 것은 잘 하지도 않습니다. 그렇게 빈틈이 없어 짱짱해 보이는데다 자존심인지 자신감 때문인지 화장 따위도 하지 않지요. 그런 여자 눈에 나 같은 남자들이 얼마나 어리숙해 보이는지 잘 알고 있습니다. 솔직히 말하면 나 또한 그런 여자들은 마음이 불편하고 숨이 차서 좋아하질 않습니다. 적어도 당신 이름이 최란영이라는 사실을 알기 전까지는 그날도 그랬습니다. 또한 당신의 목소리를 듣기 전까지는 말입니다. 목소리 얘기가 나와서 하는 말이지만 당신이 인옥이 형과 두런두런 얘기를 나누고 있을 때 나는 불쑥 이런 느낌을 받고 있었더랬습니다. 아, 이 사람 마음속엔 늘 화톳불이 타고 있구나라고 말입니다. 그런 느낌에 빠져 나는 슬그머니 인옥이 형을 건너 당신을 바라보았지요. 생머리 단발에 흰얼굴이 무척 차가워 보였지요. 그 무표정한 옆모습 뒤로 내다보이던 포장마차 밖의 검은 어둠. 그리고 오줌을 누고 오겠다며 비틀비틀 밖으로 나갔던 인옥이 형이 삼십 분이 지나도 돌아오지 않았을 때 당신은 조금 당황하고 있었습니다. 그때가 한 시 반이었던가요. 소주는 반 병쯤 남아 있었고 2월의 밤바람에 주황색 포장마차 지붕이 이따금씩 펄럭대고 있었지요. 인옥이 형이 그냥 갔나보다 싶어 나는 별생각 없이 바래다주겠다고 하며 당신을 돌아봤지요. 그때 당신이 내게 했던 말을 지금도 생생히 기억합니다.

"왜 오빠가 먼저 갔을 거라고 상상하는 거죠? 뭘 착각하고 계신 거 아녜요?"

따지고 드는 그 짱짱한 말투에 나는 신경이 조금 곤두서 있었을 겁니다. 그걸 눈치챘는지 어쨌는지 얼마 후 당신이 슬그머니 덧붙였지요.

"그럼 병이 빌 때까지만 기다려보죠."

나는 입을 다물고 병이 빌 때까지 그저 묵묵히 기다렸지요. 나는 당신이 남은 술을 마저 비우겠다는 뜻으로 알아듣고 있었던 것 같습니다. 나라는 사람은 이제나저제나 매양 미숙하고 어리석은 모양입니다. 그로부터 또 삼십 분이 지날 때까지 병에 남은 술은 한 잔도 비워지지 않은 채 그대로였습니다. 하지만 나는 참을성 있게 술병이 비기만을 기다리고 있었지요. 이윽고 두 시가 되자 당신이 손목시계를 내려다보고 나서 말했습니다.

"일부러 그러시는 거예요?"

그러고는 사뭇 신경질적인 동작으로 소주를 따라 냉큼 입에 털어넣었습니다. 뭐가 말입니까! 라고 물으려다 나는 그제야 당신이 말한 뜻을 겨우 알아차렸습니다. 이제는 그만 돌아가야겠다는 뜻이었습니다. 당신이 거푸 두 잔을 마시고 내가 한 잔을 마시자 소주는 병 바닥에 반 잔쯤만 남게 되었습니다. 당신은 술에 약한 사람이었습니다. 소주 두 잔에 손톱까지 금세 붉어졌습니다. 그때 내가 이렇게 말했을 겁니다.

"인옥이 형은 벌써 간 듯합니다. 괜찮다면 한 병 더 하고 가죠."

술이 더 먹고 싶어 그랬던 것 같지는 않습니다. 굳이 까닭을 들라면 그 붉은 손톱 때문이었을 겁니다. 그때부터 당신과 갑자기 얘기가 하고 싶어졌던 것입니다. 당신한테 감춰져 있던 그 화톳불을 손톱에서 훔쳐본 다음부터 말이지요. 당신은 어이없는 눈으로 나를 쳐다보았지요.

"보기완 달리 보통이 아니시군요. 아까는 재수생인 줄만 알았는데요."

재수생이면 뭐 어떻습니까. 따지고 보면 아니라고 할 수도 없는 신세였지요. 아무튼 그럼 괜찮다는 뜻이구나 싶어 나는 소주 한 병을 더 달라고 했습니다. 당신과 말문이 트인 것은 그때부터였지요. 당신의 집이 선운사 근처라는 것도 그래서 알았습니다.

"재수할 때 여기저기 떠돌다 선운사 석상암에서 며칠 묵은 적이 있습니다."

내가 이렇게 말하자 당신은 또 말을 비틀었지요.

"재수를 한 게 역시 사실이군요. 그것도 하필이면 80년도에 말예요."

"변명이 되겠지만 고3 때 진로를 바꾸는 바람에 피할 수가 없었습니다."

"고3 때 진로를 바꾸기도 하구요. 왜요, 갑자기 물감이 싫던가요?"

"그땐 세상이 다 흑백으로 보였기 때문에 물감만 보면 헛구역질이 나오더군요."

"그런 증상도 있군요?"

"자꾸 그런 식으로 말하지 마십시오. 사람에 따라선 분명 그런 증상도 있는 거니까요."

"그럼 천문학으로 전공을 바꿀 거란 얘기도 사실인가보네요?"

"모든 일이 그렇게 사실과 비사실로 나누어지는 건 아닙니다. 그 중간이라는 것도 있고 눈으론 당최 안 보이는 부분도 있게 마련이니까요. 요컨대 사람의 마음이라는 것도 다 그렇게 생겨먹질 않았습니까. 이를테면 지금도 나는 캄캄한 하늘에 떠 있는 별을 보고 있다 이 말입니다."

"……지금 절 유혹하는 거예요?"

나는 봉숭아꽃물을 들인 것 같은 당신의 손톱을 내려다보며 되받았지요.

"아까부터 나는 그 반대라고 생각하고 있는 중입니다."

이어 엉터리 같은 자식! 하고 당신의 입에서 나직한 신음이 흘러나왔지요. 한데 그 순간 왜 내 마음속에서 당신에 대한 연정이 불같이 치솟았는지 모릅니다. 포장마차 안에서는 카바이드

상춘곡 23

타는 냄새가 나고 있었지요. 당신은 금세 낯빛이 창백해져 짐승처럼 어깨를 떨고 있었습니다. 화도 나고 당황도 했겠지요.

아까처럼 소주 반 병이 남았을 때 당신과 나는 포장마차에서 나왔습니다. 당신은 봉천동에 있는 이모 집으로 가야 한다고 했지요. 이틀 후 고창으로 다시 내려갔다가 개학할 때쯤 서울에 올라올 거라는 얘기였습니다. 택시정류장을 찾아 내려가며 내가 슬그머니 어깨에 손을 두르자 당신은 가만히 있는 대신 또 가시 돋친 말을 던져왔지요.

"흥, 겨우 교양학부 때 읽은 에리히 프롬 따위를 가지고 수작을 걸어. 전공과목이나 제대로 할 것이지."

"안 그래도 방금 전공과목을 확실히 정한 참입니다. 최란영 당신으로 말입니다."

"머리털부터 기르시지, 재수생 아저씨! 수강신청은 받지도 않을 테니."

무슨 생각을 했음인지, 순간 나는 당신의 멱살을 잡고 가게 셔터에다 밀어붙였지요. 누가 보면 아마 술 취한 노상강도쯤으로 생각했을 겁니다. 셔터가 내 힘에 밀려 당신 등에서 금속음으로 마구 출렁거렸지요.

"내일 당장 내가 먼저 선운사로 내려가겠다! 머리를 밀고 석상암에 들어가 있을 테니 유급을 시키든지 너도 전공을 바꾸든지 맘대로 해! 안 그러면 평생 네 집 앞을 지나며 목탁을 두드려

댈 테니."

당신은 벌벌 떠는 얼굴로 한참이나 나를 노려보더니, 하지만 때가 좋지 않잖아요, 라며 겨우 달래듯 대꾸했지요.

"하필이면 왜 이런 때 사람한테 승부를 걸어요."

내 때는 내가 알아서 정해! 라고 나는 물러서지 않고 당신을 내쳐 몰아붙였지요. 그러고 나서도 모자라 협박조로 또 이랬을 겁니다.

"이봐, 사람 잘못 봤어. 전공만 확실히 정해지면 나 거기다 목숨 거는 사람이야!"

당신은 짐짓 노한 얼굴로 그제야 침착하게 되받았지요.

"괜히 자기가 불안하니까 아무나 붙잡고 이러는 거 아녜요?"

"그래, 태어난 순간부터 지금껏 내내 불안만 먹고 살아왔다. 그래서 이쯤에서 사생결단을 하려고 한다. 오늘이 무슨 날인지 모르겠지만 천우신조로 그래, 오늘에야 내가 임자를 만난 것 같다."

그게 얼마간 억지였다 해도 그때 내 마음이 그랬던 건 분명한 사실입니다. 군이 혼자 가겠다는 당신을 먼저 택시에 태워보낸 다음 나는 골목 끝에 서서 울컥울컥 생소주를 토하며 치를 떨고 있었습니다. 그다지도 갑작스럽게 시작된 무모한 사랑 때문에.

내 감정이 피할 수 없는 진심이란 걸 깨달은 건 다음날 새벽에 잠이 깨서였습니다. 나는 후닥닥 자리를 차고 일어나 욕실에 들어가 가위와 면도기로 머리를 파랗게 밀어버린 다음 고속터미널로 달려가 정읍으로 가는 버스에 올라탔지요. 정읍에 내려 흥덕을 거쳐 선운사에 도착한 시각은 대략 오후 서너 시. 나는 숨을 돌릴 사이도 없이 달려 도솔암 마애불을 옆으로 툭 치고는 바위 고랑을 타고 올라가 낙조대에서 떨어지는 해를 보고 나서, 다시 석상암으로 내려와 흙 묻은 신발 그대로 요사채로 들어갔지요. 지금 생각하면 내게 그런 시절이 있었다는 게 마치 전설처럼 아득할 뿐입니다.

당신이 찾아오리란 장담은 할 수 없는 형편이었습니다. 또 그걸 믿었대서 내려온 것도 아니었습니다. 그 당시 나는 당신이 안거하고 있는 고창 땅에 누워 있다는 것만으로도 가슴이 벅찼으니 말입니다. 허구한날 문지방을 베고 누워 나는 언제 꺼질지 모르는 내 화톳불만 눈을 부릅뜨고 바라보고 있었지요. 산에 막 피기 시작한 진달래를 보듯이 당신의 붉은 손톱을 떠올리면서 말입니다. 보름이 지나도록 당신은 감감무소식이었습니다. 달력으로 치면 개학 무렵이었을 겁니다.

그러던 어느 날 아침에, 나는 문득 잠든 내 얼굴에 감겨드는 이상한 빛의 속삭임을 듣고 있었지요. 그것은 아주 은은하고 부드러운 생기가 느껴지는 빛이었습니다. 가만히 듣고 있으니 머리맡 문살 창호지에 바늘 끝 같은 것이 타닥타닥 튀는 소리 같았습니다. 오래 그 소리에 귀를 던져두고 있다가 나는 슬그머니 눈을 뜨고 보았지요. 그 순간 나는 얼마나 놀랐던지요. 그것이 문살 창호지를 투과해 들어오는 연둣빛 봄햇살 소리였다는 걸 어떻게 알았겠습니까. 당신에게 나는 모든 게 흑백으로 보일 때가 있다고 고백한 적이 있습니다. 그러고 나서 당신의 육체에서 처음 분홍을 보았다고 얘기한 바 있습니다. 그리고 그토록 밝은 연두. 나는 어쩌면 새로이 맞은 봄과 더불어 당신에게서 내 성인됨을 발견했는지도 모릅니다. 어쨌든 그 두 가지 빛은 내가 성인이 되고 나서 최초로 목격한 자연색이었으니 말입니다. 나는 도로 눈을 감고 돌부처처럼 누워 있었습니다. 시간이 가면서 얼굴에 휘감겨 있던 빛은 서서히 풀려나가 창호지에서 미세하게 타닥거리던 빛발 소리도 차츰 엷어졌지요.

그리고 곧 나는 알게 됩니다. 그것이 멀리서 당신이 오고 있는 소리이며 색깔이었다는 것을 말입니다. 당신이 절 마당에 들어서자 그 연둣빛의 소리는 감쪽같이 달아나버렸습니다. 빛과 소리라는 말은 어쩌면 '멀리'라는 뜻에서 온 것이 아닐는지요. 발소리만 듣고도 나는 그게 당신이란 걸 금방 알았습니다. 그것은 바야흐로 봄이 막 시삭됐음을 뜻하는 소리이기도 했습니다.

당신은 거침없이 마루로 올라와 방문을 열고는 안으로 들어와 나와 마주 앉았지요. 고무신을 신은 채로 말입니다. 당신의 얼굴은 형형한 빛으로 타오르고 있었습니다. 당신은 턱을 떨면서 한참 가쁜 숨만 내쉬고 있더니 급기야 눈물을 철철 흘리며 내

먹살을 잡고 가슴을 쿵쿵 쳐댔지요.

"이제 속이 후련해? 니가 뭔데!"

그날 석상암에 안거하고 계셨던 스님은 알고 계셨을 겁니다. 아침 내내 괴로운 젊은 중생 두 것들이 부처님 발아래서 물과 불이 다 타고 마를 때까지 정사를 치르고 있었다는 것을 말이지요.

괭이밥나무 집

삼인전이 끝난 다음날, 인옥이 형과 나는 눈물점과 양장 화가를 새벽 네 시에 해장국집에서 보내고 근처 여관에 들었습니다. 이러느니 차라리 일산으로 가자고 해도 인옥이 형은, 요런 맘으로 어떻게 마누라와 자식들이 도사리고 있는 집구석에 기어들어 가느냐며 막무가내였습니다. 인옥이 형을 혼자 여관방에 두고 나오는 게 마음에 걸려 함께 있는 꼴이 됐지만 나도 그 새벽에 홍제동 빈집으로 들어갈 마음은 없었습니다. 비는 여전히 세차게 퍼붓고 있었습니다. 봄비가 그렇게 모질게 오는 것도 참으로 오랜만이었지요. 여관에 들자마자 인옥이 형은 구두만 겨우 벗어 던지고 방바닥에 푹 고꾸라졌습니다. 나도 사정은 마찬가지였지요.

이른 아침에 나는 다시금 그 연둣빛이 얼굴에 휘감기는 느낌이 들어 번쩍 눈을 떴습니다. 그러나 그것은 지나간 꿈이었지요. 처마 밑 물받이 양철통에 빗물 듣는 소리가 제법 요란하게 안으로 튀어들어오고 있었습니다. 할 말은 아니지만, 밤새 술을 마시고 이렇게 여관에서 잠을 자본 적이 얼마 만인가 싶어 솔직히 수학여행이라도 온 기분이더군요. 멍하니 방구석에 무릎을 싸안고 앉아 담배를 피우며 나는 인옥이 형이 깨어나기를 기다리고 있었지요. 하지만 인옥이 형은 벌써 깨어 있었습니다. 어느 땐가 인옥이 형이 벽 쪽으로 끄응 돌아누우며 아직도 술에 전 소리로 그러더군요.

"담배 좀 작작 피워라. 빗소리 귀에서 흐려진다."

항상 그렇게 생각하는 바이지만 인옥이 형은 시를 썼어도 아마 꽤 썼을 겁니다. 그림보다 시가 몸에 더 배어 있는 사람 같으니까요. 한편 돌아보면 고등학교 때 인옥이 형이 내게 한사코 그림을 시키려 들 때마다 종종 이율배반적이라고 느꼈던 것도 실은 다 그 때문일 겁니다. 역설적으로 말해 내가 지금 글을 쓰게 된 가장 커다란 이유 중의 하나는 바로 인옥이 형 때문이 아닌가 싶기도 합니다. 나는 인옥이 형의 그 쓸쓸한 시적 분위기를 사랑했던 것입니다.

"오랜만에 아무도 모르는 후미진 방에서 고등학교 때 담임선생님과 빗소리를 듣고 있는 것도 괜찮네요."

"괜찮긴 뭐가 괜찮어. 산송장들 같지."

인옥이 형의 목소리는 벽 모서리를 울리며 귀신이 웅얼대는 소리처럼 들려왔습니다.

"돌아보니 아닌 게 아니라 몇 년 동안 죽 죽어 산 것 같군요. 어제 사람들을 만나면서 왠지 그런 생각이 들었어요."

"그걸 이제 알았냐? 어떻게든 기어나와서 사람들하고 부대끼며 살아야지. 뭐가 잘났다고 처박혀서 염불들이나 외고 있어. 생각이 없어 나잇살이나 먹어가지고 저러고들 사는 줄 알아? 너희 둘 다 병신 같은 것들이야."

"둘이라뇨?"

"하나는 너고 하나는 이혼한 비구니지, 누구긴 누구야?"

그때서야 나는 그게 당신을 꼬집어 하는 말이라는 걸 알았습니다.

"이혼을 했으면 했지 비구니는 또 뭐예요?"

"무심한 놈, 여태 그것도 모르고 있었냐? 언제고 내가 얘기해주지 않으면 영영 모르지? 삼 년 전에 이혼하고 나서 아들녀석을 업고 포천에 있는 내 작업실로 왔더라. 동네 사람들 눈이 신경 쓰여 작업실을 아예 그년 살림집으로 내주고 나는 일산으로 쫓겨나온 거야."

이혼을 했다는 얘기는 들었지만 당신이 포천에 산다는 것은 그날 아침에야 알았습니다.

"너 아직도 개를 모르냐? 그런 꼴로 사람들 앞에 나타나느니

제 살을 뜯어먹고 살겠다는 지랄 같은 성격 말이야. 몇 달 전에 놈이 와서 애까지 빼내갔으니 이젠 영락없는 비구니 신세지, 뭐 달리 부를 말 있어? 독한 년 같으니라구!"

말이야 그렇게 했지만 인옥이 형이 당신을 얼마나 마음 깊이 염려하는지는 잘 알고 있을 터입니다. 그런 다음 둘이 또 입을 다물고 한동안 빗소리에 귀를 기울이고 있었나요? 갑자기 인옥이 형이 방바닥을 딱! 치며 자리에서 벌떡 일어나 앉았습니다. 그러더니.

"야! 말이 나온 김에 우리 포천에 가서 막걸리 한잔할까?"

그게 무슨 말이라는 걸 내가 못 알아들을 리 없었지요. 하지만 나는 대뜸 그러자고 할 수가 없었습니다. 당신을 못 본 게 벌써 칠 년이었으니까요. 그런데다 인연으로 만났다 헤어진 사람일수록 다시 만나기가 되레 쉽지 않은 법 아닙니까. 내가 아무 말도 못 하고 꾸무럭거리고 있자 인옥이 형은 이미 동의를 구한 사람처럼 주섬주섬 자리를 챙기고 일어났습니다.

"그럼 목욕하고 아침부터 먹자."

목욕탕에서 나와 아침 겸 점심을 먹고 우리는 밤새 골목에서 비를 맞고 서 있던 인옥이 형의 낡은 엑셀을 타고 포천으로 향했습니다.

"전화부터 먼저 하고 가야 되는 거 아녜요?"

"그럴 필요 없어. 독 속의 장아찌처럼 늘 거기에만 처박혀 있으니까."

"그래도 불쑥 집으로 들이닥치면 불편해할 텐데요."

"니가 언제부터 그렇게 예절 바른 놈으로 변했냐. 선운사로 내려갈 때는 야쿠자 행세까지 했다면서."

"……"

"알았어. 근처에 매운탕 집이 있으니까 글루 불러낼게."

포천으로 가는 도중에 비는 서서히 그치고 있었습니다. 하지만 바람은 조금도 이울지 않고 거리의 나뭇가지를 사납게 흔들어대고 있었습니다.

"봄은 삶과 죽음이 만나 다투는 계절이야. 지금도 힘없는 노인네들이 도처에서 꽃을 보며 쓰러지고 있을 거야."

이렇게 말하고 나서 인옥이 형은 무슨 생각을 하는지 포천에 도착할 때까지 줄곧 앞에서 달려오는 젖은 포도만 바라보고 있었습니다. 그리하여 북(北)으로 가는 그 축축한 길 위에서 나는 다시금 지난 일들을 되새기고 있었습니다.

그날 정사가 끝난 다음 당신은 신발도 신지 않고 우물로 달려가 찬물을 몇 바가지나 들이켠 다음 넋이 나간 얼굴로 마루에 와 앉았지요. 그새 서쪽으로 비껴간 해가 산그림자를 던져 마루 끝이 젖어들고 있었지요.

"이제부터 어떡할 거예요? 우린 이제 둘 다 스물여섯 살인데."

방 안에 벌거벗고 누워 있는 내게 당신이 물었지요. 등을 돌리고 앉은 채로 말입니다. 내일 일까지는 생각할 여지도 없었던 터여서 나는 방바닥에서 일어나긴 했지만 얼른 대답을 못 하고 있었지요. 한참 후에나 나는 이렇게 간신히 대꾸했던 기억이 납니다.

　"내일 서울로 함께 올라가 방부터 얻어야지, 어떡하긴 뭘 어떡해."

　당신은 이내 칼칼한 소리로 되받았지요. 마당을 노려보고 앉아서 말입니다.

　"그리고 난 다음엔 허구한날 이렇게 대낮부터 짐승처럼 뒹굴잔 말이군요."

　그럼 사는 게 다 그런 거 아닌가? 라고 반문하려다 말고 나는 당신의 굽은 어깨만 쳐다보고 있었지요. 그때 당신이 내게서 무슨 대답을 듣고자 했는지는 지금도 확실히 알 수 없습니다. 뭔가 위대한 대답을 원했을 거란 생각은 합니다. 하지만 나는 미처 그런 대답을 준비하고 있지 못했던 겁니다. 그것은 지금에 와서도 마찬가지인 듯합니다. 내가 요령부득인 상태로 마냥 입을 봉하고 있자 당신은 맥 빠진 소리로 말했지요.

　"뾰족한 수도 없는 주제에 겉멋은 들어가지고."

　그러고는 마루에서 일어나 비틀비틀 석상암을 내려갔습니다. 다음날 나는 서울로 올라와 다니던 학과에 추가등록을 하고 며칠인가 뒤에 전화를 걸어 당신을 만났습니다. 6·29선언이 있던 해니까 학원 분위기는 학기초부터 어수선했습니다. 시국만큼이나 당신도 이래저래 어수선한 모습이었지요. 나에 대한 그럴듯한 기대가 없어서인지 당신은 얼굴 표정부터 죽어 있었습니다. 고작해야 당신과 함께 뒹굴며 먹고사는 걸 기대하고 있던 내 입에서 그날도 뾰족한 소리는 나오지 않았지요. 당신이 꽤나 열심인 운동권이었단 사실도 그때쯤 알게 됐습니다. 그리고 아직 현역이란 사실도 말입니다.

그후 당신을 만나는 일은 점점 어려워졌습니다. 전화도 제대로 되지 않았고 심지어는 이모 집을 찾아가도 만날 수 없었습니다. 시절 탓을 하고 싶진 않지만 분명 때가 좋지 않았던 것도 사실이었습니다. 나 또한 인생과 시대를 앞에 두고 주눅이 들 만큼 들어 있었고 자격지심은 그만두더라도 짜증과 회의 섞인 고민 속에서 날마다 자학을 일삼고 살았지요. 81년도에 대학에 들어가 나도 어쩔 수 없이 돌맹이와 화염병을 던지다 군대에 갔지만 복학해서 그것들을 집어들 때는 웬일인지 손모가지의 감각부터가 달랐습니다. 쉽게 말해 나는 그 시절 시대에 기여한 바가 없다 해도 틀린 말이 아닙니다. 당신은 그런 내가 실망스러웠던 것입니까? 아니면 내 스스로가 당신이 내게 품고 있던 기대를 저버렸던 것입니까?

지긋지긋했던 여름이 6·29선언과 함께 물러가고 가을학기가 시작될 때 나는 어지간히 머리가 길어 당신을 찾아갔습니다. 그때 당신은 말했지요. 나를 사랑한다던 자는 내 인생의 가장 어려운 시기에 옆에 없었다고, 그러니 나와의 일은 재수 없이 돌부리에 채었던 것으로 생각한다고 말입니다. 그리고 또 이런 말도 했지요.

"당신은 인옥이 오빠한테 듣던 그런 사람이 아니야."

그해 가을이 깊어갈 무렵 나는 역시 인옥이 형을 통해 당신이 열렬한 연애에 빠졌다는 소식을 들었습니다. 상대는 같은 과 대학원 선배로 시국사범으로 수배중이라는 얘기도 들었습니다. 그날 인옥이 형이 술집에서 내게 했던 말을 지금도 똑똑히 기억하고 있습니다.

"너 알고 보니 형편없는 깡패새끼 아냐? 란영이가 니 애를 떼는데 왜 니새끼가 가야지 시국사범을 보내?"

그날 밤 나는 인옥이 형한테 바닥에서 악취가 올라오는 술집에서 새벽까지 실컷 두들겨 맞았지요. 그렇게라도 하지 않았더라면 나는 아마 미쳐버리고 말았을 겁니다.

이 년인가 뒤에 당신은 감옥에서 나온 그 선배와 결혼을 했지요. 결혼하기 며칠 전에 당신이 내게 전화를 걸어와 신촌에 있는 독수리다방에서 마지막으로 우리는 만났습니다. 미처 예기치 못한 일이었는데 당신은 남편 될 사람을 데리고 나왔더군요. 누가 봐도 수재형으로 보이는 매우 잘생긴 사람이었습니다. 아니, 잘 생긴이란 표현은 어쩐지 맞지 않는 것 같군요. 비록 안경을 끼고 비쩍 마른 모습이었으나 그는 어려서부터 평생 여자를 모르고 산 스님처럼 맑고 아름다운 얼굴을 가진 사람이었습니다. 그때 내가 마음속으로 무슨 생각을 하고 있었는지 아십니까? 아, 이 여자는 누군가를 지독히 사랑해야 하는 사람이지 사랑을 받는 것만으로는 안 되는 사람이구나. 아마도 반은 질투 섞인 생각이었을 겁니다. 그 사람은 무뚝뚝한 얼굴로 반갑수다, 나 김운해요 라며 내게 찬 손을 내밀었지요. 얼결에 악수를 하고 마주 앉았지만 마음은 더없이 묘하고 착잡했지요. 하지만 그날 당신이 나를 불러내준 것이 한편 고맙기도 했습니다. 그것이 당신이 가지고 있는 매력인지도 모릅니다. 언제나 주눅들지 않고 솔직하고 당당한 거 말입니다. 그런데 시간이 갈수록 당신의 남편 될 사람한테 가졌던 호감과 기대가 점점 사그러들었습니다. 커피를 마시며 한 십 분쯤이나 얘기했나요. 그가 불쑥 자리에서 일어나며 이랬지요.

"형씨, 이만하면 세상도 바뀔 것 같으니 우리 더이상 만나지 맙시다. 서로 찜찜하지 않수. 식장에도 가능한 오지 말기요."

그러더니 옆에서 어쩔 줄을 모르고 있는 당신을 데리고 밖으로 나갔지요. 면회 온 사람을 보내고 난 뒤처럼 다방에 혼자 남아 나는 이런 가당찮은 소리나 중얼거리고 있었지요. 그래, 나는 너를 오래 만나기보다 오래 기억하길 원한다.

당신이 이혼을 했단 얘기는 진작에 알고 있었습니다.

"드러운 자식, 이제 와서 그 깨끗하고 사랑스런 애의 과거를 들먹이려? 애까지 깔겨놓고? 옥바라지를 받을 때는 언제고, 이젠 지가 살 만하니까? 놈이 늘 잔칫집이나 기웃거리고 다니는 기회주의자라는 걸 년이 미처 몰랐던 거야. 그런 놈들 때문에 한편 억울하게 오물을 뒤집어쓰는 사람들이 생기는 거라구."

술에 취해, 위악에 차 떠드는 인옥이 형의 이런 주정도 들은 적이 있습니다. 그때마다 나도 마음이 괴로웠지만 이미 어쩔 수가 없는 일이었습니다. 하긴 이제 와서 또 이런 얘길 주절주절 늘어놓아야 무슨 소용이 있습니까? 사람에겐 시절만 있는 게 아니라 팔자와 운명이란 것도 있고 또한 숙명이란 것도 있는 모양입니다.

당신과 헤어지고 나서 나는 줄곧 스스로에게 갇힌 삶만 살아왔습니다. 인옥이 형이 나를 곰팡이라고 부르는 것도 다 그런 뜻일 겁니다. 그리고 그날 삼인전에 갔다가 내가 왜 곰팡이인가를 피부로 깨달았던 것 같습니다. 그때 이런 생각도 했었지요. 풀게 있으면 사람들과 함께 풀고 살아야 할까보다라고 말입니다. 이런 생각마저 없었더라면 아무리 인옥이 형이 꼬드겼다 해도 감히 당신을 찾아갈 엄두는 내지 못했을 겁니다.

포천이 가까워졌을 때 나는 무척 긴장하고 있었습니다. 그리하여 그 옛날 선운사 석상암으로 당신이 나를 찾아올 때의 마음이 어땠을까를 새삼스럽게 짐작해보지 않을 수 없었지요. 화난 짐승처럼 식식거리며 요사채 내 방문 앞으로 돌진해오던, 동백처럼 붉던 당신의 얼굴.

미처 마음의 준비를 할 새도 없이 인옥이 형은 매운탕집 마당으로 쌩 차를 몰고 들어가서는 다짜고짜로 당신에게 전화를 걸어 야, 나와! 야쿠자 데려왔다 하며 소리를 질러댔습니다. 통화는 약 오 분간이나 뭐라뭐라 길게 계속됐지요. 나는 초조하게 인옥이 형의 등 뒤에 서서 호수를 바라보고 있었습니다. 하지만 나는 당신이 나오리란 걸 알고 있었지요.

당신이 오고 나서야 나는 통화가 길어졌던 이유를 알았습니다. 며칠째 감기가 들어 누워 있다가 오늘에야 간신히 일어났다는 얘기였지요. 그런데다 봄철 알레르긴가 뭔가 때문에 유행성 결막염에 걸려 눈자위가 붉게 충혈돼 있었습니다. 당신은 부스스한 얼굴로, 집에서 입었던 옷 그대로 랜드로바를 끌고 매운탕집 안으로 들어왔지요. 당신의 모습은 역시 많이 변해 있더군요. 하지만 당신은 변하지 않은 그대로였습니다. 솔직히 그게 반갑기도 하고 한편으론 왠지 서글프기도 했습니다. 당신은 당차게 내게 고개를 끄덕이곤 상을 가운데 두고 인옥이 형과 나를 마주보고 앉았습니다. 그러고는 손으로 눈을 가리는 시늉을 하며 말했지요.

"자제심이 있다면 가능한 제 눈은 쳐다보지들 말아요. 눈병이

옳을지도 모르니까요."

당장엔 모른 척했지만, 순간 나는 둔중하게 머리통을 한 대 얻어맞은 느낌이었습니다. 당신의 그 서걱서걱한 목소리 때문이었지요. 인옥이 형이 걸죽하게 바로 받아넘기는 바람에 그냥 흐지부지 지나가고 말았지만 나는 금세 자제심을 잃고 목소리가 그렇게 탁해진 이유를 물을 뻔했습니다. 나중에 당신 집에 가서 기어이 물어보고 말았지만요. 사람이 충격을 받으면 목소리까지 변할 수 있다는 것을 그날 처음 알았습니다.

"그러길래 봄엔 함부로 물빛을 훔쳐보는 게 아냐. 나도 여기 있을 때 자칫하다 소경이 될 뻔했잖냐. 봄햇살이 여간 밝고 지독하냐. 아까도 오다 보니까 호수에 물이 찰랑찰랑하더구나. 봄만 되면 어디서 그렇게 물이 맑게 차들어와 때 없이 햇빛에 물결이 요사스럽게 흔들리는지 몰라."

그 말이 끝나자 당신이 눈을 내리깐 채 나를 겨냥해 말했지요.

"아직도 이런 식으로 사람을 찾아다니시네요. 아무튼 오랜만이에요, 잘 지내셨죠? 글은 못 읽어봤지만 신문에선 가끔 봐요."

그 말에 내가 뭐라고 대답했는지는 벌써 기억이 나지 않습니다. 아마 고개를 몇 번 되는대로 주억거리고 말았을 겁니다. 이이 쏘가리매운탕과 청하가 나왔고 얘기는 주로 인옥이 형과 당신이 주고받았지요. 눈병이 걸렸으니 그만두래도 당신은 조금은 괜찮다며 술잔을 받았습니다. 그날 두 사람이 주고받던 얘기들이 마디마디 떠오르는군요.

"혼자 힘들지?"

"……"

"힘들면 힘들다고 해."

"힘들어요."

"그래, 나도 되게 힘들다. 모두 힘든 거야."

"……"

"가끔 쓸쓸하고 슬프기도 하지?"

"그건 여고 때부터도 그랬어요."

"그래, 그것도 다 좋은 거야. 자꾸 이런 식으로 말해서 노했나?"

"노하다뇨."

"그래, 이제 노하면 안 된다. 그동안 너무들 노하고 살았어. 게다가 잘난 척까지들 하고 말이야."

"……"

"어때, 오랜만에 야쿠자녀석 보니까 반갑지?"

"그만하고 이젠 옆에다 물어봐요."

그래서 말이 되튀어 내게로 왔지요.

"반갑냐?"

"……그야 늘 그렇죠."

"얼씨구! 이것도 꼴에 사내라고. 아무튼 좋다, 자 부딪치자!"

그래서 셋이 술잔들을 부딪쳤지요. 그때 얼핏 술잔을 든 당신 손을 보았습니다. 서른여섯 살 된 당신의 손을. 하지만 고운 티는 여전히 남아 있더군요. 인옥이 형이 그런 나를 흘끗거리며 또 괜히 당신을 붙잡고 늘어졌지요.

　"너도 이젠 화장품도 찍어바르고 손톱에 물감도 칠하고 몸에다 이것저것 매달아봐. 기본 인물이 있어서 아직은 어울릴 거야. 나이가 들어서 그런지 요즘엔 부쩍 그런 여자들이 이뻐 보이더라."

　"싫어요, 아직 그 정돈 아네요. 술집 차릴 돈도 없구요."

　"그럼 뭘 해먹고 사는데."

　"배운 게 뭐 있어요? 영어를 한글로 옮기는 그 정도 일이죠."

　"그럼 됐어. 그 나이에 여자가 제 밥벌이하는 것도 이쁘고 신통한 거야."

　"욕하지 말아요."

　"이실직고하는 거야."

　"그만해요."

　먹다 남은 매운탕을 두 번쯤 더 데우는 사이 칭하도 서너 병 비었던 것 같습니다. 취하진 않았지만 어느덧 기분들은 조금 풀어져 있었지요. 술을 다 마신 다음 저녁을 먹자며 인옥이 형이 공깃밥을 세 개 시키자 당신은 입맛이 없다며 고개를 살래살래 흔들었습니다.

"그래도 먹어둬. 제때제때 먹지 않으면 만날 찬밥만 먹게 된다는 거 너도 알잖아. 이젠 따뜻한 밥 먹으면 따뜻한 밥이 왜 좋은지 알겠더라. 안 그러냐?"

"그래요."

"좋다, 오늘은 어째 너하고 얘기가 되는 것 같다. 밥 먹고 니네 집 가서 작설차 한잔 마시며 좀더 지체하다 가야겠다."

그러자 당신은 발끈했지요.

"집은 싫어요. 게다가 며칠째 치우지도 않고 살았는데."

"지금 네 모습을 보면 치우지 않고 살았다는 거 다 알아. 거긴 네 집이기도 하지만 내 집이기도 해. 관리상태가 어떤지 점검하고 가얄 것 아냐. 한편 술도 깨야 운전대도 잡을 거고."

무슨 전쟁터에 나가는 사람들처럼 꾸역꾸역 공깃밥까지 마저 비우고 매운탕집을 나올 때는 그새 슬슬 어둠이 내리고 있었지요. 저마다 꾀죄죄한 신발들을 끌고 밖으로 나오는데 당신이 나를 돌아보며 이랬지요.

"괜찮아요?"

나는 멍하니 눈 없는 당신 얼굴만 쳐다보았지요.

"우리 집에 가는 거 불편하지 않겠냐구요."

"그렇다면 어디 찾아올 생각이나 했겠습니까. 온 김에 어디 사는 것 좀 구경하죠."

나는 인옥이 형과 당신 뒤를 따라 밤길을 걸어갔지요. 여지없이 또 말투가 변한 인옥이 형과 당신의 허스키한 목소리가 어둠 속에서 간간이 뒤섞여 들려오고 있었습니다.

"손 잡아주랴? 아니면 니가 잡든지."

"관둬요, 눈병은 걸렸지만 야맹증은 아네요."

"손을 안 잡아도 행복한감?"

"배는 부르네요. 무슨 영광을 보겠다고 이렇게 혼자 배불리 먹었나 모르겠네요."

"지금 애 생각하는 건감?"

"……"

"자식한테 당장 뭘 해주고 싶어 너무 안달하지 말어. 나중에 가서 어떤 모습을 보여주느냐가 더 중요한 겨."

"별로 자신 없어요."

"상대한테 자신 없어하는 게 한편 사랑 아닌감? 자신만만한 게 어디 사랑이냐? 그냥 뼉다구 폼이지."

"오빠는 참 사람 위로도 잘하네요. 오빠를 만나면 늘 사기꾼한테 속고 있는 느낌이에요."

"그래서 시방 불쾌한감?"

"불쾌라뇨."

"그래, 니가 사는 일을 불쾌하게 생각하면 남들은 한 수 더 떠 불행해지는 법이여."

당신은 마을에서도 한참 벗어난, 호수가 내려다보이는 괭이

밥나무 집에 살고 있었습니다. 뭇 사내들도 눈비가 오거나 바람
이 심하게 부는 밤이면 밖으로 뛰쳐나가기 십상인 그런 을씨년
스런 집이었습니다. 마당가엔 검은 나무가 한 주 서 있었지요.
처음에 나는 그걸 밤나무로 알았더랬습니다. 아무래도 긴가민가
싶어 인옥이 형한테 물었지요.

"밤에 고양이가 올라가 혼자 밥 먹는 나무여. 이제 알건남?"

집 안은 난방상태가 안 좋은지 사방에 찬 기운이 배어 있었습
니다. 당신이 차를 달이고 있는 동안 인옥이 형은 가스밸브며 수
도꼭지며 문의 안전장치 등을 꼼꼼히 살피고 있었습니다. 나는
거실에 앉아 벽에 걸려 있는 당신 아들의 사진을 실감이 나지 않
는 눈으로 바라보고 있었지요. 내년에 초등학교에 들어간다고
했나요?

당신 집에서 인옥이 형과 나는 아홉 시까지 앉아 있었지요. 밖
에선 바람이 여전히 거센 소리를 질러대고 있었지요. 혼자였다
면 스스로가 무서웠을 그런 밤이었습니다. 바흐를 들으며 차를
다 마시고 사과까지 두 알 먹어치운 다음 자리에서 일어날 때 인
옥이 형이 괭이밥나무에 거름 좀 줘야겠다며 먼저 밖으로 나갔
습니다. 갑자기 어색한 침묵이 비좁은 거실에 감돌았지요. 그런
데 왠지 이번만큼은 내가 먼저 말을 꺼내야 한다는 느낌이 들더
군요. 꼭이 담아둔 말이 있었던 건 아니었습니다.

"만나게 돼서 다행이란 생각이 듭니다."

당신은 여전히 눈길을 피한 채 동문서답으로 대꾸했지요.

"너무 늦기 전에 결혼하셔야죠."

"스물여섯에 한번 해봤으니 그만 됐다는 생각만 하고 있었지요."

"……"

"말이 잘못됐다면 용서해요. 다른 뜻이 있어서 한 말은 아니니까."

"됐어요, 그만큼은 나도 알아들어요."

"멀리도 가까이도 말고 그저 계절이 바뀔 때만이라도 한 번씩 봤으면 싶군요."

내 말은 진심이었고 당신도 그런 내 마음을 잘 읽었던 것 같습니다. 당신은 말없이 고개를 끄덕끄덕했습니다. 신발을 꺾어신고 마당까지 뒤따라나오며 당신은 인옥이 형과 내게 이런 말을 했지요.

"지금은 캄캄해서 안 보이지만 4월 말이 되면 요 앞산에 벚꽃이 정말 가관이에요. 그때 오셔서 막걸리 한잔씩들 하고 가세요. 볼품이 없긴 하지만 마당에 평상이 하나 놓여 있으니까요."

"그걸 두고 마음의 에로티시즘이라고 하는 거야. 니가 오늘 잔치 맛을 보긴 본 모양이구나. 주모 노릇을 다 하려고 들다니. 그래, 앞으론 가끔 이렇게 살자. 그럼 야쿠자도 초대한 거지?"

"알아들으셨을 거예요."

술이 깼는지 인옥이 형의 혀는 제대로 돌아와 있었지요. 괭이밥나무 아래서 우리는 헤어졌습니다. 당신이 손을 내밀며 내게 악수를 청했던가요? 그리고 역시 이런 말도 빠뜨리지 않았지요.

"가자마자 손부터 씻어요. 눈병 옮을지 모르니까."

인옥이 형과 나는 괭이밥나무 집에 당신을 혼자 남겨두고 밤길을 달려 다시 사람이 살고 있는 마을로 향했습니다. 돌아오는 차 안에서도 인옥이 형은 우리가 너무 설치고 왔나? 그럼 혼자 남은 사람은 뒤가 더 허전한 법인데, 하고는 줄곧 입을 다물고 있었습니다.

그날 밤도 바람은 아직 눈도 안 뜬 거리의 나뭇가지들을 죽어라 흔들어대고 있었습니다. 바람은 며칠을 두고 계속됐지요. 나는 줄곧 집 안에 웅크리고 앉아 그 사나운 봄바람 소리에만 귀를 기울이고 있었습니다.

벚꽃

선운사 동구로 내려온 것은 4월 초하루였습니다. 동백장 여관에 짐을 풀자마자 나는 벚꽃부터 볼 요량으로 밖으로 나갔지요. 하지만 여관 입구에서 매표소에 이르는 벚나무길엔 아직 꽃은 피어 있지 않았습니다. 떠나오기 전에 이미 진해에서 올라온 벚꽃 소식을 들은 터인데 말입니다. 이놈의 땅덩어리는 이래저래 참으로 예민합니다. 땅거미가 지는 길을 더듬어 나는 내친 김에 선운사까지 들렀다 나왔지요.

선운사 동백도 올해는 아직 피기 전이었습니다. 당신이 더 잘 알겠지만 선운사 동백(冬柏)은 기실 춘백(春柏)이지요. 해도 이 때쯤이면 피는 법인데 올해는 절기가 일러 아직 봉오리뿐이라고 경내에서 만난 스님이 말씀해주더군요. 절 마당을 돌아나오며 나는 그럼 필 때까지 기다려야지, 꽃이 피면 휘이휘이 그것들을 몰고 올라가 어느 날 아침 당신 앞산에 부려놔야지라고 생각하고 있었습니다. 물론 동백이 아닌 벚꽃 말이지요. 그러고 나서 태연한 얼굴로 당신과 함께 앞산을 마주 보고 앉아 막걸리를 먹자고 말입니다. 참으로 어이없는 일이지요? 누가 나처럼 선운사로 벚꽃을 보러 내려오겠습니까. 물론 그것만 보자고 내려온 것은 아니겠지만 말입니다. 어쨌든 이곳은 내게 여러 겹의 인연이 겹쳐진 곳이니까요. 사람은 우연히 지나친 길이라고 해도 언젠가는 다시 그 길을 지나게 되나봅니다.

서울에서 내려오는 길에 그런 생각을 했너랬습니다. 딩신과 나 사이에 아직 끝나지 않은 무엇이 남아 있는 것은 아닌가 하고 말입니다. 새삼스럽게 가당찮은 말을 지껄이고 싶어하는 소리는 아닙니다. 아직은 그것이 무엇인지를 모르고 있는 형편이니까 요. 다만 내가 그날 당신에게서 전에 없던 무언가를 본 듯해서 말입니다.

　도착한 다음날인가 여기엔 한 차례 비가 더 왔습니다. 그날 나는 우산을 받고 벚나무길을 지나 석상암에 들어가봤지요. 가는 길에 나는 벚나무길 중간께에 있는 미당 선생의 시비에 잠깐 들렀습니다. 시비엔 「선운사 동구」라는 시가 지은이의 육필로 새겨져 있지요. 시비를 보다 나는 어쩐지 내 처지와 비슷하단 생각이 들어 그만 허전하게 웃고 말았습니다.

　　선운사 골째기로
　　선운사 동백꽃(벚꽃)을
　　보러 갔더니
　　동백꽃(벚꽃)은 아직 일러
　　피지 안 했고
　　막걸릿집 여자의
　　육자배기 가락에
　　작년 것만(그때 것만) 상기도 남었습디다
　　그것도 목이 쉬어 남었습디다

　석상암엔 그날 아무도 없었습니다. 스님은 외출하고 보살님 한 분만이 산신각에 앉아 향을 사르고 있었지요. 그 산신각 앞에 물에 젖은 수선화 몇 송이가 향내를 맡으며 샛노랗게 피어 있더군요. 아름답더군요. 이제 나도 꽃을 보면 왜 꽃이 아름다운가를 조금은 알 듯합니다. 함부로 지껄일 얘기는 아니지만 나도 한 겹씩 한 겹씩 마음이 털어내지는 걸까요? 그러면서 비로소 사물이 스며들 틈이 조금씩 생기는 걸까요?

아, 그렇습니다. 그날 내가 당신에게서 보았던 것은 바로 그 틈이 나 있는 모습이었습니다. 나 아닌 다른 것들이 끼어들 틈 말이지요. 나는 당신의 그 벌어진 틈들 사이로 고운 빛이 소리 죽여 드나들고 있는 것을 보고 있었던 것입니다. 과거에 당신은 반들반들한 쇠북 같은 사람이었죠. 그땐 그게 또 아름다웠지만 쇠라는 것은 흙 속에 오래 묻어두면 녹이 슬게 마련 아닌가요. 지금 허스키하게 변한 당신 목소리처럼 말입니다. 이제야 알 듯합니다. 사람이 혼자 오래 있을 수 있다는 것은 강해서가 아니라 독해서일 거라는 사실을 말입니다. 혼자 있으면서 자꾸 독해진다는 거, 그래서 가끔 사람들을 만나게 되면 그것밖에는 줄 게 없다는 거, 이처럼 무섭고 슬픈 일이 또 어딨습니까. 나도 이제부터는 조금 무뎌지기도 하고 밤에도 가끔 대문을 비껴놓고 자는 버릇을 길러야겠습니다. 인옥이 형의 말대로 우리는 그동안 너무 노한 채 쇠문 속에 자신들을 가두고 살아온 것 같습니다. 내가 지금 주제넘은 소리를 하고 있는 건지요.

그러나저러나 벚꽃은 언제 필는지요. 동백장 앞마당에 한 주 서 있는 목련이 엊그제 터졌는데요. 아침마다 눈만 뜨면 벚나무길로 나가보지만 꽃이 필 날을 짐작하기란 쉽지 않습니다.

여인네 하나

석상암에 다녀온 며칠 뒤에 나는 옛일을 생각하며 낙조대에 올라보았습니다. 바람은 찼지만 낙조대로 가는 길엔 봄빛이 따뜻하게 올라오고 있었습니다. 숲엔 이름을 모르겠는 보랏빛의 꽃들이 지천으로 깔려 있고 송악이며 차나무, 조릿대, 맥문동, 마삭덩굴, 줄사철나무 같은 것들이 한창 눈을 비벼 뜨고 있는 중이었습니다. 바위의 이끼에도 물이 올라 얼핏 보아도 분명 퍼랬습니다.

선운사를 지나 미륵교에서 벽골제와 도솔암으로 갈라지는 길모퉁이에서 그날 나는 조그만 아기 돌부처를 보았습니다. 오랜 세월 풍화되고 지나는 사람들의 손까지 타 표정은 많이 닳아 있었지요. 하지만 좀 떨어져서 보니 맑고 천진한 아기의 웃음이 아직도 뚜렷하게 남아 있었습니다. 그날 내 눈에 왜 아기 돌부처가 보였던가는 낙조대에서 내려오다 알게 됩니다.

낙조대로 가려면 우선 도솔암, 용문굴을 거쳐 지나가야 하지요. 도솔암 입구에는 멀리서 보면 큰 우산처럼 보인다는 장사송(長沙松)과 진흥왕이 퇴위하고 나서 도를 닦고 지냈다는 진흥굴이 있지요. 그것들을 스쳐 지나 도솔암에 도착한 시각이 오후 두세 시쯤 됐나요. 마애불이 있는 곳으로 돌계단을 따라 올라가다 나는 얼핏 동백이 피어 있는 것을 보았습니다. 착시였나 했는데 아니었습니다. 마애불 옆에 서 있는 한 그루 동백나무에 무수한 꽃들이 매달려 있었던 것입니다. 정작 선운사 뒤편을 병풍처럼 두르고 있는 삼천 그루의 동백나무들은 모두 입을 다물고 있는데요. 그날 내 눈에 왜 동백꽃이 보였던가 또한 낙조대에서 내려오다 알게 됩니다.

도솔암 마애불에서 낙조대까지는 약 일 킬로밖에 되지 않지요. 길은 험한 편이지만 용문굴만 지나면 바로 이마에 닿습니다. 몇 번 발을 헛디디며 낙조대에 올라 나는 한 시간쯤 머물러 있었나요. 해리라는 마을을 무연히 내려다보며 십 년 전 그날을 반추하고 있었지요. 그땐 사랑 하나를 두고 제법 장엄한 마음이었지요. 낙조를 보려던 것은 아니어서 해가 떨어지기 전에 나는 능선을 타고 참당암 쪽으로 길을 돌아 내려왔습니다. 참당암은 도솔산 중턱 대숲에 둘러싸여 있는 암자지요. 그처럼 깊고 조용한 암자는 우리나라에 아마 몇 없을 겁니다. 경내에 들어서는 순간부터 불제자가 되는 느낌에 사로잡히곤 하니까요.

삼십대 후반의 아낙네를 본 것은 해 질 무렵 참당암에서 선운사로 내려오던 길에서였습니다. 아낙은 등에 사내아이를 업고 있었습니다. 대여섯 살쯤 됐나요? 아이는 어머니 등에서 깊이 잠들어 있더군요. 여인은 나보다 먼저 참당암에 들렀다가 돌아나가는 길이었습니다. 무슨 일로 여인네 하나가 아이를 업고 그 깊은 산사에 찾아왔는지 내 눈엔 그게 범상해 보이지가 않았습니다. 마치 아기 돌부처를 업고 내려가는 것처럼 보였으니 말입니다. 나는 여인의 뒤를 따라 선운사까지 내려왔지요. 때마침 낙조대에서 넘어가는 해가 여인의 등을 붉게 비추고 있었습니다. 한데 그때 내 눈에 왜 아기 돌부처가 한 송이 동백꽃으로 보였을까요?

이윽고 여인은 동백꽃 하나를 지고 총총히 선운사 경내를 빠져나갔지요.

밤에 나는 텔레비전을 켜놓고 있다가, 북한군이 판문점 공동경비구역 내에 삼차로 병력을 투입한 뉴스를 보았습니다. 이미 4일인가에 북한군 판문점 군사대표부 명의의 담화가 있었지요. 정치적 사건이 있을 때마다 서로가 늘 하는 수작들이지만 어쨌거나 뉴스를 보면서 나는 휴전선 아랫녘에 살고 있는 당신 생각을 했더랬습니다. 그리고 밤이 깊어 불을 끄고 자리에 눕는데 아까 참당암에서 내려오다 본 아기 업은 아낙네가 천장에 불쑥 떠오르는 것이었습니다.

그날 나는 내내 당신을 보고 있었던 모양이었습니다. 아기 돌부처와 동백꽃 그리고 얼굴이 안 보이던 아낙네 하나.

여인네 둘

한곳에 오래 있다보면 비로소 안 보이던 것들이 눈에 띄게 마련인가봅니다. 물론 마음이란 게 저 볼 것을 다 결정하긴 하지만 말입니다. 나는 거의 매일이다시피 벚나무길을 지나 선운사에 들어갔다 나옵니다. 가지마다 꽃눈이 조금씩 부푸는 게 보입니다. 그러나 언제쯤 망울이 터질지는 아직도 알 수 없습니다. 오늘은 길가에 노랗게 휘어져 있는 개나리가 보이더군요.

개나리 얘기를 하려는 게 아닙니다. 이레 동안이나 선운사를 드나들면서도 미처 보지 못했던 것이 하나 있었습니다. 그 얘기를 하려는 거지요. 선운사 옆에는 조그만 시냇물이 흐르고 있지요. 오늘 나는 거기서 잉어를 보았더랬습니다. 어째서 나는 매일같이 거길 지나다니면서도 그것들을 보지 못했던 걸까요? 손바닥 길이만한 것들이긴 하지만 이십여 마리나 되는데요. 작년 초파일쯤에 신도들이 방생한 것들인 모양입니다. 낙엽이 수북이 쌓여 있는 물속에서 잉어들은 가만가만 꼬리를 흔들며 몰려다니고 있었지요. 나는 한참이나 느티나무 밑에 쭈그리고 앉아, 물에 떨어진 내 그림자 안에서 노닐고 있는 붉은 잉어 한 마리를 들여다보고 있었지요. 그리고 그날도 나는 도솔암에 올라가 동백을 보고 해가 질 무렵에 내려왔습니다.

내려올 때는 이미 땅거미가 져 잉어는 보이지 않았습니다. 그러나 나는 아까 앉았던 곳에서 어둑한 시내를 또 내려다보고 있었습니다. 왠지 목마른 심정으로 말입니다. 하지만 캄캄한 물속에 있는 잉어가 눈에 들어올 리는 없었습니다. 해서 담배나 한 대 피운 다음 나는 그만 돌아갈 양으로 다리를 풀고 일어났지요. 한데 조금 전에 내가 들여다보았던 바로 거기서 무언가 뻑! 하고 물을 차고 나왔다가 들어가는 소리가 들려왔습니다. 순간 나는 이런 생각을 하고 있었습니다. 아, 아까 도솔암으로 올라갈 때 보았던 그 잉어로구나, 그리고 도솔암에 피어 있는 그 동백꽃이구나, 아기 돌부처구나, 하고 말입니다. 허나 저녁 어둠 속에 당신 모습은 보이지 않았습니다.

애 밴 여인네를 본 것은 벚나무길에서였습니다. 이십대 중반으로 보이는 그 여인은 남편과 함께 불공을 드릴 참인지 서둘러 절로 올라가고 있는 중이었습니다. 늦게사 올라가는 걸로 봐서 멀리서 온 듯했습니다. 여인은 곱게 화장을 하고 매화 무늬가 낭자한 원피스를 입고 있었습니다. 어여쁘더군요. 그녀를 보며 왜 내가 또 당신을 떠올렸을까요. 십 년 전 내 아이를 가졌을 때의 당신 모습을 말입니다. 그 아기의 아비는 오늘처럼 엄마 옆에 없었지요. 그리하여 아이는 어느 날 돌부처가 되어버리고 도솔암 동백 한 송이거나 잉어 한 마리로 환생해 오늘 내 눈앞에 나타난 것인가봅니다.

벚꽃은 당최 필 생각을 않고 내려올 때와는 달리 마음이 흐려져 도대체 내가 들여다보이지 않습니다. 지금 내가 무슨 생각을 하고 있는 것입니까? 어쩐지 당신에 대한 내 마음을 속이고 있는 것은 아닌가 하여 내심 두렵습니다. 무엇 때문에 나는 여기 내려와 이러고 있는 것입니까? 식당에 앉아 복분자술과 풍천장 어를 시키니 열댓 가지나 되는 남도 안주가 따라나옵니다. 정말 무슨 영광을 보자고 혼자 이런 걸 꾸역꾸역 입에 집어넣고 있어야 하는 건지요.

미당─만세루

이 편지를 쓰는 동안 여기 내려온 지 그새 아흐레째가 됐군요. 울긋불긋한 상춘객들로 이곳은 늘 만원입니다. 그리고 어제 나는 상춘객들에 섞여 나처럼 꽃을 보러 온 노인네 한 분을 우연히 만났습니다. 달력으로 치면 4월 8일이었지요. 점심을 거른 터라 이른 저녁을 먹을 양으로 일 층 식당으로 내려가는데 여관 문을 밀치고 웬 노인네 부부가 지팡이를 짚고 인으로 들어섰습니다. 솔직히 나는 귀신을 본 줄 알았습니다. 그 양반은 다름 아닌 미당 선생이었던 것입니다. 그분의 고향이 암만 여기라고 해도 참으로 기묘한 인연이 아닙니까? 나는 고창 사람이라면 당신과 미당 선생 둘밖에는 모릅니다. 그중 한 사람을 하필이면 헛배가 고픈 그때 만나게 되다니요.

몇 해 전인가, 나는 어찌어찌한 일로 그분을 한 번 뵌 적이 있습니다. 그러니 아무리 숫기가 없다 해도 인사까지 피할 수는 없는 노릇이었습니다. 주뼛거리며 다가가 허리를 굽히고 인사를 드리자 선생은 누구신가? 라며 저를 바라보셨습니다. 제가 누구라면 그분이 아실 리 있습니까? 해서 그런그런 연고를 말씀드렸더니 선생은 그때 일을 간신히 기억하시며 그래? 그럼 한잔해야지 하시고는 덥석 식당으로 저를 데리고 들어가시는 것이었습니다. 나는 그 간신히가 덥석보다 얼마나 기뻤던지요. 누가 뭐라뭐라 해도 나는 인옥이 형만큼이나 미당 선생의 시를 좋아합니다. 마침 생각이 나서 가지고 갔던 민음사판 『미당 시전집 1』에 1996년 4월 8일자 사인까지 받고 나는 약 두 시간 정도 그분과 식당에서 맥주를 마셨습니다. 알고 보니 선생은 매년 이때쯤 고향에 성묘차 내려왔다가 어김없이 동백장에서 하루 머문 뒤 귀경한다는 얘기였습니다. 물론 그 참에 동백도 보시고 말입니다. 한식이 나흘이나 지났는데요, 라고 말씀드리려다 나는 그냥 묵묵히 있었지요. 한식일에 못 맞춘 무슨 사정이 있으셨겠죠. 제가 여드레째 여기서 묵고 있다고 하자 선생은 그래? 그럼 동백은 폈던가? 라고 눈을 가늘게 뜨고 물으셨습니다.

"아직 안 피었습니다."

도솔암 마애불 옆에 만개한 동백 한 그루가 생각났으나 그걸 물으시는 것은 아닐 터였습니다. 선생은 올해도 당신이 쓴 「선운사 동구」라는 시나 외고 돌아가실 형편이었지요. 인옥이 형과 내가 포천으로 당신을 찾아갔을 때 그랬듯이 막걸리가 맥주로 변하긴 했지만 말입니다.

"음, 그래? 하지만 나는 벌써 보고 가네."

"……수선화는 피어 있습니다."

"수선화라. 아냐, 그건 석산(石蒜)이라 부르는 걸 게야. 수선화과에 딸려 있긴 하되 아니지. 근데 자넨 뭘 하러 여길 내려왔는가? 전에 뭘 쓴다고 했든가?"

나는 차마 벚꽃을 보러 왔다고는 말씀드릴 수가 없어 이래저래 얼버무리고 말았습니다. 선생은 더이상 묻지 않으시고 상에 놓여 있는 더덕구이, 산초 열매, 가죽나뭇잎 볶음과 도토리묵 등을 들어보라시며 반찬 접시를 자꾸 제게 밀어놓으셨습니다. 술을 드시면서도 선생은 아마 동백을 보고 계셨는지 모릅니다. 나는 보지 못하고 그저 생각만 하고 있었습니다. 벚꽃 말이지요.

나는 그날 선생으로부터 많은 얘기를 들었습니다. 가령 만주사화(曼珠沙華)라는 꽃이 있는데 옛날 부안 앞바나에 인도 배가 난파돼 거기에 타고 있던 사람들이 우리나라에 들어와 그 꽃나무를 옮겨 심었다. 아직도 이 근방 어딘가에 어느 계절인가에 피고 있을 거다, 라는 식의 얘기였습니다. 선생은 또 선운사 영산전의 목조삼존불에 대해 말씀해주시더군요. 그때까지 영산전에 대해 내가 알고 있었던 바는, 석가여래좌상을 가운데 모시고 양쪽에 아란 가섭의 양협시보살을 세웠다는 것뿐이었습니다.

"여기 더 있을 꺼면 흐린 날 다시 들어가봐. 그게 향나무로 맨든 거거든. 그래서 날이 흐리면 공기가 무거워져 영산전에서 흘러나온 향내가 경내 전체에 그득하거든."

선생은 술잔을 들고 이런 얘기를 하며 껄껄 웃으셨습니다. 그러다 나는 대웅전 앞에 서 있는 만세루에 대해 듣게 됩니다. 그때 내 마음과 귀가 비로소 환하게 열리고 있었다면 당신은 믿겠습니까?

"선운사가 백제 때 지어졌으니 만세루도 아마 같이 맨들어졌 것지. 그러다 고려 땐가 불에 타버려 다시 지을라고 하는디 재목이 없더란 말씀야. 그래서 타다 남은 것들을 가지고 조각조각 이어서 어떻게 다시 맨들었는디 이게 다시없는 걸작이 된 거지. 일본의 무슨 대학 교순가 하는 사람도 여기 와서 이걸 보고는 척알아냈어. 불심으로 치자면 도대체 이런 불심이 어딨냐는 거야. 그래서 이렌가 여드렌가를 여기 묵으며 날마다 만세루에 가서 절을 하다 갔더란 말씀야."

그러고 나서 선생은 또 껄껄 웃으셨지요. 매표소에서 파는 입장권 뒷면을 보면 선운사는 백제 위덕왕 24년(577년) 검단대선사와 의운국사가 창건하여 조선 성종 3년(1472년) 행호선사가 중건하였으나 정유재란으로 소실된 것을 광해군 6년(1614년)에 재건하였다고 되어 있으니, 만세루에 대한 기록은 따로 없다고

58

보아야 합니다. 또 백제 때 대웅전과 함께 지어졌다고 해도 조선 때 소실돼 재건하였다고 되어 있으니 고려 때라는 말은 사실 찾아볼 수 없는 셈이지요. 하지만 연표 따위가 뭐 그리 중요하겠습니까. 나는 그 말씀 하나를 듣기 위해 이때까지 여드레를 기다려 선생을 만났다는 느낌마저 들었습니다.

선생은 저녁을 마치고, 다음날 아침 정읍에서 여덟 시 반 기차를 타야 한다며 방으로 올라가셨습니다. 선생을 방까지 모셔다드리고 나는 부리나케 선운사 만세루로 달려갔습니다. 머리를 툭툭 치며 말입니다. 만세루를 못 본 게 아닙니다. 갈 때마다 보긴 했되 미처 알아보지 못했던 거지요. 인연으로 알아지는 게 또 있는 모양입니다. 당신은 알고 있었는지요?

선생의 말씀대로 만세루는 타고 남은 것들을 조각조각 잇대고 기운 모양으로 대웅전 앞에 장엄하게 버티고 서 있었습니다. 어느 기둥 하나 그야말로 온전한 것이 없었습니다. 이미 사위가 어두워진 경내에서 나는 숨소리조차 크게 내지 못하고 서 있었지요. 뭇 사람들이 무심할 리 없듯이 뭇 사물도 무심히 보면 그저 안 보이고 마나봅니다. 김김한 이둠 속, 어쩐지 환해진 마음으로 경내를 돌아나오다 나는 기이한 느낌에 사로잡혀 흘끗 뒤를 돌아보았습니다. 그리고 나는 보게 됩니다. 만세루 안에 하얗게 흐드러져 있는 벚꽃의 무리를 말입니다.

오늘 아침 일찍 미당 선생은 동백장을 떠났습니다. 그분이 떠나는 소리를 들으며 나는 이런 생각을 하고 있었습니다. 아, 나도 벚꽃을 보았으니 오늘내일엔 돌아가야 할까보다, 라고 말입니다. 미당 선생의, 나는 벌써 보고 가네, 란 말씀도 어쩌면 이비슷한 뜻이 아니었을까요?

향

올라가리라 마음먹고 아침에 일어나 짐을 꾸려놓았습니다. 선운사 동구에서 꼭 열흘을 보낸 셈이군요. 떠나기 전에 마저 씁니다.

조금 전에 나는 만세루를 다시금 참견하고 돌아왔습니다. 거긴 어떤지 모르겠지만 여긴 어제오늘 날이 무척 흐려 있었습니다. 그리하여 공기가 무거워진 선운사 경내는 영산전 목조삼존불에서 퍼져 내린 향내로 이틀이나 내내 신비한 빛에 싸여 있었습니다. 그 향내에 발목을 묻고 나는 생각했지요. 이제 우리는 가까이에선 서로 진실을 말할 나이가 지났는지도 모른다고 말입니다. 우린 진실이 얼마나 무서운 것인가를 깨달은 지 이미 오랩니다. 그것은 한편 목숨의 다른 이름일 겁니다. 그러니 이제는 아무 때나, 아무 곳에서나, 아무한테나 함부로 그것을 들이댈 수 없다는 것도 잘 알고 있습니다. 아니, 오히려 가까운 사이일수록 그것은 자주 위험한 무기로 둔갑할 수도 있다는 것을 여기 와서 알게 됐습니다. 이제 우리는 그것을 멀리서 얘기하되 가까이서 알아들을 수 있는 나이들이 된 것입니다. 그러고 난 다음에야 서로의 생에 대해 다만 구경꾼으로 남은들 무슨 원한이 있겠습니까. 마음 흐린 날 서로의 마당가를 기웃거리며 겨우 침향내를 맡을 수 있다면 그것만으로도 된 것이지요.

오늘 벚나무길에서 보니 며칠 안짝이면 꽃망울이 터질 듯합니다. 거듭 말하지만 나처럼 꽃을 보러 온 이를 만나 만세루 얘기를 들은 것은 참으로 커다란 기쁨이었습니다. 그날 내가 보았듯이, 벚꽃도 불탄 검은 자리에서 피어나는 게 더욱 희고 눈부시리라 믿습니다. 물론 그게 당장일 리는 없다고 하더라도 말입니다.

그만 접습니다. 처음 쓰고자 했을 때 생각했던 것보다 소리도 너무 요란하고 더군다나 금방 읽기에는 길고 지루한 편지가 되고 말았습니다.

당신은 여인이니 부디 어여쁘시기 바랍니다.

추신

아, 그리고 인옥이 형이 그날 당신에게 했던 말이 생각나 오늘 벚나무길 좌판의 어떤 아주머니한테서 동백기름 한 병을 샀습니다. 나중 어느 날이라도 생각이 변하고 마음이 바뀌면 머리에 한 번 발라보라고 말입니다. 당신 앞산에 벚꽃이 피면 그때 찾아가서 놓고 오지요.

3월의 전설

이와 같이 나는 들었다.

"그럼 화개 쪽에 가보셔요. 그 참에 산수유와 매화 벚꽃도 구경하시구요. 그때쯤이면 섬진강으로 은어 떼가 올라오잖아요."

화개(花開). 그 말을 듣는 순간 나는 마음이 되게 어시러웠다.

어디든 많이 다녀본 길인데 어째 그쪽만큼은 여태 초행이었다. 다시금 넝마 같은 짐을 꾸리고 쌍계사가 있는 화개 석문마을로 갈 요량에 달력을 훔쳐보니 그새 3월 15일이있다.

내게 화개를 귀띔해준 이는 지난 2월 강원도 홍천에서 만난 이십대 후반의 여자였다. 고향이 마산이란 소릴 들었다. 하지만 미미한 남도 억양만 재첩국 속의 소금 알갱이처럼 간혹 남아 있을 뿐 사투리는 쓰지 않고 있었다.

그녀가 내게 이런 얘기를 하나 들려주었다.

"여고 사춘기 때 고약하게 사랑에 빠졌다 그만 화순에 있는 운주사로 출가한 여자가 있었답니다. 거개 십 년 전쯤의 일이지요. 일 년 만에 수계도 받고 몇 년 공부도 잘했는데 어느 봄날 화개 그쪽을 도반도 없이 혼자 지나게 되었다고 하죠? 지리산 하동엔 쌍계사가 있고 구례엔 화엄사가 있고 또 주변에 연곡사, 천은사, 칠불사가 다닥다닥 모여 있는 곳이니 글쎄, 어느 절쯤을 찾아가고 있었겠지요. 그러다 저녁이 닥쳐올 무렵 비구니는 마침 산수유 마을을 지나고 있었답니다."

"산수유 마을?"

"네, 그쪽 어디에 봄이 되면 산수유꽃에 노랗게 묻혀버리는 마을이 하나 있다 합니다."

하긴 화개라니 어지간한 꽃들은 다 피겠지. 펴서 어떤 것들은 못내 지쳐 울기도 하겠지.

"아무튼 그곳을 지나면서 비구니는 서울에서 내려온 웬 신사와 발걸음이 맞아 나란히 걷게 됩니다. 그리고 서로 어렵사리 말문을 트며 걷는데 날이 아주 저물어버렸지요. 안 되겠다 싶어 비구니는 총총 앞서 걸었겠지요. 한데 뒤미처 어둑한 길을 따라온 신사한테 그만 슬그머니 손목이 잡히게 됩니다."

"저런!"

"찰나 정이 통하게 되었지요. 그리고 절이 가차워질 즈음 서울 신사가 비구니에게 기어이 이랬답니다. 내일은 구례장이니 장터 어디에서 만나 서울로 함께 숨어 가자구요."

"그래서요?"

"한참을 말이 없다가 비구니는 쉰 소리가 되어 다만 이랬답니다. 꽃들이 참 부산스럽게도 폈네요. 지붕 끝엔 그새 달도 걸렸구요."

나원, 비구니도 참.

"그러고요?"

"산수유 마을 끝에서 둘은 길이 갈려 헤어졌습니다. 그다음 밤새의 일은 저도 모릅니다. 명일 비구니는 파계를 작하고 신사와 약조한 장턴지 차분지에서 종일을 돌처럼 서 있었답니다. 노랗게 물든 승복을 입고요. 하지만 신사는 끝내 모습을 보이지 않았죠."

"못된 사람."

"……꼭 그런 것만은 아닐 테죠. 그이도 밤새 오죽이나 생각에 시달렸겠어요. 어쨌든 더 들어봐요. 장터에 밤이 왔건만 비구니는 어데 갈 데가 없었습니다. 그래서 산수유 마을로 기서 거긴 한 바퀴 빙 돌아보고는 다시 구례로 나와 직행버스를 타고 서울로 아예 올라와버렸답니다. 부처님께 거듭 귀의할 수 없으니 환속해버린 것이지요."

"그게 답니까."

"다는 아니지요. 그후 해마다 3월이면 그녀는 직행버스를 타고 남행, 산수유 마을과 구례 장터를 서성이다 오곤 한답니다."

"여태껏?"

"네, 여태껏. 그러니 화개 섬진강에 가실 요량이면 구례장에 서는 날에 맞춰 그쪽 어디도 하루쯤 서성여보든지요. 혹 압니까? 뉘든 옛날 비구니 하나가 서성대는 꼴을 보게 될는지요."

이 말을 듣고 나는 또 겹겹이 마음이 어지러웠다. 화개로 떠나오기 보름 전의 일이었다.

서울 남부터미널에서 구례를 거쳐 하동까지 가는 오후 두 시 삼십 분발 직행버스를 타고 중간 화개에 내리니 일곱 시가 넘어 있었다. 구례를 지나서부터 오는 길 중간중간에 차창 밖으로 산수유가 듬성듬성 피어 있는 게 보였다. 버스에서 내려 곧장 택시를 타고 두 개의 큰 바위 사이를 지나야 들어갈 수 있는 석문(石門)마을에 도착하니 쌍계사 입구의 매표소가 나타났다. 거기서 차를 내려 경내에 있는 청운산장으로 간다고 하자 매표원은 표 값을 받지도 않고 안으로 나를 들여보내주었다. 이미 사위가 어둑해 더듬더듬 길을 밟고 한 십 분 올라가자 산장의 간판이 쉽게 눈에 띄었다.

청운산방은 한지문 밖으로 밤새 개울이 흘러내려 새벽까지 잠이 들었다 깼다 했다. 그런 사이사이 나는 이런 꿈을 꾸고 있었다. 베갯머리 지척에서 고요하고 장려한 빛깔의 소리가 왔다 갔다 하는 꿈을. 그것은 수십여 두의 소들이 방울 소리를 쩔렁대며 꾸물꾸물 숲을 헤쳐가고 있는 소리 같았다.

머리맡에 절이 있어 그러려니 하고 몸을 뒤채다가 아침 녘에야 설핏 잠이 들었는데, 이번에는 푸득푸득 날갯짓 소리가 나며 타다다다 하고 무엇을 쪼아대는 소리가 방문 바로 밖에서 들려왔다. 그 참에 눈을 뜨고 한지문을 여니 소리는 감쪽같이 사라지고 개울 건너편에 환하게 피어 있는 매화 한 그루가 확 눈에 튀어들어왔다. 어제 방에 들 때는 캄캄해서 미처 보지 못했던 것이다.

산장 식당에서 재첩국으로 이른 아침을 먹는데 밥을 내온 할머니가 무슨 일로 왔냐고 넌지시 물었다. 나는 숟가락을 든 채로 얼버무렸다.

"은어가 올라올 때가 됐다죠?"

"어디 예, 벚꽃 필 때까진 기다려야제."

벚꽃이 피는 시기는 매년 4월 초순인데 올해는 날씨가 미리 따뜻해 3월 말경이라고 했다. 수저를 놓고 일어서려다 나는 잠을 깨운 아침 녘의 그 새소리에 대해 물어보았다. 한데 그니의 대답이 몹시 수상쩍었다. 한 일주일 전부터 새 한 마리가 아침 녘에 와서 마루에 붙어 있는 거울을 그리 부산스럽게 쪼아댄다는 말이었다. 설마 하는 마음으로 나가보니 과연 방문 옆에 차창만한 흐린 거울이 하나 붙어 있었다.

거울 안을 살피니 무섭게도 아침에 문을 열고 본 매화가 들어 앉아 있었다.

몸을 씻고 불일폭포에 다녀올 작정으로 쌍계사로 들어가니 마당 옆에 가득 피어 있는 동백이 먼저 눈에 들어왔다. 또 매화 산수유가 팔영루 까만 기와지붕 끝을 아슬아슬하게 비껴가며 희고 노랗게 치솟아 있었다.

대웅전에서 삼배를 올리고 내처 불일폭포 가는 길을 오르려다 나는 팔영루? 하고 도로 계단을 내려와 마당의 스테인리스 판을 들여다보았다. 거기엔 ─ 이곳은 우리나라 불교음악의 창시자인 진감선사가 중국에서 불교음악을 공부하고 돌아와 우리 민족에 맞는 불교음악 범패(梵唄)를 만든 불교음악의 발상지이며 훌륭한 범패 명인들을 배출한 교육장이다. 진감선사가 섬진강에서 뛰노는 물고기를 보고 팔음률로써 어산(魚山) 범패를 작곡했다고 해서 팔영루라고 전한다. 신라 문성왕 2년(840년) 진감선사가 창건하였고 조선 인조 19년(1641년) 벽암 스님이 중수한 후 1978년 고산 스님이 완전히 중수하였다 ─ 라고 적혀 있었다.

그렇다면 내가 밤새 뒤척이며 들은 소리가 바로 범패 소리였던가. 그러하고 진감선사가 섬진강에서 건져올린 팔음률의 정체는 혹 은어가 뛰노는 모양이 아니었을까.

이런저런 생각들에 시달리며 나는 불일폭포에 다녀와 오후엔

버스를 타고 쌍계사 십 리 벚꽃길을 달려나가 저녁때까지 섬진
강 둑을 내내 서성거렸다. 강에는 서까래처럼 생긴 쇠판으로 바
닥을 긁어올려 재첩을 잡는 사람들이 드문드문 눈에 띄었는데
그때에도 구례 상류에서 내려온 물은 모래와 몸을 다투며 하동
하구 쪽으로 내려가고 있었다. 겨울을 시퍼렇게 견뎌낸 강 건너
편의 전라도 대나무숲이 바람에 이리 쓸리고 저리 흔들리며 아
직 잠에 덜 깬 이쪽 경상도의 벚나무들을 킬킬거리며 바라보고
있었다.

  이슥한 밤에 돌아와 나는 화개로 나를 내려보낸 여자를 잠시
생각하고 있었다. 내일이나 모레쯤엔 산수유 마을을 찾아보리
라 생각하며. 그러자면 먼저 구례장이 서는 날부터 알아봐야 하
리라.

  그녀를 만난 것은 홍천에 있는 대명콘도에서였다. 작정을 하
고 간 것이 아니라 어찌어찌한 일로 경기도 광주 퇴촌에 사는 어
떤 여류화가를 만나러 가는 길에 누가 콘도 회원권을 빌려줘 하
루 묵고 온 것이었다. 퇴촌에서 홍천끼지는 한 시간 거리인데다
가까운 곳에 온천이 있었다. 철이 바뀔 때마다 피부로 고생을 해
온 터라 순전히 온천에 귀가 쏠려 그곳까지 가게 된 것이었다.
읍에 도착해 표지판만 보고 산 굽이굽이를 따라 올라가 콘도에
도착했을 때는 그새 저녁 참이어서 나는 방에다 가방만 집어 던

진 채 지하에 있는 식당부터 찾았다. 쇼핑센터와 위락시설이 골고루 갖춰진 지하 아케이드에는 스키를 타러 온 사람들로 북새통을 이루고 있었다. 혼자 식탁 하나를 차지하고 있는 게 거북스러워 나는 곰탕 한 그릇으로 서둘러 배를 채우고 식당문을 나왔다. 그런 다음 여기저기를 슬슬 기웃거리며 육 층 방으로 올라가려는데 의류 할인매장 옆에 '세계 희귀 화석전'이라고 씌어 있는 현수막이 눈에 들어왔다.

화석? 나는 끌리듯 전시장 안으로 들어갔다. 아닌 게 아니라 거기엔 쥐라기 신생대 고생대 등등의 연대를 두루 아우르는 많은—이를테면 삼엽충, 나무, 나뭇잎, 조개, 물고기, 모기 따위의 벌레, 공룡 알과 뼈—화석들이 수백여 점이나 아름답게 전시돼 있었다. 남미 브라질과 아프리카와 미국과 중국과 유럽 등지에서 다양하게 출토된 것들이었다. 한쪽 코너에서는 아프리카 인형전이 더불어 열리고 있었다. 그래도 되는지 어떤지 모르겠지만 가격표를 붙여놓은 것으로 봐서 판매까지 하고 있는 모양이었다. 한 시간쯤 그 안에서 시간을 잊고 서성이다 나는 나무받침대 위에 올려져 있는 약 삼십 센티미터 크기의 물고기 화석에 눈이 박혀버렸다.

그것은 한 뼘 정도 크기의 물고기 두 마리가 서로 만나려는 찰나에 안타깝게도 굳어버린 모양을 하고 있었다. 밑에 씌어 있는 설명을 보니 신생대 오천만 년경의 것으로 미국 와이오밍 주에서 출토된 것이었다. 신생대 오천만 년이면 얼른 계산은 안 되지만 아마도 불가에서 말하는 진묵겁(塵墨劫)의 세월쯤이 될 터이었다. 그러니까 그토록 오래전에 이 두 마리의 물고기는 한껏 주둥이를 벌리고 막상 만나려다 지각변동인지 화산폭발인지 모를 천재(天災)에 의해 화석이 돼버린 것이었다. 그 앞에서 나는 얼마를 그토록 '오래전'처럼 서 있었던가. 그 물고기 중의 한 마리라도 되는 양 붙박여 있다가 나는 아프게 돌비늘을 투둑 털어내며 간신히 깨어났다. 전시실 안에는 몇몇 관람객만 남아 있었고 이미 문 닫을 시간이 되어 여자 점원 둘이 카운터를 정리하고 있는 참이었다. 그때 어디선가 누가 나를 골똘히 눈여겨보고 있었던가. 그 느낌은 사위의 공기 속에 머물고 있다가 물살의 여운처럼 내게로 일렁여왔다. 돌아보니 아프리카 인형들 틈에서 웬 머리 긴 여자가 이쪽을 빤히 바라보고 있었다. 뻔뻔한 것이 눈을 피하지도 않은 채로 말이다.

먼저 슬쩍 눈길을 돌린 채 나는 전시실을 나와 일 층 로비로 통하는 계단을 디뎌 올라갔다. 그런데 순간 온몸으로 거센 물살이 그야말로 천재처럼 몰아쳐왔다. 그리히고 내 눈에는 거센 물살을 역류해가고 있는 하얀 물고기 떼가 섬광처럼 나타났다 사라졌다.

나는 흐느적흐느적 전시실로 돌아갔다. 그리고 곧장 두 마리의 물고기가 박혀 있는 화석을 집어들고 천천히 밖으로 나왔다.

점원이 뒤에서 소매를 잡아끌지만 않았다면 나는 계산도 하지 않은 채 그걸 가지고 내 방으로 올라왔을 터였다. 포장을 하는 사이 고개를 돌려보니 아프리카 인형들 틈에 서 있던 여자는 그새 온데간데가 없었다.

그녀는 그때 유리문 밖에 서 있었다.

엠보싱 비닐에 두텁게 싸인 화석을 들고 밖으로 나오는데 그녀가 문 옆에 서 있다가 저어, 하고 내게 말을 걸어왔다. 반사적으로 나는 그 자리에 우뚝 멈춰섰다. 몸에 열이 많은지 루주를 칠하지 않았는데도 입술이 유난히 붉어 보였다.

그렇게 입술이 먼저 눈에 들어왔다.

"저, 그거 재작년에 압구정동에 있는 현대백화점에서 이미 팔리고 남은 건데요."

뭐? 그래서 어쨌단 말인가. 나는 어이없는 표정으로 그녀를 바라보았다.

"하두 유심히 보길래 그냥 이상하게 여겨져서요."

"이상하다니요."

"모습이 말씀입니다. 그런데다 아까 저기 계단을 올라가다 어째 넘어질 듯하더니 도로 이쪽으로 들이닥쳐 한편 놀라기까지 했죠. 마침 저는 나가는 길이었거든요."

나는 그녀의 사다리식 말투에 차츰 끌려들고 있었을 것이다.

그리하여 나는 한 손에 화석을 들고 삐걱거리는 사다리를 주춤주춤 기어올라갔다.

"그런 모습에는 암만해도 연유가 깃들어 있는 법이라고 제멋대로 생각했습니다. 물론 제가 겉넘은 소릴 하고 있는 걸 겁니다."

"연유는 무슨."

로비 옆에 붙어 있는 커피숍에서 그녀와 나는 이런 말을 하며 어느덧 마주 앉아 있었다. 그녀의 일행은 방에서 술추렴을 하고 있었다. 스키를 타러 왔냐고 묻자 그녀는 화닥 놀라는 시늉을 하며 아니라고 고개를 내저었다.

"누가 끌길래 따라온 것뿐예요. 저야 술도 못 하고 시끄러운 것은 딱 못 참아서 시간을 없애려고 여기 기웃 저기 기웃 하고 있었던 거죠."

서른도 안 된 여자의 말투가 어째 가끔 의고체인데다 경상도 억양까지 섞여 있어 귀에 탁탁 들어와 박혔다. 그러나 아까 전시실 입구에서 부딪쳤을 때 느꼈던 어쩐지 심상찮고 어수선해 보이던 모습은 사라져 있었다. 피나무 바둑판에 조개돌을 내려놓을 때처럼 억양이 짱짱하고 여간해서 빈틈이 드러나 보이지 않았다. 해서 상내가 수작을 걸었으려니 히는 외뭉스런 마음도 금세 사라지고 오히려 이쪽에서 먼저 말을 청한 듯한 분위기로 자리가 바뀌어 있었다.

오래전에 이런 정갈한 분위기의 여자를 만난 적이 있다. 늘 반대편 강둑에 마주 앉아 있는 듯한 여자. 좀처럼 뒤를 보이지 않던 여자. 어쩌다 다가갈라치면 눈앞에 시퍼런 물이 보여 아차 하고 발을 빼곤 하던 순간들. 그래, 남현주라는 이름이었지. 눈이 봄 물빛으로 되게 맑았었다.

애기는 화석으로 돌아와 있었다. 억양으로 보아 고향이 그쪽 어디려니 넘겨짚고 나는 되도 않게 이런 말까지 함부로 지껄여 대고 있었다.

"섬진강을 자주 보셨겠습니다."

"섬진강요? 네, 그러믄요."

"아까 저는 이게 어디 그쯤에서 출토된 화석인 줄로 알았던 겁니다."

그러자 그녀의 눈빛이 반짝하더니 붉은 아가미 사이에 총총 박혀 있는 흰 이빨뼈들이 드러났다. 그녀가 화개 어쩌구 하는 말을 꺼낸 것은 그때였다.

"그게 그런 거였군요."

잠깐 사이 그녀는 맑은 눈빛을 잃고 마주 앉아 있는 나를 슬쩍슬쩍 훔쳐보고 있었다. 그녀가 내게서 무얼 보고 있었는지 모른다. 거기서 바둑 한 판이 다 끝나고 그녀와 나는 자리에서 일어났다. 바둑에서 무승부란 있을 수 없지만 둘 다 고개를 갸웃거리며, 로비로 나와 숙박계를 쓰는 척하며 나는 어물쩍하게 뒤에 서 있던 그녀에게 내 전화번호를 적어 내밀었다. 그녀는 깜짝 놀라더니 분명 노려보는 눈빛으로 내 손에 들려 있는 숙박계를 내려다보고 있었다. 그게 방 번호가 아니고 전화번호라는 것을 알고 나서도 그녀는 한참을 망설이다 겨우 그것을 건네받았다.

"이것을 혹 인과(因果)라고도 하나봅니다. 먼저 말을 빌렸으니 안 받을 수 없게 돼버렸다는 뜻입니다. 언제나 그렇게 틈을 노리고 사시는 분인가봅니다."

불계패를 당해 돌을 던지는 얼굴로 그녀가 말했다. 하지만 결코 틈을 노렸던 게 아니었다. 전화 따위는 물론 기다리지도 않을 테고 왠지 그래야 뒤가 무난할 것 같았기 때문이었다. 그렇다고 내가 그녀의 연락처를 물은 것도 아니었다. 몹시 창피한 얼굴로 그녀는 입술을 붉히더니 별 인사말도 없이 돌아서 엘리베이터 앞까지 박자를 놓친 걸음으로 걸어갔다.

그녀가 먼저 올라가기를 기다렸다가 나는 화석을 껴안고 내 방으로 들어갔다.

서울에서 화개까지 오는 다섯 시간 동안 나는 줄곧 스무 살 때 만나 헤어진 여자를 생각하고 있었다. 그녀는 늘 자기 자리를 지키고 있었지만 남들에겐 어디에도 없는 여자였다. 학교엔 왜 들어왔는지, 항상 못 올 데 불려온 사람처럼 무표정하게 앉아 있다가 조용히 사라지곤 해서 대개는 그녀가 강의실에 있는지조차 눈치채지 못했다. 아니, 알기도 했겠지만 애초에 저쪽에서 확연한 거리를 두고 있으니 이쪽에서도 차츰 무시하게 됐을 것이다.

한동안은 그녀가 다른 과 학생인 줄로 알았을 정도였다. 흰 얼굴에 머리칼을 곱슬곱슬하게 어깨까지 말아 내려뜨리고 다니는 키 작은 여자였다. 그런데도 늘 원피스에 단화 차림이었다. 강의가 시작되는 시간에 정확히 맞춰 들어와 수업이 끝나자마자 소리 없이 곧장 밖으로 나가버렸다. 그쪽으로 자꾸 눈이 갔지만 좀처럼 말을 건넬 엄두가 나지 않았다.

그녀와 마주친 것은 다음해 목련이 필 무렵이었다. 얼굴을 익히고 무려 일 년 만에 나는 좁은 어깨를 잔뜩 움츠리고 어둑한 도서관의 계단을 내려오는 그녀와 정면으로 맞닥뜨렸다. 그녀는 고적한 얼굴로 흘끗 나를 바라보고 내 옆을 흔적 없이 비껴 지나갔다. 혼자 산길을 가듯 그렇게.

그때 내가 그녀의 지나가는 어깨에다 대고 글쎄, 왜 이랬는지 모른다.

"스님, 가끔은 바랑도 쉬었다 내처 가세요."

그녀가 두어 걸음 걷는 듯하더니 고개를 틀어 먼 데 보듯 나를 쳐다보았다. 저녁 산길을 가다 뒷전에서 무슨 소리를 들은 듯 그렇게. 그녀의 어깨 너머 목련에 걸쳐진 노을이 보랏빛으로 마구 흩어지고 있었다. 비아냥 따위가 아니었다는 것은 그녀도 내 얼굴을 보고 눈치챈 듯했다. 그녀가 어깨를 바로 하고 앞으로 걷다가 문득 발을 돌려 또박또박 내게로 다가왔다. 와서 턱을 조금 비껴들고 내 눈을 깊숙이 바라보며 말했다.

"누가 방금 저한테 말을 걸어온 건가요?"

높낮이 없이 미미미미 음계로 이어지는 고른 어조였다. 또한 처마 끝에 내리는 초저녁 부슬비가 생각나는 목소리. 그러니까 미미미미로 내리는 초저녁 부슬비 소리. 도서관에서 나온 그녀와 함께 학교 정문을 걸어나가면서 내가 조심스럽게 그런 얘기를 하자 그녀는 덧없이 잠깐 웃기만 했다. 3월의 어느 금요일이었다.

생맥줏집에 앉아 그녀는 열 번도 더 본 동화책을 읽는 투로 초등학교 때 죽은 남동생과 그때부터 말을 잃고 사는 아버지 어머니 얘기를 했다. 그러나 자신에 관해서는 그후로도 아무런 말이 없었다. 귀에다 가끔 이어폰을 꽂고 다녀 그래도 음악은 듣는 모양이다 싶은 게 그녀의 유일한 의사반응 표식이었다. 강의를 빼먹고 여름날의 뜨거운 철길을 함께 걸어갔다 오기도 했지만 그것도 다만 그뿐이었다. 그녀는 단 한 권밖에 가지고 있지 않은 책을 오늘도 내일도 그리고 모레도 또 읽어야 하는 생을 살고 있는 사람 같았다. 한데 한 권밖에 없는 책을 태어나서부터 지금까지 하루도 빼놓지 않고 읽어왔다고 생각해보라. 고약한 것은 그것만으로도 생이 어떻든 가능하고 마침내 그게 생의 전부가 돼버린다는 것이다.

그 비밀 책자를 한 번쯤 대여받고자 나는 그녀를 일 년 내내 따라다녔다. 하지만 모든 짓이 다 공염불이었다. 그녀는 한 그루 나무인 양 매양 무심한 모습 그대로였다. 바라보게는 하되 결코 다가오게는 하지 않았다. 그녀도 괴로워한다고 어렴풋이 느낀 순간들이 있었다. 내가 안 보이면 조용조용 찾아다닌다는 것도 알았다. 창문 이쪽에서 가끔 그녀의 그런 모습을 엿본 적이 있었다.

그 가을에 그녀와 일박 이일로 낙산사에 다녀왔다. 그날 밤 왠지 그래야만 되는 것처럼 낯선 여관에서 서로 알몸의 인연을 맺었다. 그녀와 나는 마치 낮에 혼례를 치른 신랑신부 같았다. 그녀는 봄날에 한줄기 바람에 떨어져 내리는 목련인 듯 아무 힘 없이 내게로 툭 떨어져 내렸다. 그래서 알았다, 알몸이었으되 서로 뜻이 다른 일이었다는 것을. 처음인 일이어서 당황했을 법도 한데 그녀는 아무런 아픔도 슬픔도 노여움도 없는 얼굴을 하고 있었다. 고작해야 방바닥에 떨어진 한 점 핏방울을 흰 손수건을 들고 엎드려 닦아낸 정도의 모습이었다. 그런 다음 착착 접은 손수건을 가방에 넣어버리고는 아예 그만인 것이었다. 서울로 돌아오는 버스 안에서도 그녀는 올 때와 마찬가지로 말이 없었다. 줄곧 차창 밖에 눈을 던져둔 채 세상의 마지막 풍경을 관람하고 있는 표정을 짓고 있었다.

곧 학기말고사를 치르고 기나긴 겨울방학에 들어가 간신히 해를 넘기고 돌아와보니 어디서도 그녀가 보이지 않았다. 며칠 뒤에야 휴학했다는 사실을 학과 조교한테 전해들었다. 나는 그녀의 소식을 기다리며 일 년을 학교에서 더 보내고 삼 학년을 마친 다음 으레 그러하듯 군에 입대했다.

그녀의 소식을 들은 것은 군대를 제대하고 학교를 졸업하고 직장에 취직한 다음 어느 날 어찌어찌 서로 전화번호를 알아내 만나게 된 동창회 모임에서였다. 거기서 나는 이런 소리를 들었다.

"걔 머리 깎고 출가했다더라. 남쪽에 있는 어느 절로 말이야. 어쩐지 그때부터 영 비구니 같더라니."

그렇게 말한 녀석도 어디서 그 얘기를 건네들었는지 모르고 있었다. 내가 알고 있는 남쪽 비구니 절은 앞뜰 수국이 좋다는 청도의 운문사와 연꽃 모란의 금릉 청암사와 그리고 와불로 유명한 화순의 운주사밖엔 없었다. 또 승주에 있는 선암사가 그렇다나 어쨌다나. 하지만 나는 그녀를 찾아가지 않았다. 그래봐야 소용없다는 걸 알고 알았다. 왜냐하면 그때 그녀는 바랑을 벗고 잠시 내게서 쉬고 난 다음 내처 길을 가버린 것이었기 때문이었다. 출가. 오래전부터 이미 예정돼 있었고 자신도 그렇게 알고 있었던 듯 그녀는 슬그머니 입산 불제자가 돼버린 것이었다. 연유야 일일이 알 수 없으나 그런 인생의 성우노 우리 주위엔 종종 있는 것이다.

저놈의 새는 아침 일곱 시부터 거의 삼십 분 동안 하루도 거르지 않고 거울을 쪼아대고 있다. 애야, 고만 좀 쪼아라. 그새 매화다 떨어질라.

"구례 산동이 마 그런 데 아입니꺼."

16일은 화개장, 17일은 하동장이고 오늘은 구례장이 서는 날
이라고 쌍계사 입구의 '무향'이란 찻집 주인이 알려주었다. 허나
구례 하동의 중간이어서 법석이던 옛적 화개장은 이미 자취가
사라진 지 오래며 하동장도 이젠 볼 게 없고 구례장만 기껏 사람
들이 모인다고 했다. 산수유 마을이 어디냐고 물으니 그녀의 입
에서 냉큼 구례라는 말이 튀어나왔다.

뭐, 화개가 아니고 구례라고? 잠시 허방에 발을 빠뜨린 기분
에 사로잡혀 있는데 그녀가 내 낯빛을 살피며 한마디를 더 끼워
넣었다.

"그라캐도 화개서 한 삼십 분이모 바로 구례 아인교."

나는 찻집을 나와 곧장 길 건너편 정류장에서 구례로 가는 버
스를 탔다. 버스는 벚나무길을 지나 화개 읍내를 거쳐 섬진강 상
류로 이어지는 19번 도로로 들어섰다. 길에는 듬성듬성 매화만
꽃을 들고 있을 뿐 벚나무는 기껏 가지나 받쳐들고 학학거리고
있는 중이었다. 화개 벚꽃은 순토종 우리 왕벚꽃이라는 말도 찻
집 주인에게서 들었다. 섬진강을 끼고 군데군데 산수유가 피어
있는 길을 달려 구례에 도착한 것은 오후 네 시쯤이었다. 거기서
산동까지는 그리 멀지가 않았다. 지리산 만복대 기슭에 있는 상

위마을이 바로 산수유의 고장이라는 차부 슈퍼마켓 아낙의 말이었다.

구례읍에서 다시 털털거리는 완행버스를 타고 온천지대로 들어서자 아득한 산수유의 마을이었다. 온천 입구에서부터 도로 양쪽으로 노란 꽃구름들이 새털처럼 잔잔히 흩어져 있었다. 도로가 포장되기 전에는 사람만 겨우 마주 다닐 수 있는 길이었을 거라고 생각하며 나는 구례군 산동면 하위마을에서 차를 내렸다. 상위마을은 온천지대가 끝나는 곳에서 비롯되고 있었다. 거기서부터는 집집마다가 산수유요 골목과 밭들과 산자락 모두가 산수유여서 현기증을 보듯 눈앞이 어지러웠다.

여기서 비구니는 그때 서울 사내와 만나고 있었을 것이다. 저녁이 닥쳐 추녀에 딸린 굴뚝에서 밥 짓는 연기가 솟아오르고 있는 그때 비구니는 밥 익는 냄새를 몰래 킁킁거리며 속세를 그리워하고 있었는지 모른다. 그러한 때에 옆을 가차이 따라온 사내에게 불쑥 손목이 잡혀버린 것이다.

낙산에서 놀아온 그녀는 왜 그길로 곧상 출가해버린 것일까. 도서관에서 내려오던 그녀에게 내가 무심코 내뱉은 말이 덜컥 빌미가 된 것은 아니었는지. 또한 수년 전 서울 사내와 함께 이곳을 지났다던 비구니가 혹 그녀는 아니었는지.

마을을 돌아나오면서 나는 홍천에서 만난 여자가 내게 귀띔해준 말을 떠올리고 있었다.

화개에 가실 요량이면 구례장이 서는 날에 맞춰 그쪽 어디를 한번쯤 서성여보시든지요. 혹 압니까? 뉘든 비구니 하나가 거기서 서성대는 꼴을 보게 되는지요.

구례장도 볼 게 없기는 마찬가지였다. 비지땀을 흘리며 빨갛게 달궈진 쇠를 두드린다거나 처마 밑에서 고무신을 때운다거나 튀밥을 터뜨린다거나 짚끈에 발목이 묶인 닭이나 오리를 보는 일조차 어이없는 상상에 불과했다. 파장 때인 탓도 있었지만 현대식 건물이 잇대 서 있는 장터에서 옛 자취를 기대할 수는 없었다. 기껏해야 개불이나 멍게, 홍합, 전어, 석굴 따위와 민물에서 나는 갖가지 조개들을 늘어놓고 파는 어물전에 눈이 갈 뿐이었다. 물론 등에 바랑을 걸친 비구니가 차부 한 모퉁이에 초조하게 서 있는 모습도 찾을 수가 없었다. 그렇게 옛적 짜디짠 풍경들은 죄 세월에 씻겨가 있었다.

산장으로 돌아오니 웬 키 큰 사내가 식당에 앉아 혼자 파전에 동동주를 마시고 있었다. 한 칸 건너 자리에서 밥을 먹는데 그가 더듬더듬 말을 붙여와 들으니 부천에 산다고 했다. 그는 인천에 재무구조가 제법 튼튼한 자동차부품 공장을 가지고 있었다. 스물아홉에 만난 여자를 서른에 잃고 그는 십이 년 동안 세상을 헤매고 다닌다고 했다. 옛 장터는 사라졌어도 세상엔 아직 그런 사람들이 골동품처럼 남아 있는 모양이었다.

　홍천에서 만난 여자한테서 전화가 걸려온 것은 2월의 마지막 토요일이었다. 날짜를 기억하고 있는 것은 다른 예기치 못했던 일이 그날 더불어 일어났기 때문이었다. 여전히 바둑판에 돌을 얹어놓는 신중한 말투였다. 전화를 드린 건, 하고 그녀는 그다음 말을 한동안 손에 틀켜쥐고 있었다. 그러다 무슨 큰 결심이라도 한 듯 큼, 예쁜 기침을 하며 엉뚱하게도 화석 얘기를 꺼냈다.
　"그걸 어디다 뒀는지 못내 궁금하여 끝내 이런 일을 범하고야 말았습니다."
　그야말로 맙소사였다. 이건 꼭 초등학생 수준이었다. 나는 거실 장식장 위에 잘 올려놓았다고 짐짓 진지하게 대꾸했다. 그녀는 얼마를 또 목욕탕에 처음 온 처녀처럼 손에 옷을 들고 탕 안을 기웃거리기만 하고 있었다. 그러다가 또 겨우.
　"화개엔 아직 안 가셨군요. 산수유가 곧 필 텐데 말예요. 아니, 이미 폈을지도 모르는 일인데요."
　그제야 나는 곧장 가로지르는 말을 송화기에나 십어넣었다. 그녀는 이미 패착상태였다.
　"한번 뵙고 가려고 나날이 기다리고 있던 중입니다."
　"……어찌 함부로 그런 말씀을!"
　무엄하단 뜻인가. 나는 못 들은 척 다시 질러갔다.

"암만해도 그쪽을 잘 아시는 거 같으니 더 들을 만한 얘기가 없겠나 싶었던 겁니다. 〈전설의 고향〉에 나오는 그런 얘기 말입니다."

"〈전설의 고향〉이라구요?"

이렇게 반문하며 그녀는 귀에서 수화기를 떼고 잠깐 웃었다. 웃음이 그치기가 무섭게 나는 내일쯤에는 떠날지도 모르겠다고 능을 치며 오늘 저녁에 만났으면 한다고 했다. 또 머뭇거리며 뒤로 물러나는 척하다가 그녀는 앞으로 도로 다가와 그러마고 가까스로 응낙을 했다. 저녁 일곱 시에 신촌 복지다방에서 그녀를 만나기로 하고 나는 샤워를 하고 옷을 골라 입고 여섯 시에 집을 나섰다.

그날 저녁 여섯 시 오십 분경에 나는 약속장소를 전방 백 미터쯤 남겨둔 지점에서 예기치 못했던 덫에 걸려들고 만다. 따지고 보면 아무것도 아닌 일이었다. 태림레코드점 앞까지 왔다가 나는 발길을 돌려 방금 지나쳐온 곳으로 회향했다. 시계를 보니 그녀와 만나기로 한 시간에서 딱 십 분이 남아 있었다.

나는 길가에 리어카를 세워놓고 구형 엘피들을 파는 곳으로 다가갔다. 시원찮은 성능의 스피커에서는 그때 그룹 아프로디테스 차일드가 부른 〈스프링, 서머, 윈터 앤 폴〉이란 노래가 흘러나오고 있었다. 그렇기는 해도 저녁나절에 그것도 길가다 말고 그 특유의 허스키한 보이스를 듣게 되다니. 나는 불쑥 미늘에 꿰인 것처럼 목이 아팠다.

거기엔 잉글버트 험퍼딩크, 칼리 사이먼, 메리 홉킨, 앤디 윌리엄스, 핑크 플로이드, 레이 찰스 따위 들이 수북하게 쌓여 있었다. 먼지에 더럽혀지고 재킷의 네 귀퉁이가 이미 닳았거나 찢겨나간 그 검은 플라스틱판 안에. 나는 한 장에 이천오백 원 하는 레코드판을 몇 장 골라서 비닐봉지 안에 담아가지고 이미 십 분이나 늦어진 약속장소로 서둘러 갔다.

먼저 와 있던 그녀는 고무 타는 냄새를 맡은 것처럼 양미간을 찌푸린 채 나를 쳐다보았다. 오다가 어디서 걸려 넘어졌다는 사실을 그녀는 가만히 눈치채고 있었다. 조금 늦어졌기 때문이 아니라 도착하기 불과 일이십 분 전에 내 낯짝에 심상찮은 변화가 생겼다는 것을 그녀는 읽어내고 있었다. 내가 평상시의 모습을 되찾을 때까지 그녀는 참을성 있게 기다렸다. 내가 주섬주섬 비닐봉지까지 들어 보이며 사실대로 얘기하자 그녀는 입술만 가볍게 웃어 보였다.

"이번엔 레코드판이군요."

네? 하고 되묻자 그녀가 말했다.

"지난번엔 화석이고 이번엔 그 검은 지지미 같은 물건이란 것입니다."

다분다분 얘기하고 있었지만 그녀는 화가 나 있었다. 그녀의 눈살 아래로 낙담을 뜻하는 한 올의 서글픈 그림자가 언뜻 스치고 지나가는 게 보였다. 무척이나 예민하고 까다로운 여자였다. 미처 차를 마실 여유도 없이 나는 어색하게 그녀를 일으켜 밖으로 나갔다.

"나이가 그새 몇인데 여태 이런 시끄러운 데를 즐겨 다니시는 모양입니다."

그때는 나도 조금씩 신경이 비쭉비쭉해지고 있었다. 그렇다고 덩달아 신경을 드러낼 수도 없는 노릇이었다. 아까 왔던 태림 레코드점을 지나며 목이 좀 막힌 소리로 그녀에게 무얼 먹겠냐고 물어보자 의외로 쉽게 대답이 나왔다.

"초식입니다."

초식? 아, 초식(草食).

초식집을 찾아 그녀의 동작에 맞춰 느리게 식사를 끝내고 나자 그다음 일이 또 걱정이었다. 깨끗하게 밥그릇을 비우고 수저를 나란히 탁자에 내려놓고 나서 그녀는 금세 상황판단을 하고 쥐고 있던 고삐의 힘을 슬쩍 풀었다.

"그다음은 아무 데도 상관 않겠습니다. 술집에라도 가야면 가야겠죠."

나는 걸음이 늦은 그녀를 데리고 '70년대 스튜디오'라는 카페로 갔다. 50년대부터 70년대에 이르는 국내외 팝음악을 엘피 음반으로 틀어주는 곳이었다. 주위를 두리번거리며 두 눈만 끔벅거리고 있던 그녀는 시간이 지나면서 차츰 중심을 다잡고 또박

또박 이야기를 풀어놓고 있었다. 맥주잔을 들어 입술을 몇 번 적시기도 하면서.

거기서 나는 산수유 마을에 대한 얘기를 듣게 된다. 몇 해 전에 그곳을 지나다 느닷없이 사람의 돌부리에 채어 환속하게 된 비구니 스님 얘기도 듣게 된다. 그때부터 내 면상은 다시금 명태처럼 변하고 있었을 것이다.

아프로디테스 차일드의 음반. 그것은 낙산에 가기 얼마 전인가 그녀가 내게 준 음반이었다. 이미 십 년도 더 된 일이고 여기저기 숱하게 짐을 옮겨다니다보니 어느 결에 사라져버린 그 음반(혹은 내 손으로 버렸을지도 모를). 비록 남이 가지고 있다 내다버린 것이라고 해도 거기엔 그녀가 늘 듣던 〈스프링, 서머, 윈터 앤 폴〉이란 노래가 수록돼 있었다.

왜 하필 그날 아프로디테스 차일드의 음반이 내 손에 들어왔을까. 홍천에서 만난 여자와 재회하던 날에 말이다. 다시금 얼이 빠져 있는 나를 기웃기웃 살펴보던 그녀는 마침내 낙담을 한 얼굴로 그만 돌아갔으면 한다고 조심스럽게 말했다.

열한 시에 그녀와 나는 카페에서 나와 신촌 전철역 앞에서 헤어졌다. 우수에 찬 얼굴로 그녀는 무슨 말을 할 듯 말 듯하다가 끝내 입술을 다물어버렸다. 뭔가를 힘들여 참고 있는 모습이 역력했다. 하긴 늘 그런 얼굴을 하고 있는 사람들이 있다. 상대가 무얼 잘못한 일이 없는데도 말이다. 그렇기 때문에 더

더욱 혼자서 속을 태우고 사는 사람들이 우리 주위엔 의외로 많다는 얘기다.

잠실 장미아파트에 산다는 그녀를 전철역 안으로 들여보내고 나는 좌석버스를 타고 집으로 돌아왔다. 와서 자정이 넘은 시각에 아프로디테스 차일드를 턴테이블에 올려놓고 소파에 앉아 베란다 창고에 보관하고 있던 포도주를 꺼내 마셨다. 그러다 나는 앨범 재킷에 적혀 있는 이런 색 바랜 볼펜 메모를 발견했다.

"밤마다 여기로 전화해줄래? 더군다나 수요일 자정엔 꼭꼭 말이야. 수요일의 빨간 장미와 함께. ─난희."

메모 밑에는 전화번호와 레코드판을 누구한테 선물한 날짜까지 적혀 있었다. 1989년 4월 19일 수요일이었다. 아무튼 〈스프링, 서머, 윈터 앤 폴〉을 되풀이해서 듣는 동안 포도주 한 병이 다 비어버렸고 나는 좀 취해 있었을 것이다. 나는 무심결에 송수화기를 집어들고 전화번호를 누르려다 그런 자신에게 깜짝 놀라 화닥 제자리에 내려놓았다.

시계를 보니 얼추 새벽 한 시가 다 돼 있었다. 그녀는 지금 무얼 하고 있을까. 암만 생각해도 당찮은 취중 발상임에 틀림없었지만 나는 전화를 걸어보고 싶은 충동에 점점 빠져들고 있었다. 그리하여 한 시 정각에 나는 다시 수화기를 들고 레코드판 뒤에 적혀 있는 전화번호를 하나씩 눌렀다.

그 전화는 이미 국이 변경된 상태였다. 내친김이라 생각하고 나는 지역교환원을 찾아 변경된 국번을 물었다. 반신반의하고 있었는데 의외로 간단하게 새 번호가 튀어나왔다. 이쯤 되고 보니 그다음엔 좀처럼 수화기를 손에서 내려놓을 수가 없었다.

여보세요, 하고 잠결의 여자 목소리가 한참 만에 흘러나왔다. 삼십대 초반으로 짐작되는 목소리. 화석에 박혀 있던 물고기가 꿈틀, 하고 움직이는 것을 목격한 듯한 순간이었다. 그러나 상대가 난희라는 여자인가는 아직 확인이 되지 않은 상태였다. 그렇다고 다짜고짜 이름부터 물을 수는 없는 노릇이었다.

나는 재빨리 스피커 쪽으로 수화기를 돌려놓고 듣고 있던 음악을 틀어놓았다. 스프링 써머 윈터 앤 포오올…… 하고 거실에 노래가 울려퍼지는 동안 나는 범행을 저지르는 일그러진 얼굴로 송수화기만 굳게 노려보고 있었다.

노래가 끝나고 난 뒤에도 나는 수화기만 귀에 갖다댄 채 숨을 죽이고 있었다. 술기운은 그새 싹 가셔 있었다. 저쪽 또한 약 십 초 동안이나 시무룩하게 입을 닫고 있었다. 그러다가.

"여보세요, 말씀하세요."

미세하게 떨곤 있었으나 차분하게 가라앉은 어조였다. 어쩐지 사고를 친 학생을 다독거리는 여선생의 말투였다. 여전히 내가 말을 못 잇고 있자 그녀가 뜻밖에도 이런 주문을 해왔다.

"그럼 판을 뒤로 돌려놓고 〈레인 앤 티어스〉까지 들려주든지요."

그녀가 시키는 대로 나는 고분고분 음반을 엎어놓고 바늘을 갖다댔다.

노래가 또 끝났다. 그리고 이번에도 그녀가 먼저 이쪽에다 입김을 불어넣었다.

"언제 들어도 시금털털한 명곡이에요. 그렇죠? 하지만 오늘은 수요일이 아니잖아요."

큰일이었다. 이쯤이면 지금 통화중인 상대가 난희라는 여자임이 틀림없다는 뜻이었다. 참으로 난처하게 됐다, 라고 생각하며 어떻게 뒤를 수습해야 할지 몰라 허둥거리고 있었다. 적어도 내가 레코드의 주인이 아니라는 사실만큼은 알려줘야 마땅할 터이었다. 그녀는 아직도 침대 속에서 전화통을 붙들고 있는 상태였다. 예기치 못한 실수를 범하고 말았습니다, 라고 나는 시금털털한 소리로 겨우 말문을 열었다. 그녀는 그저 듣고만 있었다.

"저는, 분명, 제가, 아닙니다. 그러니까 뭡니까, 이 음반의 주인이 아니란 뜻입니다."

횡설수설에 꼬락서니가 말이 아니었다. 누가 억지로 시킨 것도 아닌데 야심한 시각에 어째서 이런 짓을 일삼고 있단 말인가. 후후 웃고 나더니 그녀가 다시 나타났다.

"알고 있습니다."

알고 있다니. 그렇다면 왜 생면부지인 남자한테 판까지 뒤집게 하고 〈레인 앤 티어스〉를 들으며 태연하게 누워 있었단 말인가.

"근데 그거 어디서 났어요?"

대답을 안 할 수 없는 처지임을 깨닫고 나는 사실대로 죄 얘기했다. 그녀는 다 듣고 나더니 이천오백 원요? 하고 또 푸푸 웃었다.

"그런데요, 왜 하필이면 그걸 살 생각을 했어요?"

영락없이 궁지에 몰린 꼴이 되어 나는 딱한 추억 어쩌구 하며 되는대로 얼버무렸다.

"네, 딱한 추억이로군요. 고작해야 일금 이천오백 원짜리 하는 추억 말예요."

"……"

한동안 정전이 된 듯 저쪽과 이쪽 사이에 기묘한 침묵이 이어졌다. 그제야 나는 언뜻 정신을 차리고 실례 많았습니다, 그럼 편히 주무십시오, 하며 전화를 끊으려고 했다. 그때 저쪽에서 다급히 잡아채는 소리가 흘러나왔다.

"잠깐만요!"

나는 잠깐 동안 그대로 있었다.

"미안한 얘기지만 그 엘피 저한테 돌려주실 수 없을까요?"

돌려달라.

"부탁입니다."

어떻게 하는 게 좋을지 몰라 나는 좀더 그대로 있었다.

"값은 후하게 쳐드리겠습니다. 이만오천 원이면 되겠어요? 아니, 이십오만 원이라도 상관없겠는데요…… 오해는 마시구요."

오해라니. 도대체 사람을 뭘로 보고 하는 소린가. 얼마간 생각하는 척하다가 나는 돌려주겠다고 그녀에게 말했다. 어차피 내 것이 아닌 것이다.

"고맙습니다."

조금 아쉽긴 해도 뭐 어쩔 수 없게 돼버린 일이었다. 취중에 함부로 전화를 건 이쪽이 당연 치러야 할 대가라고 생각하면 그만이었다.

"용케 선이 닿았지만 이 전화로는 더이상 연락이 안 될 거예요. 시간 나시는 대로 여기로 연락주시면 제가 나가겠습니다."

무슨 뜻인지를 몰랐으나 나는 그녀가 불러주는 전화번호를 그녀의 색바랜 메모 밑에 볼펜으로 꾹꾹 눌러 적었다.

그녀와 통화하는 동안 어느덧 2월이 지나고 3월이 돼 있었다.

그녀를 만난 것은 3월 둘째 주의 수요일이었다. 약속을 하고 나서 열흘이 지난 다음에야 이쪽에서 연락을 한 셈이었다. 분망해서 그랬던 게 아니라 웬일인지 서먹한 일이어서 하루하루 지체하고 있었던 것이다. 그러던 어느 날 나는 서울에도 산수유꽃이 폈다는 저녁뉴스를 보고 서둘러 화개에 가봐야겠다는 생각을 하게 되었고 가기 전에 그녀에게 음반을 돌려줘야겠다는 데까지 생각이 미쳤다. 그녀는 반갑게 전화를 받으며 우선 내가 우편으로 부쳐준다고 하자, 저녁이라도 사고 싶다고 간곡하게 말했다. 그렇게까지 말하는데 거절하자니 막상 야박한 느낌이 들어 나는 그러마고 다시금 신촌에 있는 복지다방에서 일곱 시에 그녀와 만나기로 하고 샤워를 하고 옷을 갈아입고 밖으로 나갔다.

그녀는 목련빛 원피스에 까만 핸드백을 무릎에 올려놓고 얌전히 앉아 있었다. 이번에는 약속시간에 꼭 맞춰 나갔는데도 저쪽이 먼저 와 있었다. 봄옷을 입고 나와서 그런지 유난히 환하고 깔끔해 보이는 여자였다. 약간 살이 찐 몸매였지만 얼굴은 작은 편이었고 눈코입이 조목조목 뚜렷했다. 서른둘이나 혹은 셋. 초면이긴 해도 일전에 통화를 한 일이 있었으므로 서먹한 느낌도 그럭저럭 견딜 만했다. 사회생활을 하는 여자인 듯 초면임에도 자연스럽게 말을 풀어나갔다. 내가 음반을 돌려주자 그녀는 뒷면에 적어놓은 자기 메모를 눈썹 속에서 얼마간 들여다보고 있었다. 그녀는 완전히 잃어버린 줄로만 알고 있던 십 년 전의 자기 흔적을 내려다보며 무슨 생각을 하고 있었을까.

"솔직히 잃어버렸다는 사실조차 잊고 있었어요. 우습잖게도 기분이 참 묘하고 어수선하네요."

딱한 표정으로 이런 말을 하며 그녀는 채 마시지도 않은 커피잔을 놓고 자리에서 훌쩍 일어났다. 그러고는 약속한 대로 저녁을 사고 싶다며 뭘 먹겠냐고 물어왔다. 나는 얼결에 이렇게 대꾸

하고 있었다.

"육식이면 됩니다."

"육식요? 아, 고기요. 네, 그럼 고기 먹어요."

어째 당황한 표정으로 그녀는 흘끗 나를 쳐다보고는 그럼 '형제갈비'로 가자며 태림레코드 방향으로 올라갔다. 이왕 가는 길이었으므로 나는 그녀가 손에 들고 있는 음반을 산 곳을 그녀에게 알려주고 싶은 생각이 들었다. 한데 그 리어카가 어디로 갔는지 그새 감쪽같이 사라져 있었다. 나는 거기 어디쯤에 멈춰 서서 사방을 두리번거렸다. 그녀가 왜요? 하더니 옆에서 나를 쳐다보았다.

"바로 여기였는데요."

"네?"

"그 음반을 구한 곳 말입니다."

그녀의 얼굴에 아주 잠깐 쓸쓸한 그림자가 스치고 지나갔다. 그러더니 고개를 갸웃이 숙이고 혼잣말로 중얼거렸다.

"아저씨도 참."

아저씨. 말도 안 되는 소리였지만 어쨌든 그렇게 내뱉는 목소리에도 분명 애조가 깃들어 있었다.

"모두가 그렇게 훌쩍훌쩍 사라져가버리는 거예요. 여직 그것도 모르셨나요?"

앞서거니 뒤서거니 하며 그녀와 나는 형제갈빗집으로 들어가 불고기 삼 인분을 시켜 먹었다. 도중에 내가 먹을 양으로 소주 한 병까지 곁들이는데 그녀가 상 위로 잔을 내밀며 한잔 주세요, 하며 내 얼굴을 살폈다. 아까 보았던 애수의 옅은 그림자는 아직도 그녀의 눈 속에서 혼령처럼 어른거리고 있었다. 희고 가는 손목을 무심결에 눈여겨보며 나는 그녀의 잔에 소주를 찰찰 따랐다. 잔을 잡은 손가락의 모양새며 입으로 가져가는 동작으로 봐서 마셔본 술이었다. 그런데다 석 잔, 넉 잔을 받아먹고도 얼굴이 붉어진다거나 말이 흐트러진다거나 하는 일이 없이 모든 게 처음처럼 단정하고 똑발랐다. 문득 지나가는 말로 자신은 적십자산지 녹십자산지에 근무하고 있다고 말했다.

소주 두 병을 비우고 나니 불판의 고기도 없어져 그녀와 나는 자리를 털고 일어나 밖으로 나왔다. 계산은 그녀가 맡아 했다. 밖으로 나온 그녀는 길을 잃은 듯 한동안 주위를 두리번거렸다. 그녀의 손에서 낡은 음반 한 장이 들어 있는 까만 비닐봉투가 덜렁거리고 있었다.

"모처럼 입은 양장에 고기 냄새가 잔뜩 뱄어요. 오늘 처음 꺼내 입은 건데요."

고깃집으로 오자고 한 것을 이제 와서 탓하는 소리 같았다.

"버스 타면 냄새 나서 다들 쳐다보니까 좀 걸으면 안 될까요? 아니면 어디 통풍이 잘되는 집에 가서 맥주 한잔 더 하든지요. 게다가 이십오만 원 예정하고 나왔는데 아직 반도 못 썼어요."

농담 같지는 않은 소리였다. 아홉 시. 딱히 아는 집이 없었으므로 나는 그녀를 데리고 '70년대 스튜디오'로 또 갔다. 가서 맥주를 마시는 동안 나는 레이 찰스와 메리 홉킨과 칼리 사이먼을 뮤직박스에 신청해 들었다. 그녀는 술을 매우 잘 마시는 여자였다. 도대체 계속 마셔도 아무런 징후나 변화가 느껴지지 않았다. 그러다가 내가 돌려준 음반을 꺼내들고 뮤직박스로 가서 주인에게 틀어달라고 부탁까지 하고 돌아왔다. 비틀스의 〈비커즈〉가 끝나고 나서 이윽고 아프로디테스 차일드의 〈스프링, 서머, 윈터 앤 폴〉이 스피커에서 흘러나왔다.

나는 남쪽에 있는 절로 출가한 그녀를 다시금 떠올리고 있었을 것이다. 〈레인 앤 티어스〉까지 끝나고 났을 때 그녀가 허리를 탁자 위로 구부리고 이런 말을 넌지시 속삭여왔다.

"딱한 추억이로군요. 그렇죠?"

그녀는 남녘의 산수유 마을을 더듬고 있는 내 얼굴을 엿보고 있었던 모양이었다.

"저도 사정이 비슷하니 이거 어쩌죠?"

술기운이 도는지 말본새가 어느덧 신파조로 변해 있었다. 나는 정신을 가다듬고 곧장 화살을 날렸다.

"상기 레코드 주인은 어디에 계옵신데요?"

그녀도 그닥 만만치가 않았다.

"바로 앞에 앉아 있잖아요."

그녀는 별로 고르잖은 치열까지 드러내놓고 깔깔거리며 웃더니 내게로 화살을 되쏘았다.

"그럼 그쪽 딱한 추억은요?"

"……전생 인연이 지금 어디 있는지 누가 알겠습니까?『인과경』에 따르자면 아까 우리가 형제갈비에서 잡아먹은 소가 그 사람일는지도 모르지요. 말하자면 그렇다는 뜻입니다."

이런 끔찍한 얘기를 하는데도 그녀는 아하, 하고 감탄사 비슷하게 내뱉었다. 왜 그런지 모르지만 자신은 음반의 주인공에 대해 일언반구가 없으면서 내 딱한 추억에 대해서는 집요하게 물고 늘어졌다. 될 것도 안 될 것도 없었지만 나는 그런저런 얘기를 대충 엮어 그녀에게 들려주었다. 몇 해 전 산수유 마을에 출몰했던 비구니 스님 얘기도 했다. 그녀는 이따금씩 저런, 저런요, 하는 간투사까지 뱉어내며 듣고 있다가 어느덧 눈자위가 발갛게 변해 참 안됐어요, 하고는 맥주잔을 집어들었다.

"그래서 화개에 가시는 모양이죠? 자취라도 더듬어보려구요."

그것까지는 굳이 말하고 싶지 않아 나는 에눌러서 대꾸했다.

"아니올시다. 섬진강 은어를 구경하러 갑니다."

"은어요? 아, 그게 이때 올라오나요?"

"곧 큰비가 내리고 꽃샘바람이 불어가면 벚꽃이 피겠죠. 그때쯤부터 하얗게 꼬리쳐 올라온다고 합니다."

"저도 그때쯤 내려가볼까 싶네요. 몇 해 전 쌍계사에 벚꽃을 보러 한 번 다녀오긴 했지만 은어는 여태 몰랐거든요."

몽롱한 어조로 그녀는 한 번 들르면 안 되나요? 하고 어깨뼈를 축 늘어뜨리고 물었다. 내가 거기 주인도 아닌데 어찌 오라 마라 하겠는가. 올 테면 오고 갈 테면 가고 다들 그러하는 것이다.

"아참, 저도 한 가지 알려드릴게요. 쌍계사 경내에 청운산장이라고 민박이 하나 있는데요, 옆으로 개울물이 졸졸졸 흘러내려 밤새 누워서 물소리를 들을 수 있는 곳인데요, 이왕이면 거기서 묵으세요. 주인 할머니도 되게 좋고 음식 맛도 꽤 괜찮은 편예요."

누워 듣는 물소리. 몇 년 전에 그녀는 누구와 거기서 함께 묵은 것일까. 하긴 알 필요가 없는 일이다.

문 닫을 시간이 되어 나는 비틀거리는 그녀를 신촌로터리에서 택시에 태워보내고 집으로 돌아와 그대로 잠에 곯아떨어졌다.

화개로 내려오기 나흘 전의 일이었다.

부천에서 내려온 키 큰 이는 산장에서 일주일을 더 묵고 회향했다. 거울 속의 매화는 그놈의 방정맞은 새 부리 탓인지 이내 져버리면서 붉은 꽃 끝만 남긴 채 잎새를 준비하고 있었다. 물가 갯버들도 다 지고 옆에 싸리나무와 함께 끙끙거리며 연둣빛 잎새를 막 틔워올리고 있는 중이었다. 그러나 쌍계사 십 리 벚꽃은 아침마다 산자락에 올라가 내려다봐도 연신 하하거리기만 할 뿐 그 환하디환한 입술을 영 벌리지 않았다.

매화가 다 지던 날 나는 그가 운전하는 승용차를 타고 부산 기장에 있는 대변항에 가서 어부들이 그물 터는 걸 하염없이 구경하다 소주에 멸치회를 먹고 돌아왔다. 또 그가 떠나기 전날엔 속절없이 남해 금산에 함께 다녀오기도 했다. 화개 지나 섬진강을 옆구리에 끼고 하동도 지나 남해로 가는 차 안에서 그는 며칠 전까지만 해도 생면부지였던 내게 올가을쯤 결혼을 할지도 모르겠다는 말을 했다. 어쩌면 그게 더 아름다운 일이 되는지도 몰랐다. 나처럼 깨달음이 모자라고 매양 터득이 더딘 사람은 그런 생각조차 못 하고 사는 것이다. 남해 금산 보리암에 와서 그는 자신에게 하듯 이런 소릴 중얼거렸다. 먼 데 흐린 바다를 내려다보며.

"오늘 나는 저기 먼 바다에 너를 버린다. 기어이 버리고 간다. 멀리멀리 변치 않고 있다가 그때 도로 만나자."

돌아오는 길에 나는 그에게 경북 청도와 금릉이 여기서 어디고 전남 화순과 승주가 여기서 얼마냐고 거푸 물었으나 그는 왜요? 왜요? 할 뿐 막상 대답이 없었다. 산장으로 돌아와 남해대교 밑에서 사온 전어를 붉은 석쇠에 올려놓고 그와 나는 밤늦게 소주를 마셨다.

그녀는 어디에 있는 것일까. 여태도 절에 있다면 당연 딴 세상 사람이어서 만날 수 없을 테고 혹 세속에 있다 해도 사람이 많아

당최 찾아지지 않을 거였다.

　다음날 흙먼지에 뒤덮인 승용차를 끌고 떠나는 그를 산장 앞에서 보내고 나니 오후부터 큰비가 쏟아지기 시작했다. 비는 이틀을 쉼 없이 내려 나는 낮에도 꼼짝을 못 한 채 방 안에 처박혀 쉰내 나는 몸만 뒤척이고 있었다. 밤에는 또 온몸에서 돌비늘이 툭툭 떨어져나가는 아픈 꿈만 계속되었다. 이 비가 그치고 나면 벚나무도 더이상 버티질 못하고 하얀 거품을 정신없이 토해낼 터이었다. 방에 틀어박혀 있는 동안 나는 때때로 홍천에서 만난 여자를 생각했고 운주사로 출가했다 환속한 비구니를 생각했고 그리고 어쩔 수 없이 또 내 서글픈 첫사랑을 떠올리고 있었다.

　만일 환속을 했다면 쌍계사 왕벚꽃 필 때 한번 구경이나 오실 일이지. 하면 맨발에라도 뛰쳐나가 반갑게 마중할 터인데.

　천우사화(天雨四花). 날짜로는 3월 28일 토요일에 밖으로 나가보니 산 아랫녘이 갑자기 환해져 있었다. 하늘에 떠 있던 구름들이 일제히 골짜기로 몰려내려와 있는 듯했다. 그 사이로 울긋불긋한 복장을 한 사람들이 줄을 지어 쌍계사로 꾸물꾸물 올라오고 있었다. 꽃이 아니고 되레 사람이 장관인 풍경이었다. 불현듯 생각이 나서 매화가 져버린 마루의 거울 안을 들여다보니 산벚꽃 몇 그루가 때를 맞춰 하얗게 피어 있었다.

　산장 할머니에게 들으니 토요일과 일요일은 화개장터에서 벚꽃축제가 열리는 날이었다. 그리하여 점심때부터 일찌감치 산장으로 사람들이 몰려들기 시작하더니 비어 있던 방 네 개가 금세 차버렸고 등산화 소리에 냄비 소리에 마당이 소란스러워 나는 신발을 신고 쌍계사 밖으로 나가보았다.

벚꽃길은 큰물이 흘러들어와 햇빛에 반사되고 있는 성싶었고 그 사이로 숱한 사람들이 저마다 부신 그림자를 끌고 줄지어 올라오고 있었다. 차를 마실까 하고 '무향'의 문을 열어보니 거기도 사람들로 가득해 발을 들이밀 수조차 없었다. 해서 어디 갈 데가 없나 싶어 두리번거리고 있는 터에 구례로 가는 버스가 눈에 들어왔다. 나는 막 출발하려는 버스에 서둘러 올라탔다. 손가락을 꼽아보니 마침 구례장이 서는 날이었다. 비록 작정했던 일은 아니지만 옳다 싶어 나는 벚꽃길을 달려 다시 지리산 기슭의 상위마을을 찾았다.

불과 열흘 만인데 산수유는 이미 데쳐내고 삶아낸 것처럼 색이 빠져 맥없이 지고 있었다. 매화가 질 때면 산수유도 따라 지는 모양이었다. 봄날의 거지꼴로 하릴없이 마을을 서성이다 나는 구례장터로 갔다. 그러나 그날 장도 볼 새 없기는 마찬가지였다. 터덜터덜 터미널 근처를 기웃거려보니 관광객들만 버스에서 꾸역꾸역 쏟아져나오고 있었다. 사람들 어깨에 이리 치이고 저리 치이다가 나는 아직 저녁 참이 멀길래 가까운 화엄사를 찾았다.

경내는 벌써부터 초파일을 준비하는 연등으로 가득 덮여 있었다. 마당 한쪽에서 기와불사를 하고 개금불사(부처님 옷을 다시 입힌다)를 하고 있는 대웅전에서 삼배를 마치고 나오는데 장엄한 각황전 옆에 한 그루 피어 있는 홍매화가 번쩍 눈에 들어왔다. 그야말로 장관이어서 저절로 입이 쩍 벌어졌다. 순간 나는 운주사도 운문사도 아닌 구례 화엄사에 와서야 퍼뜩 이런 생각을 하고 있었다.

홍천에서 만났던 여자가 바로 운주사로 출가했다던 비구니는 아닐까. 그러니까 내가 들은 말은 모두 자신의 얘기가 아니었을까. 그렇다면 대명콘도에서 내가 화석을 들여다보고 있는 동안 그녀는 내 등짝에 매달려 있던 다른 비구니 하나를 보고 있었을 것이다. 한데 나더러 구례장터를 한번쯤 서성여보라던 말은 대체 무슨 뜻이었던가. 또 그녀는 산수유 마을이 어디라는 걸 분명히 알고 있었을 텐데 왜 나한테는 구태여 화개 어디라고 말을 흐린 걸까.

화개로 가기 위해 구례로 나왔지만 나는 그날도 그녀를 볼 수 없었다. 다만 무심히 만났으므로 나는 그녀의 연락처도 모르고 있었다.

땅거미가 질 무렵 쌍계사 입구의 다리를 건너가고 있는데 중년의 시골 아낙네 둘이 밤벚꽃 아래서 술에 취해 떠드는 걸 보았다. 자매 간인지 이웃 간인지 모를 모습이었다. 신발 한 짝이 벗겨진 아낙네의 겨드랑이를 일으켜세우며 옆의 아낙이 이랬다.

"냐, 우리 손 꼭 잡고 어데 가서 쏘주 한잔 더 할리?"

"그카지 모, 까짓, 몬할 것 없다 아이가."

그니들의 모습이 못내 서글퍼 차라리 어여뻐 보였다. 머리에 묻은 꽃잎을 서로 털어주며 세속의 두 아낙네는 환한 어둠 속으로 비틀거리며 사라져갔다. 저녁 예불을 알리는 종소리가 들려오던 때였다.

그녀가 나를 찾아온 것은 하루이틀 참에 서울로 돌아가리라 생각하고 있던 3월의 마지막 날이었다. 3월이 시작되자마자 알게 된 사이인데 다시 4월이 시작되려는 참에 그녀와 또 만나게 된 것이었다. 묘한 일이었다. 벚꽃은 흐벅지게 피어 밤에 물소리를 듣고 누워 있으면 상기도 팔음률로 거슬러오르고 있는 은어 떼만 눈에 자꾸 어른거렸다.

오후 두 시쯤이었을 것이다. 마루에 앉아 녹차를 마시며 산바라기를 하고 있는데 누군가 마당으로 통하게 되어 있는 식당문을 열고 들어섰다. 하루에도 여러 번 그런 식으로 사람들이 드나들곤 했지만 나는 직감적으로 누군가 나를 찾아왔다는 걸 알고 있었던 것 같다. 시냇물 소리마저 잊고 산벚꽃에 눈을 팔고 있다가 나는 찻잔을 내려놓고 미리 올 줄 알고 있던 손님이라도 맞듯 태연하게 자리에서 일어나 마당 쪽으로 돌아섰다.

찾아온 손님이 누구라는 걸 알고 나는 직감과는 상관없이 무척 당황하고 있었다.

이번엔 그녀가 큰일을 저지른 것처럼 나와 눈빛이 마주치기가 무섭게 마당 한가운데 우뚝 멈춰섰다. 한사코 밀어냈는데도 기어이 문을 열고 들어온 사람의 얼굴을 하고서. 신촌에서 만났을 때 입었던 목련빛 원피스에 까만 핸드백 차림이었다. 식당 안에서 할머니가 마당을 기웃거리는 것을 못 본 체하며 나는 마당에 서 있는 그녀에게 다가갔다. 그녀는 차라리 울상인 얼굴로 몸을 떨기까지 하고 있었다. 마루로 올라오라고 무심코 팔을 잡아끄는데 뒤꿈치만 들렸다 말 뿐 웬일인지 고집스럽게 버티고 있었다.

"이왕 오셨으니 마루에서 차라도 한잔하죠. 마침 녹차를 마시고 있던 참입니다."

그제야 그녀는 겹겹이 목이 막힌 소리로 이렇게 말했다.

"가도 돼요?"

가도 되는 게 아니라 마루까지는 불과 대여섯 걸음이었다.

마루에 앉아 구두를 벗고 나서 그녀는 종아리를 꾹꾹 손가락으로 눌러댔다.

"화개에서 여기까지 걸어왔더니 발이 아파요."

화개에서 쌍계사까지는 정확히 오 킬로미터였다. 십 리가 넘는 것이다. 그 길을 빙금 핸드백을 들고 구둣발로 설어서 왔다는 것이다. 한데 왜?

"벚꽃길이잖아요."

벚꽃길. 뭐 그렇다면 그럴 수도 있는 일이었다. 어차피 꽃구경 삼아 왔을 것이다. 하지만 오늘은 휴일도 아닌데 적십잔지 녹십잔지는 어떻게 하고 왔다는 것인가. 종아리 누르던 손가락을 멈추고 고개를 비스듬히 외튼 채 그녀가 시큼하게 되받았다.

"괜히 그런 거 묻지 말아요. 휴일이면 더 못 왔을 거예요."

묻지 말라니 더 물을 수가 없었다.

"말만 들었는데 우전차(雨前茶)라는 게 뭐죠?"

"곡우(穀雨)를 기준으로 그 전에 딴 차를 그리 부른답니다. 그해에 처음 딴 거라죠. 그다음 것은 세작(細雀) 중작(中雀) 대작(大雀) 순입니다."

"그럼 작설은요?"

"작설(雀舌)은 야생차를 통틀어 일컫는 말이랍니다. 글자 그대로 참새 혓바닥인데 물에 풀어진 찻잎 모양이 꼭 그렇다는 겁니다."

이런 건성인 말을 주고받으며 녹차를 다 마시고 난 다음에 그녀는 우물가에서 손수건에 물을 묻혀 이마와 목덜미의 땀을 씻어냈다. 마루로 돌아온 그녀에게 수건을 내줄 양으로 방으로 들어가는데 그리고 그녀가 발을 한 번 헛디디며 뒤를 따라 들어왔다.

그녀는 한지문 손잡이를 고리에 걸고 얼른 방구석으로 옮겨
가 무릎을 꿇고 앉았다. 얼굴엔 아직도 물기가 남아 있었고 땀인
지 물인지에 젖은 머리칼 몇 올이 관자놀이에 착 달라붙어 있었
다. 그녀는 엉거주춤 방 한가운데 서 있는 나를 부산스런 눈빛으
로 빤히 올려다보고 있었다. 그녀의 숨차 하는 소리가 귀에 뜨겁
게 감겨들었다.

"제가 지금 잘못하고 있는 거예요, 그렇죠?"

무얼 말하고 있음인가.

"화개부터 저 괜히 걸어왔나봐요. 그렇게 꽃들을 함부로 훔쳐
보며 오는 게 아닌데요. 서울에서 차를 탈 땐 이런 마음 아니었
거든요."

그녀의 얼굴은 그새 벌겋게 달아올라 있었다. 옷 밖으로 드러
난 손이며 발이며 목덜미의 살도 어느덧 숨찬 분홍으로 변해 있
었다. 어쩌지를 못하고 내가 눈을 아래로 떨어뜨리자 그녀가 옆
으로 핸드백을 내려놓더니 등을 돌리고 앉아 목 밑의 단추를 끄
르기 시작했다.

"말려도 지금은 안 될 거예요."

나는 엉거주춤한 자세로 그냥 방바닥에 서 있었다. 그러한데
이런 소리가 벽에 부딪쳐 귓전에 와 닿았다.

"그렇게 멀뚱하게 서 있지만 말고 와서 등단추라도 풀어줘야
죠."

나는 그녀에게 다가가 목뒤에 세로로 붙어 있는 단추 다섯 개를 장님처럼 더듬어 풀었다.

누워 듣는 물소리. 자리에 눕자 잊고 있던 물소리가 다시금 귓전에 쏟아져들어왔다. 그녀의 몸은 이미 더울 대로 더워져 위아래가 번질하게 젖어 있었다. 얼마를 엎치락뒤치락하다 나는 그녀에게 머리끄덩이가 잡혀 급기야 안으로 들어갔다. 금세 낮잠에 곯아떨어질 것 같은 편안한 몸이었다. 술 먹는 솜씨처럼 처음엔 더디더니 그녀는 차차 익숙하게 몸을 움직였다. 나는 쏟아지는 잠을 억지로 쫓으며 깊게 깊게 그녀의 안으로 쳐들어가고 있었다. 무심결에도 저 팔음률로써.

그러한 사이 그놈의 새가 다시 날아와 거울을 타다다 쪼아대기 시작했다. 나는 덜컥 산에 피어 있는 벚꽃이 걱정이었다. 하지만 그 와중에 방문을 열고 나가 새를 쫓을 수는 없는 노릇이었다. 나는 그녀의 위에서 눈을 부릅뜬 채 손가락에 침을 발라 한지문을 뚫고 밖을 희미하게 내다보았다.

산벚꽃 가지가 흔들흔들하고 있었다. 학학거리는 소리로 그녀가 뭘 그렇게 엿봐요, 하며 내 머리통을 사뭇만 아래로 끌어당겼다. 그 통에 동공 속에서 벚꽃이 나타났다 사라졌다 했다.

은어 떼는 지금 먼 데서 강을 헤엄쳐 올라오고 있는 중일 거였다.

밖에 내말린 빨래를 털고 접어서 개켜놓듯이 그녀는 방바닥에 널브러져 있던 옷을 차분하게 하나씩 걷어 입었다. 그러고 나서 손거울을 꺼내 머리칼을 다듬어 올리고는 슬그머니 방문 옆에 가 앉았다. 나는 우멍하게 앉아 그녀의 모습만 지켜보고 있었다. 까닭 모를 분노와 서글픔이 그때 내 턱 밑을 잠깐 쓸고 지나갔다. 나는 본능적으로 낙담을 한 채 그녀의 입에서 튀어나올 말만 기다리고 있었다. 그런 식으로 오 분이 지나고 십 분이 지난 다음에 그녀가 눈을 내리깔고 밭은소리를 냈다.

"저, 그만 가야 해요."

가야 한다. 살 섞인 냄새가 방에서 다 빠져나가기도 전에 가야 한다 그 말이지. 언제나 사람관계에 있어서 잡거나 말리지를 못하는 나는 그럼 그러라고 했다. 대개는 제멋대로들 왔다 제멋대로 가곤 하는 것이다.

"염치 때문에라도 좀더 머물고 싶지만 그게 안 돼요."

안 되는 것이다. 내가 끝내 입을 다물고 있자 그녀가 손목시계를 내려다보고는 부스스 자리에서 일어났다.

"안 바래다주실 거예요?"

먼 데서 온 손님이니 그래야만 하리라. 나는 옷을 주섬주섬 꿰입고 그녀의 뒤를 따라나섰다. 어색하니 말을 잃고 석문을 지나 쌍계사 입구까지 나와서 화개 구례로 가는 버스를 잡아타려고 하자 그녀가 팔소매를 잡아끌었다.

"화개까지 함께 걸어가요."

그 말에 나는 버스를 눈앞에서 놓치고 아까 그녀가 걸어왔던 벚꽃길을 돌아나가기 시작했다. 하지만 발이 아플 텐데. 신천 다리를 지날 때 그녀가 손에 구두를 벗어들었다. 스타킹의 올이 나갈 텐데.

그녀와 나는 입을 다물고 벚꽃이 하늘을 가린 길을 걸어가고 있었다. 한 오 리쯤 가고 있을 때 그녀가 쩍 마른 한숨을 몰아쉬고 나더니 먼저 입을 열었다.

"올 때는 그저 덤덤하게 얼굴만 살피고 가려 했던 거예요."

그건 아까 방에서도 한 얘기가 아닌가.

"근데 그게 그렇게 만만하게 안 될 때가 있는 모양입니다."

나이가 몇인데 그럼 그걸 지금 말이라고 하고 있는가.

"그 고물 엘피 한 장 때문에 이렇게 될 줄은 미처 몰랐어요…… 후회하고 있다는 뜻은 아닙니다."

후회는 아닐지 몰라도 그녀는 오늘 일로 큰 부담을 느끼고 있는 듯했다. 나도 그쯤은 눈치가 있는 것이다.

"견디기 힘들면 없던 일로 해도 됩니다. 물론 다시 보자고도 않겠습니다. 화개에 도착하는 대로 뿔뿔이 헤어지는 겁니다."

그녀가 갑자기 울먹이는 소리로 그게 아니에요, 하며 우뚝 멈춰 섰다 다시 앞으로 걸으며 말했다.

"하필 친정에 다니러 왔다 그쪽 전화를 받는 바람에."

친정이라니. 아뿔싸!

화개까지 올 동안 그녀와 나는 뒤꿈치에 총상을 입은 사람들처럼 내내 절룩거리고 있었다. 난분분하던 꽃길이 차츰 뒤로 물러나고 있을 때 그녀가 어깨를 툭 부딪쳐오며 한 번 더 엉뚱한 소리를 했다.

"자신한텐 지금 무참하지만 아깐 그래도 더럭 기뻤어요."

"……"

"이 봄에 제가 무슨 사나운 꿈을 꾸고 있는 건가요."

꿈에 치인 것은 나도 마찬가지였다. 이 봄에 도대체 내가 무슨 딴 세상을 보고 있는 거냐 말이다. 나는 속으로 치를 떨며 그녀와 걸어왔던 뒷전을 슬그머니 돌아보고 있었다.

화개에서 보내려다 나는 그녀를 따라 구례까지 갔다. 그녀가 또 그렇게 원했던 것이다. 구례발 서울행 막차는 다섯 시 십 분이었다. 그걸 탄다 해도 흥은동 집에 도착하려면 아마 자정은 돼야 할 것이었다. 버스에 앉아 그녀는 섬진강 쪽으로 고개를 모로 틀고 손수건을 꺼내 이따금씩 눈가를 찍어내고 있었다.

서울로 가는 버스를 기다리며 그녀와 나는 대기실 차디찬 의자에 한 뼘 사이를 두고 앉아 있었다. 거기서 그녀는 내게 이런 말을 했다.

"짚 썩은 물을 받아 마시고 싶어요."

그런가.

그녀를 보내고 쌍계사로 가는 버스를 타려다 두 명의 비구니가 바랑을 지고 지나가는 것을 보았다. 내가 급히 몇 걸음 뒤를 밟자 그중 하나가 무심한 얼굴로 뒤를 돌아보았다. 그러고는 옆에 가는 비구니의 팔을 끼고 총총 걸음을 재촉했다.

　　쌍계사 팔영루에서 보살계 수계법회가 시작되던 4월 1일 나는 화개를 떠났다. 그날은 수요일이었고 다음날은 구례장이었으나 더 머무를 까닭이 없었던 것이다.

　　돌아온 밤에 무심코 홍천에서 사온 화석을 들여다보다 나는 두 마리 물고기 옆에 산수유인지 벚꽃인지 모를 꽃무늬 두어 개가 더 박혀 있음을 보고 그만 화들짝 놀라고 말았다.

빛의 걸음걸이

내가 열한 살 때니까 1972년에 지어진 집이다. 집의 나이도 그새 만 스물다섯 살이 된 셈이다. 대지 오십 평에 건평이 삼십 평인 작은 슬레이트 집. 평면도를 그려보면 다음과 같다.

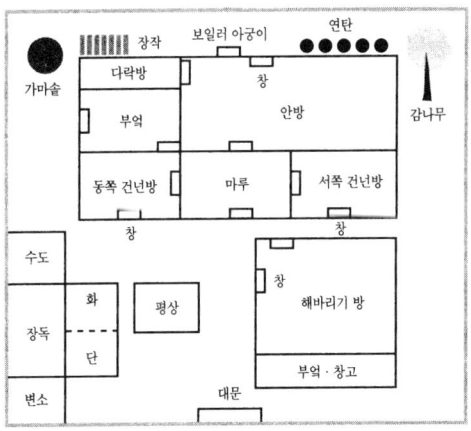

가야나 발해의 집터 발굴 현장 도면처럼 그리고 싶었는데 누가 그렇게 봐주기나 할는지. 마루 공간을 중심으로 동서남북의 각개 배치가 약간 허술하더라도 전체 균형을 이루도록 그렸어야 했다. 그래야만 아침에 해가 떠서 저녁에 질 때까지 빛이 어디서 어떤 각도로 지나가는지를 어느 방 창문에서든 엿볼 수 있는 것이다.

오염된 지구도 먼 하늘에서 내려다보면 색색깔로 아직 아름답듯 오래된 집도 경비행기나 기구를 타고 보면 그렇듯 잘 차려놓은 밥상처럼 보일까? 혹시라도 그래 보이면 좋을 텐데. 거기엔 이십오 년간 내 일가족의 과거와 현재가 고스란히 공존하고 있다. 가족이란 것도 하나의 소우주며 외로운 행성에 속한다는 걸 이즘 와서 깨달았다.

가계도를 보면 현재 부모(64세, 62세)가 있고 큰딸(38세)과 막내딸(33세)이 있고 중간에 독자인 내(36세)가 있으니 모두 다섯 식구다. 아버지가 스물일곱 어머니가 스물다섯에 첫애를 낳은 셈이다. 집을 지어 이사할 때 누나는 어여쁜 사춘기의 중학생이었고 나는 늘 얼굴을 찡그리고 다니는 초등학교 오 학년이었으며 여동생은 흰 운동화만 세 켤레인 좀처럼 말이 없는 아이였다. 그때 넌 이 학년이었어.

해바라기 방

　처음엔 방이 세 개인 집이었다. 그러다 십 년 전 누나가 결혼을 할 당시 마당 한쪽에 약 육칠 평 정도의 문간방을 새로 들여 네 개가 되었다. 아무리 예식장에서 식을 올린다고 해도 큰일을 치르다보면 시골에서 올라온 집안 어른들이 묵고 내려갈 방이 하나쯤 필요하다는 게 아버지의 오랜 생각이었던 것이다. 물론 큰일은 앞으로도 계속해서 닥칠 터이었다. 세월이 갈수록 집안 대소사는 잦아지게 마련이니까.

　그 막사 같은 큰 방이 지어짐으로 해서 우리 가족은 아쉽게도 하나 잃어버린 게 있었다. 그 자리에 우리는 해마다 해바라기를 심었던 것이다. 그곳은 또한 철조망 없는 닭장이기도 했다. 봄에 해바라기밭에다 병아리들을 풀어놓으면 가을에 저마다 장닭이 되어 굵은 대궁들 사이를 비집고 나오는 것이었다.

　그후 집안에 큰일이 생길 때면 어김없이 시골에서 올라온 수염 흰 사람들이 거기서 해바라기를 깔고 앉아 술을 마시거나 화투를 치다 누워서 잠을 자고 났다.

　어느 여름날 어머니가 대문 앞을 지나던 사진사를 불러 누나와 여동생과 나를 일렬횡대로 세워놓고 해바라기밭에서 사진을 찍었다. 내가 초등학교를 졸업하던 해던가? 안 그래도 빛에 그을려 시커먼데다 렌즈에 익숙지 않아 저마다 찡그린 얼굴들을 하고 있어 우리는 마치 유엔식량기구에서 각국에 배포하기 위해 찍은 자료사진처럼 나왔다. 게다가 나는 맨발이었던 것이다. 그때가 몇 시쯤었던가? 해바라기 대궁의 그림자가 이십 도쯤 일제히 서쪽으로 쏠려 있는 걸로 봐서 아직 오전인 모양이고 그렇다면 학교에 가지 않는 일요일이거나 국경일이었던 모양이다.

나는 그 사진을 스무 살이 되어 집을 떠날 때까지 다락 사진첩 속에다 소중히 보관했다. 비록 흑백이나마 거기엔 잃어버린 내 유년의 해바라기밭이 존재하고 있었으므로. 그때 외롭게 렌즈를 투과해 들어간 빛이 우리 셋을 필름에 음각해놓았으므로 마음만 먹는다면 얼마든지 인화를 할 수도 있었을 터였다. 하지만 며칠 후 집으로 찾아온 사진사는 우리에게 필름을 내주지 않았다. 그리고 단 한 장 인화된 그 사진도 군대에서 첫 휴가를 나왔을 때 다락에 올라가 찾아보니 사진첩에서 감쪽같이 사라져 있었다. 누나 혹은 여동생이 가져갔을까? 일부러 버리지만 않았다면 누군가의 사진첩에 아직 꽂혀 있겠지.

가끔 집에 내려와 새로 들인 방에 누워 있게 되면 나는 영락없이 그 누런 사진 속에 맨발로 서 있는 꿈을 꾸곤 했다. 그 방은 아침볕이 그중 먼저 찾아드는 열대온실 같아서 해바라기 꿈을 꾸기에는 안성맞춤인 곳이었다. 그때 내 발등을 모로 밟고 종종 지나가던 병아리의 간지러운 발자국 몇 점. 아, 그리고 네 붉은 입술!

집도 별 수 없이 나이를 먹는지 블록에다 슬레이트를 얹어놓은 허술한 건물은 세월이 갈수록 눈에 띄게 허물어져갔다. 무엇이든 고장나거나 부서진 것은 못 봐 넘기는 성격의 아버지는 일요일만 되면 집수리를 하는 데 모든 시간을 바쳤다. 그리고 그동안 아마 다섯 번쯤? 페인트통을 들고 올라가 지붕의 색을 바꿔 칠했다. 하늘색, 감색, 노란색, 주황색, 엷은 쑥색의 차례로. 하지만 대문만큼은 줄곧 탁한 빨강이었다. 그래서 우리 집을 빨간 대문 집으로 부르는 사람들이 있었다.

빨간대문 집의 해바라기 방.

스물여섯 살 이후 그곳이 내게는 일 년에 그저 서너 번쯤 내려와 묵고 가는 허름한 호텔방이었다. 나는 부모형제와도 어쩔 수 없이 반쯤은 타인인 나이가 돼버려 안방은 물론이고 동쪽 건넌방이나 서쪽 건넌방에 있으면 몹시도 부자연스럽고 불편하기만 했다. 이제는 그들에게 털어놓을 수 없는 비밀들이 터무니없이 잔뜩 생겨 있었던 것이다.

6월 7일 토요일 정오

안방엔 오늘 아침 병원에서 퇴원한 어머니가 누워 있고 동쪽 건넌방에는 작년에 늦결혼을 한 여동생이 첫애를 낳고 산후조리를 하기 위해 내려와 있다. 서쪽 건넌방에는 올 2월에 이혼을 한 누나가 곁방살이를 하고 있다.

6월이건만 지금 안채의 방 세 개는 지글지글 끓고 있는 참이다. 동쪽 방에서 산후조리를 하고 있는 여동생 때문이다. 뒤꼍에 설치돼 있는 보일러 선이 안방과 양쪽 건넌방으로 연결돼 있어, 안방에 불을 넣으면 동쪽 방과 서쪽 방에 한꺼번에 불이 들이게 돼 있다. 각 방에 열을 차단할 잠금장치가 따로 설치돼 있지 않은 것이다. 애초에 그리 지어놨으니 구들장을 다 들어내지 않는 한 어쩔 도리가 없는 일이다.

나는 어젯밤 서울에서 고속버스를 타고 내려와 병원에 들렀다가 자정께 집으로 왔다. 어머니에게 몸살기가 있다는 소식을 들은 건 보름 전쯤의 일이었다. 지난달에 외조모 상을 치르느라 무리한 탓이라 믿고 가까운 보건소에서 주사를 맞고 돌아왔지만 발열이 계속되자 평소 협심증과 위경련으로 고생하는 아버지가 자주 가던 회사 근처의 내과에 데리고 갔다. 검사 결과는 신장염이었으나 대학병원에 가서 정밀검사를 받아보는 게 좋을 것 같다는 의사의 진단이 있었다고 한다. 그러나 몇 년 전 늑막염으로 대학병원에 입원한 경험이 있는 어머니는 진저리를 치며 가지 않겠다고 생고집을 부렸다. 하는 수 없이 염증 치료만 끝내고 어머니는 한의원에 들러 엉뚱한 보약을 지어가지고 기어이 집으로 돌아왔다. 이번엔 병원에 있는 게 왜 그렇게 힘들고 징그러운지 모르겠다며 어머니는 어젯밤 퀭한 눈으로 나를 붙잡고 몇 번이나 말했다.

안 그래도 다음주 화요일이 어머니의 생신이어서 내일 앞당겨 차리기로 한 아침상에 앉기 위해서라도 어차피 내려와야 할 사정이었다. 하지만 몸져누워 있는 이에게 무슨 생일상을 들이민단 말인가.

누나는 부역하는 죄수처럼 동생의 산후조리와 어머니의 병수발을 함께 들고 있다. 오래간만에 온 가족이 모여 방 네 개가 모두 찼지만 분위기는 아무래도 어수선하다. 동생은 하필이면 이런 때 어머니가 아프다고 안절부절못하고 있지만 시댁으로 갈 형편도 못 된다. 시어머니란 사람이 심한 당뇨에 합병증까지 있어 눈조차 제대로 뜨지 못하고 있다는 얘기다. 어머니는 또 어머니대로 마음에 걸리는 게 많은 탓인지 아까부터 되레 된소리나 내고 있다. 그럴 때마다 마루엔 괴괴한 적막이 빈 항아리처럼 도사리고 앉았다 사라지곤 한다. 어머니를 퇴원시키고 회사에 나간 아버지는 오후 세 시쯤에나 돌아올 터이다.

나는 지금 해바라기 방의 창문을 통해 거의 수직으로 화단에 내리붓고 있는 햇빛을 바라보고 있다. 화단엔 철 늦은 민들레 서너 송이와 석류, 대추나무와 패랭이와 용담과 작약과 달리아와 맥문동과 양귀비 같은 것들이 제멋대로 뒤섞여 자라고 있다. 화단 한가운데엔 장독에 올라다닐 수 있도록 디딤돌이 몇 개 박혀 있다. 여름날에 선혈처럼 낭자하게 피어나는 양귀비는 어머니가 남몰래 애지중지 키우고 있는 식물이다. 그래서 해마다 여름만 되면 어머니는 대문 빗장을 굳게 닫아걸고 산다.

이윽고 정오가 되자 화단엔 검불만한 그림자만 몇 올 남고 크레파스를 마구 분질러놓은 것처럼 빛들이 화사하게 튀며 서로 엉킨다. 일순 귀에서 낮의 소란이 멎는다.

연탄

어머니가 다시금 된소리를 낸 건 누나가 안방으로 죽그릇을 들고 들어간 직후였다. 아니, 된소리가 아니라 그건 차라리 상소리라고 해야 옳았다. 이 육시랄 년이! 하고 돌연 마루에 튀어나온 소리를 듣고 나는 화닥 창밖으로 목을 빼고 귀를 곤추세웠다. 전에는 결코 들어본 일이 없는 거친 소리였던 것이다. 매양 깔끔하고 단정한 말만 골라 쓰는 양반으로 어머니는 동네에 소문이 나 있었다. 도로 죽그릇을 들고 나오는 누나의 눈자위엔 실고춧빛 핏발 몇 올이 금세 선연했다.

"그렇게 되게 쑤면 목구녕으로 넘어가 이년아!"

동쪽 방의 누이도 부옇게 뜬 얼굴로 아이에게 젖을 물리며 갸웃이 마루를 내다보다 슬그머니 문을 닫아버렸다. 나는 부엌으로 들어가 가스레인지에다 솥을 올려놓고 있는 누나의 등에 대고 나직이 속삭였다.

"이래저래 마음이 편찮아서 그러려니 하고 속에 담아두지 마."

돌아보지도 않은 채 누나가 시큰한 소리로 되받았다.

"하긴 소박맞은 딸년까지 내려와 있으니 오죽 속이 끓겠어."

"……"

"어려서부터 엄만 나한테만 유독 저러셨어. 식구들 모르게 감쪽같이 말이야."

"그건 무슨 소리야?"

부엌은 천장이 낮고(안방 벽계단을 통해 올라가면 다락이다) 비좁아서 가스레인지 하나만 켜도 목에서 땀이 났다. 누나의 등은 벌써 축축이 젖어 있었다.

"우리 여기로 이사오기 전 사글셋방에 살던 때 기억나?"

무척 오래된 일이다. 적어도 이십오 년 전의 얘기다.

"하루는 엄마가 시장에 간다고 나한테 국수를 삶으라고 시키더라. 근데 국수라는 게 그렇잖아. 아무리 부엌 살림을 오래 한 사람이라도 삶고 나면 딱 맞싯이 않고 항싱 조금 남거든. 그래서 다섯 사람분을 삶는다고 삶았는데 이게 양동이로 반이 돼버린 거야. 남자 열이 먹어도 될 만큼 잔뜩 불어난 거지. 기가 질려서 그만 부엌에 쪼그리고 앉아 떨고 있는데 엄마가 왔어. 엄마는 시장바구니를 들고 부엌 문간에 한참을 서 계셨지. 하지만 웬일인지 혼내지는 않는 거야."

나도 지금까지 어머니를 그런 사람으로 알고 나이 먹어왔다. 적어도 스무 살이 되어 집을 떠날 때까지는.

"그런데 그게 아니었어. 그날 밤 식구들이 잠든 사이에 어머니가 나를 깨워 부엌으로 데리고 가더니 양동이에 남아 있는 국수를 먹으라고 시키는 거야. 우리 집엔 개도 없고 돼지도 없다고 하면서 말이야."

"……! 그래서?"

"뭐가 그래서야. 엄마가 뒤에 서 있는데 그럼 어떡해. 양동이째로 퉁퉁 불은 국수를 손으로 다 건져 먹었지. 기억나? 그땐 또 부엌이 맨땅이었잖니. 결국 먹은 걸 다 토하고 들어와 울면서 잠이 들었어. 그러고 나서 지금까지 난 국수를 못 먹어."

과연 그런 일이 있었구나. 물론 뜻은 다르지만 나 또한 어렸을 적에 가끔 어머니의 손에 깨워져 새벽에 밖으로 불려나간 적이 있었다. 그때마다 어머니는 내게 얼굴을 씻게 하고 북어대가리와 초가 꽂혀 있는 떡시루를 장독대 앞에 갖다놓고는 절을 시켰다. 나는 영문도 모른 채 졸음에 겨워 되는대로 마당에 넙죽 엎드려 절을 하고 서둘러 방으로 들어와 이불 속으로 기어들어가곤 했다. 지금까지도 어머니와 나밖에는 모르고 있는 사실일 게다.

누나가 맏딸이었기 때문일까. 명문여고를 나와 명문대에 들어갔지만 가세가 기울어 이 학년도 다 마치지 못하고 누나는 자퇴

서를 낸 다음 공무원시험을 봐서 여동생을 대학에 보내고 또 졸업할 때까지 묵묵히 뒷바라지를 했다. 그러면서도 싫다는 소리 한마디가 없었다. 그런 사람을 어머니는 왜 고약한 시어머니나 편모처럼 대했던 것일까. 그것도 다른 식구들이 모르게 말이다.

되쑤어진 죽이 안방으로 들어가고 나서 마루에 차려진 밥상에 막 둘러앉았을 때 삐걱하고 대문 소리가 나더니 연탄집 박씨 아저씨가 리어카를 밀고 들어왔다.

"아직도 우리 집에 연탄 때는 방 있어?"

숟가락을 들다 말고 나는 누나를 쳐다보며 물었다.

"원래부터 연탄보일러잖니. 새로 들인 문간방만 기름 때지."

그는 두 장을 겹쳐 들 수 있도록 만들어진 집게를 양손에 들고 한 번에 네 장씩 뒤꼍 처마 밑으로 연탄을 옮겨놓기 시작했다. 탐욕스럽게 빛을 빨아들인 연탄은 무두질을 한 가죽처럼 번들거렸다. 유독이나 야윈 몸매에 머리까지 흰데다 그는 알코올중독자이기도 했다. 내가 어렸을 적엔 포도밭을 여러 개 부리던 사람이었다.

"형편이 어떻길래 저 나이까지 연탄배딜을 하지?"

그가 뒤꼍으로 돌아간 사이 누나가 조심스럽게 대꾸했다.

"원체 부자였으니까 형편이야 지금도 웬만해."

"그런데?"

"우리가 중학교 땐가 왜 동네 이발소 여자하고 바람이 났었잖니. 그때 아줌마 몰래 포도밭을 팔아 그 여자한테 집까지 사줬단 얘기가 있었어. 나중에 그 여잔 집을 되팔아 먼 데로 도망갔지."

그 때문에 한동안 동네가 시끌벅적했었다. 그가 연탄을 가지러 마당으로 나올 때마다 잠시 말이 끊어졌다 이어졌다.

"그때부터 아줌마가 아저씨한테 연탄배달을 시키고 있는 거야."

"이십 년 동안이나 말이야?"

그렇다면 늙어 죽을 때까지 저 일을 시키겠다는 뜻이다. 그러지 않겠냐고 하며 누나는 시커먼 연탄수레로 눈길을 던졌다. 조금 서둘러 수저를 밥상에 내려놓고 나는 마당으로 내려섰다. 불쾌한 얼굴에 술내를 풍기며 뒤꼍에서 걸어나온 그는 대뜸 집게를 휘휘 내두르며 연탄으로 내 손이 가는 것을 막았다.

"냅둬. 검댕이 묻으면 잘 지워지지 않응게."

리어카가 대문을 빠져나가고 난 다음 나는 마당에 떨어져 있는 연탄가루를 쓸어내고 누나가 부엌에서 설거지하는 소리를 들으며 뒤꼍으로 돌아가보았다. 뒤꼍으로 돌아가는 담벼락 모서리엔 가마솥과 장작더미가 쌓여 있었다. 그때 햇빛은 부엌 하늘께를 지나고 있었으므로 시멘트 담벼락에선 매운 열기가 확확 반사되고 있었다. 바깥 창에서 안방을 들여다보니 어머니는 가슴을 벌린 채 잠이 들어 있었다.

뒤란은 지붕 처마에서부터 담장까지 비받이차양이 드리워져 있어 서늘했다. 연탄은 집의 서쪽 끝 차양 밑에 차곡차곡 쌓여 있었다. 옆에는 감나무 한 그루가 담벼락에 바투 선 채 지붕을 모로 비껴 하늘로 뻗어 올라가 있었다. 아버지가 환갑을 넘기고 부터는 내가 해마다 추석 때 내려와 감을 따곤 했다. 지금은 절 굿공이처럼 굵어 있지만 내가 중학생이었을 때 감나무는 겨우 손가락만한 굵기였다. 어머니가 외조모 환갑 때 외가에 갔다가 캐온 것이었다. 그 감나무 아래서 나는 어느 여름날에 엉거주춤 바지를 내리고 서서 첫 수음을 했고 같은 날에 첫 담배를 피우며 담벼락에 기대 진저리를 치고 있었다. 담배 이름이 은하수였던 가 비둘기였던가 남대문였던가 아니면 명승이었던가? 아마도 불국사 사진이 박혀 있는 명승이었던 것 같다. 아무려나 나는 반 쯤 피운 담배꽁초를 버릴 데가 없어 제대로 끄지도 않은 채 그만 옆에 쌓여 있는 연탄구멍 속에 집어넣어버렸다.

그날 밤 나는 집에 불이 난 꿈을 꾸고 있었다. 꿈속에서 맨발로 나가보니 뒤꼍 처마 밑에 첩첩 쌓여 있는 수백 장의 연탄이 잉걸불처럼 빨갛게 타오르고 있었다. 불길은 감나무 푸른 잎새를 말리며 옆집으로 옮겨붙고 잠에서 깨어난 마을 사람들이 저마다 물동이를 들고 달려오는 소리가 담 밖에서 요란했다.

그리고 나서 내 겨드랑이와 사타구니에 한 가닥씩 징그런 털이 솟기 시작했다. 중학교를 졸업할 때까지 나는 눈비 내리는 밤이 오면 자정이 넘은 시각에 슬그머니 뒤꼍으로 돌아가 여전히 연탄더미 옆에 서서 수음을 하거나 감나무 밑에 쭈그리고 앉아 담배를 피우거나…… 하다가 맥없이 흐느껴 울기도 했다. 빛 한 점 없는 새까만 내가 몹시도 서글펐던 것이다.

귀

아버지가 돌아온 것은 오후의 농익은 햇살이 장독으로 몰려가며 구름 한 자락이 마당과 화단 한쪽을 덮고 있을 때였다. 세 송이? 네 송이쯤 벌어져 있는 석류의 붉은 주둥이에서 염염한 빛이 튀어나오고 있는 것을 해바라기 방에서 훔쳐보고 있을 때 대문을 들어선 아버지는 대뜸 연탄 들였냐? 라며 성난 사람처럼 소리를 질러댔다. 일껏 쓸어냈는데도 마당에 연탄가루가 남아 있었던 모양이었다. 그 통에 마루에 나와 앉아 있던 여동생의 품에서 갓난애가 자지러지게 울어대기 시작했다. 잠들어 있던 어머니가 깨어난 것도 그때였다.

"저 냥반이 요즘 걸핏하면 왜 소리를 질러댄댜?"

어머니가 칼칼한 소리로 핀잔인지 푸념인지를 늘어놓았으나 아버지는 들은 척도 않고 수도에서 손을 씻은 다음 불쑥 내 방으로 건너왔다. 나는 얼른 재떨이에 담배를 비벼 껐다.

"기관지도 안 좋다면서 그까짓 담배를 여태 못 끊고 있남?"

밖에서 무슨 일이라도 있었는지 여전 성이 안 풀린 목소리였다.

"그래 넌 언제 올라갈 겨?"

"내일 오후 차를 탈 생각예요."

"뭐라고?"

"내일 간다구요!"

얼결에 목줄을 세우며 나는 뒷짐을 지고 문간에 버티고 서 있는 아버지를 히뜩 바라보았다. 아버지는 미간을 잔뜩 찌푸리고 손가락으로 귀를 가리키며 잘 안 들려! 하고 또 성난 소리를 했다. 협심증에 위경련 말고도 아버지는 오래전부터 중이염을 앓고 있었다. 몇 개월 전까지만 해도 그런 소린 없었는데 갑자기 상태가 악화된 성싶었다. 몇 년 전인가 귀에서 피고름이 심하게 나와 병원에 다녀온 후 그는 평생 즐기던 술담배를 단 하루 만에 끊어버렸다. 한데도 나이는 어쩔 수 없는 모양이었다.

"어디 귀뿐인감? 이젠 눈도 먼 덴 아예 못 봐!"

담배연기가 빠져나가길 기다렸다가 그가 손님인 듯 방으로 들어왔다.

"되게 어수선하지?"

집안 분위기를 말하고 있는 것이었다.

"하두 억지를 부려 일단 집으로 데려오긴 했다만 곧 큰 병원에 가봐야 할 거 같어."

"……"

"니 어미 말이여. 봄부터 자꾸 승질만 느는 게 어쩨 심상찮어."

"······"

"게다가 큰년 소박맞아 내려와 있지, 넌 또 변변찮게 어디 한 군데 주저앉아 있질 못허지. 작은년은 귀신도 속을 모를 테니 말할 건덕지도 없고."

하지만 그 완강한 자기 속엔 또 얼마나 괴로운 비밀들이 많을 텐가. 이런 말을 주고받는 사이에 안방에서 마루로 또 어머니의 목소리가 냅다 튀어나왔다.

"누가 가서 저녁참까지 연탄 좀 빼놓거라! 누굴 삶아죽일 작정이면 몰라두."

서쪽 방에서 나온 누나가 이러지도 저러지도 못하고 마루에 서 있는 꼴이 안 봐도 눈에 선했다. 헛헛, 마른기침을 하며 아버지가 끙 하고 자리에서 일어났다.

"정 못 끊겠으면 은단이라도 써봐."

아직도 은단을 파나? 라고 생각하며 나는 담장에 올라앉아 장독을 기웃거리고 있는 도둑고양이를 쫓아낼 양으로 손에 쥐고 있던 성냥갑을 집어 던졌다. 성냥갑은 화단과 장독대 사이에 날아가 떨어졌다. 하지만 이 눈치 빠른 동물은 냐옹! 소리를 내며 곧 담 너머로 사라졌다. 뒤미처 아버지가 뒤란에서 파란 불이 이글대는 연탄을 빼내 대문 밖으로 나갔다.

나는 동쪽 방의 문을 열고 들어가 여동생에게 해바라기 방으로 옮기면 어떻겠느냐고 넌지시 물었다. 그러면 낮부터 안방에 불을 넣을 일은 없는 것이다. 그녀는 화닥 젖을 가리고 얼굴을 붉히며 아니라고 고개를 가로저었다. 동쪽 방은 여동생이 줄가 해 집을 떠날 때까지 줄곧 혼자 쓰던 방이었다. 벽에는 그녀가 중학교 때 걸어놓은 클로드 모네의 〈인상, 해돋이〉란 복제 그림 이 오랜 세월 문장처럼 걸려 있었다. 여동생은 집을 떠날 때까지 서쪽 방이나 해바라기 방에는 좀체 얼씬거리지 않았다. 누가 그 러라고 한 것도 아닌데 누에고치처럼 늘 제 방에만 틀어박혀 있 었다. 벽에 걸려 있는 저 모네의 그림 속에. 안개 서린 저 고요한 빛의 잔주름 속에.

여동생은 집이라는 곳을 그저 잠깐 머물러 있다 가는 장소로 생각하는 것 같았다. 하지만 그 잠깐은 무려 삼십이 년의 긴 세 월이었다. 결혼하기 전까지 그녀는 중학교 미술선생이었다. 어 머니의 친구 중매로 우기던 끝에 맞선을 본 자리에서 여동생은 꼭이 입양되는 아이처럼 결혼에 응했다고 한다.

여동생은 하루만 더 있다 내일 아침에 올라갈 거라고 내게 말 했다. 그녀는 한국전력공사에 나니는 남편과 청주에 살고 있었 다. 더 있으란 말을 할 처지도 못 돼 나는 고개를 끄덕이며 도로 마루로 나왔다. 어머니는 자리에 누워 옆으로 마당을 내다보고 있었다. 연탄을 버리고 들어온 아버지가 마루에 걸터앉자 어머 니가 등을 좀 비켜 앉으라고 또 지청구를 했다. 그리고 그녀가 치매처럼 뜻 모를 소리를 웅얼웅얼 내뱉기 시작한 건 멀리서 웬 낮닭이 우는 소리가 들려오고 나서였다.

"석류꽃이 네 개 폈고 패랭이 곧 진다. 달리아 양귀비 피면 장독 뚜껑을 열어야 하는데 여름내 또 얼마나 귀찮게 비가 오는지."

"……"

"그때 돌쩌귀의 개미들은 비를 맞고 다 어디로 갔지?"

"……"

"킬킬, 채송화 속에 숨었네. 난 부처손 밑에 앉아 분홍바늘꽃 보고 있지."

화단은 상기 모네의 붓질처럼 시시각각으로 색깔이 변해가고 있는 중이었다. 이번에는 옆에 앉아 있던 아버지가 화답이라도 하듯 중얼거렸다.

"어, 저기 내 귀가 지나가네."

그 말에 언뜻 놀라 화단을 쏘아보니 바람 한 자락이 슬쩍 화단 머리를 훑고 지나가고 있었다.

"나원 참, 꽃들이 귀가 멍멍해."

어머니와 아버지 사이의 이 기묘한 화답은 조금 더 계속됐다.

"신발 신고 가우?"

"맨발에 짚신을 머리에 엿는걸."

"고봐요, 큰애 낳고 안 사준 신발이니 여태 맨발이지. 요새 누가 짚신 신어요, 그냥 들고 다니다 팔 떨어져서 머리에 엿지."

"그럼 당신도 방금 저기 지나갔나?"

"내가 먼저 갔더이다."

"하면 어디 좋은 데로 갔나?"

"조금 더 여기 등 뒤에 누워 있다우."

처녀 할머니

그때 누군가 대문을 밀고 마당으로 들어섰다. 대문이 열리는 순간 나는 다락방의 묵은 사진첩 속에서 웬 여인 하나가 걸어나오고 있는 듯한 착각에 사로잡혀 있었다. 그녀는 아랫마을에서 두붓집을 하던 언청이 노파였다. 윗입술이 쭉 찢어져 코까지 올라붙은데다 한쪽 눈까지 멀어 평생 시집을 못 가고 있는 여자였다. 아무도 이름과 나이를 몰라 사람들은 그녀를 그냥 두붓집 노파, 언청이, 처녀 할머니로 불렀다. 여간 품이 많이 드는 일이 아니어서 벌써 오래전에 그녀는 두붓집을 그만두고 텃밭에 감자나 고구마를 심어 겨울을 나거나 봄여름엔 나물 따위를 뜯어 집집마다 돌아다니며 쌀과 바꿔 먹었다.

그녀는 까만 보따리 하나를 들고 마당 한중간에 우두커니 서서 누가 나오기를 기다리고 있었다. 무명저고리에다 통치마 그리고 매양 신고 다니던 검은 고무신 차림이었다. 그녀를 마지막으로 본 것은 수년 전의 일이었다. 죽었는지 살았는지조차 모를 정도로 완전히 잊고 있던 사람이었다.

안방에 누워 있던 어머니가 발작적으로 일어나 그녀를 향해, 너 이년 왜 벌써 왔어! 하고 사납게 소리를 질렀을 때 아까 옆집으로 사라졌던 고양이가 다시 담장 위에 나타났다. 고함을 들었는지 어쨌는지 처녀 할머니는 무덤덤한 표정으로 담에 올라와 있는 고양이한테 눈을 돌렸다. 석연찮은 느낌이 등짝에 몰려와 얼핏 뒤를 돌아보니 어머니는 귀신을 본 듯 겁에 질린 얼굴을 하고 있었다. 대체 무슨 일이 생긴 것일까?

지금도 기억이 나지만 처녀 할머니가 우리 집에 찾아오는 날이면 어머니는 그녀에게 밥을 해먹이고 뒤주의 쌀까지 퍼줘 보냈곤 했다. 한데 오늘은 웬 구박에 상소리일까?

"미란아! 쌀 한 됫박 퍼서 빨리 저년 내쫓아버려!"

부엌에서 급히 노란 플라스틱 바가지를 들고 나와 마루에 있던 뒤주 뚜껑을 여는 누나의 손은 보기 흉할 정도로 떨리고 있었다. 얼결에 내 눈과 마주친 아버지의 눈에도 분명 불길한 기운이 한꺼풀 덮여 있었다. 깔깔한 공기의 버성김 속에서 나는 무얼 하려는지 화단에 허리를 구부리고 서 있는 처녀 할머니의 등으로 눈을 돌렸다. 되는대로 슬리퍼를 꿰신고 마당으로 내려간 누나가 여겼어요, 하고 바가지를 내미는데도 그녀는 들은 둥 만 둥

했다.

"저년이 뭘 하려는지 다 알어! 뭘 해, 빨리 내쫓고 마당에 소
금 뿌리지 않고!"

처녀 할머니가 석류나무 밑의 양귀비 모가지 하나를 뚝! 부러
뜨려 들고 안방을 슬쩍 흘겨본 것은 화단에 쏟아지고 있던 빛이
슬그머니 장독으로 올라붙고 있을 때였다. 어머니의 목소리는
숫제 오갈이 든 것처럼 뒤틀려 있었다.

"접땐 아무 소리 없었잖어."

담장의 고양이도 꼼짝하지 않고 처녀 할머니를 내려다보고
있었다.

"그럼 나더러 그새 가라고?"

어머니가 거듭 내쏘는 말이었지만 그녀는 암만해도 대꾸가
없었다. 그러더니 누나가 엉거주춤 내밀고 있는 바가지를 한참
내려다보고 있다가 오늘 밤 니 어미 입에나 너줘, 하고는 돌아서
대문을 열고 나가버렸다.

어머니가 그 말을 들었는지 어쨌는지는 확실치 않다. 양귀비
모가지가 떨어지던 순간에 반사석으로 마당으로 내려섰던 아버
지도 그 소리는 미처 못 알아들은 성싶었다. 누나가 퀭한 눈으로
나를 바라보았으나 나도 뭘 어쩌지 못하고 고개만 설레설레 흔
들었다. 고양이가 담에서 사라지고 나서 뒤에서 안방문이 닫히
는 소리가 들려왔다.

석류나무 옆에서 뒷짐을 지고 서서 모가지가 떨어져나간 양
귀비를 한참이나 내려다보고 있던 아버지는 그때 무슨 생각을
하고 있었을까? 해바라기 방으로 들어와 하오의 나른한 빛이 장
독대를 적시며 뱀처럼 꾸물꾸물 담을 타넘어가는 것을 보며 나
는 얼핏 안방에서 들려오는 어머니의 낯선 흐느낌에 귀를 기울
이고 있었던가.

누나가 부엌에서 저녁상을 차리는 동안 아버지는 뒤뜰에서
부채를 흔들며 연탄을 피우고 있었고 여동생은 동쪽 방에서 문
을 닫고 여전히 혼자만 조용했다. 그리고 식구들이 저녁상에 둘
러앉아 있는 동안 서서히 마당의 빛이 걷히고 이불보 같은 어둠
이 내려앉았다.

젓가락을 든 손으로 아버지가 마루 등을 켰다.

상을 물리고 각자 방으로 들어가고 나서 나는 마루에 앉아 있
는 아버지가 혼자서 중얼거리는 소리를 해바라기 방에서 가만히
엿듣고 있었다.

    고양이 담 넘어오고
    마당엔 검은 보따리

그리고 잠깐 사이를 두었다가,

양귀비 떨어지니
마루엔 연탄 냄새

피와 두부

　하루 일을 끝낸 누나가 내 방으로 온 건 동쪽 방의 아기가 잠
투정을 하느라 끈덕지게 제 어미를 보채고 있을 때였다. 누나는
사 개월 전에 이혼을 했고 아이 둘은 전남편이 맡아키우고 있었
다. 수입양주 유통업을 하고 있는 그는 곧 재혼할 거라고 했다.
아직 젊은 나이이므로 누나도 누군가를 만나야 할 터이었다.
　"낼모레면 마흔인데 젊다고 할 수 있니? 그냥 엄마 아버지 수
발이나 들며 살래."
　"아이들 보고 싶지 않아?"
　큰애는 초등학교 사 학년 딸애고 작은애는 이 학년 아들애다.
가슴에 깊이 묻고 아예 잊으려 한다고 누나는 말했다. 하지만 자
식을 가슴에 묻고 산다는 건 말처럼 그리 쉬운 일이 아니다.
　휴일의 공원에서 웬 낯모르는 사람이 쥐여주고 간 고무풍선
을 얼결에 받아들고 무려 십 년이나 꼼짝도 못 한 채 그 자리에
서 있었다고 누나는 지나온 세월을 단순하게 요약했다. 한데 공
원 문을 닫을 때가 되자 어디선가 불쑥 주인이 나타나 풍선을 돌

려달라고 하는 것이다.

그녀의 눈엔 다시금 핏발이 도져 올라와 있었다.

"작년 봄에 나 무척 힘들었어."

작년 철쭉꽃이 필 즈음에 누나는 많은 피를 토했다고 했다.

"철쭉꽃 필 때 피?"

나는 담배를 비벼 끄며 부스스 자리에서 일어나 앉았다. 동쪽 방 갓난아기의 울음도 문득 그쳐 있었다.

"어느 날 잠자리에 들었는데 뭔가 자꾸 목울대로 올라와. 그냥 속이 안 좋은 탓이려니 하고 몇 번이나 도로 삼켰지. 근데 입에서 이상한 비린내가 나는 거야. 그러더니 곧 울컥하고 끈적한 게 마구 입에서 쏟아져나오더라. 불을 켜고 보니 요며 이불에 핏덩어리가 그야말로 낭자한 거야."

"……"

"그걸 하필 남편이 봤어. 그러더니 대뜸 당신 폐병쟁이야? 하며 기겁을 하고 돌아앉더라."

폐병.

"병원에 가서 찍어보니 허파에 동전만한 구멍이 두 개나 뚫려 있더라. 집으로 돌아와 날두부를 얼마나 먹었는지 몰라. 근데 두부를 먹는데 왜 그렇게 눈물이 나니."

눈물이야 날 수도 있겠지만 두부라니.

"두부처럼 깨끗한 음식이 없잖니 왜."

그렇다고 하더라도 폐병에 두부가 무슨 소용이란 말인가. 어려서 우리는 처녀 할머니가 만든 두부를 참 많이도 먹었었다. 이른 아침마다 그녀가 바가지에 담아 한 모씩 들고 오던 그 부드럽고 따뜻한 두부.

그래, 인생이란 어쩌면 한갓 고무풍선과 두부의 추억 같은 것이리라.

"그러고 나서 아침 공복에 알약을 일곱 알씩 일 년이나 먹었어. 저녁엔 계속 두부를 한 모씩 먹고 말이야."

"……"

"평소에도 그리 사이가 좋았던 건 아니지만 어느 날 불쑥 남편이 이혼을 하자는데 막상 왜냐고 묻기가 싫데. 그냥 맥이 쑥 빠지더라. 막상 울음이 나온 건 보따리를 싸서 집으로 내려오는 기차간에서였어. 근데 어릴 때 불렀던 〈오빠 생각〉이란 동요가 왜 그렇게 생각나니. 비단안 구우두 사가지고 오오신다아더니, 하는 노래 말이야. 너도 알지?"

알다뿐인가. 초등학교 몇 학년 때던가. 셋방 쪽마루에 앉아 처마 사이로 붉을 노을을 올려다보며 함께 부르기도 했잖은가 왜.

"넌 아는지 몰라도 엄마도 한때 폐병을 앓았어. 아마 네가 초등학교도 들어가기 전일 거야. 아버지가 밤마다 엄마 궁둥이에다 주사를 놓아줘서 겨우 나았지."

두 살 차이인데 누나는 나보다 훨씬 많은 것을 기억하고 있다.

어머니가 폐병을 앓았다는 사실도 나는 오늘에야 비로소 알게 되었다.

"엄만 늘 모질게 날 대했지만 이상하게 원망을 해본 적은 없어. 정말 이상하지? 근데 요즘 와서 그 이유를 조금 알 것 같애."

거기에도 무슨 이유가 있는 것일까. 하긴 이유가 있겠지.

"엄마한테는 내가 제일 가까운 사람였던 거야. 살기가 좀 어려웠니. 그래서 속이 상할 때면 날 가지고 괜히 구박하고 그랬던 거야."

어머니가 죽고 나면 이 사람이 내 마음속 어머니가 되리라. 따뜻한 두부 같은 사람.

"넌 앞으로 어떡할 거니?"

"뭘?"

"언제까지 그렇게 집도 절도 없이 떠돌아다니며 살 거야. 적당한 사람 있으면 그만 살림 차려. 너도 이젠 서른여섯이잖아."

적당한 사람. 그런 사람이 내겐 없다. 하지만 그리운 사람이 하나 쿠타에 있기는 하다. 일주일 후 나는 비행기를 타고 그곳으로 갈 것이다. 지금까지는 아무에게도 얘기하지 않았지만 나는 장래의 내 어머니에게 그곳에 그리운 이가 있다고 고백했다.

"쿠타가 어디야?"

발리에 있는 관광 해변이다. 올 1월에 나는 십이 일간 발리에 가 있었다. 서울은 너무 추웠으므로 그냥 따뜻한 곳에 가 있고 싶었던 것이다.

"그럼 인도네시아 여자란 말이야?"

누나는 눈을 동그랗게 뜨고 나를 마주 보았다. 그렇다는 뜻으로 나는 고개를 끄덕거렸다. 그러자 그녀의 얼굴이 금세 아연한 빛으로 변했다.

"그럼 이름은 뭐고 몇 살이니?"

그럼이라니.

"수전이란 영어 이름을 쓰고 있어서 발리 이름은 몰라. 나이는 스물둘."

"너무 어리구나. 그래…… 그럼, 그 여자와 무슨 약속이라도 있었던 거야?"

누나는 쓸데없이 자꾸 진지해지고 있었다. 괜한 얘기를 했나 보다.

"돌아가겠다고 약속했지."

스물여섯 살 이후 내게는 집이 늘 떠나기 위해 돌아오는 곳이었다. 거꾸로 내가 다닌 세상의 모든 곳은 돌아가기 위해 떠나오는 곳이었다.

"그 약속 지킬 거야?"

"그리우니까 아마 저절로 지키겠지?"

이번에 가면 발리 이름부터 알아놓으리라. 누나는 그새 뭔가를 체념한 얼굴이 되어 있었다. 이런 일에 있어서 여자들은 굉장히 체념이 빠르다.

"뭐하는 여자니?"

"우리 식으로 말하면 여고 나와 호텔 식당에서 일해."

"호텔 이름은?"

별걸 다 묻는다.

"발리서머호텔."

발리서머호텔, 이라고 우물우물 되받으며 누나는 사뭇 미덥잖고 걱정스런 얼굴로 나를 뚫어지게 바라보았다. 그러더니 문득.

"넌 나이를 먹어도 왜 그렇게 꿈처럼 사니."

내게는 꿈이 생시요 생시가 곧 또 꿈이다. 난들 어쩌겠는가. 어쨌든 그리운 이가 지금 쿠타에 있다는 것이다.

쿠타의 발리서머호텔 식당에서 도미구이를 먹다가 나는 그녀와 멀리서 눈이 맞았다. 사롱(발리 치마)이 잘 어울리는 까무잡잡한 피부의 키가 작고 귀여운 여자였다. 떠나오기 전 나는 그녀에게 졸탄 코다이의 〈무반주 첼로 소나타〉가 들어 있는 시디와 플레이어를 주고 왔다.

돌아와서 가끔 꿈을 꾸곤 한다. 그녀와 열대 안락의자에 앉아 빈땅이란 발리 맥주를 마시며 코다이의 무반주 첼로를 듣는 꿈을.

그때 안방에서 어머니가 부르는 소리에 누나가 네! 하고 자리에서 벌떡 일어났다. 일어나며 그녀가 말했다.

144

"엄마한테 그 여자 얘기 했어?"

어찌 그런 얘길 하겠는가.

"혹시 상처라도 입지 않을까 걱정된다. 너희 둘 다 말이야."

상처. 어차피 모든 그리움은 상처의 원인이다. 나중에 상처로 변해 그리웠던 만큼 가슴에 남게 된다. 그걸 떠안고 누구나 살아가게 된다.

안방에 갔던 누나가 돌아온 건 그로부터 약 오 분 후다. 그녀는 방으로 들어올 생각을 않고 문밖에서 암만해도 어머니가 이상하다고 말했다. 왜?

"갑자기 뒤꼍에 맷돌이 있나 보고 오래. 그걸 쓰지 않은 지가 벌써 언젠데."

"……있긴 있어?"

"있어."

"그럼 됐잖아. 이제 누나도 그만 들어가 쉬어. 아참, 그리고 한 가지 물어볼 게 있는데."

뭐? 하고 그녀가 외등 불빛에 일긋거리며 물어왔다.

"혹시 우리 어렸을 때 해바라기밭에서 찍은 사진 가지고 있어?"

유감스럽게도 누나는 그 일만큼은 전혀 기억하지 못하고 있었다.

누나가 서쪽 방으로 들어가고 나서 집이 문득 고요해졌다.

발리서머호텔

그녀는 끈 달린 하얀 신을 신고 있었다. 아침저녁으로 식당에
내려갈 때마다 그녀가 내게로 왔다. 사흘째 되던 날 아침에 나는
그녀가 도미구이를 식탁에 갖다놓는 사이 남들이 눈치채지 못하
게 밤새 아침이 되기를 기다렸노라고 그녀에게 속삭였다. 식탁
밑의 하얀 신발을 내려다보면서. 그 말에 여자는 다리를 후들후
들 떨고 있었다.

다음날 아침에도 그녀는 내가 앉아 있는 식탁으로 쟁반을 들
고 왔다. 나는 그녀에게 한국엔 지금 눈이 많이 온다고 말해주었
다. 그제야 그녀는 눈, 이라고 가까스로 되받았다. 당신 신발처
럼 하얀 눈, 이라고 나는 그녀에게 다시 말했다. 그러자 그녀는
발을 안쪽으로 오므리며 낮은 소리로 웃었다. 그러고 나서 내가
식사를 끝낼 때까지 멀리서 나를 바라보았다.

발리서머호텔에서 닷새째 머물던 날 아침에 나는 과일과 커
피와 토스트를 가져온 그녀에게 저녁에 와텔(사설 전화국) 앞에
서 만나자고 했다. 야외카페가 밀집해 있는 곳이었다. 거기서 나
는 그녀와 밤새 빈땅을 마시며 그저 아무 얘기나 주고받고 싶었
던 것이다. 그녀는 얼굴을 확 붉히곤 고개를 가로저으며 도로 제
자리로 돌아갔다. 그리고 먼 데서 또 나를 바라보며 우두커니 서
있었다.

그날 밤 그녀가 내 방으로 왔다. 와서 서먹하게 한 시간이나 코다이를 되풀이해서 듣다가 서로 입이 마를 즈음 슬그머니 옷을 벗었다. 그녀는 아기처럼 내 품에 안겨들며 서툰 영어로 말했다.

"눈 보고 싶어요."

"그래, 눈이로군."

"하늘에서 신발이 매우매우 떨어져요?"

웃으면서 나는 그렇다고 대꾸했다. 하늘에서 흰 신발들이 마구마구 떨어지는 것이다. 그리고 나는 한국어로 그녀에게 이렇게 말하고 있었다.

"오래도록 너를 사랑했어. 이 말없는 애야."

뜻을 알 리 없을 텐데 그녀는 묵묵히 내 말에 귀를 기울이고 있었다.

"너는 지금도 모네의 붓질 속에 숨어 있겠지. 그 기묘한 빛의 그림자 속에. 이 벙어리 여자야."

그녀는 가슴과 엉덩이의 선이 무어라 말할 수 없이 아름다운 여자였다. 창밖에선 외등 불빛 속에서 야자수 잎이 쉼 없이 흐느적거리고 있었다. 눈을 삼으니 야자수 잎이 지미디 커다란 물고기로 변해 이마 위로 천천히 떠가는 것이었다.

다음날엔 정오에 그녀가 왔다. 그날도 그녀는 내게 눈 이야기를 해달라고 졸라댔다. 나는 그녀의 벗은 등 너머로 열대 장미와 야자수를 훔쳐보며 줄곧 동쪽 방의 내 연인을 생각하고 있었다.

일주일째 나는 그곳을 떠났다. 흰 신발과 코다이를 남겨두고. 다시 돌아오리란 약속을 던져두고. 그러나 그녀는 내 말을 믿지 않는 것 같았다.

울루와투에 가서 사흘을 보내고 서울로 돌아오던 날 뜻밖에 그녀가 덴파사르 웅우랄라이 공항까지 배웅을 나와 내가 눈사람이 아니길 바란다며 불현듯 눈시울을 붉히고 말했다.

신발

자정이 지나 잠자리에 들려고 화장실에 다녀오는데 아버지가 밖으로 따라나왔다. 아니, 나를 따라나왔던 게 아니다. 오줌을 누고 도로 방으로 들어가는데 아버지가 마루 앞에서 손에 무얼 들고 시커멓게 서 있었다. 다가가보니 어머니의 신발이었다. 감히 왜냐고 묻지를 못하고 나는 아버지의 얼굴만 그저 뜨악하게 마주 보고 있었다.

"어째 이걸 가지고 들어오란다."

아버지의 목소리는 웬일인지 부들부들 떨리고 있었다. 그리고,

신발을 든 아버지가 안방으로 들어가고 나서 집 안의 모든 불이 다 꺼졌다.

밤의 걸음걸이

애야, 오늘 난 우리 집의 평면도를 그려놨어. 언젠가는 햇빛을 받아 누렇게 색이 바래고 두루마리처럼 안으로 말려버릴 테지. 우리들 인생처럼. 그러고 나면 이 집과 함께했던 우리 세월의 기억도 점점 희미해지겠지. 하지만 나중에라도 왠지 너만은 모든 걸 다 기억하고 있을 것 같아. 해바라기밭에서 찍은 사진도 네가 가지고 있다는 걸 난 알아. 어느 여름날 우리는 해바라기 푸른 대궁 사이에 숨어 겁 없이 입을 맞췄지. 너는 그 큰 눈으로 일생 (一生)처럼 나를 바라보고 있었어. 혹은 내가 너를.

며칠 후 난 또 너를 만나러 갈 거야. 아주 먼 열대의 섬이지. 그래, 열대. 거기서 내 서른여섯 살에 다시 너를 만나게 될 줄이야.

신발도 없이 밖에서 밤이 지나가는 소리가 들려온다. 해바라기 지붕을 밟고 지나 마당과 화단을 밟고 지나 장독대를 밟고 지나 상기는 담을 타넘어가고 있다.

밤의 발소리가 도로 돌아와, 내 머리맡에 바투 와서 어깨를 흔든 건 아마 새벽 세 시나 네 시쯤이 됐을 시각이었다. 그녀와 열대 안락의자에 앉아 코다이를 듣다가 한순간 나는 눈을 번쩍 뜨고 자리에서 일어났다. 그리고 나는 밤이 내 귀에다 대고 하는 소리를 캄캄히 엿듣고 있었다.

"갔어!"

조용히 말해도 될 텐데 그는 군이 외쳐 말하고 있었다. 이토록 고요한 밤에도 귀가 어두운가. 일어나서 내가 불을 켜려고 하자 그가 내 손목을 차갑게 거머쥐었다.

"냅두고 나와!"

나는 그에게 손목이 붙들려 방 밖으로 나갔다. 마루로 막 올라서려다 말고 그가 해바라기 방에서 했던 말을 되풀이했다.

"네 어미가 갔다고!"

그제야 나는 안방에 무슨 일이 일어났는지를 퍼뜩 깨달았다. 서쪽 방과 동쪽 방은 아직 깊이 잠들어 있었다. 이어 부들부들 떨리는 다리를 겨우 가누고 안방으로 들어섰을 때 맨 먼저 내 눈에 들어온 것은 어머니의 머리맡에 놓여 있는 흰 고무신이었다.

은항아리 안에서

첫서리가 내린 아침

나는 가을고추처럼 얼얼한 얼굴로 은항아리 안에 앉아 있다.
　항아리 속에는 홍당무와 대롱 끝이 뾰족한 싱싱한 대파와 잔멸치와 껍질이 얇게 부스러져 있는 양파와, 내 여인의 이마를 닮은 마늘과 간장과 콩기름병 들이 놓여 있다.

　해서 항아리 안은 지금 단풍처럼 환하게 달아오르고 있는 참이다.

　여인은 멸치를 우묵한 체에 넣어 물에 흔들어 씻은 다음 가스레인지를 켜고 프라이팬을 올려놓는다. 여인의 이마에 그새 송

송 땀이 솟는다. 여인은 부엌칼을 거꾸로 잡고 도마에다 탁탁탁 마늘을 다지기 시작한다. 그러다 마늘 한 쪽이 도마 밖으로 튀자 에고! 하며 확 붉어진 얼굴로 나를 돌아본다. 나는 천천히 바닥에 떨어져 있는 마늘을 주워 타원형의 흰 플라스틱 접시 위에 올려놓는다. 접시 위에는 썩이나 기울게 썰어놓은 파와 풋고추와 홍시 하나가 선연한 빛을 발하며 얌전히 놓여 있다.

여인이 체에 담겨 있던 멸치들을 프라이팬 안에 가만가만 쏟아붓자 치이 소리를 내며 금세 젖은 비린내가 번져나온다.

잠시 끊어졌다가 다시 이어지는 마늘 다지는 소리.

이윽고 운두가 낮은 팬 안에서 멸치들이 고소한 냄새를 풍기며 익자 여인은 타원형의 접시 안에 있는 양념 채소들을 손끝으로 살살 긁어내듯 집어넣는다. 접시에는 홍시만 덩그러니 남는다. 여인은 팬 안에 간장을 찔끔찔끔 기울여 붓고는 설탕과 깨소금과 미원을 섞어넣고 손잡이가 긴 납작한 주걱으로 스걱스걱 휘젓는다.

"그런데 색깔이 왜 이 모양이죠? 설탕을 너무 넣었나? 이것 좀 봐요. 너무 까매."

기우뚱 일어나 팬 안을 슬쩍 들여다보니 아닌 게 아니라 좀 까만 것 같다. 여인의 눈빛이 이내 흐려진다. 짐짓 볼이 부은 얼굴로 여인은 가스레인지의 불을 끄고 반찬통에다 멸치볶음을 한 젓가락씩 옮겨담는다.

그렇게 해서 일단 멸치볶음의 시간은 끝났다.

그다음은 무생채와 콩나물국이다. 여인은 무를 반달 모양으로 토막낸 다음 칼날을 비스듬히 세워 조심스럽게 썰어나간다. 칼날이 도마에 닿는 소리는 아직 서툴고 더디다. 그러나 두 개째의 반달 무를 썰 때부터는 제법 고른 소리가 난다. 또박, 또박, 또박. 소리만 듣고도 나는 결 고른 채가 도마에 쓰러지고 있다는 걸 알 수 있다. 흠, 하고 나는 헛기침을 하며 비닐봉지 속에 들어 있는 콩나물을 꺼내 플라스틱 바가지에 담고는 대가리의 미끈거리는 껍질을 벗겨낸다.

벽에 걸려 있는 원목시계가 아홉 시를 가리킴과 동시에 주방 창문 안으로 햇살이 빗살무늬로 쏴아 몰려들어온다. 그러자 식탁 위에 놓여 있는 질항아리 안의 국화가 노란빛으로 확 밝아진다.

오늘은 반달이 뜨는 날이다. 생채를 만들기 위해 딱 반으로 쪼개놓은 무처럼. 날이 맑았으면, 하고 나는 속엣말로 중얼거린다. 여인은 아침 여덟 시에 이곳 은항아리 계곡으로 왔고 저녁 여덟 시가 되면 다시 서울로 돌아갈 것이다. 히루의 딱 반이다.

"누가 여기다 은항아리란 이름을 붙여놓고 갔을까요?"

콩나물 대가리의 껍질을 벗겨내다 말고 나는 싱크대 앞에 서 있는 여인의 뒷모습을 올려다본다.

"옛적 웬 이름 없는 과객이었겠지."

"사람이란 참."

사람이란 참? 무슨 뜻으로 하는 소린지 잘 모르겠다.

"여기서 산을 하나 넘어가면 무드리라는 마을이 있어. 비가 오면 물이 들어오는 마을이란 뜻이지. 일제 때 놈들이 수입리(水入里)라고 바꿔놔 지금도 행정상으론 그렇게 부르고 있지만 말이야. 그 옆마을 이름은 무너미이고."

"무너미요?"

"비가 오면 물이 넘쳐들어오는 마을이라고 하더군. 북한강과 남한강이 겹치는 곳이니 그런 마을 이름들이 생겼을 법도 하지. 양수리도 원래는 두무골이라 불렀다지 아마?"

여인은 두무골, 무너미, 무드리, 하고 웅얼웅얼 되받으며 바가지 안에다 무채를 옮겨담고 깨소금, 고춧가루, 잘게 썰어놓은 파, 다져놓은 마늘, 찻숟가락으로 반쯤 되는 조미료를 뿌려넣고 살살 버무린다. 그러고 나서 양념이 묻은 손으로 몇 가닥 집어 간을 본 다음 싸리 무늬가 박혀 있는 사기그릇에 담아놓는다. 다른 소리가 없는 걸로 봐서 이번에는 맛이 괜찮은 모양이다. 그러는 사이 밥통에서 쉭쉭 김이 올라오고 국그릇 안에서는 콩나물이 푹 익고 있다. 나는 국그릇 뚜껑을 열어 고춧가루를 넣고 왕소금을 넣는다.

"자꾸 열어보지 말아요. 콩나물국은 익기 전에 열어보면 비린

156

내가 나니까요."

나는 세번째 국그릇 뚜껑을 연 참이다. 하지만 더이상 그럴 일은 없다.

"아참, 된장찌개에 넣을 두부!"

나는 그제야 콩나물 껍질이 묻은 손을 수도꼭지에 대고 게으르게 씻는다.

"가는 길에 호박도 사왔으면 좋겠어요. 곤봉처럼 길죽하게 생긴 작은 거요."

나는 신발을 꿰신고 문을 열고 나와 채소가게로 간다. 호박과 두부…… 두부와 호박, 하고 되뇌며.

10월 초에 나는 타클라마칸사막 안에 있는 미란이란 곳으로 가려다 이곳 은항아리 계곡으로 왔다. 왜 불쑥 길을 바꾸게 되었는지는 나도 모른다. 다만 지연의 시간을 보내고 있는 중일까? 이번에 또 사막으로 가게 되면 돌아나오기 힘들 거란 생각을 하고 있어서였는지도 모른다. 목탁을 들고 사막 한중간에 앉아 인계(印契)에서 불똥이 될 때까지 숨을 죽이고 있을 직경이었으니 말이다. 혹은 나를 사막으로 가지 못하게 하는 무엇이 생긴 탓인지도 모른다. 나는 이제 누군가 나를 떠나지 못하게 만드는 사람이 옆에 있었으면 한다. 지쳐서가 아니다. 매양 헛것에 쫓겨 기어이 떠나게 돼도 거기서 또 번번이 다른 곳으로 떠나가야 했기

때문이다. 그러고 나서 돌아오는 길은 가는 길보다 더욱 낯설고
아득했다.

올여름에 나는 웬 낯모르는 여자가 노르드 곶에서 부쳐온 사진
엽서를 받았다. 노르드 곶. 아주 추운 곳이다. 그녀는 내게 세상의
끝에 와 있지만 아무것도 보이는 게 없다, 라고 써보냈다. 허나 나
는 내가 늘 없음의 있음에 홀려 떠나고 있다는 것을 알고 있다.

서른네 살이 돼 가본 사막에서 비로소 그걸 깨달았다.

"식탁이 창문 옆에 놓여 있어서 좋아요. 환하잖아요. 이제부
터 식사는 밝은 데서 하는 습관을 들여요. 더군다나 혼자일 때는
말예요."

한겨울 밤에 캄캄한 방에 혼자 앉아 솥바닥을 긁어먹던 때가
있었다. 삭망의 밤에 바위산에 숨어 사람의 뼈를 갉아대는 원숭
이처럼. 부러 그랬을 리는 없다. 혼자서 환해봐야 더욱 견디기
힘들었기 때문이었을 것이다. 아닌 게 아니라 참으로 오랜만에
사람과 마주 앉아 밥을 먹는다. 식탁 위에는 금방 만든 생채와
두부조림과 멸치볶음과 김과 콩나물국과 아직도 뚝배기 안에서
부글부글 끓고 있는 된장찌개 들이 있다. 또한 김이 모락모락 나
는 흰밥이 있다. 나는 노릇하게 구워진 꽁치의 칼집에다 젓가락
을 대 속살을 끄집어낸다. 아직 녹지 않은 소금 알갱이가 이빨에
씹힌다.

얼음장 아래 붉은 집들

　설거지를 끝내고 녹차를 마신 다음 여인과 나는 오목한 지붕 테를 올려다보며 은항아리 안을 천천히 돌기 시작한다. 저수지로 올라가는 산문의 전나무숲에 까치 떼가 내려앉고 있다. 어지러워요, 하며 여인은 가는 한숨을 토해내며 내 팔소매를 붙든다. 안 그래도 빈혈기가 있는 여자다. 까치 떼가 내려앉은 전나무숲 아래로 장닭 몇 마리가 바람에 쫓겨 허둥지둥 뛰어가고 있다. 아주 잠깐 눈앞이 흔들린다. 다시금 여인이 묻는다.

　"어째서 하필 은항아리 계곡일까요?"

　"조금 더 올라가면 저수지가 있어. 항아리처럼 생긴 산봉오리 아래를 두 갈래의 물줄기가 둥그렇게 싸안고 내려와 생긴 작은 호수지."

　여인은 고개를 갸우뚱거리며 단풍이 타고 있는 산을 휘황한 낯빛으로 바라보고 있다.

　"그래도 은항아리는 아니잖아요."

　"아니, 달이 밝은 밤에 하늘에서 내려나보면 항아리 둘레를 싸안아 흐르는 물줄기가 은빛으로 반짝여. 그래서 봄에는 연둣빛이 스민, 여름에는 푸른빛이 도는, 가을에는 단풍에 물든 그리고 겨울에는 투명하고 차디찬 은빛 항아리가 되는 거지."

　여인은 아, 하고 희고 고른 치아를 드러내며 몽롱한 눈으로 나를 올려다본다.

"그래서 저수지엔 삼백육십오 일 은항아리가 거꾸로 처박혀 있다고들 해."

달맞이꽃이 지천으로 피어 있는 저수지 둑께로 올라오자 염소 떼가 검은콩 같은 똥을 마구 떨어뜨리며 불쑥 나타난 사람 남녀 한 쌍을 피해 달아난다. 여인은 이런 말을 또 혼자 중얼거린다.

"염소 떼를 보니 뜬눈으로 태몽을 꾸고 있는 것 같아요."

태몽. 그 말을 한 귀로 흘려들으며 나는 둑 끝에 서 있는 노인네에게 아득히 눈길을 던진다. 그는 한 손에 낫을 들고 꼼짝도 않고 저수지를 향해 서 있다.

"저 노인네는 무얼 저렇게 들여다보고 있는 걸까."

여인이 어디요? 하면서 내 시선을 좇아 고개를 돌린다.

"정말 서서 죽은 사람처럼 보이네요."

나는 여인의 손을 잡고 저수지 둑을 완만하게 지나쳐 계곡 안으로 올라간다. 한데 옆얼굴이 점점 밝아진다. 그제야 나는 낫을 든 노인네가 보고 있는 것이 무엇인가를 알게 된다. 여인은 벌써 숨이 차 발걸음이 더뎌진다. 신발이 큰지 발걸음을 옮길 때마다 신발 밖으로 양파 같은 뒤꿈치가 나왔다가 도로 들어가곤 한다. 나는 게 눈을 뜨고 저수지 안을 흘끗거리다 무심코 얼음장 아래 붉은 집들, 하고 뇌까린다.

"지금 뭐라고 했어요? 얼음장 아래 뭐요?"

"붉은 집들."

"그게 뭔데요?"

나는 여인의 어깨를 돌려세워 저수지 안에 거꾸로 처박혀 있는 항아리 안을 보게 한다. 사방을 병풍처럼 둘러치고 있는 단풍의 무리가 물살마저 죽은 저수지 안에 적막한 빛으로 떨어져 있다. 단풍은 엊그제 급기야 산의 아랫도리까지를 다 먹어내려와 그야말로 절정인 상태다. 실눈을 뜨고 보면 물에 비친 단풍은 마치 바다 속의 산호숲 같다. 아니라면 붉은 갈대들이 수면을 찌르고 무성히 뻗쳐올라와 있는 것처럼 보인다. 얼마간 숨소리를 참고 항아리 안을 들여다보고 있던 여인의 몸이 한순간 기우뚱, 하고 앞으로 기운다. 나는 얼른 여인의 어깨를 가슴으로 바투 끌어당긴다. 여인은 한숨을 푹 내쉬며 이마의 촉촉한 식은땀을 닦아낸다.

"무섭네요, 한참을 보고 있으니 꼭 안으로 빠져들어갈 거 같아요. 지금 물속에 있는 고기들은 기분이 어떨까요?"

저수지 둘레에는 단풍에 취한 물고기를 낚으려는 사람들이 점점이 떨어져 앉아 길게 휘어진 낚싯대를 드리우고 있다.

얼핏, 돌아보니 낫을 든 노인네는 아직도 그 자리에 붙박여 있다.

"아홉 살 때던가, 한겨울의 어느 날 나는 할아버지와 종친회에 갔다가 저물녘이 되어 집으로 돌아오고 있었지. 내가 살던 마을에도 커다란 저수지가 있었어. 어떤 해이던가는 사람만한 가물치가 물가로 나와 동네 청년 하나가 사냥총으로 그걸 쏘아 잡은 적도 있었지."

사람만한 가물치, 하고 여인은 내게 몸을 기울여 귀를 활짝 연다.

"그날 얼음 언 저수지에 노을이 붉게 떨어져 있었어. 앞서 둑길을 걸어가던 할아버지가 문득 걸음을 멈추고 저수지를 물끄러미 내려다보더군. 그러더니 홀연히 그 안으로 걸어들어가는 거야. 영문을 몰라 나는 그냥 둑 위에 혼자 떨고 서 있었지. 조부는 얼음 위를 걸어 저수지 한가운데로 가더니 한참을 우두커니 서 있는 거야. 나를 돌아보는 일도 없이 말이야. 나는 차츰 무서워지기 시작했지. 그래서 하는 수 없이 할아버지의 뒤를 쫓아갔지. 노을이 참으로 붉었어. 얼음 위를 걷고 있으니 얼굴이 숯불처럼 온통 벌게지는 거야. 겨우 할아버지한테 다가가서 나는 그가 귀신처럼 중얼거리는 소리를 듣고 있었어."

"뭐라구요. 얼음장 아래 붉은 집들이라구요?"

"그래, 붉은 집들. 그러고 나서 이제 얼음장 아래로 그만 돌아갈 때가 된 것 같다고 하더군."

"얼음장 아래로요?"

"그러더니 애야, 세상은 춥다. 그러니 옷을 두껍게 입고 살아야 한다, 라고 하더군."

"……"

"얼음 위를 지나 둑으로 올라가며 할아버지가 내게 말하더군. 얼음장 아래엔 붉은 잉어들이 산다고 말이야. 그러니까 그날 할아버지는 잉어들이 사는 집을 보고 있었던 거야."

"잉어가 사는 집이라뇨."

"왜 성씨들마다 탄생설화라는 게 있잖아. 우리 집안의 시조는 잉어거든. 할아버지는 아마 그런 뜻의 얘기를 했던 것 같아. 아무튼 이듬해 봄이 와서 저수지의 얼음이 풀릴 때 할아버지는 조용히 세상을 떠났지."

"……"

"그래서 그런지 나이가 들어서도 내 눈에는 늘 얼음 속의 붉은 집들이 어른거려. 그러다 작년에 사막에 가서 예기치 않게도 저 무의 지평선 끝에서 불타는 집들의 환영을 보게 된 거야."

여인은 목에 쿡 가시가 박힌 소리로 대꾸한다.

"그러니 당신은 떠나지 않고는 못 배기는 사람인 거예요. 붉은 집들인가 뭔가에 홀려서 말예요. 항상 그랬듯이 다시 돌아오기 위해 떠난다는 구실을 대고 말예요."

그래, 언젠가 나는 분명 그런 말을 한 적이 있다. 나는 너에게로 가기 위해 다시 너를 떠나련다, 라고. 그리고 돌아오고 나면 옆에 있던 이는 매번 미당의 시 「신부(新婦)」에 나오는 "신부는 초록 저고리 다홍 치마로 겨우 귀밑머리만 풀리운 채 신랑하고 첫날밤을 아직 앉아 있었는데…… (나중에 돌아와서) ……그 어깨를 가서 어루만지니 그때서야 매운 재가 되어 폭삭 내려앉아버렸습니다. 초록 재와 다홍 재로 내려앉아버렸습니다"처럼 변해 있었다.

나는 꾹 입을 다문 채 산호숲과 붉은 갈대들만 번갈아 보고 있다.

"당신은 바람을 너무 타서 까만 염소처럼 돼버린 사람이고 그것도 모자라 꼬리에다가는 빈 수레까지 달고 다니는 사람이에요. 그러니 어쩌겠어요."

빈 수레를 끌고 다니는 까만 염소. 어쩌다 잉어가 염소가 됐을까.

"혹시 떠나게 되면 초록 저고리 다홍 치마를 입은 신부와 함께 가도 좋겠지."

"아뇨, 저는 가지 않아요. 저는 단단한 도마와 대파처럼 파란 부엌칼만 한 벌 있으면 행복해질 수 있다고 믿는 여자예요. 그리고 얼굴이 하얀 아이 하나. 아이를 둘러업고 손에 도마와 부엌칼을 들고 하필이면 모래뿐인 사막을 따라다닐 수는 없는 노릇이에요."

은항아리 안에 무를 토막내는 칼질 소리가 들려온다.

여인과 나는 그새 항아리 안을 반쯤 비껴돌고 있다.

배추밭의 닭들

계곡 안쪽에는 십여 가구쯤 되는 마을이 있다. 마을로 들어서
자 어디선가 소 울음소리가 들려온다.

"소의 눈을 본 적이 있어요. 너무나 순하고 맑아서 어쩐지 슬
퍼 보이기까지 하는 눈이었어요. 초식동물들의 눈은 왜 한결같
이 그런지 모르겠어요."

얼마 전에 여인과 나는 과천 서울대공원에 있는 동물원에 간
적이 있다. 리프트를 타고 동물원에 내려 해가 질 때까지 우리에
갇힌 짐승들을 물끄러미 바라보고 있었다. 그때 여인은 누(gnu)
라는 초식동물을 보며 그런 말을 말했다. 또한 하마와 기린을 보
면서도. 하마도 초식동물인가, 라고 고개를 갸우뚱거리다가 나
는 여인과 헤어져 집으로 돌아와 백과사전부터 찾아보았다. 하
마는 분명 초식동물이었다. 하지만 눈이 맑아서 어쩐지 슬퍼 보
이기까지 하는 하마?

배추밭에 이른다. 여인은 길가다 우연히 반가운 사람이라도
만난 것처럼 환한 얼굴로 배추밭 안으로 뛰어들어간다. 여인의

뒤꿈치에서 청개구리 한 마리가 탁 튄다.

"땅에 심어진 배추는 정말 오래간만에 봐요. 암만 그래도 이렇게 잎이 싱싱하고 속이 꽉꽉 여물다니요. 부엌칼로 잘라 노란 속을 봤으면."

여인은 고랑 한가운데 쭈그리고 앉아 배추를 애처럼 끌어안고 있다. 여인도 초식동물인가보다. 아니, 여인은 지금 태몽을 꾸고 있는지도 모른다.

아까 집에서 생채를 만들 때 맡았던 깨 냄새가 코끝에 묻어나 눈을 들어보니 머리에 수건을 쓴 아낙네 하나가 배추밭 뒤에서 막대기를 들고 들깨를 털고 있다. 그러다 끄응 허리를 펴고 길게 산바라기를 한다. 아낙이 서 있는 깨밭둑엔 모과나무 한 그루가 서 있고 그 뒤로 시냇물이 차게 흘러가는 소리가 들려온다.

배추밭에 있던 여인이 아낙에게로 다가가 말을 건넨다. 나는 시냇물 소리에 잔뜩 귀를 팔고 있는 중이다. 여인과 아낙은 생면부지로 만나 무슨 말을 저리 나누고 있는 걸까. 여인은 마치 시골에 사는 어머니에게 다니러온 딸처럼 보인다. 여인은 낯선 사람에게는 좀처럼 말을 붙이는 사람이 아니다.

여인이 배추밭 고랑을 가로질러 돌아온다. 아낙이 뽑아준 배추 한 포기를 가슴에 안고. 길옆으로 수탉 한 마리가 땅바닥을 부리로 쪼며 지나가고 있다. 그저 한 마리 수탉이었으면 싶은 때가 있었다. 저 무참히 외로웠던 스무 살의 날들에, 제 몸의 상처를 부리로 쪼며 살던 그때. 그리하여 내세엔 수탉으로 태어나리라는 엉뚱한 생각을 일삼기도 했다. 그렇다면 그때엔 나도 까만 염소의 형물에서, 빈 수레에서 놓여나게 되리라.

여인이 건네준 배추를 얼결에 건네받으며 나는 아낙과 무슨 얘기를 그리 주고받았는지 물어본다. 배추가 고추장 독처럼 제법 무겁다.

"얘기는 무슨 얘기요, 그냥 배추 한 포기를 달라고 했을 뿐예요."

"그랬더니 아무 말 없이 쑥 뽑아주든가?"

"이쁘다고 하니까 웃으면서 그냥 가져가래요. 아닌 게 아니라 이렇게 속이 꽉꽉 여문 배추 같았으면요. 이렇게 야무지게 일생을 살다 서리가 내릴 때를 알고 속으로 꼭 입 다물 줄 안다면요."

은항아리 안에는 그렇게 배추밭이 있고 지금 막 고랑으로 내려가 부리로 모이를 뒤지고 다니는 닭들이 있다.

논바닥의 거미줄

산곡의 해는 짧아서 오후 네 시쯤인데 벌써 서쪽 산자락이 앞둑앎둑해지고 있다. 하루를 밝게 태우고 난 햇살이 건너편 산에 마지막 불을 싸질러대고 있다. 여인과 나는 은항아리 안을 삼분의 이쯤 돌아 추수가 끝나가는 논배미에 다다른다. 여인은 오늘따라 허리가 아프다며 급기야 논두렁에 풀썩 주저앉는다.

여인과 나는 북쪽을 향해 앉아 있고 그리하여 햇살의 기울기는 오른쪽에서 왼쪽으로 낮게 낮게 쓸려가고 있는 중이다. 시나브로 논바닥에 사위어가는 햇살을 바라보며 내내 입 다물고 있던 여인이 저것 좀 봐요, 하며 내 어깨를 잡아흔든다.

"저게 뭐죠?"

나는 여인이 가리키는 곳으로 눈길을 가져간다. 몰랐는데, 햇빛에 젖은 거미줄들이 논바닥을 가로로 온통 뒤덮고 있다. 거미줄들이 햇빛에 젖어 명주그물처럼 흔들리고 있다.

"거미줄이라구요?"

그래, 틀림없는 거미줄이다.

"놀라워라, 어쩌면 저렇게 길게 길게 줄들을 쳐놓았을까요?"

"……저것들도 살기 위해서겠지."

"그렇죠? 저리 줄을 쳐놓고 있으면 피도 안 마른 살점들이 드문드문 묻어나겠죠? 그걸 위해 종일 꽁무니에서 줄을 뽑아내고 있는 거예요."

"그렇겠지."

"눈물겹네요. 사람들 사랑하고 사는 일처럼 말예요."

"그래, 저 아슬아슬한 줄에 닭이나 황소처럼 덩치 큰 것들이 걸려든다 해도 좀처럼 빠져나가기란 힘들 거라는 생각이 드는군."

"하지만 그것들은 또 줄에 걸려서도 나름대로 태몽을 꾸고 열심히 새끼들을 낳아 기르며 살겠죠?"

"그렇겠군. 저마다 제 몸이 가두어져 있다는 것을 알면서도, 그러다 곧 잡아먹히게 될 거라는 걸 알면서도 말이야."

"그게 실은 우리네 산다는 일 아녜요?"

"……"

이윽고 해가 서쪽으로 다 떨어져버리자 거미줄도 눈에서 사라진다. 해도 여인은 논바닥에서 차마 눈을 거두지 못한 채 하염없이 앉아 있다.

은항아리 안에 거침없이 늦가을 땅거미가 진다.

하루살이 떼

여인과 나는 배추 한 포기를 가슴에 안고 길을 되짚어 내려온다. 여인은 자주 돌부리를 걸어차며 그때마다 에고! 하며 몸을 기우뚱거린다. 염소 떼와 까치 떼와 닭들도 이미 집으로 갔는지 눈에 띄지 않는다. 그러한데, 어디선가 모래알 같은 것들이 면상으로 사정없이 날아오고 있다.

"이건 또 뭐죠? 뭐가 이렇게 얼굴로 쳐들어오는 거죠?"

쳐들어온다, 란 말을 듣고 나서야 나는 부연 어둠 속에서 안개처럼 몰려오고 있는 것들이 다름 아닌 하루살이 떼라는 것을 알아차린다. 이렇게 빈틈없이 날아드는 하루살이 떼는 나도 본 적이 없다. 여인은 머리 위로 손을 휘휘 내두르며 캑캑 밭은기침까지 해댄다.

"지독해요, 눈을 뜨기가 힘들어요."

나는 허리를 낮게 구부린 채 여인의 팔을 잡고 발걸음을 서두른다. 자칫 길을 잃지 않을까 싶을 정도로 사위가 먼지구덩이처럼 탁하다. 여인은 멈칫멈칫 끌려오느라 가쁜 숨을 헐떡이고 있다.

"이제 조금만 더 가면 저수지야."

여인과 나는 은항아리 안을 얼추 다 돈 것이다. 조금 전까지 보았던 낮의 풍경들이 꿈처럼 죄 지워지며 가슴 안짝으로 찬바람이 우 몰려든다. 눈에 보이는 것은 끝없이 몰려오는 하루살이 떼뿐…… 사막의 먼지, 하고 무심결에 내뱉다 나는 다시금 저무의 지평선 끝에서 불타고 있는 집들의 환영을 목도한다. 내가 하는 소리를 들었는지 어쨌는지 여인이 이런 말을 숨가쁘게 토해낸다.

"우리도 이 하루살이 떼 중의 하나란 걸 알아요."

"그건 내남없이 다들 마찬가지지."

"그래요, 우리는 다만 조금 긴 하루를 살다 가는 존재들인데, 당신은 왜 하루의 반나절도 사랑하는 사람의 옆에 있을 수 없는 거죠?"

"당신은 배추같이 속이 꽉 찬 여자지만 나는 텅 빈 영혼을 가진 사내라서 그래."

"그렇다면 저를 마당에 들여놓지 말았어야죠. 당신은 이미 한 여자를 돌아갈 수 없게 만들어놨어요."

"돌아가지 말아! 나도 마당에 거미줄을 치고 살아볼 작정이니까."

"하지만 당신 그거 못 하잖아요."

거기서 나는 우뚝 걸음을 멈추고 분분한 하루살이 떼 속에서 와락 여인의 등을 끌어안는다. 바로 그때, 여인의 어깨 너머로 저 수지 둑에 낫을 들고 서 있는 노인의 모습이 눈에 성큼 잡혀든다.

저 노인네는 무엇 때문에 아직까지 저기 서 있단 말인가.

은항아리 안에 먹물이 들어찬다.

먹물 한가운데를 비집고 손톱만한 반달이 돋아난다.

여인이 잠든 시간

거미줄에 걸린 하루살이의 사랑. 오늘 너와 나는 그런 사랑을 했다. 둘이 뜬눈으로 이런 꿈을 꾸기도 했다. 대문 밖의 텃밭을 일궈 무 배추를 심고 염소 떼를 본 날 태몽을 꿔 열 달 후에는 유난히 이마가 흰 아이를 낳는다. 그리고 아침저녁으로는 온갖 양념을 한데 버무려 살점 같은 끼니를 준비한다……

여인의 몸은 오늘 그믐이다. 계곡에서 돌아와 여인은 쌀쌀한 배를 문지르며 건넌방에 들어가 누워 있다. 나는 『동명일기東溟日記』에 나온다는 구절 하나를 책상의자에 앉아 뜻 없이 웅얼거리고 있다.

진홍(眞紅) 같은 것이 차차 나 손바닥 넓이 같은 것이 그믐밤에 보는 숯불빛 같더라.

여인은 곧 서울로 돌아가야 한다. 아침 여덟 시에 왔다가 저녁 여덟 시에 돌아가는, 하루살이도 안 되는 한갓 반나절의 사랑. 하지만 오늘 그대가 돌아가더라도 이내 또 만나게 될 것을 믿고 싶다. 그동안에 나는 사막에 가기도 하고 세상의 끝을 보러 떠나기도 하겠지. 하지만 내 반나절 안에는 그대 곁으로 속히 돌아오리란 것을 믿는다. 다만 하루 사이에 이토록 사무친 너와 내가 서로 잊지 않기를 바랄 뿐이다. 그래, 지금은 깊이 잠들어 있거라. 늦가을 배추처럼 속이 단단해지는 꿈을 꾸며. 그동안 나는 너로 하여 떠나지 않는 법을 배우련다.

저녁 일곱 시 반. 나는 슬며시 문을 열고 들어가 잠든 여인의 이마 옆에 앉는다. 여인은 오늘 은항아리 계곡으로 오기 위해 서리가 내리는 새벽 다섯 시에 일어나 길을 나섰다. 튤립 모양의 스탠드 옆에 배추 한 포기가 화분처럼 놓여 있다. 여인은 홍시 같은 얼굴에 땀을 흘리며 이불 속에 깊이 파묻혀 있다. 그믐의 몸으로 계곡을 한 바퀴 다 도느라 꽤나 힘들었을 것이다. 수건으로 얼굴을 닦아내려 하자 여인은 간신히 눈을 비벼 뜬다. 그러더니 대뜸 묻는다.

"여기가 어디예요?"

항아리 안이야, 라고 나는 나지막하게 속삭인다.

"아, 은항아리 안."

그러고 나서 여인은 허리를 틀어 몸을 일으킨다. 겨우 몸을 일으키다 와락 내 목을 끌어안는다.

그리고 운다.

"몸 구석구석에 죄 서리가 내린 것처럼 추워요."

밤에 깨게 되면 그게 어떤 잠이든 온 마음과 온몸이 추운 법이다. 하지만 여인은 지금 그 때문에 울고 있는 것만은 아니리라.

살다보면 때로 깨소금도 매울 때가 있나니, 이렇듯 서로를 완강하게 끌어안고 있어도 겨울밤 식은 국을 혼자 먹을 때처럼 마음이 확 쓸쓸해질 때가 있나니, 저 도마에 난 칼자국들처럼 가슴 안짝이 다 팰 때까지 우린 또 얼마나 긴긴 날들을 외롭게 살아내야 하는 걸까.

상기는 배추 한 포기가 은항아리 안에서 울고 있다.

반달

여인과 나는 버스정류장에 우두커니 서 있다. 바람 잔 하늘에 별들이 무수히 몰려와 박혀 있다.

"정류장 앞에 나무들이 보여서 좋아요. 게다가 저기 반달도 떴네요."

정류장 앞산의 나무들. 서리가 두어 번 더 내리고 나면 마침내 너희 단풍들도 멸치볶음처럼 까매질 테지. 그후 눈발 흩날리는 날들이 또 급히 찾아올 것이다. 나는 여인이 혼자인 듯 읊조리고 있는 노래를 무심한 척, 귀 기울여 듣고 있다.

푸른 하늘 은하수

하얀 쪽배엔

계수나무 한 나무 토끼 한 마리

돛대도 아니 달고 삿대도 없이

가기도 잘도 간다

서쪽 나라로

　서울로 가는 버스가 와서 발 앞에 멎는다. 그러자 버스 지붕 위에 반달이 비스듬히 걸린다. 아침 도마 위에 놓여 있던 무 토막 모양으로. 이윽고 버스가 출발하자 차창가에 앉아 나를 내다보는 여인의 얼굴이 따박따박 칼질 소리를 내며 차츰 깎여나간다.

　버스가 가고 하늘을 보니 달이 없다.

　매양 그랬듯이 내일 밤 새벽에도 여인은 또 꿈에 쫓기다 까마득한 소리로 내게 전화를 걸어올 것이다. 나는 흔들리지 않게 지렁이처럼 느리게, 느리게 몸을 움직여 집으로 돌아온다. 어린 날, 노을이 타는 얼음 위를 지나 집으로 돌아가던 그때처럼.

　침침한 눈에 다시금 얼음장 아래의 묽은 집늘이 보인다. 나는 짐짓 고개를 흔든다.

물이 넘어 들어오는 밤

나는 은항아리 속에 깊이 누워 있다. 밤이 깊어도 여인에게서
는 전화가 걸려오지 않는다. 배추 한 포기만이 옆에 덩그러니 엎
어져 있을 뿐이다.

빨래판 무늬로 여인이 그리워진다. 뚜껑 없는 항아리 위로 국
자 모양의 북두칠성이 흘러가고 견우성 직녀성이 흘러가고 그리
고 내가 까마득하게 흘러간다.

항아리 안이 무섭도록 고요해진다. 먼 데서 단풍 든 물이 넘어
들어오는 소리가 들려온다. 그러자,

항아리 안에 숨죽이고 있던 낮의 짐승들이 밖으로 하나씩 기
어나가기 시작한다. 청개구리가 기어나가고 닭들이 기어나가고
소 돼지와 염소 떼가 꾸물꾸물 줄지어 기어나가고 마침내 하루
살이 떼까지 죄 밤하늘로 날아가버린다.

은항아리 안이 명줏빛 거미줄만 남고 텅 빈다.

천지간

여기까지 어떻게 왔냐구요? 믿을 수 없겠지만 걸어서 왔습니다. 물론 읍내 터미널에 내려 바로 군내 버스로 갈아타면 된다는 것쯤은 저도 알고 있었지요. 그래요, 눈이 내리고 있었어요. 폭설이었죠. 하지만 그 여자가 터미널에서부터 줄곧 여기까지 걸어왔던 거예요. 네, 한 시간도 넘게 걸리더군요. 글쎄요, 제가 왜 그 여자의 뒤를 따라왔는지 아직도 모르겠습니다. 어디로 가는지도 모르고 그냥 무작정 따라온 겁니다. 뭐라구요? 전에 어디서 만난 적이 있는 사람 아니냐구요? 아네요, 생면부지인 여자예요. 오늘 광주에서 처음 봤다니까요. 거기서부터 완도 읍내까지는 함께 직행버스를 타고 왔지요. 세 시간 반이 걸리더군요. 아무튼 저는 문상을 가던 길이었어요. 발인요? 아마 내일일 겁니다. 글쎄요, 내일 아침에라도 첫차를 타고 광주로 가야 할지

어쩔지 아직 모르겠군요. 하지만 지금으로선 그것도 왠지 장담할 수가 없군요.

　전라남도 완도군 완도읍 정도리 구계등(九階嶝)이다. 저녁 여덟 시에 나는 이곳에 왔다.

1

　어제 낮에 나는 외숙모의 부음을 들었다. 그녀는 쉰 살이라는 아직 젊은 나이에 위암으로 숨졌다. 암 선고를 받은 것은 구 개월 전이었다. 그때 담당의사는 앞으로 길어야 삼 개월을 넘기지 못할 것이라는 말을 했었다. 그녀가 삼 개월에서 무려 육 개월을 더 버틴 것은 대학입시를 앞두고 있던 큰아들 때문이었을 것이다. 아들의 합격통보를 받고 나서 불과 이틀 만에 숨졌으니 그렇게밖에는 달리 설명할 도리가 없다.

　어머니가 내려갔기 때문에 굳이 나까지 문상을 가지 않더라도 모양새가 나쁠달 수는 없었으나 외숙을 생각하면 꼭 그런 것도 아니었다. 내가 대학에 합격했을 때 그리고 군에서 제대했을 때 외숙이 각각 쌀 한 가마니씩을 화물열차에 실어 보내왔던 것이다. 요즘 세상에 쌀 두 가마니가 무슨 대수로운 것이랴만 외숙에게 대소사가 있을 때마다 그게 묘하게도 빚 감정으로 작용하는 것만큼은 어쨌든 사실이었다. 외숙모가 서울 백병원에서 암 선고를 받던 날도 나는 외숙의 주변을 지키고 있었다. 그날 저녁 광주로 내려가며 그는 또 무슨 정신으로 하는 소린지 내게 이런 말을 하고 있었다.

"어서 혼례를 올려야지. 그때 또 쌀 한 짝 올려 보내마."

외숙은 쌀이라는 것을 무슨 제물 같은 것으로 생각하고 있는 듯했다. 하기야 어머니만 해도 아직 바늘쌈지와 쌀을 화폐처럼 생각하는 사람이다.

지물포를 하고 있는 외숙은 젊어서 그림 공부를 하기 위해 일본까지 다녀왔다고 한다. 하지만 그가 무슨 이유로 마흔 살까지 잡고 있던 교편과 서양화를 하루아침에 집어치웠는지는 모른다. 다만 백색에 미쳐 있다가 그만 붓을 놓게 되었다는 말을 전에 한번 들은 기억이 있을 뿐이다. 하얀색이 아니고 백색(白色) 말이다. 단지 어감 차이밖에는 없다고 생각되는 이 하얀색과 백색을 외숙은 아직도 완전히 다른 색으로 알고 있는 사람이었다.

오전 열 시 삼십 분 서울발 광주행 고속버스. 나는 검은 양복에 검은 넥타이를 매고 검은 구두까지 신고 있었다. 누가 봐도 상가에 가는 사람이란 걸 알았을 것이다. 요즘은 굳이 옷차림까지 따져 문상을 가는 사람도 없으려니와 암만해도 그런 차림을 하고 있으면 어딜 가나 남들의 꺼림한 시선을 받게 돼 나도 꺼려하는 편인데, 몇 년 전인가 어머니가 우격으로 양복점으로 데려가

할 수 없이 맞춘 옷이었다. 언제 무슨 일을 당할지 모른다는 얘기였다. 당신이 수의를 미리 지어놓았으니 이를테면 나도 상복을 준비해놓아야 한다는 뜻이었다. 그래도 여간해서는 잘 입지 않지만 아무래도 집안 사람이 상을 당하게 되면 또 갖출 것은 갖추는 것이 좋겠다는 생각이 들어 한두 번 꺼내 입은 적은 있었다. 하지만 검은 양복을 입고 있으면 그때마다 얼굴이 뻣뻣해지는 느낌만큼은 어쩔 수가 없었다.

그 여자를 본 것은 오후 세 시쯤이 되어 광주 종합터미널에 도착해서였다. 보았다, 라는 말은 맞지 않을는지도 모른다. 버스에서 내려 나는 택시승강장으로 가던 길이었는데, 사람들 틈을 비집고 나가다 툭 하고 서로 어깨가 부딪쳤던 것이다. 좀 세게 부딪쳤던 것 같기도 하다. 순간 여자의 몸이 휘청하니 흔들렸고 이어 아! 하는 날카로운 소리가 귓전에 날아와 박혔다. 꼭이 해침이라도 당한 듯한 단말마의 소리였다. 얼결에 놀라 돌아보니 노란 바바리코트를 입은 여자가 미간을 찌푸린 채 손으로 배를 싸쥐고 있었다. 몰랐는데, 내 몸이 그녀의 배까지 스친 모양이었다. 곧바로 내 입에서 죄송합니다, 라는 말이 튀어나왔지만 여자는 들은 척도 않고 곧바로 몸을 추슬러 매표창구 쪽으로 걸어갔다.

그로부터 약 오 분 후에 나는 그녀와 다시 만나게 된다.

가본 사람은 알지만 광주 종합터미널은 직행버스 터미널과 고속버스 터미널이 상가를 사이에 두고 연결돼 있다. 그녀는 고속버스 터미널에서 직행버스 터미널로 가기 위해 상가 보도의 중간께에 있는 택시승강장을 막 지나치고 있었다. 핸드백조차 지닌 것이 없는 예의 노란 바바리 차림이었다. 베이지색이 아닌가 싶어 눈여겨보니 역시 연한 노란빛이었다. 누군가 쳐다보고 있다는 것을 느꼈음인지 승강장 옆을 지나던 그녀가 나를 돌아보았다. 하지만 그것은 어디서나 흔히 있을 수 있는 타인과의 찰나간 마주침에 불과했다. 이내 눈길을 거두고 그녀는 가던 길을 서둘렀다. 조금 전에 서로 어깨를 부딪쳤던 사람이 나라는 것조차 모르고 있는 듯했다. 아니, 잠깐 멈춰 선 듯도 했지만 거기엔 별 뜻이 없어 보였다.

여자가 나를 바라보고 있음을 깨달은 것은 노란빛의 잔상이 좀 길게 동공에 남아 있다 싶어 그녀가 사라진 곳을 눈으로 슬쩍 더듬고 있을 때였다. 그녀는 터미널 입구에 우두커니 멈춰서 있었다. 나와는 한 십여 미터쯤 떨어져 있었을까. 얼마든지 제 시선을 다른 데로 피할 수 있는 거리의 유동성 때문인지 그녀는 제법 대담한 얼굴로 나를 주시하고 있었다. 혹시나 싶어 주위를 둘러보았으나 암만해도 그녀의 눈에서 벗어닐 방법이 없었디. 저 여자가 왜 가던 길을 멈추고 나를 바라보고 있는 것일까? 뒤미처 내가 검은 양복을 입고 있다는 사실을 깨달았으나 혹시 그 때문이라고 해도 그 바라봄의 순간은 너무 길었다. 내 앞에서 택시를 기다리는 사람은 이제 둘밖에 남아 있지 않았다. 넉넉히 일이

분 후면 나는 택시에 올라 고인의 자택으로 가고 있을 것이다. 또한 삼십 분쯤 후에는 다른 문상객들 틈에 끼어앉아 화투를 치거나 소주를 마시고 있을 터이다.

이윽고 택시가 내 앞에 와 섰고 때를 같이하여 그녀는 터미널 안으로 몸을 돌려 사라졌다. 그리고 내게 무슨 일이 일어났던가. 나는 택시 뒷문을 열다 말고, 돌연 덜미를 잡힌 사람처럼 주춤거리며 뒤로 물러난 다음, 직행버스 터미널 입구를 캄캄하게 노려보고 있다가 냅다 가드레일을 뛰어넘어 그녀의 뒤를 쫓아갔다.

그녀의 무표정한 얼굴에서 나는 구 개월 전 암 선고를 받은 뒤 외숙모의 얼굴에 드리워져 있던 차디찬 죽음의 그림자를 엿보고 있었던 것이다. 크나큰 당혹감이 천둥처럼 지나가고 나서 그리 길지도 않은 사이에 그녀의 얼굴에 뒤덮이던 적막한 체념의 그림자. 그것은 이미 죽음을 받아들인 자의 모습이라고 해도 좋았다.

그녀는 매표구 위에 붙어 있는 차 시간표를 올려다보고 있다가 완도행 표를 끊었다. 처음부터 완도행을 염두에 두고 있었던 듯 별 망설임이 없는 모습이었다. 고속버스는 차가 없거나 있더라도 시간대가 맞지 않아 이쪽으로 온 게 분명했다. 스물대여섯 살 정도. 아무래도 그 이상으로 보이지는 않았다. 스트레이트 퍼머넌트를 한 머리에 목에는 자줏빛 스카프를 두르고 있었다. 그녀는 손목시계를 내려다본 다음 개표구 앞의 주황색 플라스틱

의자에 앉아 세 시가 될 때까지 꼼짝도 하지 않았다. 그녀는 뒷전에 누군가 와 서성이고 있다는 것을 눈치채고 있었을 것이다. 개표를 하기 직전에 그녀가 짐짓 우연한 얼굴로 뒷전에 서 있는 나를 돌아보았다. 그녀는 알았으리라. 내가 불과 몇 분 전까지만 해도 택시승강장에 서 있던 사내라는 것을. 그 사내가 갑자기 길을 틀어 지금 자신의 뒤에 와 있다는 것을.

그때 그녀의 눈빛에서 두려움이라든가 경계심 따위를 읽었다면 나는 도로 택시승강장으로 돌아갔는지도 모른다. 요컨대 내가 타인이라는 사실을 그녀가 조금만 애써 일깨워줬더라면 나는 더이상 그 자리에 서 있었을 수도 없었을 것이다. 얼핏 당황한 것은 사실인 듯했으나 그녀는 이내 침착한 모습을 되찾았다. 적어도 방조 혹은 묵인을 뜻하는 그녀의 얼굴 뒤에서 나는 갈피를 못 잡고 심히 허둥거리고 있었다. 이어 부르릉 하고 차에 시동이 걸리는 소리를 듣고 있다가 나는 재빨리 표를 끊고 버스에 올라탔다. 반은 무의식적으로 또 반은 체념하는 심정으로. 버스에 올라타며 나는 입엣말로 이렇게 중얼거리고 있었다. 하필이면 나는 검은 양복을 입고 서 있다가 우연찮게도 죽음을 뒤집어쓰고 있는 여자를 보게 되었단 말이다. 그래도 타인임을 빌미로 애써 외면하고 지나칠 수도 있었겠지. 한데 그녀가 눈에 보이지 않는, 생에 대한 저 한 가닥 미련의 줄을 길게 늘어뜨리고 있었다면? 뭐, 문상을 가던 길이 아니었냐고? 그래, 죽음 앞에 납작

엎드리러 가다 나는 산 죽음과 서로 어깨가 부딪친 거야.

아주 오래전에 누군가 내 목숨을 구한 일이 있어.

2

여자는 중간께의 창문 옆자리에 앉아 있었다. 나는 그녀가 앉아 있는 곳을 기우뚱하니 지나쳐 맨 뒷자리에 가 앉았다. 겨우 십여 명의 승객을 태우고 버스는 곧 출발했다. 버스가 광주를 빠져나갈 때까지 나는 줄곧 눈을 감고 있었다. 어째서 이런 일이 생긴 것일까. 나중에 어머니에게는 뭐라고 둘러댄단 말인가. 어쩌면 검은 양복을 입고 있었기 때문에 생긴 일인지도 모른다. 슬픔이 슬픔을 알아보고 사랑이 사랑을 알아보듯 죽음 또한 죽음과 만나면 별 수 없이 서로를 알아보게 마련인가보다. 하여 길을 가다보면 예기치 않은 일로 행로가 바뀌는 경우가 있다는 것을 이제 알겠다. 하지만 지금 내가 어디로 가고 있는가는 아무도 모르고 있다. 물론 나 자신마저도.

버스가 나주를 지날 때 나는 혼곤한 피로에 싸여 지금껏 내가 살아오면서 겪었던 죽음의 일들을 떠올리고 있었다. 아홉 살 땐가 열 살 때 물에 빠져 죽을 뻔한 적이 있었다. 비가 온 다음날 친구들과 함께 조개를 잡으러 가서였다. 친구들과 나는 뙤약볕이 내리쬐는 철길을 따라 반나절이나 걸어 큰 강에 도착했다. 민물과 바닷물이 겹치는 거기엔 손바닥만한 대합이 참 많았다. 나는 손끝이 수면에 걸릴 정도의 깊이까지만 잠수해 들어가 바닥에 있는 조개를 잡고 있었다. 하지만 그날따라 옆구리께로 떠내려가는 물살의 힘은 엄청나게 셌다. 한순간 몸이 가로로 떠서 비틀리며 나는 이내 거센 물살에 휘감기고 말았다. 아무리 허우적대도 중심을 되찾을 방법은 없었다. 뼈마디의 힘이 다 빠져나갔을 때 나는 물속에서 번쩍 눈을 뜨고 마지막 생사의 싸움을 지켜보았다. 삶과 죽음이 벌거벗은 남녀처럼 엎치락뒤치락하는 가운데 마침내 날숨이 코까지 올라왔고 이어 실크커튼처럼 부드러운 빛이 내 손과 발을 조여묶기 시작했다. 짙은 푸른빛이었던 실크커튼은 점점 보랏빛으로 변해갔다. 그리고 보랏빛이 흰빛으로 바뀔 즈음 나는 의식을 잃고 말았다.

깨어보니 나는 들꽃이 무리 지어 있는 강둑에 누워 있었다. 처음엔 그곳이 어느 세상인지 알지 못했다. 시간이 좀더 지나 나는 조개를 잡고 있는 손에서 매운 피가 줄줄 흘러내리고 있는 것을 보고 나서야 겨우 내가 살아 있음을 깨달았다. 내 옆에는 거적때기를 쓴 친구 하나가 더 누워 있었다. 그는 나를 구하기 위해 강에 뛰어들었다가 대신 변을 당한 것이었다. 나는 부들부들 떨면서 죽은 친구를 보기 위해 거적때기를 들어올렸다. 그리고 나는 그의 얼굴에서 아까 물속에서 보았던 예의 푸른빛과 보랏빛을 똑똑히 보고 있었다. 한데 그 흰빛의 광경은 어디로 갔는지 보이지 않았다.

그 마지막 흰색을 보게 된 것은 그로부터 오랜 세월이 지나서였다. 군에 있을 때였다. 다행히 뇌관만 터져 불구도 면하고 목숨도 구했지만 제대하기 얼마 전에 나는 수색을 나갔다 지뢰를 밟은 적이 있었다. 발바닥 밑에서 뻥 하는 소리와 함께 뇌관이 폭발하는 순간 나는 정말이지 뭐라 말할 수 없이 투명한 흰색과 다시 만나고 있었다. 차라리 아름답다고 해도 좋을 은은한 하얀빛. 훗날 박물관에 갔다가 우연히 조선백자를 보게 되었을 때 다시금 나는 그 황홀한 흰색에 사로잡혀 있었다. 외숙을 미치게 했던 백색의 정체도 어쩌면 이런 종류의 것이 아니었을까.

월출산의 한 자락을 보고 있었으니 영암이었을 터였다. 거기서부터 나는 어이없게도 깜빡 잠이 들어 있었다. 싸락눈이 내리는 걸 본 것은 나주를 지나 영암으로 가고 있는 도중이었다. 내가 잠에서 깨어났을 때 버스는 어느덧 해남을 통과하고 있었다. 눈은 그새 함박눈으로 변해 몇 미터 앞도 분간하기가 어려웠다. 버스 안은 저녁처럼 어둑했다. 승객들은 모두 잠을 자고 있는지 행여 소곤거리는 소리조차 한 점 들려오지 않았다. 턱을 들고 살펴보니 그녀는 고개를 모로 틀고 창밖을 내다보고 있었다. 내가 잠들어 있는 동안 혹시 뒤를 돌아보지는 않았을까. 청해진을 지나는 해안도로를 끼고 돌아 버스는 여섯 시가 조금 넘어 완도에 도착했다.

버스에서 내리자마자 나는 매표구에서 광주행 차 시간부터 물었다. 마음이 바뀌어 이제라도 돌아가야겠다는 생각을 하고 있었던 건 아니었다. 다만 내 느낌이 틀렸을 경우를 생각해 미리 알아놓으려는 것이었다. 막차는 일곱 시 반에 있었다. 도로 사정이 좋지 않은 점을 감안하더라도 막차를 타게 되면 열한 시까지는 광주로 돌아갈 수 있을 것 같았다. 문상을 가는 시간으로는 그리 늦는 편도 아니었다.

　여자는 아까부터 터미널 밖에서 서성이고 있었다. 완도까지 오긴 했되 어디 갈 데가 없는 사람처럼 택시운전사가 다가와 뭐라뭐라 해도 고개만 가로저었다. 그렇다고 누굴 기다리는 모습이랄 수도 없었다. 그녀를 사이사이 훔쳐보며 나는 일종의 도박을 하고 있었다. 만약 오 분 내에 저 여자가 나를 돌아보지 않으면 그때는 어쨌거나 광주행 버스를 타리라고.

　여자도 나와 비슷한 생각을 하고 있었는지 모른다. 잠시 후에 앞길로 지나가는 버스를 눈으로 쫓는 척하며 그녀가 먼지가 잔뜩 낀 유리문을 통해 안에 있는 나를 들여다보았다.

　이끌리듯 내가 밖으로 나가자 여자는 냉큼 몸을 돌려 발걸음을 옮겨놓았다. 따라오게는 하되 절대로 거리를 주지 않겠다는 태도였다. 여자와 나는 읍내를 벗어나 약 오십 미터의 간격을 두고 함께 눈길을 걷기 시작했다. 길은 외길이었고 왼편에서 간간이 파도 소리가 들려오는 걸로 미루어 먼 데 바다가 누워 있는 모양이었다. 여자는 부두로 빠지는 길을 버리고 인가 하나 보이지 않는 산 아랫길로 하염없이 걸어들어갔다. 나는 상여를 따라가듯 무연히 여자의 뒤를 쫓고 있었다. 그러는 사이에 문득 시간이 지나고 있다는 느낌마저 사라져버렸고 어쩌다 뒤를 돌아볼 때마다 깨닫게 되는 것은 내가 지금 어디서 와서 어디로 가고 있는지 모르겠다는 사실뿐이었다. 돌아가기에는 이미 뒤가 너무 멀었고 날은 급히 어두워지고 있었다. 그때쯤에는 여자의 희미한 뒷모습을 붙잡고 따라가는 일 말고는 다른 것은 생각할 여지가 없었다.

여자가 왜 차를 타지 않고 그 먼 길을 걸어왔는지 모른다. 아무튼 무려 한 시간 반을 걸어 정도리에 도착했을 때는 서서히 눈도 그치고 있었다. 나는 몇 시간 만에 서른두 해를 몽땅 다시 산 기분이었다. 입춘이 지난 지는 벌써 오래고 양력 3월을 보름 정도 남겨놓고 내린 눈 치고는 참으로 대단했다. 다음날에야 나는 남도가 겨우내 가뭄에 시달리고 있었다는 소리를 횟집 주인에게서 들었다. 서설이었던 것이다.

3

횟집을 겸한 여관이다. 베란다 쪽으로 난 커다란 유리창 안에 바다가 비스듬히 떠 있다. 눈이 그치고 나서 홀연 날이 개고 보름을 턱까지 쫓아온 달이 음력 12월 중순의 바다를 흔들고 있다. 도착하자마자 여자는 곧장 이 층 여관으로 올라가서는 지금까지 내려오지 않고 있다. 감성돔 회를 시켜놓고 혼자 청하를 마시고 있자 횟집 주인인 사십대의 사내가 슬슬 다가와 앞자리에 앉아 있다. 벌써 머리가 희끗희끗하고 언제 깎았는지 턱수염이 쑥 길어 있다.

상에 놓인 감성돔은 사내가 바다에 나가 직접 낚아올린 것이다. 횟집이라 김치, 된장찌개 따위는 팔지 않는데다 매운탕을 끓인다고 해도 어차피 고기는 잡아야 하니 그러려면 아예 회부터 먹으라는 얘기다. 문상을 가던 사람이 엉뚱한 곳에 와 앉아 그것도 생식(生食)을 하다니. 쟁반이 나오자마자 나는 께름칙한 느낌이 들어 양복 윗도리와 넥타이를 벗어놓는다.

"요즘은 고기가 잡히지 않을 때죠. 노래미 광어는 좀 남아 있지만 감성돔은 드물어요. 늦가을에 추자도 쪽으로 옮겨갔다가 산란기인 봄에 돌아오거든요. 지금 잡히는 것은 붙박이 감성돔이라고 해서 사시사철 한곳에만 붙어사는 것들이죠. 맛은 있을 겁니다. 봄에 올라오는 것은 껍질 빼고는 딩최 먹을 게 없거든요. 꾼들이나 미식가들이 감성돔을 좋아하는 이유 중의 하나는 바로 이 색깔 때문이에요. 보시다시피 이렇게 껍질을 얇게 들어내면 빨간 얼룩무늬가 보입니다. 자고로 여기 붙어 있는 살을 최고로 칩니다. 시각적으로나 미각적으로나 말입니다. 보세요, 아주 미묘한 색깔이죠?"

아직도 무채 위에 누워 있는 감성돔의 아가미가 벌쭉거리고 있다. 새삼스럽게 내려다보니 그야말로 살풍경한 모양이다. 산채로 재재 칼질을 당해 온몸을 홀랑 벗고 누워 있다. 살았달 수도 없고 죽었달 수도 없이 그렇게. 나는 젓가락으로 사내가 말한 얼룩무늬 부위의 살점을 슬쩍 뒤집어본다. 미묘한 흰색. 기이한 일이다. 그놈의 흰색을 여기 와서 또 만나게 되다니. 몸서리가 쳐진다. 나는 짐짓 수를 쓰듯이 그것이 하얀색인지 백색인지를 사내에게 물어본다.

"그것까지야 제가 어떻다고 말할 수 있나요. 하지만 머리까지 다 죽고 나면 색깔이 탁해지는 건 사실입니다. 종류에 따라 다르긴 하지만 감성돔은 회를 뜨고 나서 바로 드시는 게 아무래도 좋죠."

"시각적으로 또 미각적으로 말입니까?"

"그렇습니다. 자, 드셔보시죠. 아니, 상추 마늘에 싸서 드시지 마세요. 손님들이 찾아 고추 된장까지 올려놓긴 하지만 맛을 아는 사람들은 그렇게 먹질 않죠. 회가 아니더라도 음식에 양념이 많이 들어가면 제 맛이 나지 않는 법이니까요. 제가 해드리죠. 이렇게 고추냉이에 그냥 무즙만 풀어서 찍어먹는 겁니다. 무즙은 생식을 할 때 제독작용을 해주고 맛을 건드리지 않으면서도 혀끝을 시원하게 해주죠."

유별난 사람이다. 내가 건네준 잔은 사양하면서 벌써 한 시간을 이렇게 버티고 앉아 있다. 오랜만에 손님이 든 모양이다.

"겨울철엔 통 손님이 없어요. 주말엔 어쩌다 사람들이 들기도 하지만 기껏해야 하루 정도 묵고 떠나죠. 오늘도 아까 그 여자분하고 손님 둘뿐예요."

"그럼 여관은 여기 하나뿐인가요?"

"반대쪽 해안 끝에 구계가든이라고 장급 여관이 하나 더 있죠. 나머진 민박인데 사정은 다들 마찬가지예요. 그저 여름 한철 벌어 먹고사는 거죠."

"완도는 저도 초행입니다."

"아까는 두 분이 일행인 줄로 착각했습니다. 여자분이 먼저 도착하긴 했지만 설마 혼자려니 싫었던 겁니다."

"……따지고 보면 일행이 아니랄 수도 없겠군요."

"참으로 이상한 인연이군요. 문상을 가는 길에 만나다니요."

"인연요?"

"그게 아니라면 뭐겠어요."

"하지만 어떻게 그걸 인연이라고 부를 수 있겠습니까. 제가 괜히 저 자신에게 홀려 불쑥 딴 세상을 관광하고 있는지도 모르죠."

"그야 두고 보면 알겠지요. 여자 혼자 여기까지 오는 것만 해도 흔찮은 일인데 문상을 가던 사람이 뒤쫓아왔으니 예삿일이랄 수 없잖아요?"

"……"

"꼭이 천둥이 치고 비바람이 몰아친 다음에야 사람이 만나지는 건 아닙니다. 인연이란 게 뭐 따로 있나요."

아까부터 말하는 투가 이쪽 사람이 아니다. 전에 어디서 무얼 하던 사람인지 갑자기 호기심이 인다. 결혼은 했는지 안 했는지, 스물두어 살밖에 안 돼 보이는 여종업원이 주방에 하나 있을 뿐이다. 회는 사내가 직접 친다.

"저요? 태생이야 전라도하고는 아무 상관이 없죠. 젊어선 어지간히 떠돌았지요. 그러다 어찌어찌해서 여기까지 오게 된 거죠."

"그럼 여기다 터를 닦은 무슨 이유라도……"

"무슨 특별한 이유야 있겠어요. 그저 어딜 가나 타향이란 걸 깨달은 거지요. 여기서 오가는 사람들 상대로 주막이나 하는 게 제 팔잔가 싶습니다. 있어보면 아시겠지만 구계등은 천자문을 복습하기엔 괜찮은 곳이죠."

"천자문요?"

"배운 게 짧아서 천자문 하나도 다 익히지 못했단 뜻예요. 별별 일을 다 하며 떠돌아다니다 오 년 전에 혈혈단신으로 이곳에 들어왔죠. 천지간 사람이 하나 들고 나는 데 무슨 자취가 있을까만요."

배운 게 짧은지는 몰라도 말솜씨는 여간하다. 그건 그렇다 치고 여기 얘기라면 나는 아직 구계등의 뜻조차 모르고 있다.

"정도리 바닷가엔 모래가 한 점도 없어요. 청환석(靑丸石)이라고 해서 푸른 돌들이 해안을 따라 죽 깔려 있죠. 해안선이라고 해봐야 기껏 칠백 미터밖엔 안 되지만 돌밭이 바다 속으로 아홉 고랑을 이뤄 내려가 있다고 하니 장관은 장관인 셈이죠. 그래서 구계등이라고 부르는 겁니다."

푸른 돌밭이 아홉 고랑을 타고 바다 속까지 내려가 있다.

"여기 사람들 말을 들으면 돌들이 천 년 동안 바닷물에 씻겨 마침내 푸른색을 띠게 되었다고 합니다. 생각 없이 들고 나가다간 봉변을 당하게 되죠."

"청환석 말입니까?"

"그래요."

가지고 나가면 푸른빛이 곧 사라져버리는지도 모른다. 뭐든지 있어야 할 자리에 있는 게 좋다. 간장종지 안에서 백색이 연둣빛에 물들고 있다.

"길바닥에 눈이 쌓여 택시를 불러도 소용이 없겠네요. 광주로 가기엔 이미 늦었으니 그만 올라가 주무셔야겠군요. 여관이라곤 하지만 이 층에 방이 열 개뿐이에요. 이백십호실에 불을 넣어놨습니다."

열 시. 이제는 문을 닫을 시간인 모양이다. 쟁반을 들고 자리에서 일어나며 사내가 혼잣말처럼 중얼거린다.

"여자분은 아예 저녁도 거를 모양이네요."

"……"

"얼굴이 꽤나 어두워 보이더군요. 언제 가실지 모르지만 잘 좀 지켜봐야겠어요."

그것이 내게 하는 말이라는 걸 깨달은 것은 사내가 주방으로 들어간 다음이다. 방으로 올라가다 말고 나는 바람을 쏘일까 싶어 밖으로 나간다.

눈이 그치고 난 뒤의 해변은 파도 소리마저 조용히 가라앉아 있었다. 나는 안으로 활처럼 휘어져 있는 해안으로 내려갔다. 수박만한 청환석들은 아래로 내려갈수록 참외만하게, 주먹만하게 작아지더니 물밑 녘에 이르자 겨우 달걀만해졌다. 무릎 밑으로 달빛에 부서진 파도가 은빛 거품을 물고 달겨들고 있었다. 언뜻 뒷전에서 바람이 이는 소리가 들려 돌아보니 방풍림이 달빛 아래 떨고 있는 게 보였다. 얼마 만에 쳐다본 밤하늘인지도 모르지만, 사금 광주리를 엎어놓은 듯이 그야말로 무진장한 별들이 머리 위에 가득 내려와 있었다. 그리하여 칠백 미터의 푸른 돌밭은 왕의 요대(腰帶)처럼 번쩍거리고 있었다. 나는 슬그머니 발을 뻗어 요대 위를 걸어가보았다. 아랫도리에서부터 푸른 금빛의 무리가 휘황하게 번져올라왔다. 나는 그 빛에 취해 한동안 바다 속에서 밀려나오는 소리조차 듣지 못하고 있었다.

해안선의 삼분의 일쯤을 걷다가 나는 걸음을 멈추고 바다에다 가만히 귀를 기울여보았다. 수만의 조개들이 물가로 몰려나와 자그락거리는 듯한 소리가 규칙적으로 되풀이되고 있었다. 키로 콩을 까부르는 소리? 아니었다. 알고 보니 청환석들이 파도에 휩쓸리며 토해내는 소리였다. 나는 거기다 오래 귀를 열어두고 있다가 잊었던 듯 하늘에 떠 있는 달을 올려다보았다. 다시 발걸음을 옮기며 나는 옛날 어른들에게서 들었던 이야기를 읊조리고 있었다.

하늘은 커다란 천막인데 북두칠성을 못 삼아 걸려 있네.
별은 독수리, 사슴, 곰 같은 모양을 하고 하늘 여행을 하네.

구계가든 아래까지 와서 나는 내가 걸어나온 횟집을 돌아보았다. 이 층 여관방 하나에 불이 들어와 있었다. 더이상 아무도 들지 않으려는 모양이었다. 여자는 저녁도 거른 채 지금 무얼 하고 있는 걸까. 아니, 도대체 무슨 생각을 하고 있는 것일까. 횟집 주인의 말이 아니더라도 이제는 돌아가 여자 옆에 있어야 하리라.

바다에서 돌아와 아까 주인 사내에게서 받은 열쇠를 꺼내보니 여자가 들어 있는 바로 옆방이었다. 잠시 고개를 갸우뚱거리다 나는 소리를 죽여 이백십호실의 문을 열고 안으로 들어갔다. 벽에 귀를 대보았지만 옆방에서는 아무 소리도 들리지 않았다.

불을 켜둔 채 잠이 든 것인가.

　새벽 두 시쯤, 여자의 잔기침 소리를 듣고 나는 겨우 잠이 들었다.

4

　잠에서 깨어난 것은 멀리서 누가 통곡하는 소리 때문이었다. 부스스 눈을 뜨니 새벽 여섯 시였다. 옆방은 조용했다. 나는 창문을 열고 어두운 밖을 두리번거렸다. 금세 쏴아 하는 파도 소리와 함께 웬 여자가 통곡하는 소리도 한결 가까이 들려왔다. 달빛은 희미하게 식어가고 있었다. 그 때문에 돌밭은 철조망 속의 지뢰밭처럼 음산해 보였다. 한동안 문을 열어둔 채 누워 있다가 나는 옷을 걸치고 밖으로 나갔다. 혹시나 싶어 이백구호실의 문에 조심스럽게 귀를 갖다댔으나 기척이 없기는 마찬가지였다.

　이 층 계단을 다 내려와서야 나는 그게 누군가 통곡하는 소리가 아니라, 웬 소리꾼 하나가 새벽에 나와 목을 다듬고 있는 중이라는 걸 깨달았다. 어제 횟집 주인한테서 소리꾼이 내려와 있다는 얘기는 듣지 못했다. 흘끗 이백구호실의 창문을 올려다보니 그때까지 불이 켜져 있었다.

　소리가 들려오고 있는 곳은 돌밭 위에서 가로로 바다를 내려다보고 있는 방풍림 안이었다. 나는 돌밭 모서리를 타고 소리가 나는 곳으로 기우뚱기우뚱 발걸음을 옮겼다. 허나 막상 숲으로 들어가니 오리무중이었다. 어디로 가나 이쪽이 저쪽이고 저쪽이 이쪽 같아 미로 속을 헤매기나 마찬가지였다. 그런데다 눈 속에 발이 푹푹 빠지고 마른 가지들이 때 없이 얼굴을 스치고 찌르는 바람에 신경이 뜯겨나가는 듯했다. 안 되겠다 싶어 나는 일직선으로 숲을 벗어난 다음 다시 소리가 나는 곳을 더듬어 들어가기로 했다.

수수께끼라도 풀듯이 하며 나는 한참 후에야 숲 뒤편으로 간신히 빠져나왔다. 새벽 들판이 안개를 게워내며 눈앞에 희끄무레하게 자빠져 있는 게 보였다. 먼 마을의 불빛들이 들판 끝에서 반딧불이처럼 몇 개 깜박이고 있었다. 이쪽에서 보니 여기저기에 숲으로 들어가는 길이 나 있었다. 길만 놓치지 않는다면 소리꾼을 찾아내는 것은 그리 어려운 일도 아닐 성싶었다. 나는 다시 숲을 질러 들어갔다.

소리가 가까워진 곳에서 나는 가만히 걸음을 멈추고 얼마간 여자의 목쉰 가락에 쥐해 있었다. 학교에 다닐 때 잠시 판소리에 귀를 판 적이 있으나 이제나저제나 판소리 다섯 마당조차 다 꿰지 못해 뜻까지야 알 리 없었고 통성인지 수리성인지 하는 그 소리를 훔쳐 듣고 있자니 마음이 애절하게 뒤틀렸다. 뒤미처 상스런 호기심마저 일어 소리꾼의 얼굴을 보고야 말겠다는 생각이 들었다. 나는 소리만을 염두에 두고 도둑고양이처럼 나무들 사이를 살금살금 비집고 들어갔다. 그리고 약 삼십여 미터쯤 앞까지 다가갔을까. 갑자기 소리가 뚝 끊어졌다. 반사적으로 나는 걸음을 멈췄다. 누가 숲에 들어와 있다는 것을 소리꾼이 눈치챈 모양이었다. 숨을 죽이고 그 자리에 한참을 붙박여 있자 이윽고 소리가 다시 구슬프게 이어졌다. 나는 매복한 적에게 다가가는 심정으로 신중하게 한 발자국씩 앞으로 나아갔다. 그런데 이번에는 결정적인 실수를 범하고야 말았다. 발밑에서 툭 하고 나뭇가지가 부러졌는데 내가 들어도 소리가 제법 컸다. 상대가 모를 리 없었다. 판소리 가락은 이내 달아나버렸고 그로부터 아주 들려오지 않았다.

숲을 빠져나오니 수평선 끝에서 가물가물 빛이 튀어오고 있었다. 역시 그랬던가. 옆방 여자가 파도가 밀려들고 있는 돌밭에 등을 돌린 채 서 있다가 간밤에 내가 걸었던 해안을 따라 여관으로 돌아가고 있었다. 나는 꺼칠한 턱을 쓰다듬으면서 방으로 돌아가면 거울부터 봐야겠다는 생각을 하고 있었다. 새벽바람을 맞아선지 몸이 떨려왔다.

여자가 일 층 창가에 앉아 아침을 먹는 동안 나는 얼굴을 씻고 나와 하릴없이 돌밭을 거닐고 있었다. 얼굴로 내려오는 머리칼을 간간이 귓바퀴로 걷어올리며 여자는 아주 천천히 식사를 했다. 베란다에선 횟집 종업원인 여자가 붉은 스웨터를 입고 나와 정성껏 유리를 닦고 있는 중이었다. 닦인 유리 안으로 낚싯배 한 척이 바다에서 돌아오고 있었다. 광주로 전화를 넣을까 하다가 나는 머리를 내두르며 횟집 마당으로 올라갔다. 지금 출발한다 해도 발인 시간에 맞출 수 있을지는 의문이었다.

내가 유리문을 열고 안으로 들어가 자리에 앉자 주인 사내가 물이 뚝뚝 떨어지는 낚싯대를 들고 돌밭을 올라왔다. 유리를 닦던 여자가 어제 내가 먹다 남긴 감성돔 매운탕을 내왔다. 그러나 입안이 깔깔해 공깃밥으론 영 숟가락이 가지 않았다. 주인 사내가 문을 밀치고 들어오며 우렁우렁한 목소리로 아침인사부터 했다.

"두 분 모두 새벽잠이 없으시군요."

새벽잠이 없다니. 사내가 고봉밥을 내오며 자기도 끼니 전이라며 이물 없이 식탁에 마주 앉았다.

"입질은 좀 있었습니까?"

나는 물고기 소식이나 물었다.

"영 시원찮아요. 내일은 갯바위에 붙어야겠어요."

"……"

"그래, 광주로 올라가실 생각인가요?"

나는 숟가락을 입으로 가져가다 말고 사내의 얼굴을 물끄러미 바라보았다. 내게 무슨 말이 하고 싶은 것인가. 나는 에둘러서 대꾸했다.

"아침밥을 먹고 나서 생각해볼 참입니다."

매운탕은 그런 대로 입에 붙기는 했다. 하지만 공깃밥은 반도 못 비운 채 나는 수저를 내려놓았다. 물컵을 입으로 가져가며 나는 사내에게 부러 심상한 투로 물었다.

"혹시 소리하는 여자가 아닐까요?"

"누구요, 어제 함께 온 여자분 말입니까?"

내가 고개를 주억거리자 사내가 젓가락 든 손을 휘휘 내저었다.

"아녜요, 소리꾼들은 따로 있어요. 고수(鼓手)까지 합쳐 한 대여섯 명 되는가봅디다. 지난겨울에 내려와서 구계가든에 든 지 벌써 석 달이에요. 백 일 동안 머물겠단 소리를 들었으니 이제 떠날 때가 된 것 같군요. 동백꽃이 피는 걸 보고 가겠다는 말이었으니까요."

동백꽃이 필 때…… 어쨌든 소리하는 여자는 아니라는 얘기다. 쓸데없이 새벽부터 숲을 헤매고 다녔다.

"여자분이 방에서 내려온 건 손님이 밖으로 나가고 난 다음이에요. 한 삼십 분 뒤였죠 아마?"

"어떻게 그걸 알고 있죠?"

사내는 바다에서 낚시를 하다 여자와 내가 여관에서 내려오는 것을 보고 있었다. 그 말을 듣고 있으니 왠지 묘한 느낌이 들었다. 그러고 나서 지금부터 어떻게 할까 궁리를 하며 풀린 눈을 바다에 던져두고 있는 사이 사내가 넌지시 말을 던져왔다.

"실은 저 여자분을 언젠가 한 번 본 듯합니다."

나는 바다에서 눈을 거두고 사내를 마주 보았다.

"암만해도 여기 구계등에 왔던 사람 같아요."

"그렇다면 한번 물어보시지 그랬어요? 어디서 온 사람인지요."

"손님한테 그런 걸 물을 수는 없는 노릇이죠. 숙박부엔 달랑 이름만 적어놨습디다."

그러면서 사내는 갑자기 손윗사람인 얼굴을 하고 내게 이런 말을 했다.

"지금 광주로 가실 생각이 아니라면 조금만 더 있어보시지 그 래요. 저 여자분을 두고 하는 말인데, 제 느낌으론 그래봐야 하 루이틀 같으니까요. 오늘내일이라고 해봐야 토요일 일요일 아닙 니까."

"……왜 저한테 그런 말씀을 하시는 거죠?"

사내는 멋쩍게 웃으며 말투를 바꿨다.

"괜한 참견을 한다고 꾸중은 마십시오. 다만 구할 수 있으면 구하는 게 좋겠단 생각이 들어서요."

내가 오락가락하는 얼굴을 하고 있자 사내가 다시 툭 치고 들 어왔다.

"밤새 제대로 못 주무신 것 같은데 올라가 푹 쉬세요. 대낮에 무슨 일을 저지르기야 하겠어요."

"역시 그렇게 보신 건가요?"

사내가 말없이 고개를 끄덕거렸다…… 하긴 나도 구해진 목숨이다. 더욱이 새빨간 목숨으로 구해진 목숨이다.

방으로 올라오다 나는 여자와 이 층 복도에서 맞닥뜨렸다. 여자는 밖으로 나가고 있는 중이었다. 그로부터 오후 두 시까지 나는 잠의 깊은 나락에 떨어져 있었다.

5

여자는 종일 밀물 녘의 돌밭에 앉아 있었다. 창문을 여니 대번에 중모리 북장단에 맞춘 소리꾼들의 영창(詠唱)이 여기저기서 날아들었다. 바다에 내리고 있는 빛은 쨍쨍하게 난반사되어 수면 가득히 고기 떼가 뛰고 있는 듯이 보였다. 나는 충혈된 눈으로 다시 거울을 들여다보았다. 험하게 구겨진 와이셔츠 앞자락에 매운탕 국물까지 몇 방울 튀어 있었다. 감기 기운이 좀 있는 것 같아 나는 더운물을 틀어놓고 욕조에 들어가 누웠다.

복도에서 마주쳤을 때 여자는 무척이나 놀라고 있었다. 깨끗하게 머리를 빗어내리고 입술에 루주까지 칠하고 있었지만 가는 눈썹 밑으로 우묵하게 팬 눈자위엔 몇 올 선연한 핏줄기가 실지렁이처럼 꿈틀거리고 있었다. 도대체 무슨 사연이 있는 것인가. 저리 캄캄한 얼굴을 하고 있으니. 여자는 내가 횟집에 앉아 있는 줄로 알았던 모양이었다. 아니면 내가 아침을 먹고 길을 떠났는지 어쨌는지 궁금해 아래층으로 내려오고 있었는지도 모른다. 계단을 다 올라와서 나는 복도를 걸어나오고 있는 여자와 정면으로 마주쳤다. 불현듯 천둥이 치는 소리를 들은 것처럼 여자의 입술이 약간 벌어졌다. 나도 계단 끝에 어색한 자세로 버티고 서서 어찌할 바를 모르고 허둥거렸다. 여자가 나더러 먼저 지나가라는 뜻으로 고개를 떨구고 벽 쪽으로 비켜섰다. 나는 마른침을 삼키며 여자가 서 있는 곳을 뻣뻣하게 지나쳤다. 여자의 앞자락이 갸웃이 열려 있는 게 보였다. 바바리코트 안에는 하얀 블라우스와 검은 스커트를 입고 있었다. 여자는 내가 자신을 곁눈질로 훔치고 있다는 것을 알고 있었을 터였다. 내가 두어 걸음 뒤로 물러나고 있을 때 여자가 참았던 날숨을 나직이 뱉어냈다. 뒤이어 여자가 나를 향해 뭐라 중얼거린 것 같았다. 나는 귀끝을 바싹 곤추세웠다…… 그러나 아니었다. 내 방문 앞까지 와서 슬그머니 뒤를 돌아보니 여자는 아직도 벽에 몸을 붙인 채 그대로 서 있었다. 그러나 어둑한 복도 끝에서부터 역광이 뿌옇게 타들어오고 있었으므로 나는 여자의 얼굴을 볼 수가 없었다. 내가 손으로 이마의 빛을 가리려는 시늉을 하자 여자는 몸을 돌려 아래층으로 내려갔다. 창문을 통해 여자가 바다로 걸어나가는 것을 보고 나서 나는 요 위에 쓰러져 잠이 들었다.

고인은 지금 장의차에 실려 장지인 장성으로 가고 있을 터였다.

아래층으로 내려오니 웬일로 주인 사내가 대낮부터 혼자 소주를 마시고 있었다. 언제부터 시작한 술인지 얼굴이 불콰하게 달아올라 있었다. 도다리인지 광어인지 손바닥만한 고기 두어 마리를 앉은 자리에서 회를 떠놓고 벌써 두 병째 술을 비우고 있는 참이었다. 나는 돌밭을 내다본 다음 사내 앞에 가 앉았다. 소리꾼들의 영창은 아직도 계속되고 있었다.

"안 떠나셨군요."

"장지에 갔던 사람들이 벌써 돌아오고 있는 중일 겁니다."

문득 생각이 나서 나는 사내가 건네주는 소주잔을 받으며 동백이 있는 곳을 물어보았다.

"새벽에 못 보셨군요. 숲에 가면 지천인데요."

하지만 그때 내 눈에 동백이 보였을 리 없다.

"하루 더 묵을 작정이면 눈이 녹기 전에 들어가봐요. 눈 속에 피어 있는 동백이 진짜지요."

"벌써 피었을까요?"

"핀 놈도 있고 안 핀 놈도 있을 겁니다. 저 소리꾼들처럼 말예요."

"그건 무슨 말이죠?"

"다들 소리를 얻고 돌아갈 작정으로 내려오지만 누구나 동백이 피는 걸 보고 올라가는 건 아니란 얘기죠."

사내는 소주를 가볍게 입에 털어넣고는 밖에서 들려오는 계면조의 단가 가락을 잡고 제멋대로 운을 잡아 흥얼거렸다. 어쩐지 귀에 익은 듯하여 가만히 듣다보니 새벽녘에 숲을 헤맬 때 듣던 가락이었다.

"〈몽유가〉의 한 대목이죠 아마."

몽유가. 나는 묵묵히 그 소리에 귀를 던져두고 있었다.

"지금 소리하는 저 여자는 동백이 핀 걸 보았을까요?"

"저야 모르죠. 서당개처럼 여기 앉아 몇 해 듣다보니 겨우 귀가 좀 트였을 뿐인걸요."

사내는 세 병째의 소주병을 이빨로 물어 따며 돌밭에 앉아 있는 여자에게로 시선을 돌렸다. 여자는 지치지도 않는지 아침부터 내내 바다만 마주 보고 있었다. 바람이 부는 모양으로 머리칼이 흩날리고 있었다.

"오늘 밤에 잘 두고 봐야겠어요. 저렇게 앉아 있다 실성한 사람처럼 곧장 바다로 걸어들어갈지도 모르니까요. 아홉 고랑 끝까지 말예요."

"……"

이제는 여자가 앉아 있는 데까지 밀물이 치들어오고 있었다.

"삼 년 전인가 내 집에 들었던 노파 하나가 숲에서 목을 매 죽은 일이 있었죠. 뭐 어쩔 수도 없었지만 그걸 막지 못한 게 두고두고 마음에 남습니다. 그땐 저 여자분처럼 뒤를 따라온 사람도 없었죠."

뒤를 따라온 사람. 나를 두고 하는 말이었다.

노파는 혼자 택시를 대절해 여기까지 와서는 나흘째 묵고 있었다.

"새벽에 낚시에서 돌아오다 숲에 걸려 있는 흰 옷을 보았죠. 한겨울 보름밤이었습니다. 나중에 들으니 동백숲으로 봉황을 보러 왔다가 그렇게 됐다고 합디다."

"봉황이요? 그건 이야기 속에나 나오는 새 아닙니까?"

"그 노파는 장님이었어요."

"……"

문득 벽에 걸린 달력을 보니 내일이 보름이었다. 그때서야 나는 어제오늘 나를 여기 붙잡아둔 것이 이 횟집 사내라는 것을 어렴풋이 깨닫고 있었다.

넙죽넙죽 소주를 받아마시며 사내와 이런저런 얘기를 나누다 문득 밖을 보니 그새 어디로 갔는지 여자의 모습이 보이지 않았다. 엉덩이를 들고 돌밭 언저리를 기웃기웃 더듬어보았으나 여자는 온데간데가 없었다. 나는 마시던 소주잔을 내려놓고 자리에서 일어났다. 횟집 사내도 따라 일어났으나 그닥 당황한 낯빛은 아니었다. 근처 어디에 있겠죠, 라며 그는 방 청소를 해야겠다며 비틀비틀 이 층으로 통하는 계단을 올라갔다.

나는 돌밭을 타고 아까 여자가 앉아 있던 곳으로 내려갔다. 바다는 은빛이었다가 바야흐로 연둣빛으로 서서히 변해가고 있었다. 수평선 끝에 한 일(一) 자 모양의 시커먼 구름이 걸려 있는 게 눈에 들어왔다.

토요일이라 그런지 오후가 되면서부터 슬슬 몰려들기 시작한 외지인들의 모습이 어느덧 열댓으로 늘어나 있었다. 고등학생에서 이십대 초반으로 보이는 젊은이들이 대부분이었으나 아이를 데리고 나온 부부도 한 쌍 끼어 있었다. 나는 해안선을 따라가며 실눈을 뜨고 숲 언저리를 찬찬히 더듬었다. 대낮에 마신 술 때문인지 숲과 돌밭과의 경계가 쭈글거렸다. 바람 한줄기가 휘이 머리 끝을 채고 지나간 다음 한 떼의 물새가 숲에서 날아올라 수평선 쪽으로 편대를 이뤄 날아가고 있었다.

여자는 숲의 끝머리, 소나무가 그늘을 드리우고 있는 벤치에 앉아 있었다. 언제 거기로 옮겨갔는지 알다가도 모를 일이었다. 써레질이라도 하듯 파도 끝에서 돌밭이 헤쳐지는 소리를 들으며 나는 담배를 한 대 다 피울 동안 여자를 아득히 바라보고 서 있었다. 돌밭 위에서 쟁쟁거리던 빛이 서서히 꺼져가며 바위턱에 올라서 있는 소리꾼의 목소리가 컬컬한 수리성의 진양조에서 중모리로 막 넘어가고 있었다. 여지기 네게로 고개를 비트는 것 같아 나는 그녀를 비껴 동백을 찾아볼 양으로 숲으로 들어갔다.

동백은 무수한 꽃봉오리를 매단 채 가쁜 숨을 몰아쉬고 있는 중이었다. 양달 쪽으로 가지를 뻗은 것들은 아닌 게 아니라 하루 이틀 사이에 봉오리 끝이 빨갛게 터질 것 같았다. 중부지방으로 치자면 보름에서 한 달 정도가 빠른 개화였다. 소리꾼들이 떠나고 나면 구계등은 수만의 동백꽃이 뿜어내는 빛으로 찾아오는 사람들의 얼굴마저 붉어질 터이었다. 숲 한가운데에서 소리꾼 하나가 어렵게 목을 쥐어짜고 있는 소리를 들으며 나는 멀찍이 숲을 싸안고 돌아 다시 바다가 보이는 곳으로 빠져나왔다.

그새 바람에 힘이 실려 수평선 위에 떠 있던 먹구름이 눈에 띌 만큼 풀려 있었다. 구름의 그림자인지, 바다는 군데군데 짙푸른 얼룩을 끌어안고 소리를 키워가고 있었다. 숨바꼭질이라도 하자는 건가. 여자는 위태위태한 걸음걸이로 벤치를 떠나 다시 돌밭 아래로 내려가고 있었다. 둥글둥글한 돌을 밟으며 손을 코트 주머니에 집어넣고 있으면 어쩌자는 건가. 발을 옮겨 디딜 때마다 여자의 어깨가 좌우로 심하게 흔들렸다. 저러다 곧 넘어지고 말지, 라고 마른 소리로 되뇌며 나는 눈썹께까지 몰려와 있는 먹구름을 노려보았다. 찰나 여자의 상체가 앞으로 푹 꺾이는 듯하더니 날카로운 외마디 소리가 이쪽까지 날아왔다. 몇몇씩 무리를 지어 여기저기 흩어져 있던 사람들의 시선이 일시에 그녀에게로 쏠렸다. 무슨 생각을 했던가. 나는 쓰러져 있는 여자에게로 달려 내려갔다.

나를 일행으로 안 구경꾼들의 시선이 제자리를 찾고 나서도 여자는 쓰러진 채 옴짝도 못 하고 있었다. 왼쪽 무릎뼈를 돌에 찧은 모양이었다. 충격을 받은 듯 손을 가슴에 대고 가쁜 숨만 색색 내쉬고 있었다. 다가가긴 했지만 어떻게 해야 할지를 몰라 주뼛거리고 있다가 나는 괜찮습니까? 라고 물으며 여자 옆에 엉거주춤한 자세로 쭈그리고 앉았다. 여자가 반짝 눈을 치켜뜨고 내 얼굴을 바라보았다. 그 순간 나는 이런 느낌에 사로잡혀 있었다. 아까 횟집에 앉아 사내와 소주를 마시고 있을 때 여자가 나를 밖으로 불러낸 것은 아니었을까. 벤치에서 돌밭으로 자리를 옮기다 이렇게 넘어진 것도 다 내 시선을 붙잡아두기 위함이 아니었을까. 그게 나와의 거리를 좁히고자 한 짓은 아니었다 하더라도 내가 제 둘레를 떠나지 못하게 느슨해진 줄을 슬쩍 조여놓은 것이 아니었을까. 그렇다면 이 서먹할 수밖에 없는 우연 혹은 인연의 끈을 여자는 왜 이토록 질기게 거머쥐고 있는 것일까.

부축해주겠다고, 어설픈 동작으로 팔을 잡으려 하자 여자는 이내 손사래를 치며 억지로 일어나려고 용을 썼다. 나는 겨드랑이를 잡고 여자를 일으켜세웠다.

"안 그래도 내일 아침엔 떠날 참입니다."

어째서 내 입에서 이런 말이 튀어나왔는지 모른다. 다시 반짝하고 여자가 퀭하니 꺼신 눈으로 내 얼굴을 쳐다보았다. 낯빛이 홧홧하게 달아올라 있었다. 여자는 곧 눈을 아래로 떨어뜨리며 손수건을 꺼내 무릎의 피를 훔쳐닦았다. 스타킹이 찢어진 자리가 시퍼렇게 멍이 들어 있었다. 괜찮냐고 내가 다시 묻자 여자가 가만가만 고개를 끄덕였다. 더이상 거들지를 못하고 나는 여자에게서 떨어져 우중충하게 변한 하늘을 올려다보았다.

"밤에 눈이나 비가 올 것 같군요."

대꾸를 바라고 한 말은 물론 아니었다. 여자가 들고 있는 흰 손수건에 동백꽃 몇 송이가 빨갛게 묻어나 있었다.

"서울입니까?"

나는 느낌만으로 그렇게 물었다. 난처한 표정을 하고서 여자가 고개를 천천히 가로저었다. 그러나 나는 어디냐고 되묻지 않았다. 상대가 꺼려하는 곳까지는 나도 애써 다가가고 싶은 마음이 없었던 것이다. 여자는 손수건을 접어 주머니에서 집어넣으며 그 근처예요, 라고 희미한 소리로 말했다. 나는 걸음을 옮겨 파도가 밀려오는 곳으로 내려갔다. 여자가 기웃기웃하며 내 옆을 따라 내려왔다.

"여긴 초행인가요?"

이번에도 여자는 고개만 살래살래 흔들었다. 횟집 주인의 말이 맞는 모양이었다. 그렇다면 언제 또 여기에 다녀간 것일까.

"아무리 바닷가지만 정말 날씨가 요지경이군요."

"……"

"저는 검은 옷을 입고 새벽에 보름달을 보나 했습니다."

여자가 나를 돌아보았다. 그러나 나는 얼굴을 옆으로 돌리지 않았다. 여자와 내가 잡고 있는 긴장의 끈이 사뭇 팽팽하게 떨고 있었다. 하지만 둘 중 하나가 얼결에 끈을 놓아버리는 순간이 곧

오게 될 것이다. 아마도 그쪽이 먼저 이곳을 떠나게 되리라. 그러나 아직은 누가 먼저 끈을 놓아버릴는지는 알 수 없다. 여자와 나는 굳게 입을 다물고 횟집 쪽으로 돌아가고 있었다. 바람 속에서 축축한 습기가 묻어나며 물비린내도 차츰 진해졌다. 수평선 쪽으로 날아간 물새 떼는 오늘 중으론 돌아오지 않을 것 같았다. 오후 다섯 시, 소리꾼들의 외침이 하나둘씩 뒤에서 끊어지고 있을 그때 여자의 목소리가 귓전에 와 닿았다.

"왜 오늘 아침에 안 떠나신 거죠?"

잘못 들은 소린가 싶어 나는 옆을 돌아보았다. 여자는 시침을 떼고 바다에 떠 있는 낚싯배들을 보는 척했다. 제 딴에는 용기를 내서 던져본 말이리라. 나는 숨을 가다듬었다.

"문상을 가던 참에 길을 바꾸고 거기다 생식까지 했으니 곧장 돌아가기가 내심 두려웠던 탓일 겁니다."

내가 한 말은 사실이기도 하고 사실이 아니기도 했다. 나는 덧붙였다.

"실은 다른 이유가 있을 테지만 아직은 그게 뭔지 모르겠습니다."

"……"

여자는 광주에서 왜 자신을 따라왔느냐는 말은 끝내 묻지 않았다. 그렇게는 차마 물을 수 없었을 것이다. 사람에겐 흔히 상대적인 진실이란 게 있어서 서로가 터놓고 얘기하지 않으면 끝내 밝혀지지 않는 일이 있게 마련이다. 요컨대 이쪽 마음을 숨기고 있는 마당에는 저쪽 마음을 알 수 없다는 것이다. 더군다나 제 마음의 정체까지 모르고 있다면 정녕 상대의 마음을 꿰뚫어 볼 수는 없는 노릇이다. 그래서 나 또한 여자에게 왜 나를 여기까지 끌고 왔는가, 라는 식으로 물어볼 수가 없었다.

먼저 방으로 올라와 나는 바다에 내려앉고 있는 먹빛 어둠을 바라보면서 저녁때까지 무심히 창가에 서 있었다. 여자는 일곱 시가 돼서야 바다에서 올라왔고 횟집 앞에 있는 공중전화부스에서 어디론가 긴긴 통화를 했다. 이미 달이 떴을 테지만 날이 흐려 어디가 어딘지조차 분간하기도 힘들었다. 밤이 깊어갈수록 파도 소리만 점점 요란해졌다. 나는 어제 여자를 따라 눈을 맞고 구계등으로 오던 밤을 떠올리고 있었다. 만 하루가 지났을 뿐인데 그때가 마치 먼 세월의 저편처럼 아득했다. 전화벨이 울려 받아보니 저녁을 먹으러 내려오라는 주인 사내의 전언이었다.

아래층으로 내려가니 여자가 먼저 와서 등을 돌리고 앉아 밥을 먹고 있었다. 마침내 베란다 유리에 툭툭 빗방울이 듣고 있었다. 썰렁한 식당 한구석에 앉아 매운탕을 먹으며 나는 이따금씩 여자의 굽은 등을 훔쳐보고 있었다. 내일이 보름이라. 하지만 아침 일찍 나는 길을 떠날 작정이야.

내가 수저를 놓기 전에 여자는 코트를 집어들고 방으로 올라갔다. 주인 사내가 부엌에서 나와 여자가 남긴 밥상을 내려다보

고 있다가 내 눈과 마주치자 무슨 뜻인지 고개를 가로저었다. 그
새 술이 다 깼는지 멀쩡한 얼굴이었다.

"무슨 밥상이 귀신이 먹고 간 것 같네요."

"……"

"아까 두 분이 함께 있던데, 그래 무슨 얘기라도 있었습니
까?"

"얘기는 무슨 얘기요. 어차피 모르는 사람인걸요."

나는 우정 퉁명스럽게 내뱉었다.

"내일 일찍 올라갈 생각예요. 저야 동백이 피는 걸 볼 일도 없
구요."

사내가 물끄러미 나를 바라보았다.

"그렇게 생각하셨다면 그래야겠죠."

"작정 없이 와서 이틀 묵었으니 그만 됐다는 생각이 듭니다."

"……"

"아무것도 모르고 공연히 남의 일에 참견하는 것도 할 일은
아니잖아요."

"그렇다면 제가 손님께 수제넘은 소리를 한 건가요."

"아뇨, 까닭은 몰라도 저도 올 만했으니까 여기까지 온 거겠
지요. 하지만 굳이 그 까닭을 알아야 할 필요까지 있겠어요."

"듣고 보니 그 말에도 일리가 있군요."

"뭘 알아서 하는 소리는 아녜요. 다만 언제까지 여기 머물 수

는 없다는 거죠."

　숙박을 할 요량인지 승용차를 몰고 온 이십대의 남녀 한 쌍이 유리문을 밀고 안으로 들어왔다. 번호판을 보니 서울이었다.

6

　여자는 초저녁부터 텔레비전을 켜놓고 있었다. 어쩐지 소리가 좀 크다 싶었지만 나는 여자가 이제 정신이 돌아온 모양이라고 생각하며 와이셔츠와 속옷 양말 나부랭이를 빨아 방바닥에 널어놓았다. 그런 다음 여자가 무얼 보고 있나 싶어 텔레비전을 켜고 채널을 맞춰보았다. 연예인들이 나와 서로 잡담이나 나누는 그렇고 그런 토크쇼였다. 왠지 맥이 쑥 빠져 있다가 나는 자정쯤에 텔레비전을 끄고 자리에 누웠다. 그러고 나서 혹시나 하고 여자의 방 쪽으로 베개를 옮겨눕는데 왕왕거리는 텔레비전 소리에 섞여 여자가 흐느끼는 소리가 들려왔다. 처음엔 낮에 듣던 판소리 가락이 아닌가 싶기도 하고 이백오호실에 든 남녀가 통정하는 소리가 아닌가 싶기도 했지만 아니었다. 틀림없이 옆방 여자가 울고 있는 소리였다. 볼륨을 필요 이상으로 크게 올려놓았던 것은 옆방에 있는 나를 의식한 때문인 듯했다. 나는 엉거주춤 자리에서 일어나 형광등을 켜고 벽에 몸을 기대고 앉았다.

그렇다고 뭘 어째볼 수도 없는 일이었으나 더이상 잠이 올 리도 없었다. 정확히 언제부터인지는 몰라도 여자는 오래오래 울고 있었다. 방송시간 종료를 알리는 애국가가 끝나고 나서 칙칙거리는 단파음에 섞여 들려오는 여자의 울음소리는 사뭇 괴기스럽기까지 했다.

여자가 울음을 멈춘 건 새벽 두 시쯤이었다. 한데 울음소리가 그치고 나자 되레 불안한 느낌이 몰려왔다. 나는 바지를 꿰입고 소리를 죽여 밖으로 나갔다. 여자의 방문에 귀를 대보았으나 여전 칙칙거리는 텔레비전 소리뿐 다른 소리는 들려오지 않았다. 텔레비전을 켜둔 채 잠이 든 것인가. 노크를 해볼까 하고 잠시 생각했지만 그러기에는 너무 늦은 시각이었다. 하는 수 없이 나는 도로 내 방으로 들어왔다. 답답한 마음에 커튼을 걷고 창문을 열었으나 보이는 건 천지에 가득 들어차 있는 어둠뿐이었다. 참으로 적막하고 괴괴한 밤이었다.

새벽 세 시쯤. 감겨오는 눈을 억지로 비벼 뜨고 있다가 나는 여자가 욕실에 들어가 샤워하는 소리를 듣고는 스르르 잠이 들어버렸다. 나는 식은땀을 뚝 흘리며 뒤숭숭한 꿈에 시달리고 있었다. 사이사이 동백꽃의 무리가 언뜻언뜻 나타났다 사라지곤 했다. 그리고 어느 때던가. 나는 누군가 내 방문을 두드리는 소리를 듣고 있었다. 나는 아니라고, 아니라고 베개 위에 놓인 머리를 뒤흔들며 필사적으로 잠의 목덜미를 움켜쥐고 있었다. 노

크 소리는 한두 번 더 들려오는가 싶더니 이윽고 낮은 발소리를
끌며 밖으로 사라져갔다.

그러고 나서 또 얼마가 지났는지 모른다. 이번에는 대앵, 대댕
하는 징 소리가 창문 밖에서 들려오기 시작했다. 참 꿈도 사납
네, 라고 혼령처럼 중얼거리며 나는 하나 두울 하는 식으로 숫자
를 세고 있었다. 한데 열을 세고 스물을 센 다음에도 징 소리는
집요하게 되풀이되고 있었다. 한순간, 나는 눈을 번쩍 뜨고 화닥
닥 자리를 차고 일어났다. 곧바로 심상찮은 예감이 뇌리에 날아
와 박혔다. 얼른 손목시계를 보니 그새 다섯 시가 다 돼 있었다.
나는 어수선한 꼴 그대로 밖으로 튀어나갔다. 그제야 나는 잠결
에 들었던 노크 소리가 꿈속에서 들린 소리가 아니라는 걸 깨닫
고 있었다. 이것저것 생각할 겨를도 없이 나는 여자의 방문부터
두드렸다. 아무래도 소리가 없어 나는 조심스럽게 손잡이를 돌
려 문을 열어보았다. 아뿔싸! 텔레비전은 아직도 한쪽 구석에서
지글거리고 있었고 어디 갔는지 여자의 모습은 보이지 않았다.
잠도 안 잔 모양으로 이불도 반듯이 개켜진 채 그대로였다. 징
소리를 들으며 나는 아래층으로 뛰어내려갔다. 식당엔 새벽부터
불이 환하게 밝혀져 있었다. 반쯤 열려 있는 유리문 안으로 비바
람이 흩뿌리고 있었다. 주인 사내도 눈에 띄지 않았다. 암만해도
느낌이 불길했다.

밖으로 나오자 해안 바위벽 아래 예닐곱 명의 사람들이 유령

218

처럼 둥그렇게 모여 서 있는 게 보였다. 차디찬 비를 맞으며 나는 사람들이 있는 곳으로 내려갔다. 돌밭은 기름을 뿌려놓은 듯이 미끄러웠다. 허리가 뒤로 확 휘어지면서 나는 두 번이나 머리통을 돌에 부딪을 뻔했다.

징을 치고 있는 것은 오십대의 웬 사내였다. 옆에는 노파 하나가 와서 무어라 알아들을 수 없는 소리를 연신 중얼거리며 바다에 대고 절을 하고 있었다. 나중에 들으니 그들은 무당이었다. 주위에 둘러서 있는 이들은 스무살 안팎으로 보이는 앳된 처녀들이었는데 한결같이 슬픈 얼굴로 코를 훌쩍거리고 있었다. 무슨 일인지 알 수 없었으나 감히 누굴 잡고 물어볼 엄두가 나지 않았다. 혹시 옆방 여자가 와 있나 싶어 주위를 둘러보는 사이에 횟집 사내가 바다에서 비를 맞으며 처벅처벅 걸어나왔다. 턱수염에서 빗물이 줄줄 흘러내리고 있었다. 팔소매로 얼굴을 훔쳐내며 그가 내 옆으로 다가왔다.

"기어이 일을 저지르고 말았군요."

나는 사내의 팔을 잡고 덤비듯 물어보았다.

"누가 말입니까?"

내 목소리는 바르르 떨려나오고 있었다.

"소리꾼 중 하나랍니다. 새벽에 나가 바다에 몸을 던진 모양예요. 아무리 그래도 그렇지, 그 어린 나이에."

사내는 혀를 차며 밭은기침을 해댔다.

"시체는 조금 전에 저쪽 바위 밑에서 찾아냈습니다."

소리꾼들은 지금 바다에 빠져 죽은 이의 넋을 건지기 위한 굿을 하고 있는 중이었다. 바위턱엔 촛불 두어 개가 사납게 흔들리며 타고 있었으며 여자 무당이 바다에다 쉴새없이 쌀을 뿌려대고 있었다. 나는 무서운 눈으로 그들의 젖은 등만 노려보고 있었다. 이어 징을 치던 남자가 허리를 굽혀 한지 한 장을 물 위에 띄웠다. 한지는 파도에 휩쓸려 곧장 시커먼 바다 안으로 사라졌다. 무얼 하는지 몰라 나는 사내를 돌아보았다.

"밀물 때 돌아오면 저기에 죽은 이의 머리카락이 묻어 있을 거란 얘기예요."

"정말 그런가요?"

"나도 아직 보지는 못했어요. 하지만 이네들은 그걸 보겠지요."

그 말을 들으며 나는 사내와 함께 횟집으로 올라왔다. 마당까지 올라와서 나는 그제야 안으로 들어가려는 사내를 붙잡고 아까부터 옆방 여자가 보이지 않는다고 말했다. 나는 변명이라도 하듯 덧붙였다.

"밤새 깨어 있을 셈이었는데 깜빡 잠이 들어버렸어요. 내려오다 문을 두드렸더니 이미 나가고 없더군요."

사내는 파랗게 된 얼굴로 왜 그 소리를 이제야 하느냐고 핀잔조로 몰아붙였다. 사내는 식당 안에서 살이 다 나간 우산과 전지를 가지고 나오더니 서둘러 앞장을 섰다.

"그게 언제였죠?"

"세 시까지는 제가 깨어 있었으니 아마 그후일 겁니다."

"그럼 소리꾼이 바다에 빠진 그때군요."

사내의 낯빛은 창백하게 변해 있었다. 나는 여자가 밖으로 나가기 전에 내 방문을 두드렸다는 말은 차마 입 밖에 꺼낼 수가 없었다. 아직도 사위는 어두웠다. 짐승처럼 민첩하게 돌밭을 가로질러 숲으로 들어가는 사내의 뒤를 나는 미처 따라잡을 수가 없었다. 사내가 정신없이 휘두르고 있는 전짓불 속에서 검자줏빛의 동백꽃 무리가 꿈속에서처럼 언뜻언뜻 나타났다 사라지곤 했다. 나는 사지를 허우적거리며 사내의 뒤를 뒤쫓고 있었다. 숲의 중간께쯤에 와서 뒤를 따라오는 나를 돌아보며 사내가 외쳤다.

"숲은 내게 맡기고 어서 바다로 나가봐요."

사나운 바람이 불어가면서 들고 있는 우산 지붕에 빗물이 좌악 흩뿌리는 소리가 들려왔다. 구두 밑창이 흙투성이가 돼버려 돌밭을 내려가다 나는 몇 번이나 미끄러지면서 옆으로 쓰러졌다.

구계가든 아래쪽, 부엌칼처럼 서 있는 바위 틈을 죄 훑어보고 나서 나는 바닷물을 튀기며 굿을 하고 있는 곳으로 거슬러올라왔다. 그러나 어디서도 여자의 모습은 찾을 수가 없었다. 마디마디 끊긴 불빛이 이따금씩 숲에서 튀어나오고 있었다. 그때는 한풀이라도 해주려는 모양인지 처녀 소리꾼 하나가 심청가의 한 대목을 중모리로 막 시작하고 있었다.

따라간다 따라간다 선인들을 따라간다. 끌리는 초맛자락 거듬 거듬 걷어안고 비같이 흐르는 눈물 옷깃에 모두가 사무친다. 엎 어지며 자빠지며 천방지축 따라갈 제 건넛마을 바라보며 이 진사 댁 작은아가 작년 오월 단오일에 앵두 따고 놀던 일을 니가 행여 잊었느냐. 금년 칠월 칠석야에 함께 걸교하자더니 이제 나는 하릴없다. 상침질 수놓기를 뉘와 함께 하자느냐.

숲속의 사내도 갔던 길을 되짚어오고 있었다.

……묻노라, 저 꾀꼬리, 뉘를 이별하였는디 환우성 지저 울고 뜻밖의 두견이는 귀촉도 귀촉도 불여귀라 가지 위에 앉아 울건마 는, 값을 받고 팔린 몸이 어느 때나 돌아오리.

횟집 마당으로 다시 돌아왔을 때는 중모리가 아니리에서 다 시 진양조로 넘어가고 있었다. 범피중류(泛彼中流), 상기는 심 청이가 공선에 몸을 싣고 바다 한가운데로 떠나기 직전이었다.

여자는 어둑한 복도 한가운데 앉아 있었다. 밖에서 금방 돌아온 듯 몸에서 빗물이 흘러내리고 있었다. 어쩌면 바다 속에 들어가 푸른 돌밭을 밟고 나왔는지도 몰랐다. 여자는 발소리를 듣고 넋이 빠진 얼굴로 나를 쳐다보았다. 문득 새벽에 들은 노크 소리가 다시 생각났으나, 나는 아무것도 묻지 못한 채 여자 옆을 지나며 돌아왔군요, 란 말만 흘리고 쿨럭쿨럭 기침을 하며 내 방으로 들어왔다.

마른 수건으로 얼굴을 닦아내며 나는 소리꾼이 빠져 죽은 바다를 치를 떨며 내다보았다. 바다는 갖은 소란을 집어삼킨 채 가만가만 몸을 뒤채고 있을 뿐이었다. 한풀이를 해주고 있는 소리꾼은 아직도 목젖을 떨고 있었으나, 심청이가 치마로 얼굴을 싸안고 인당수에 몸을 던지려는 대목에서 무당들은 우비를 쓰고 그만 돌아갈 채비를 하고 있었다. 그러할 즈음 젖은 발소리 하나가 내 방문 앞으로 다가왔다. 나는 온 신경을 곧추세웠다. 이어 똑똑똑 하고 문을 두드리는 소리가 났다. 이번엔 꿈이거니 할 여지조차 없었다. 옆방 여자? 횟집 주인? 나는 칼날 위에 서 있는 사람처럼 꼼짝도 못한 채 얼마간 숨을 죽이고 있었다.

문을 여니 여자가 고개를 숙인 채 어깨를 떨며 서 있었다. 심청이가 바다에 몸을 던지는 소리가 창밖에서 들려왔다.

7

그날 새벽 왜 여자가 내 방으로 왔는지 물어보지 않았다. 그런 일은 서로 묻고 대답할 수 있는 성질의 것이 아닌 성싶다. 여자 도 그런 자신을 명백히 꿰뚫어보고 있었다고는 생각하지 않는 다. 그 여자와의 만남은 처음부터 그런 식이었고 헤어질 때도 역 시 그랬다. 세상엔 참으로 여러 가지의 만남이 있는 모양이고 그 걸 행여 인연이라고 부를 수 있다면 그 여자와의 만남은 분명 기 이한 인연에 속하는 일이었다. 문을 열고 나는 여자가 들어오게 옆으로 조금 비켜섰고 그런 다음 뒤에서 문을 닫아걸었다. 서로 아무런 말도 하지 않았다. 여자는 젖은 옷을 한 겹씩 한 겹씩 벗 어 옷걸이에 걸어놓고는 알몸으로 이불 속에 들어가 눈을 감고 반듯하게 누웠다. 커튼을 치고 불을 끄자 남은 어둠이 그물처럼 드리워졌다.

그러나 정녕 나는 모르고 있었다. 그날 새벽 남은 어둠 속에 보름달이 떠 있었다는 것을. 여자와의 관계가 끝나고 난 다음에 야 나는 그 사실을 알게 되었다. 바로 내 손바닥 안에 달이 떠 있 다는 것을.

앞뒤 아무 약속도 없이 만난 사이였기 때문이었을 것이다. 말 할 수 없이 떨리고 서먹한 가운데 나는 여자 옆에 비스듬히 누워 그녀의 손을 더듬어 잡았다. 여자는 가만히 있었다. 얼마가 지나서야 떨면서, 가까스로, 응답해왔다. 나는 몸을 옆으로 돌려 왼팔로 여자의 목을 껴안고 다른 한 손으로 젖은 머리를 쓰다듬으면서 내 입술을 그녀의 얼굴에 갖다댔다. 그때 여자의 숨이 잠깐 멎은 듯했고 몸이 조금 꿈틀했다. 내 손은 어느새 여자의 가슴께로 옮겨가 있었다. 나는 밑으로 내려가 여자의 가슴에 입술을 갖다댔다. 여자가 내 머리를 두 손으로 감싸며 이윽고 나직한 신음을 토해냈다. 여자의 가슴에서 심장 뛰는 소리가 선명하게 귀에 파고들었다. 여자의 몸은 나이에 비해 약간 부풀어 있었다. 내 입과 손의 움직임에 따라 여자의 아래께가 서서히 비틀리며 풀어졌다. 나는 가슴을 쓰다듬고 있던 손을 아래로 가져갔다. 그리고 배꼽 근처에 이르렀을 때 갑자기 여자가 굉장한 힘으로 내 손을 덥석 몰아쥐더니 제 다리 사이로 냉큼 끌어당겼다. 여자의 거웃은 이미 푹 젖어 있었고 그때부터는 여자가 마구 서두르기 시작했다. 몸을 틀어 내 허리를 바싹 욱죄며 입술로 내 가슴을 사납게 더듬었다. 여자의 머리칼이 내 몸을 스치는 통에 나는 더이상 참을 수가 없어 여자의 다리 사이로 허겁지겁 쳐들어갔다.

범피중류, 나는 여자의 몸 위에서 아뜩한 현기증을 느끼며 마치 물 한가운데로 떠가는 듯하다가 뇌가 하얗게 비어버릴 찰나 용암 같은 소용돌이에 휘말리고 말았다. 한데 그 순간 왜 느닷없이 눈앞에 감성돔 회 빛깔이 떠올랐는지 모른다. 그 미묘한 백색이 말이다.

나는 여자의 배 위에 손을 올려놓고 잠꼬대라도 하듯이 뭐라 뭐라 웅얼거리고 있었다. 여자는 내 손끝을 쥐고 사이사이 한숨을 내쉬며 내 말에 대꾸하기도 했다. 나는 심청이와 인당수 밑에 누워 두런거리고 있는 것만 같았다. 그러다가 나는 손금에 걸린 달을 보며 잠이 들었다.

아침에 일어나보니 여자는 벌써 떠나고 없었다. 잊은 듯 홱 이불을 걷어보니 요 위에 그녀가 흘린 머리카락이 몇 올 남아 있었다. 섬뜩한 느낌…… 아, 그렇다면 이제 넋이라도 건져진 것인가. 하지만 못할 짓을 한 사람처럼 나는 몸서리를 치고 있었다.

여자는 임신 사 개월째였다. 몇 개월 전 한 남자와 이곳 구계등에 왔다가 첫 관계를 갖게 되었다. 그러나 보리싹이 팰 때 결혼하자던 남자는 한 달 전에 여자의 곁을 떠나버리고 말았다. 여자는 광주에서 검은 양복을 입고 있던 나를 본 순간 자신이 죽으러 가고 있다는 사실을 깨달았다. 뱃속에 있는 아이를 생각한 것도 그때였다. 내가 구계등까지 따라오게 내버려둔 것도 실은 아이를 염두에 두고 있었기 때문이었다. 말하자면 누군가 아이를 살릴 수 있지 않을까, 라는 생각을 하고 있었다. 어쩌면 그래서 자신이 여기까지 나를 끌고온 것인지도 모른다고 했다. 구계등까지 걸어온 건 읍내 터미널에 내려서도 확실히 갈피를 잡지 못하고 있던 탓이었다. 다른 한편으론 내게 돌아갈 기회를 주겠다는 뜻이기도 했다. 하지만 내처 따라오게 되면 어쩔 수 없는 일이라고 생각할 작정이었다.

나와의 관계를 원한 건 자신의 전생을 지우기 위함이었다. 말하자면 아이는 살리되 아이의 아비에게서는 그만 놓여나기 위함이었다. 여자는 아침이 되면 내가 떠나리라는 것을 알고 있었고 간밤에 나를 절박하게 찾은 것도 그 때문이었다. 내가 잠들어 기척이 없자 바다로 나갔다가 소리꾼이 빠져 죽은 것을 보았다. 그러고 나서 차마 죽을 수가 없다는 것을 다시 깨닫게 되었다.

8

여자가 개놓고 간 옷을 챙겨입고 아래로 내려와 나는 주인 사내가 미리 챙겨놓은 밥상을 받았다. 어느덧 비가 그치고 햇살이 바다 위에 내려와 너울거리고 있었다. 늦게까지 주무셨군요, 하며 주인 사내가 벽시계를 쳐다보았다. 열 시였다.

"여자분은 먼저 내려와 아침을 먹고 떠났습니다. 소리꾼들도 오늘 떠날 모양입니다."

새벽녘에 있었던 일을 아는지 모르는지 사내는 무심한 얼굴로 낚싯대를 닦으며 중얼거렸다. 나는 묵묵히 수저질만 하고 있었다. 베란다에선 오늘도 붉은 스웨터의 여자가 유리를 닦고 있었다.

내가 밥을 다 먹어갈 때쯤 웬 젊은 여자 하나가 유리문을 밀치고 안으로 들어왔다. 혼자인 듯 여자는 주저하는 몸짓으로 주인 사내에게 며칠 방을 빌릴 수 없겠느냐고 물었다. 나는 홀린 듯 뒤를 돌아보았다. 머리에 스카프를 두른, 서른 살쯤 돼 보이는 여자였다. 여자는 계산을 하고 곧장 이 층으로 올라갔다. 나는 표정을 숨기고 주인 사내를 바라보며 말했다.

"누가 또 온 모양이군요."

"내 집에 드는 사람을 어쩌겠어요. 그저 조용히 왔다 가기를 바랄 뿐이죠."

밥상을 물리고 나는 자리에서 일어났다.

"동백이 피었나 한 바퀴 돌아보고 가시죠. 오늘쯤엔 봉오리가 터졌을 텐데요."

동백.

"그냥 가겠습니다. 어쩌면 본 것도 같으니 말입니다."

아리송한 얼굴로 사내가 나를 쳐다보았다. 하지만 그게 무슨 뜻인지는 묻지 않았다. 다만 구두를 신고 있는 내 등에 대고 이런 말을 했다.

"전 처음부터 알고 있었어요. 그 여자분이 전에 우리 집에 들었던 사람이란 것을. 소리꾼들이 내려오고 나서 며칠 뒤에 웬 남자와 함께 와서 하루 묵고 갔죠."

"……"

"어쨌거나 목숨은 구하고 보자는 생각이었습니다. 문을 들어설 때부터 느낌이 그랬거든요."

나는 대꾸 없이 문을 밀치고 밖으로 나갔다. 사내가 따라나오며 내게 가는 길을 알려주었다.

"저 느티나무가 있는 곳으로 올라가면 바로 큰길이 나옵니다. 거기서 군내 버스를 타면 읍내까지 이십 분이면 닿을 겁니다."

"아뇨, 걸어서 들어왔으니 걸어서 나가야지요."

나는 사내가 내민 손을 잡고 악수를 했다. 걸음을 옮겨놓다 말고 나는 문득 사내를 돌아보며 이렇게 묻고 있었다.

"전에 어디서 무얼 하셨죠? 구계등에 오기 전에 말입니다."

그러자 사내가 빙긋이 웃으며 대꾸해왔다.

"새삼스럽게 서로 그런 걸 물어 뭘 합니까. 만인이 다 혹자인걸요. 나중에 기회가 닿으면 회나 한 접시 드시러 오세요."

생각해보니 나는 새벽에 함께 있던 여자의 이름조차 모르고 있었다. 물론 어디서 온 여자인지 무얼 하는 여자인지도 모르고 있기는 마찬가지였다. 인연이 되면 또 만나겠죠, 라며 사내가 먼저 등을 놀려 횟십 안으로 사라졌다.

나는 장님처럼 꺼이꺼이 길을 짚어가며 홀로 그곳을 돌아나오고 있었다.

많은 별들이 한곳으로 흘러갔다

1

1998년 11월 22일은 소설(小雪)이었는데 그날 그는 논산-강경 간 23번 국도변에 있는 야식집에 앉아 새벽 한 시를 기해 급히 내리기 시작한 눈을 뿌연 유리창 속으로 들여다보고 있었다. 암놈을 놓친 밤의 수고양이처럼. 대각선 방향으로 쏟아져 내리는 눈은 허름한 여인숙 간판과 주차금지 표지판과 길가에 모로 쓰러져 있는 녹슨 리어카를 차차 무너뜨리며 세상을 지우고 있었다.

폭설로 변하면서 밤의 바람 소리가 셌다.

그때 그는 4월의 속초를 떠올리고 있었다. 엘니뇨현상으로 미리 핀 아카시아꽃들이 전국을 뒤덮고 있을 때였다. 호텔방으로 밤새 싸구려 화장품 냄새가 킬킬대며 넘어들어왔다. 새벽에 나가보면 숲에 눈이 내린 듯했다. 숲 한가운데 있는 녹슨 함바. 붉은 미니스커트를 입은 여자 하나가 늘 문가에 비스듬히 기대 담배를 피우고 있었다. 목판화를 보듯 그새 아득한 일이다.

24일 그는 강경 쪽에 있는 장화의 한 여인숙을 떠나 공주를 거쳐 서울로 올라왔다. 그때까지 그는 방으로 밥을 들여 먹으며 줄곧 『세설신어世說新語』라는 책을 읽고 있었다. 그는 사십사 쪽에 나오는 글을 되풀이해서 읽었다.

보자.

진태구 진식(陳太丘:陳寔)이 순랑릉 순숙(筍朗陵:筍淑)을 방문할 때였는데, 가난하고 검소해서 노복이 없었다. 그래서 맏아들 원방에게 수레를 몰게 하고 막내아들 계방에게 지팡이를 들고 뒤를 따르게 했으며 손자 장문은 아직 어렸으므로 수레에 태웠다.

이윽고 순랑릉의 집에 이르자 순랑릉은 셋째 아들 숙자에게 대문에서 그들을 맞아들이게 하고 여섯째 아들 자명에게는 술을 가져오게 하고 나머지 여섯 아들에게는 식사를 내오게 했으며 손자 문약은 어렸으므로 무릎 앞에 앉게 했다. 그날에 태사(太史:천문역법을 담당하는 관리)가 임금께 아뢰길,

"진인(眞人)들이 오늘 동쪽으로 몰려갔습니다"라고 했다.

2

11월 7일부터 20일까지 대학로에 있는 동숭아트센터에서 '아시아 아트필름 페스티벌'이 있었다. 12일 그는 나운이라는 여자와 오후 여섯 시 삼십 분에 시작하는 일본 영화 〈우나기〉를 보았다. 그는 이십 분 전에 도착해 영화관 입구 계단 모서리에 앉아 그녀를 기다리고 있었다.

여섯 시 이십 분에 낯이 익은 일군의 무리가 영화관 뜰로 송사리 떼처럼 몰려들어왔다. 누군가 먼저 그를 발견하고 알은체를 하자 무리의 시선이 일제히 계단 모서리로 쏠렸다. 그중에는 그가 신문사 시절에 만났던 원로급 화가가 있었고 여류 조각가와 얼마 전에 독일에서 돌아왔다고 풍문으로 전해 들은 모 화랑의 큐레이터와 노랗게 머리를 염색한 애니메이션을 전공하는 삼십 대의 비쩍 마른 남자가 끼어 있었다. 그는 자리에서 일어나 가벼운 눈인사라도 해야 옳았을 텐데 웬일인지 그 자리에 우두커니 버티고 앉아 있었다. 부러 그랬을 리는 없겠지만 그들이 보기에는 얼마쯤 눈에 거슬렸을 것이다. 실은 그가 계단에서 몸을 일으키는 순간 서쪽으로 기우는 하오의 햇살이 그의 시야를 하얗게 흐려놓았던 것인데 그들이 그걸 알 턱이 없었다. 그는 뒤통수에 가벼운 낙뢰를 맞은 것처럼 잠시 의식을 빼앗긴 상태로 그 순간이 속히 지나가기만을 바라고 있었다.

정신을 차리고 보니 그들 무리는 이미 영화관 안으로 들어가고 있는 중이었다. 맨 뒤에서 따라가던 여자가 유리문을 통과하면서 이쪽을 흐뜩 돌아보았다. 그녀는 저녁 예불 시간이 되어 적멸보궁의 문을 열고 들어가는 비구니의 얼굴을 하고 있었다. 그녀가 사라진 유리문의 어두운 표면에 계단에 앉아 있는 그의 모습이 희미하게 일긋거렸다.

나운이 온 것은 영화가 시작되고 나서 십오 분이 지났을 때였다. 분홍색 스웨터와 검은 울 스커트 차림으로 나타난 그녀의 이마에는 수액 같은 땀방울이 도돌도돌 맺혀 있었다. 그는 토란잎에 굴러 있는 새벽이슬을 떠올렸으나 그런 말은 하지 않았다. 그녀는 밭은숨을 목울대에 감추고 가물가물 눈빛만 빛내고 있었다.

"설마 화가 난 건 아니겠죠?"

원 천만의 말씀. 그는 태연한 모습으로 그녀와 발걸음까지 맞추는 여유를 부리며 영화관 안으로 들어갔다. 이미 볼 수 없게 된 영화의 앞부분은 자신이 어둑한 계단에 홀로 앉아 있던 장면과 그녀가 학학대며 늦게 도착한 장면으로 채워넣으면 된다고 생각했다. 지하 계단을 내려가며 그는 아까 본 무리 중에 자신과 한때 깊은 관계를 맺었던 여자가 있었음을 상기했다.

앙증맞게 생긴 빨간 회중전등을 들고 있는 여직원의 안내를 받아 그는 어두컴컴한 B1층 마열 14, 15번 좌석을 찾아들어갔다. 한데 예기치 못했던 장애물이 그를 기다리고 있었다. 1번석에서부터 13번석에 도열해 있는 스물여섯 개의 무릎들이 놀라우리만치 뻣뻣하게 버티고 있어 좀처럼 비집고 들어갈 틈이 보이지 않았다. 그래봐야 두 사람이 화면을 가리고 있는 시간은 그만큼 길어질 텐데도 그들은 도성 바깥에 새로 설치한 참나무 해자 울타리처럼 완강하게 그의 접근과 통행을 가로막고 있었다. 막상 돌아나오고 싶었지만 그는 뒤에서 죄수처럼 따라오고 있는 그녀를 생각하며 힘겨운 전진을 계속했다.

전족 걸음마 끝에 마침내 14번 좌석에 이르렀을 때 또 하나의 장애물이 그를 기다리고 있었다. 15번 좌석에 귀신인지 유령인지 모를 물체가 꼿꼿한 자세로 앉아 있었던 것이다. 늦게 들어온 죄로 그는 얼굴도 안 보이는 15번에게 감히 따져물을 수가 없었다. 다급한 마음에 그는 나운을 14번 좌석에 앉게 하고 다시 일일이 고개를 조아리며 15번에서 25번에 이르는 스물두 개, 도합 마흔여덟 개의 경골(脛骨) 사이를 지나 반대편으로 힘겹게 방출됐다. 카펫이 깔린 푹신한 계단을 더듬더듬 올라가 그는 인조가죽으로 만들어진 역시 푹신한 출입문에 등을 기댄 채 그녀가 제대로 앉아 있는가를 확인했다. 쉰 개의 무릎 중에 젓니처럼 쑥 빠져 있다 뒤늦게 가서 박힌 두 개의 무릎을.

이따금씩 스크린이 밝아올 때마다 그녀가 목을 비틀어 뒤를 두리번거렸다. 그러나 목을 백팔십 도 이상 회전시키지 않는 한 그녀는 그의 모습을 볼 수 없는 위치에 있었다. 그는 시정거리

안쪽으로 자리를 이동할 수도 있었지만 굳이 그렇게까지는 하지 않았다. 팔짱을 낀 자세로 그런 그녀의 모습만 가만히 눈여겨보고 있었다.

정확히 여덟 시 이십 분에 영화가 끝났다. 자막이 올라가고 불이 들어오자 나운은 서둘러 일어나 그의 얼굴부터 찾았다. 그런데 공교롭게도 그는 앞줄 다열에 앉아 있다 자리를 챙기고 일어나는 큐레이터와 먼저 눈이 마주쳤다. 그녀는 화닥 놀란 얼굴로 멍하니 그를 마주 보다가 눈을 아래로 떨어뜨렸다.

나운이 다가와 휘파람 같은 어색한 웃음소리를 내더니 불쑥 그의 팔짱을 꼈다. 전에는 없던 일이었고 실은 그럴 만한 관계도 아니었다. 큐레이터가 바라보는 가운데 그는 나운에게 팔이 붙들린 채 영화관을 나왔다.

밖은 천 길 해저의 밤이었다.

3

그는 나운과 북적거리는 대학로를 벗어나와 소공동으로 가는 택시를 올라탔다. 그녀는 오늘 그가 삼 년 전에 헤어진 여자와 마주쳤다는 사실을 모르고 있었다. 상대는 늘 타인이게 마련이어서 그런 일은 부러 얘기를 해주지 않는 한 결코 알 수가 없는 것이다. 묘하게 비껴나간 순간이 반복됐다며 그녀는 저녁을 사겠다고 말했다. 웨스틴조선호텔 근처에 아는 생선초밥집이 있다고 했다.

택시가 호텔 정문 앞에 멈춰섰다. 거기서 그녀는 문득 방향감각을 잃어버린 사람처럼 허둥거리며 초조하게 사위를 두리번거렸다.

"딱 한 번 와봤는데 길을 모르겠어요. 밤이라서 그런가요. 하지만 확실히 찾을 수 있는 방법이 있으니까 염려 마시구요."

그녀가 확실한 방법이라고 한 것은 우선 조선호텔 로비로 들어가 지하로 통하는 계단을 내려간 다음 그도 전에 몇 번 와본 적이 있는 오킴스바 앞을 지나 회전식으로 된 호텔 후문으로 빠져나가는 것이었다. 거기서 길을 건너 롯데호텔을 바라보며 이삼십 미터 내려가니 그녀가 말한 초밥집이 있었다. 호텔 건물을 둥그렇게 타고 돌아나가면 쉽게 찾을 수 있는 집이었다. 말할 것도 없이 그녀는 전에 그 집을 먼저 알고 있던 누군가를 조선호텔 로비에서 만나 후문을 통해 그곳에 갔을 것이다.

스탠드에 앉아 새우와 광어와 한치, 참치, 전어 따위로 말아놓은 초밥 그릇을 앞에 두고 월계관이란 청주를 주문하며 나운은 그제야 굳었던 표정을 풀어놓았다. 그녀는 충무로에 있는 모 영화사 기획실에 근무하고 있었다. 〈우나기〉의 영화표도 그녀가 미리 구해놓은 것이었다. 한동안 그는 영화 담당기자를 한 적이 있었는데 그때 그녀와 알게 됐다. 그러나 그녀와의 사이에 기억에 남을 만한 특별한 일이 있던 건 아니었다.

다른 부서로 옮겨간 후에도 나운은 가끔 그에게 시사회 표를 보내주거나 별다른 이유 없이 전화를 걸어와 저녁을 먹자고 한 적이 있었다. 몇 번 되지도 않는 일이지만 그때마다 그는 거기에 응했다. 영화를 보거나 밥을 먹거나 술을 마시는 일은 사실 누구하고나 할 수 있는 일이다. 신문사에 있다보면 더더욱 그렇다. 말하자면 수평으로 사람을 만나게 된다. 굳이 눈을 마주치지 않더라도 입과 귀만으로 관계는 가능하다. 거기에 감정이 발생하려면 보다 특별한 계기가 있어야만 한다.

4월 초 그는 사내 구조조정 작업에 의해 정리해고되는 방식으로 신문사를 그만두었다. 일, 이 부로 나뉘어져 있던 문화부가 하나로 통폐합되면서 삼분의 일 정도 되는 인원이 책상을 정리해야 했다. 그는 별 불만 없이 십 년 동안 다니던 직장에서 돌아와 오랫동안 예정하고 있었던 듯 꼼꼼하게 짐을 챙겨 속초로 떠났다. 그동안 책상서랍에 깊숙이 처박아두었던 생(生)이라는 걸 꺼내 한번 반추해볼 작정이었다. 그러나 뒤를 돌아보는 순간 생은 곧 소금덩어리로 변한다는 걸 알게 된다.

5월 말에 속초에서 돌아와 그는 문득 생각이 나서 나운에게 전화를 걸어보았다. 직장을 그만두고 나니 당장 저녁을 함께 먹을 사람조차 주위에 남아 있지 않았던 것이다.

그녀는 삼십 분 늦게 나타났고 채 한 시간도 되지 않아 어수선하게 핸드백을 챙겨들고 일어났다. 그녀는 곧 개봉될 영화의 홍보 작업으로 며칠째 밤을 새우고 있는 중이었다. 인사동에 있는 '영산강'이란 식당에서 만나 바삐 토하탕을 먹고 차를 마실 여유도 없이 그녀는 3호선 안국역에서 전철을 타고 충무로에 있는 사무실로 돌아갔다. 그리고 6월 중순부터 그는 신문사에서 알고 지내던 선배의 주선으로 모 시사주간지의 리포터 겸 객원기자 노릇을 시작했다. 꼭이 원해서 한 일이라기보다는 아침마다 벌거벗고 쳐들어오는 시간을 감당할 수가 없었던 것이다.

'영산강'에서 헤어지고 나서 무려 오 개월 만인 11월 7일 밤에 그는 나운의 전화를 받았다. 솔직히 뜻밖의 전화였다. 그는 그녀의 존재를 완전히 잊고 있었던 것이다. 아무튼 그녀는 〈우나기〉를 함께 보러 갔으면 한다고 오 일 만에 전화를 걸어온 사람의 목소리로 말했다. 잠시 멍한 기분에 사로잡혀 있다가 그는 탁상용 다이어리에 약속장소와 시간을 볼펜으로 적어놓았다.

간장에 풀어진 고추냉이 색깔이 그 화사한 연둣빛을 잃고 탁하게 가라앉아 있었다. 직사각형의 나무그릇엔 한치 초밥 하나만이 덩그러니 남아 있었다. 그녀는 간간이 제 손으로 청주를 따라 마시며 5월 말에 만났을 때는 미안했었노라고 말했다. 오 개월이란 꽤 긴 시간의 공백이 있었음에도 불구하고 역시 오 일만에 만난 투로. 그러면서 가을도 다 가는 마당에 속초에서의 봄은 어땠느냐고 그에게 물어왔다. 그는 11월에서 5월로 단숨에 거슬러올라가기 위해 잠시 호흡을 가다듬었다. 그러고 나서 4, 5월의 속초를 떠올리며 폭풍우와 안개와 숭어낚시와 밤의 하모니카 소리와 아카시아꽃과 함바를 개조해 만든 술집과 또 부두에서 만났던 수녀들 얘기를 술잔이 비어가는 식으로 더듬더듬 늘어놓았다.

"수녀들을 만났다구요? 봄바다에서요?"

"봄바다? 그래, 봄바다로군."

그녀는 고개를 모로 외틀고 그를 넌지시 바라보았다. 아련한 눈빛이 고요히 타오르고 있었다.

그는 곧 재개발에 들어갈 오 층짜리 호텔에 묵고 있었는데 수녀들을 만난 것은 속초에 간 지 보름쯤 됐을 때였다. 그는 바다 낚시를 나가기 위해 그날 배를 한 척 빌려놓고 있었다. 한데 일기예보와는 달리 오후부터 하늘이 흐려지고 바람이 일기 시작했다. 선장이 전화를 걸어와 다음날로 출조를 미루자고 했으나 그는 베란다에서 바다를 내려다보고 있다가 장비를 챙겨들고 밖으로 나갔다.

잡어 몇 마리를 건져올려 소주병을 따자 아까 닻을 올리면서 푸념 섞인 소리를 하던 선장이 도마와 칼을 들고 따라 앉았다. 숭어 떼는 그날따라 보이지 않았다. 이윽고 비까지 슬슬 뿌려대기 시작했다. 낚싯대를 바꿔 던지고 소주 한 병을 다 비워낼 즈음 삭힌 오징어 미끼에 걸린 팔뚝 크기의 미역치가 올라왔다.

소주 세 병에 물살에 어둠이 끼고 비가 거세졌다. 먼 데서 꾸물거리던 파도까지 목전에 닥쳐와 있었다. 그제야 선장은 시동을 걸고 항구로 배를 돌렸다. 난바다의 해류는 배를 사납게 흔들어대 부두로 돌아오는 데 한 시간이 넘게 걸렸다.

그가 수녀들을 목격한 건 배가 부두로 막 들어서고 있을 때였다. 옆으로 엇갈리듯 하며 다른 한 척의 배가 비와 어둠이 덮고 있는 바다로 빠져나가고 있었다. 한데 기이하게도 고물 쪽에 수녀 세 사람이 우산도 받지 않은 채 나란히 나부끼고 서 있었다. 왜 그때 그들은 바다로 나가고 있었던 걸까.

주섬주섬 낚시도구를 챙겨들고 배에서 내리며 그는 선장에게 물었다.

"근처에 수녀원이 있나요?"

선장은 미처 그들을 보지 못한 모양이었다. 술기운에 말귀마저 알아듣지 못하고 선장은 뜨악한 얼굴로 그를 바라보기만 했다. 호텔로 돌아와 물어보았으나 프런트의 여직원도 수녀원에 대해서는 아는 바가 없었다.

화투짝만 자꾸 방바닥에 늘어놓고 있다가 그는 자정께 방파제로 나가보았다. 바다는 잠잠해져 있었으나 안개가 부풀어오르고 있는 참이었다. 수평선 끝에 집어등을 달고 떠 있는 오징어잡이 배 몇 척이 보였다. 대형버스가 저마다 하이빔을 켜고 이쪽으로 달려오는 것 같아 그는 몇 번이나 몸을 옆으로 비키며 바다를 노려보고 있다가 새벽 두 시쯤에 호텔로 돌아왔다.

호텔을 들어서다가 그는 삼 층 베란다 난간에 서서 밤바다를 내려다보고 있는 수녀 셋을 다시 발견했다. 그는 정문 옆에 있는 벤치에 앉아 그들을 올려다보다 전날 밤 아홉 시부터 단수가 된 오 층 객실로 올라왔다.

"수녀들이 단체로 여행이라도 온 걸까요?"

"글쎄요."

셋을 두고 단체라고 하기는 좀 그렇다. 그는 고등어 회와 연어 회와 도꾸리라고 하는 작은 청주 한 병을 더 주문했다. 그러나 젓가락을 두어 번 들었다 놓으면 접시가 빌 만큼 야박한 양이었다. 그녀의 이마가 연어 회 빛깔로 엷게 달아올라 있었다. 술을 먹으면 어째 이마부터 붉어지는 사람이었다.

"그러고는 보지 못했나요?"

고등어 회는 먹어본 적이 없다며 그녀는 접시를 옆으로 돌려놓았다.

"등 푸른 생선이 회로 먹을 땐 더 고소합니다."

연어 회를 집던 그녀의 젓가락이 주춤, 하더니 고등어 회로 옮겨갔다.

"수녀들 얘기 물었잖아요."

"호텔 아래에 아카시아숲이 있습니다. 그 옆엔 작은 늪이 있

244

고 거길 돌아나가면 온천지대로 통하는 길목에 카페들이 있습니다. 베란다에 앉아 있다 그들이 그쪽으로 저녁 산책을 나갔다 돌아오는 모습을 보기도 했습니다. 카페 안에 앉아 도란도란 얘기를 나누는 걸 목격하기도 했죠. 마당에 보랏빛의 오동나무꽃이 피어 있는 아름다운 카페였죠. 그들은 호텔에서 일주일쯤 묵었던 것 같습니다."

"참 모를 일이군요."

이틀 뒤 숭어낚시를 다녀온 날 저녁 그는 아침저녁으로 끼니를 대놓고 먹는 식당에 들러 주인에게 횟감을 건네주고 늦도록 바다를 기웃거리며 술을 마시고 있었다. 비수기였으므로 식당엔 사람이 없었고 밤 열한 시쯤이면 대개 문을 닫았다. 열 시가 조금 지났을 때 그는 어디선가 여인네들이 소곤거리는 소리를 듣고 있었다. 말투가 옥수수처럼 가지런하고 정갈해서 바다 쪽 사람들은 아닌 성싶었다. 소리를 좇다 그는 방 안에 먼저 온 손님들이 있다는 걸 알았다. 학교 여선생님들인가 싶어 방문 아래를 보니 까만 구두 세 켤레가 가지런히 놓여 있었다. 문틈이 반 뼘쯤 비켜 있길래 그는 화장실에 가는 척하며 안을 갸웃이 훔쳐보았다. 그런데 엊그제 보았던 수녀들이 회접시를 앞에 놓고 소주를 마시고 있었다.

"안젤라 수녀님, 내일쯤에 저는 그만 돌아가야겠어요. 교구장님께서 그예 노하셨을 거예요."

"혼자서는 못 가잖아요, 스텔라 수녀님."

"그럼, 안젤라 수녀님은 무턱대고 여기 계실 작정인가요? 그 냥 처음 말대로 하루 정동진만 보고 가는 건데 어쩌다 이렇게 됐 는지 모르겠습니다. 저는 이제 두렵습니다. 그새 일주일이 다 돼 가질 않습니까."

속초로 오기 전에 그들은 강릉 아래 정동진에서 하루 묵은 모 양이었다. 서울 기점 정동쪽이어서 정조가 붙인 이름이라나 어 쨌다나. 아무튼 한동안 말이 없다가 한 순배가 더 돌 때쯤에 안 젤라도 스텔라도 아닌 다른 수녀가 입을 열었다.

"저는 그냥 여기 동쪽에 머물랍니다. 여름엔 아래로 가을엔 또 위로 옮겨다니며 매양 바다 곁에 있고 싶습니다."

그녀는 마리아였다.

"아니, 그럼 파계가 되질 않습니까!"

"정동진에 있을 때 이미 작정했던 일입니다. 스텔라 수녀님, 저는 이 옷이 너무 차갑고 버겁습니다. 하지만 성모님은 늘 가슴 에 품고 다니겠습니다."

이후로 그는 그들을 본 적이 없다. 며칠 후 아카시아 숲속에 있는 함바 술집에 웬 여자가 왔는데 혹시 그녀가 동쪽에 있겠다 던 수녀가 아닌지 모르겠다. 글쎄.

그녀가 오고 나서부터 밤마다 숲속에서 하모니카 소리가 났다.

초밥집 계단을 내려오며 그녀는 몸을 바르르 떨더니 또 슬그머니 그의 팔짱을 꼈다. 그녀의 걸음새가 얼마간 탄력을 잃고 무뎌져 있었다. 소공동 길을 내려오며 그녀는 처음으로 이런 얘기를 하고 있었다. 오랜 침묵 끝에 이르러.

"남동생이 하나 있는데 지금 방콕에 있습니다. 유자와 백조와 금붕어와 금목서 은목서를 좋아하는 앱니다. 남자 녀석이 말예요, 술담배도 못 하고 말예요."

"금목서 은목서?"

"전북 임실 오수 외갓집 마당에 있는 나무 이름입니다. 가을이 되면 금꽃과 은꽃이 서로 마주 보며 핍니다. 태국엔 없는 나무죠."

태국. 그는 왜 그 더운 나라에 가 있는 것일까. 나중에 들으니 그는 그녀의 배다른 동생이었다. 하지만 더이상의 자세한 얘기는 하지 않았다.

"마지막으로 본 건 언제죠?"

그는 별 생각 없이 그렇게 물었다.

"천국에서 가장 기끼운 곳이라는 필리핀의 보라카이섬에서 재작년에 만났어요. 마닐라에서 배로 열네 시간이나 걸리는 곳예요. 비행기를 타면 한 시간에 갈 수 있지만 그때 저는 배를 타고 갔죠. 가방에 유자를 아홉 개나 넣어가지고 말예요."

"왜, 방콕에서 만나면 될 텐데요."

"그 애가 보라카이섬을 좋아합니다."

그녀가 내뱉는 말과 말 사이에서 기묘한 단절감이 느껴졌다. 요컨대 유자와 금붕어와 백조 사이에 아무런 연관성이 없듯이 말이다. 글쎄, 금목서 은목서라면 또 몰라도. 그녀가 고향인 밀양에 대해서 말할 때도 그는 군데군데 찢겨나간 책을 읽는 느낌이었다. 일곱 살 때 할머니를 찾으러 나갔다 저녁 무덤에서 울던 일, 새벽 도라지꽃밭에 숨어 오줌을 누던 일, 어느 날 자고 일어나니 이빨이 하나 빠져 있었다던가 하는 따위의 얘기들을 무슨 색동 주머니에서 유리구슬을 꺼내듯이 가만가만 늘어놓았다. 얼마를 걷다가 그녀는 술이 깼는지 신촌의 칵테일바로 가자고 했다.

택시 안에서 그는 그가 다섯 살 때 집을 나간 아버지 얘기를 하고 있었다.

"주머니에 늘 하모니카를 넣고 다니던 사람이었습니다."

"……슬픈 사람이었군요. 하모니카 소리는 사람의 마음을 왜 까닭 없이 어렵고 슬프게 하잖아요."

오수의 마당에서 마주 보고 피는 금꽃과 은꽃도 그런 거라고 그는 생각하고 있었다. 그는 그녀가 보라카이섬에서 만났다는 그녀의 남동생을 잠깐 생각하고 있었다.

"그이의 무릎에 앉아 하모니카 소리를 듣던 저녁나절의 풍경이 아직도 흐릿하게 몸과 마음에 남아 있습니다."

무슨 뜻인지 그녀가 무릎 아래로 더듬더듬 그의 손을 잡아왔다.

"군인 출신이었죠. 군사 쿠데타에 가담해 일찍 지프를 타고 다녔다는데 무슨 이유로 중도하차했는지 저도 모르겠습니다. 퇴역한 후에는 한동안 시를 썼다고 합니다. 하지만 그건 그다지 믿을 만한 얘기가 못 됩니다. 아무튼 1966년 가을 그이는 집을 나가 여태 소식이 없습니다. 가지고 있었던 건 주머니 속의 하모니카와 책 한 권뿐이었답니다."

곧 『세설신어』다.

"아, 그렇군요."

"충청도에 가면 논산이라는 데가 있고 또 강경이라는 데가 있습니다. 80년대 초에 누가 논산-강경 간 국도변에 있는 한 술집에서 아버지를 보았다고 합니다. 술집에 앉아 하모니카를 불고 있더라고 합니다. 하지만 그것도 이제 와 생각하니 어째 낭설인 듯싶습니다."

"……"

"그날 유성우가 내렸다고 합니다."

"언제요?"

"그이가 집을 나가던 날 밤에 말입니다. 마루 끝에 앉아 별똥별이 쏟아지던 것을 쳐다보고 있다가 냅다 방으로 들어와 자고 있던 나를 들어 외양간에 집어 던지고 곧바로 대문 밖으로 사라졌다고 합니다. 어느 쪽으로 갔는지는 아무도 모릅니다."

"……"

"정확히 1966년 11월 18일의 일입니다. 그해는 제미니12호가 우주비행사 두 명을 태우고 최초로 우주비행에 성공한 해이기도 합니다. 삼 년 후 아폴로11호를 달에 보내기 위해 실험발사를 했던 거죠. 그들은 우주에서 멋지게 랑데부 실험에 성공하고 무사히 지구로 귀환했습니다."

"그런 걸 어떻게 다 알아요?"

"신문사 과학부라고 하면 천문대에서 친절하게 알려줍니다. 아무튼 그해 대규모의 우주비가 내려 다른 나라에서는 그야말로 난리였다죠. 지구의 종말이 다가와 하늘에 있는 모든 별이 떨어진다고 믿어 많은 사람들이 교회로 몰려들었답니다. 이는 결과적으로 세기말 현상을 급확산시키는 계기가 됐죠. 하지만 유감스럽게도 당시의 우리나라 신문이나 매스컴은 이를 다루지 않고 있습니다. 천문학에 대한 인식이 턱없이 부족할 때였죠. 그래서 지구가 삼십삼 년 주기로 우주의 먼지들로 만들어진 거대한 강을 통과하는 날인데도 쿨쿨 잠만 자고 있었던 거죠. 하지만 신라시대나 고려시대에는 유성에 관한 많은 기록들이 있습니다. 우선 신라 남해왕 3년 '밤에 유성이 있었다'라는 기록이 있습니다. 서기 6년의 일이죠. 또 서기 650년을 전후해서 '많은 별들이 한 방향으로 흘러갔다'고 하는 표현을 여러 군데서 볼 수 있습니다. 뿐만 아니라 천문학에 관심이 깊었던 고려시대 사람들은 무려 칠백 건에 달하는 유성에 대한 기록을 남기고 있습니다."

"당신은 천문대를 통해 아버지를 찾고 있던 거로군요. 그런 건가요?"

"……"

길이 막혔으므로 그는 나운을 따라 홍익문고 앞에서 내려 횡단보도를 건넌 다음 연세대학교 방향으로 오십 미터쯤 올라가다가 일 층이 옷가게인 건물의 사 층으로 가기 위해 엘리베이터를 탔다. 마침 공사중이어서 엘리베이터 앞에는 페인트통과 골재 더미들이 수북이 쌓여 있었다. 골재더미를 피해 엘리베이터 안으로 들어가려는데 그녀의 치마가 철사 끝에 걸려 굵은 털올이 죽 끌려나왔다. 그는 무릎을 꿇고 앉아 철사에서 올을 풀어낸 다음 그것을 두 번 감아서 동여맸다. 그녀는 화닥 얼어붙은 채 그런 그의 뒤통수를 물끄러미 내려다보고 있었다.

어둑한 바에 앉아 그녀는 블루하와이를 그는 와일드터키를 우선 스트레이트로 한 잔 마시고 나서 하이네켄을 주문했다. 손님들은 그닥 없었고 음악은 에릭 사티의 피아노곡이었다. 마르가리타로 칵테일을 바꾸며 그녀가 그의 옆일굴을 기웃거렸다.

"동해에 남겠다던 그 수녀는 지금쯤 어디 있을까요?"

"글쎄, 그쪽 어디겠죠."

"연말엔 속초에 가서 새해 해돋이를 볼까봐요. 혹시 알아요? 마리아 수녀가 옆에 나란히 와 서서 붉은 해를 보게 될는지요."

"어제 그녀는 속초시청 앞 횡단보도에 서 있었습니다. 마침 하교하는 속초여고 일 학년 여학생 옆에 시장바구니를 들고 말입니다."

희미하게 웃으며 그녀가 다시 그의 옆모습을 살폈다. 그녀의 야릇한 시선을 느끼며 그는 슬쩍 말머리를 돌렸다.

"일요일엔 뭘 하며 지냅니까?"

"백화점에 구경도 가고 노량진 수산시장에 가서 생선을 사다가 요리를 하기도 하고 책도 읽고 겨울에 입을 스웨터를 만드느라 뜨개질도 하고 그래요."

그리고 그녀는 일요일에 밀린 빨래와 청소도 하고 손발톱을 손질했다.

"그런 말을 들으니 색색깔로 바구니에 담겨 있는 털실이 생각나는군요."

그 말에 그녀는 또 소리 죽여 웃었다. 그러고 나서 한 일 분간이나 까마득히 침묵이 흐른 뒤 그녀가 불쑥 이런 말을 던져왔다.

"저, 이제부터 당신과 토요일 저녁마다 만나고 싶은데요. 봄여름가을겨울의 모든 주말마다 말예요."

에릭 사티의 피아노곡은 계속해서 되풀이되고 있었다. 그리하여 그는 제미니12호 속에 그녀와 단둘이 앉아 있는 듯한 느낌에 사로잡혀 있었다. 그리고 광막한 우주공간에서 그녀에게 도대체 무슨 대꾸를 해야 할지를 곰곰이 생각하고 있었다.

"나운씨 말을 듣고 방금 깨달은 사실이 하나 있습니다."

"……"

"저에겐 이미 마음이란 게 남아 있지 않은 것 같습니다. 너무 오래 우주복을 입고 하늘에 떠 있었나봅니다. 도로 지구로 내려갈 생각을 하니 엄두가 나질 않는군요."

그녀는 일순 흔들리는 표정으로 있다가 목에 가시가 걸린 소리로 되물었다.

"어째서 그런 건데요?"

"전에 누군가에게 마음을 몽땅 백지수표로 끊어주었기 때문일 겁니다."

"병신, 바보."

"……"

자정이 될 때까지 그는 아무 말 없이 그저 술만 마셨다. 그녀도 돌연 딴사람이 되어 선반에 놓여 있는 양주병들만 깨져라 노려보고 있었다.

자정을 기해 그는 며칠 후 유성우를 함께 보러 갔으면 한다고 그녀에게 말했다. 그러지 그녀가 당근빛으로 변한 이마를 천천히 그에게로 돌렸다. 그새 목소리가 쉬어 있었다.

"언제요?"

"11월 18일입니다. 새벽 세 시경부터 다섯 시까지."

"1966년과 같은 날이라구요?"

"그렇습니다. 북동쪽 사자자리로 그날 지구가 혜성의 잔해를 통과합니다. 잔해가 아직 흩어지지 않았기 때문에 어느 때보다도 많은 유성우를 볼 수 있다고 합니다. 약 두 시간 동안 초당 세 개쯤. 관측지점도 이미 물색해놨습니다. 벽제 지나 광탄이란 델 가면 기산 저수지가 있습니다. 거기에다 캠프를 칠 예정입니다."

그녀가 가만히 되받아 웅얼거렸다.

"북동쪽 사자자리라구요."

논산-강경 기점 강원도 어디 하늘이겠다. 옛적 뉘 그리로 법(法)을 구하러 갔는가? 하늘을 따라갔는가. 별을 따라갔는가. 어린 자식마저 외양간에 집어 던지고.

4

1월의 솔 2월의 매조 3월의 벚꽃 4월의 흑싸리 5월의 난초 6월의 모란 7월의 홍싸리 8월의 공산 9월의 국준 10월의 단풍 11월의 오동 12월의 비. 4월의 속초다.

밤의 논바닥은 발에 밟힌 유리인 듯 여기저기 날카로운 모서리를 비죽비죽 드러낸 채 흐린 달빛에 반사되고 있다. 앎둑한 목판화의 풍경 뒤로 종일 세차게 흔들리던 아카시아숲이 가만가만 숨을 고르고 있다. 호텔 주변를 싸안고 떠나지 않는 아카시아꽃

냄새가 이따금씩 구토증세를 불러일으킨다. 그때마다 귀를 훔치듯 들려오는 먼 데 하모니카 소리.

그녀는 속옷 차림으로 베란다에 나가 바다 끝에 걸린 집어등을 응시하고 있다. 그는 화투짝이 흩어져 있는 침대에 비스듬히 누워 그녀의 뒷모습을 바라보고 있다. 정사 후의 후텁하고 비릿한 열기가 밖으로 스멀스멀 빠져나가고 있다. 그녀의 윤곽이 드로잉처럼 몇 겹으로 흐려진다. 먼 바다에서 달려오는 대형버스의 헤드라이트가 그녀를 비추고 있나보다.

12월의 비. 스무 끗짜리 화투짝 안에서 그이는 빨간 도포에 파란 모자와 하얀 띠가 가로로 나 있는 역시 파란 우산을 쓰고 어딘가로 가고 있다. 사행으로 흘러가는 시냇물 옆에는 노란 개구리가 한 마리 펄쩍 뛰고 있다. 그가 어렸을 적 한 마을에 살던 고모할머니한테서 들은 얘기다.

"니 아비가 스무 살 때였더니라. 어느 겨울에 집을 나가 몇 달 후에 어디서 사슴을 몰고 들어왔더니라. 복사꽃 피던 새벽에 도둑처럼 하모니카를 불면서 말이다. 그리고 나서 봄날 내내 마루 끝에 앉아 실성한 사람처럼 중얼거렸더니라. 사는 건 같잖고 우주는 한없이 막막하다! 사슴뿔을 뽑아 머리에 쓰고 복숭아밭에서 자결하고 싶다! 다들 니 아비가 못쓰게 돼버렸다고 했느니라. 그러나 나는 알고 있었다. 니 아비가 어떤 사람인가를. 그이는 워낙에 피가 독하고 뜨거웠던 거다. 하늘만 처다보고 산 사람이라 매양 가슴에 벼락천둥이 치고 있었던 거다."

오랜 세월이 흘러 그는 머리에 관을 쓰고 오련한 미소를 짓고 있는 웬 사내의 형상과 우연히 대면하게 된다. 입사 초기 사회부에서 일하다가 문화부 미술담당으로 발령이 났을 때였다. 그쪽은 문외한이었으므로 그는 화단에 드나들며 부지런히 사람들과 만나고 시간이 나면 자료실에 앉아 미술사 관련 서적과 도록 따위를 열심히 뒤적거렸다. 그러다 그는 국보 제78호인 '금동미륵반가사유상'을 보게 된다. 그것은 구리로 만들어 도금한 삼국시대의 불상이다.

전체 높이 약 팔십 센티미터. 얼굴이 풍만하고 눈꼬리가 위로 약간 올라갔으며 입가에는 신비로운 인상을 주는 미소를 띠고 있다. 복잡한 보관(寶冠)을 쓴 머리에서 내려오는 두 가닥의 수식(垂飾)이 보발(寶髮)과 함께 좌우 어깨까지 늘어졌다. 가슴 앞에 짧은 장식이 있고 두 어깨를 덮은 천의(天衣)는 날개처럼 옆으로 퍼지면서 앞면으로 늘어져 무릎 위에서 X자형으로 교차되어 있다. 나형(裸形)인 상반신과 가는 허리에서 신라 불상의 기본형을 찾아볼 수 있다. 두 팔에는 팔찌를 끼었고 왼손은 반가한 오른발을 잡고 있으며 오른손은 오른쪽 무릎에 팔꿈치를 얹고 손가락을 볼에 대어 사유하는 상을 나타내었다. 왼발은 밑으로 내려뜨려 단판 연화좌를 밟고 있다. 하반신에 걸친 상의는 배 앞에서 매듭을 지어 내려오면서 도식화된 옷주름을 가늘게 표현하였고 왼쪽에 한 가닥의 끈이 드리워졌다. 뒷머리 부분의 흔적으로 보아 원래 광배가 있었던 것 같다. 균제된 자세 명상에 잠긴 오묘한 모습 우아하고 화려한 옷무늬 등 이를 따를 작품이 없어 삼국시대에 유행한 반가사유 형식의 대표작이라 할 수 있다.

거기서 그는 활연대오, 마침내 피가 고요해진 아버지의 모습을 잠깐 동안 엿보고 있었다. 이듬해 봄 그이는 결국 자신이 몰고 들어온 사슴을 복사꽃밭에서 도끼로 쳐 죽이고 피투성이가 된 채 도로 집을 나가 폭설이 내리던 날 밤 돌아왔다고 한다. 그리고 곧바로 사관학교에 입교한다.

그가 함바 술집에 온 여자를 만난 건 수녀들이 모습을 감추고 나서 사흘인가 지난 후였다. 그새 풀벌레와 하루살이 떼가 극성을 부리고 있는 늪지대를 돌아 그는 저녁이 되면 아카시아 숲속으로 들어가곤 했다. 4월 밤의 술손님은 언제나 그 하나뿐이었다. 어쩌다 호텔에 투숙하는 이들이 지나가다 안을 기웃거렸지만 유습한 술집엔 막상 빌을 들여놓지 않았다. 그는 삐걱거리는 의자에 앉아 비린 안주에 술을 마시다 자정께 호텔로 돌아오곤 했다. 함바의 안쪽 벽에 굵은 사인펜으로 써붙여 놓은 성경구절이 첫날부터 그의 눈에 거슬렸다. 「시편」에 나오는 말씀이다.

새벽에 하느님이 너희를 도우시리로다.

여자는 건너편 탁자에 다리를 꼬고 앉아 그의 모습을 무표정하게 바라보다 잔이 비면 다가와 술을 따르곤 했다. 그럴 때면 유혹이라도 하듯 철 지난 유행가 가사를 제멋대로 흥얼거렸다. 늘 스타킹도 신지 않은 알다리에 맨발이었다. 무릎에 모기에 물린 자국과 가시에 긁힌 상처가 나 있었다.

하루는 함바를 나오는데 그녀가 문을 닫고 무턱대고 그의 뒤를 따라왔다. 호텔로 가려다 그는 발길을 돌려 바다 쪽으로 나갔다. 바람 속에서 나무들이 울고 있는 소리를 들으며 그는 먼발치로 도시의 네온사인들이 명멸하고 있는 것을 내려다보았다. 그리고 경보등을 켜고 질주하는 도로의 자동차 행렬.

바다로 나 있는 가로등은 그날 밤 꺼져 있었고 안개만 사방에 첩첩했다. 방파제에 띄엄띄엄 나와 있는 낚시꾼들이 유령처럼 어깨를 구부린 채 앉아 소주를 들이켜고 있었다. 그들이 버린 복어 새끼들이 이따금씩 발에 밟혀 배 터지는 소리를 냈다. 오징어잡이 배들은 안개에 가려 보이지 않았다.

방파제 끝에 쭈그리고 앉아 그는 하모니카를 꺼내 불었다. 리오스카의 〈비오기 전〉. 바다에 떠 있던 형광찌들이 일제히 잠시 이쪽으로 흔들렸다. 파도는 고요하게 잠들어 있었다. 바다처럼 적막한 곳도 없으리라.

만월의 오늘 밤 바닷게들은 안개를 헤치고 어디로 몰려가고 있을까. 그 딱딱한 등을 지고. 밤새 삼십 리를 간다는데. 어느 결에 여자가 곁에 다가와 있었다.

"얼마 전부터 밤에 하모니카 소리가 들리던데…… 당신이었군요."

속초에 와서 그가 하모니카를 꺼내 분 건 오늘이 처음인 일이었다. 하면 누구일까. 밤이면 늪지대를 가로질러오며 하모니카를 부는 자. 그는 갸웃이 고개를 돌려 고양이처럼 웅크리고 앉아 있는 여자를 바라보았다. 여자는 바다와 안개와 바람에 떨고 있었다. 여자에게서 찌든 술냄새가 풍겨왔다.

"어디서 왔는가."

여자는 의외로 냉큼 되받았다.

"속초요."

"여기가 속초 아닌가."

"시내 말예요."

"고향 말이야."

"그것도 여기예요."

그게 거짓말이라는 걸 직감적으로 알았지만 그는 더이상 캐묻지 않았다. 누구나 벗어나지 못하는 곳이 있게 마련이다. 그럼 그게 고향이다. 여자가 떨고 있다는 걸 알았으므로 그는 하모니카를 바지춤에 문지르며 방파제에서 일어났다. 여자는 또 그의 뒤를 안개처럼 꾸역꾸역 따라왔다. 호텔 가까이에 이르렀을 때 그녀는 그의 옆을 따라걷고 있었다. 그때쯤에야 그는 여자를 돌려보낼 수 없다는 걸 깨달았다.

"올라가서 밤새 화투나 칠까?"

화투, 하고 그녀가 그의 얼굴을 비스듬히 올려다보았다.

"밥 있어요?"

"밥? 그래, 밥이로군."

여자는 어쩐지 절망하는 투로 고개를 까닥거렸다. 그러나 호텔방으로 들어서기가 무섭게 여자는 그의 품에 쓰러지며 스르르 무릎 아래로 흘러내렸다. 그는 화투짝이 흩어져 있는 방바닥에서 그녀의 옷을 벗겼다. 아카시아꽃 향기가 창틀로 꾸역꾸역 넘어들어오는 가운데 그는 여자와 한몸이 되어 마흔여덟 장의 화투 그림을 하나씩 떠올리고 있었다. 1월의 소나무엔 학이 있고 다섯 끗 한 장과 홑껍데기 두 장, 2월의 매조엔 파랑새가 있고 다섯 끗 매화와 홑껍데기 두 장…… 그리고 10월의 단풍엔 노란 사슴이 한 마리.

그가 방바닥에 흩어져 있던 화투를 긁어모아 탁탁 추스르는 가운데 여자는 돌아서서 속옷을 주워입고 머리칼을 쓸어올린 다음 천천히 담배를 피우며 그의 얼굴을 유심히 눈여겨보았다.

"어디서 왔어요?"

"저기 서쪽."

"왜 왔어요?"

"그저 동쪽으로 온 모양이지."

"그런 대답이 어디 있어요."

그녀는 홀연한 얼굴로 베란다를 통해 안개에 가려 있는 밖을 내다보았다.

"여기 언제까지 있어요?"

"언제 다시 오겠지."

"……그게 그럼 약속인가요?"

"약속?"

"……역시 제가 주제넘은 소리를 했군요."

"지금까지 아무도 그걸 지킨 적이 없었다. 삼십칠 년 동안 말이다."

"전 여기 계속 있을 거예요."

"변함없이 그렇단 말이지."

"네."

5월 말에 서쪽 서울로 돌아올 때까지 그는 이삼 일 사이로 여자와 만났다. 5월에도 함바 술집엔 좀처럼 손님이 들지 않았다. 그는 여자를 데리고 미장원에 가서 그녀를 바꿔보기도 하고 오동나무 카페에 앉아 모조리 헛된 얘기를 주고받기도 하고 유리창을 통해 늪지대 가까운 곳의 논바닥을 밀어내고 호텔을 세우는 것을 불안한 눈으로 내다보기도 했다. 어둠이 내릴 때까지 연일 공사는 계속됐다. 며칠 새 골격을 드러낸 건물의 꼭대기에서는 종일 용접 불꽃이 튀어오르고 있었고 논바닥의 개구리들은 죽어라 울어대고 있었다. 밤이 오면 그는 여자와 호텔방에 앉아 몇 시간씩 화투를 쳤다. 그러다 지치면 새벽에 속초항에 나가 숭어낚시를 하기도 했다.

서울로 돌아오기 전날 그는 여자와 두번째의 밤을 보냈다. 그날도 침대에 화투장을 뿌려놓고. 어느 순간엔가, 여자가 땀을 뻘뻘 흘리며 오늘 밤 당신과 부엌칼로 죽고 싶어요, 라고 가래 끓는 소리를 내뱉었다. 그는 못 들은 척 그녀의 안으로 깊게 깊게 쳐들어가고 있었다.

그날 밤 전기톱 소리가 밤새 아카시아숲에서 들려왔다. 그 소리는 새벽까지 계속됐다. 아침에 나가보니 숲은 감쪽같이 사라져 있었고 무허가 술집인 녹슨 함바는 아카시아 더미에 무참히 짓밟혀 있었다. 넋이 나간 얼굴로 베란다에서 폐허가 된 숲을 내려다보고 있는 여자의 등에 대고 그는 이렇게 중얼거리고 있었다.

"새벽에 하느님이 도우시리로다. 아멘."

그녀가 그즈음 동쪽에 나타났다 사라진 세 명의 수녀 중 하나인지 그로서는 끝내 알 수가 없었다. 정오에 그는 여자와 호텔 앞에서 헤어졌다. 한동안 말없이 마주 보고 있다가 거의 동시에 서로 등을 돌리고 돌아섰다.

5

11월 17일 저녁에 그는 여의도에 있는 63빌딩에서 나운을 만나 '이집트 문명전'을 보았다. 일행이 있었다. 신문사에 근무할 때 유일하게 가깝게 지내던 K와 그가 얼마 전부터 만나오고 있는 체조선수가 끼어 있었다. 넷은 관람을 마치고 나와 근처 식당에서 육개장을 먹고 K가 운전하는 차를 타고 일산에 있는 그의 집으로 갔다. 새벽에 영하 칠 도까지 내려간다는 일기예보가 있었으므로 모두 에스키모 같은 복장을 하고 있었다. K는 기계식 카메라와 자동카메라를 한 대씩 준비했고 나운은 양주 한 병과 보온물통과 간단한 간식거리를 챙겨가지고 왔다.

일산에 도착한 것은 열 시였다. 일행은 다음날 새벽 두 시에 광탄으로 출발하기로 돼 있었다. 지체하는 시간이 길었던 탓일까. 자정을 넘기지 못하고 음악에 취해 있던 체조선수가 광탄의 새벽 추위를 쫓기 위해 나운이 준비해온 술병을 따버렸고 K와 주거니 받거니 하는 동안에 그도 못 이기는 척 몇 잔을 받아먹었다. 나운만이 소파 한구석에 가만히 도사리고 앉아 뒷감당을 생각하는 눈치였다.

그녀에게서 전화가 걸려온 것은 일행이 막 집을 나설 때였다. 각자 짐을 챙기고 나서 신발을 찾아신던 일행은 거실에서 울리고 있는 전화기를 일제히 돌아보았다. 그는 무르춤한 표정으로 있다가 신발을 벗고 올라가 수화기를 집어들었다. 근 몇 달 동안 새벽에 걸려오는 전화는 단 한 통도 없었던 것이다.

"저예요."

그 소리를 듣고 그는 반사적으로 문간에 서 있는 나머지 세 사람을 돌아보았고 그들과 어수선하게 눈이 마주쳤다. 그가 대꾸를 못 하고 있는 사이 다시 이런 말이 흘러나왔다.

"근처에 와 있어요."

얼마 전 독일에서 귀국한 해연이었다. 삼 년 전에 한마디 귀띔도 없이 훌쩍 떠나고 나서 이제야 돌아온 것이다. 아니, 며칠 전 동숭아트센터 앞마당에서 우연히 마주쳤지. 한데 그녀가 지금 아파트 앞에 와 있다는 것이다.

"그냥 돌아갔으면 해."

"안 갈 거예요."

현관에 종종 모여 있는 이들도 그가 하는 소리를 다 듣고 있었다. 그런 사실을 잊은 채 그는 돌연 이런 말을 내뱉었다.

"내 아이는 지금 어디 있는가. 데려왔는가? 그럼 만나지."

이 말을 듣고 먼저 문밖으로 모습을 감춘 건 나운이었다. 나머지 두 사람도 당황한 얼굴로 슬금슬금 그녀의 뒤를 따라나갔다.

잠시 후 노크 소리가 나더니 K가 들어왔다. 그는 수화기를 내려놓고 소파에 우두커니 앉아 담배를 피우고 있었다.

"해연이로군."

그는 무표정한 얼굴로 고개만 끄덕거렸다. 그가 담배를 다 피울 때까지 기다렸다가 K가 물었다.

"어떻게 할 건데?"

"당장 쫓아나가 칼을 휘두르고 싶지만 상대는 한갓 아녀자가 아닌가."

"그래도 농담을 할 정신은 있군."

"천만에."

"그렇다면 속수무책이군."

그의 눈치를 살피고 있던 K가 나가고 얼마간의 시간이 흐른 다음 교대라도 하듯 이번엔 나운이 안으로 들어왔다. 그녀는 침착한 동작으로 구두를 벗고 그가 앉아 있는 소파로 다가왔다.

"우리 그분하고 함께 가요."

"……"

"안 그러면 그쪽은 삼십삼 년 후에나 다시 유성우를 보게 될 거예요. 그때 그분의 나이를 한번 생각해봐요."

그때면 해연은 예순여섯이다. 한국 여성의 평균수명으로 치자면 그때껏 살아 있기는 히겠다. 하지만 눈이 어두워질 나이다. 나운이 그의 손을 가만히 잡아왔다.

"부탁이에요."

해연은 경비실 옆에 바바리코트 차림으로 서 있었다. 그녀는 일행이 나타나자 무척 당황한 눈치였다. K가 그녀에게 따로 정황을 설명하는 동안 그는 먼저 차에 올라탔다. 이어 멋쩍은 얼굴로 해연과 인사를 나눈 일행은 결국 나운이 운전하는 차를 타고 일산 시내를 벗어나 원당역을 지나 광탄 쪽으로 내달았다. 뒷좌석 오른쪽에는 K가 타고 체조선수는 해연과의 사이에 끼어 앉아 있었다.

그는 조수석에 앉아 나운에게 광탄으로 가는 길을 알려주고 있었다. 나운이 준비한 술은 이미 마셔버린 뒤였으므로 중간에 차를 멈추고 K가 편의점에서 다시 양주 두 병을 사들고 왔다. 암만해도 어색한 차내 분위기 때문이었을 것이다. K가 미처 벽제를 지나기도 전에 술병을 따더니 옆으로 돌리기 시작했다. 해연은 술을 못 마시는 편이었으나 K가 건네준 병을 받아쥐고는 발작적으로 몇 모금 들이켰다. 체조선수는 이미 취해 있는 상태였다.

벽제 묘지와 보광사를 지나 이윽고 광탄으로 접어들자 곳곳에 진을 치고 있는 신문사 차량들이 보였다. 그는 차창 밖으로 고개를 내밀고 사이사이 하늘을 내다보았다. 유성우는 이미 시작되고 있었다. 빙어 모양의 유성이 꼬리를 끌고 밤의 대지로 곤두박질치는 것이 사이사이 그의 눈에 튀어들어왔다. 옆에서 나운이 보여요? 라고 물었고 그가 고개를 끄덕이자 뒷자리에 퍼질러져 있던 이들이 부스럭거리며 일어나 너도나도 머리를 바깥으로 들이밀었다. 한동안 소요가 계속된 뒤 차는 기산 저수지에 도착했다.

"여기 자주 와요?"

사이드브레이크를 끽! 하고 잡아당기며 나운이 그를 돌아보았다. 뒷좌석의 사람들은 주섬주섬 카메라와 양주병을 챙기고 서둘러 밖으로 몰려나갔다.

"저수지 바로 위에 '들꽃 피는 세상'이란 카페가 있습니다. 봄 여름 가을 앞마당에 피는 우리나라 들꽃들을 보러 가끔 옵니다. 또 저수지 인근에 사슴이 가끔 출몰한다나 어쩐다나."

"사슴요?"

"말하자면 그렇다는 뜻입니다."

밤바람은 매서웠다. 그는 나운과 앞서거니 뒤서거니 하며 일행이 모여 있는 저수지로 내려갔다. 그녀가 옆으로 다가와 그의 팔을 잡았다.

"괜찮죠?"

그는 대꾸 없이 묵묵히 걷기만 했다. 어색한 듯 그녀가 팔을 놓았다가, 잠시 후, 다시 잡았다. 그리고 웬일인지 두려움에 떠는 소리로 말했다.

"누가 방금 저쪽으로 지나간 것 같아요."

그는 그녀가 가리키는 어둠 속을 바라보았다.

"저기요, 아직도 있어요."

그는 그녀를 세워두고 철망 우리 앞으로 소리를 죽여 다가갔다. 그러자 우리 안에서 '그가' 가는 숨을 토해내며 두어 걸음 뒤로 물러났다.

"누가 있어요?"

그는 우두커니 우리 앞에 서 있다가 그녀에게 돌아갔다.

"없어."

저도 모르게 반말이 툭 튀어나왔다.

"근데 뭘 그렇게 엿보고 있었어요?"

"있어."

사자자리에다 카메라를 겨누고 일행은 하늘을 올려다보고 있었다. 새벽 세 시를 넘기면서부터 몇 초, 몇 분 간격으로 푸른 빗금을 그으면서 유성이 사방으로 떨어져 내렸다. 그럴 때마다 단발의 환호와 함께 술병이 이 손 저 손으로 옮겨다니고 있었다. 그러나 신문보도를 보고 기대했던 만큼 많은 유성은 떨어지지 않았다. 다만 그믐밤이었으므로 별자리는 무섭도록 뚜렷했다. 잊었던 바람이 불어가면서 저수지의 물이 유전처럼 꿈틀거렸다. 저수지 위에서 사슴이 우는 소리가 그의 귀에 들려왔다.

그는 일행을 비껴 남서쪽으로 내려갔다. 겨울이 닥쳐 이미 잎새를 몽땅 털린 미루나무 밑에서 오줌을 누고 바지춤을 추스리려는 터에 뒤에서 해연이 나타났다. 목도리와 털모자를 준비하지 못한 그녀는 추위에 파랗게 질려 있었다.

"얘기 좀 해요."

그는 일렁이는 밤물결에다 눈을 던졌다. 그녀는 임신 삼 개월인 몸으로 돌연 비행기를 타고 한국을 떠났었다. 그녀는 모 화장품 회사의 둘째 딸로 어머니가 소유하고 있는 청담동의 화랑을 물려받기 위해 무려 십 년 전부터 언니와 긴 반목상태에 있었다. 한국을 떠나기 전부터 화랑을 끼고 앉아 언론플레이를 도맡아하는 수완을 발휘하며 어디든 자리가 있으면 하루에도 몇 번씩 얼굴을 내밀고 다녔다.

"두 달 전에 돌아왔는데 미처 연락 못 했어요."

"그런가."

머지않아 그녀는 그녀가 그토록 원하던 화랑의 주인이 돼 있을 것이다. 상류사회에서 그것도 문화자본 집권자로서 가난한 예술가들 위에 군림해 살아갈 것이다. 그것이 그녀가 꿈꾸는 궁극적인 생의 목표였다. 그녀는 그에게 다시 시작하고 싶다고 서슴없이 말했다. 화랑 일을 도와주었으면 한다는 말도 했다. 독일에 있을 때는 유학 온 무슨 구두회사 사장의 아들과 동거했다는 소문을 들었으나 그는 굳이 그 말은 하지 않았다.

"이이는 다시 만들면 되잖아요."

아이. 살아 있다면 이제 네 살이 될 것이다. 그가 미리 지어놓은 이름은 사월이었다. 봄 같은 애를 낳고 싶었다. 그 순간 또하나의 유성이 긴 꼬리를 끌며 산 너머로 떨어져갔다.

"당신은 내 아이를 외양간에 내다버린 사람이야. 그때 나는 온 천하를 잃었다. 그렇게 두 번씩이나 외양간에 버려진 사내에게 다시 시작하자는 말은 곧 폭행이야. 그런데 뭐, 또 아이? 그건 도대체 화장품이나 구두처럼 아무 때나 찍어내는 것이 아니란 말이야."

"여자가 있나요?"

"맙소사!"

"저기 함께 따라온 나운이란 여잔가요?"

"따라온 건 분명 당신이지."

그는 그녀를 미루나무 밑에 세워두고 아까 나운과 서 있던 저수지 위로 올라갔다.

어둠 속에서, 사슴은, 그 향기로운 관을 쓰고 우두커니 그가 다가오는 것을 지켜보고 있었다. 그는 우리 앞에 쭈그리고 앉아 서성대고 있는 사슴을 오래오래 들여다보았다. 사슴은 간헐적으로 우, 하는 소리를 내며 슬피 울었다. 그도 오늘 밤 별똥별이 떨어지고 있음을 아는 모양이었다.

그는 하모니카를 꺼내 낮게 낮게 불기 시작했다. 슈베르트의 피아노 오중주곡 〈송어〉 3악장을. 사슴은 뒷걸음질을 치며 슬슬 구석으로 몸을 감췄다. 유성우는 계속되고 있었다. 그는 숭어낚시를 하던 봄의 속초와 호텔 앞에서 헤어진 여자와 횟집에 앉아 몰래 소주를 마시던 수녀들을 떠올리고 있었다.

나운이 다가와 그의 옆에 조그맣게 앉았다.

"아까는 왜 사슴이라고 안 그랬어요."

"함부로 말할 수가 없었던 거지. 그는 내 아비이므로."

뜻을 모를 텐데 그녀는 잠자코 있었다.

"〈송어〉를 하모니카로 불 수 있다는 걸 꿈에도 몰랐어요."

"아직도 12월 31일에 속초에 갈 생각인가?"

"왜요, 데려다주실래요?"

나운이 그의 어깨에 머리를 기대왔다. 송어처럼 엷은 푸른빛으로 깨끗한 여자였다. 그녀의 머리칼에서 4월의 아카시아 냄새가 났다. 약속하지 않았지만 그는 1998년의 마지막 밤에 그녀를 데리고 속초에 가리란 생각을 하고 있었다.

다섯 시가 되어 유성우가 꺼끔해질 무렵 일행은 기산 저수지를 떠났다. 저수지를 돌아나오는데 한순간 차의 헤드라이트가 사슴의 우리 안을 훤하게 비췄다. 그러자 놀란 사슴이 이리 뛰고 저리 뛰며 사납게 몸부림을 쳐대기 시작했다.

잠든 줄 알았던 해연이 울기 시작한 건 차가 광탄을 빠져나와 벽제와 장흥과 원당으로 갈라지는 삼거리에서 신호를 기다리고 있을 내였나. 그녀는 원당에 들어설 때까지 흐느끼다가 한순간 죽음처럼 조용해졌다.

일행은 일산으로 나와 해장국을 먹고 뿔뿔이 헤어졌다.

6

'아시아 아트필름 페스티벌'이 끝나는 날 그는 나운을 만나 〈하나-비花-火〉를 보았다. 영화가 끝나고 나서 그는 동숭동의 한 술집에서 돼지고기 소금구이를 시켜놓고 그녀와 소주를 마셨다. 웬일인지 그녀는 낮에 만났을 때부터 내내 입을 다물고 있었다. 창백한 얼굴에 잘 받지도 않는 소주만 거푸 들이켰다. 그는 영화에서 본 벚꽃과 바다만 줄창 눈앞에 떠올리고 있었다. 그리고 유성우를 보던 날처럼 새벽 추위에 떨며 그녀와 거리에서 헤어졌다.

헤어지기 전에 그가 말했다.

"당신을 좋아하고 있어."

그녀는 그의 이마를 물끄러미 바라보고 있다가 택시 문을 잡고 이랬다.

"마음이 없는 사람이 왜 그런 말을 해요. 혹시 도망칠 데를 찾고 있는 건 아녜요?"

"……"

"만나자면 언제든 만나겠어요. 당신이 원한다면 말예요. 하지만 왠지 이제는 저한테도 마음이란 게 없다는 생각이 들어요. 도대체 왜 그럴까요. 저도 몰랐던 일인데 실은 오래전부터 당신을 마음에 두고 있었나봐요. 그래서 그런 걸까요? 하지만 지금은 그것도 잘 모르겠어요."

그 다음날인가 그는 해연의 전화를 받았다. 그녀는 기산 저수지에서 했던 말을 그에게 되풀이했다. 그러고는 오늘 종로에서 나운을 만났다고 덧붙였다. 그녀가 나운을 만나 무슨 말을 했는지 그로서는 알 수 없었다.

"기어이 폭행을 저질렀군."

그날 그는 차를 몰아 논산-강경으로 내려갔다. 그는 알고 있었다. 그토록 오랜 세월 자신이 논산-강경 간 국도에서 벗어나지 못하고 있다는 것을. 그 23번 도로에 위치한 장화이거나 등화이거나 부창이거나 또 화산이거나 강산이거나에서. 이제는 목격자도 없는 그 먼지 가득한 길에서.

돌아온 밤에 그는 강남 톨게이트를 빠져나와 구파발 나운의 집으로 갔다. 그녀는 며칠째 앓고 있는 중이었다. 목이 타들어가는 소리로 그녀는 전화를 받았다.

"집 앞에 와 있어."

"멀리 와 있군요."

"……"

"하모니카 소리 말예요. 그건 역시 멀리서나 들어야 어울리는 소리 같단 말예요."

그러고 나서 그녀가 송어, 하더니 갑자기 숨이 막힌 듯 소리가 멎었다.

아마도 울고 있는 모양이었다.

한참이 지나 전화를 끊으려는데 그녀의 목소리가 다시 흘러나왔다. 울고 있었다.

"우린 단지 그날 하룻밤의 하모니카와 송어뿐이었어요. 근데, 그만큼도 참 예쁘죠?"

"……"

"하긴, 그래도 속초 해돋이는 봐야겠죠? 혼자라도 말예요."

그날 밤 그는 방바닥에다 대고 이렇게 썼다.

화화(花火). 자결하고 싶은 밤이다.

7

1998년 12월 31일 밤에 그는 속초로 가고 있었다. 그리고 31일과 1999년 1월 1일의 경계인 자정에 영동고속도로 상에서 K의 호출을 받았다. 그는 장평휴게소에 차를 대고 K에게 전화를 걸었다. K는 신문사에서 야간당직을 하고 있는 중이었다. K가 물어와서 그는 가는 길을 일러주었다.

"거긴 또 왜? 일 끝내고 대포나 한잔하려고 했더니만."

임금과 태사도 감쪽같이 모르는 일이지만, 이라고 혼잣말로 중얼거린 다음 그는 K에게 말했다.

"그때 내 생의 사무친 이들이 모두 동쪽으로 몰려갔다."
그래서 간다, 라고 덧붙이고 그는 수화기를 내려놓았다.

수사슴 기념물과 놀다
— 故 백남준 선생께

요제프 보이스(Joseph Beuys)/조지 마키우나스를 위한 수사
슴 기념물/연주회용 그랜드 피아노, 동판, 펠트, 기름/419×535
×173/1985

너는 이 앞에 혼자 고요히 서 있었다. 남대문 근처 삼성생명
본관 일 층에 있는 로댕갤러리. 1999년 2월 13일 토요일 오후
세 시. '백남준과 요제프 보이스 전'. 밖엔 늦겨울 하오의 바람
이 쉼 없이 불어가고 있었디.

이번 전시의 백미라 할 수 있는 보이스의 〈조지 마키우나스를
위한 수사슴 기념물〉은 플럭서스의 창시자 조지 마키우나스를
추모하기 위해 백남준과 함께 벌인 퍼포먼스에서 사용하였던 피

아노를 1982년 '시대정신' 전에 출품하면서 전시회 문맥으로 옮겨놓은 작품이다…… 이 작품에서는 고통과 위험이 닥칠 때마다 상처받은 영혼을 치유해주는 위로자로서의 수사슴이 피아노라는 물체로 구체화되었고 생명의 에너지를 보유하고 전달하는 매체로 상정된 지방(脂肪)과 펠트, 구리 등의 재료가 도입되었다.

우선 너의 뒷모습부터: 백육십 센티미터 정도의 키에 두피에 착 달라붙어 있는 머리칼, 색 바랜 코르덴 점퍼, 주머니 속에 깊이 질러넣은 두 손, 허리 밖으로 나와 엉덩이를 덮고 있는 남방셔츠, 낡은 청바지, 갈색 구두, 나이는 서른 혹은 서른하나.

로댕의 〈칼레의 시민〉이 우뚝 놓여 있는 갤러리 입구를 지나 전시실로 들어섰을 때 먼저 눈에 띈 것은 백남준의 〈보이스 카 Beuys' Car〉였다. 폴크스바겐 승합차의 꽁무니에서 엘디 플레이어로 작동되는 모니터들이 내장처럼 바닥으로 쏟아져나와 있었다. 모니터상엔 펠트모자를 쓰고 마이크를 든 요제프 보이스와 한복 차림의 백남준이 번갈아 등장하며 '파우스트적인 염원'을 역설하고 있었다. 나는 〈보이스 카〉 주위를 지렁이처럼 느리게 돌아, 1963년 독일 부퍼탈에서 열린 백남준의 첫 개인전 '음악 전람회─전자 텔레비전'의 기록사진을 판화로 옮긴 작품들을 감상하고 나서 수사슴 기념물이 있는 전시실로 발걸음을 옮겼다. 그 시각 로댕갤러리의 관람객은 입구에 배치된 세 명의 직원과 전시실 안에서 감시자처럼 떠돌고 있는 다른 네 명의 직원을 합한 숫자와 거의 비슷했고 발소리조차 크게 낼 수 없는 자못 엄숙한 분위기였다. 화랑이란 사실상 미술품의 영안실에 해당되는 곳이다.

너는 검은 수사슴 앞에 적어도 이십 분 이상을 붙박인 채 서 있었다. 마치 그 작품의 일부인 양. 수사슴은 뚜껑을 열어놓고 번들거리는 동판 위에 쭉 빠진 다리를 딛고 서서 너를 물끄러미 바라보고 있었다. 흰 이빨과 검은 이빨을 가지런히 드러낸 채.

내 짐작이 맞는다면 너는 그날 라이너 마리아 릴케의 시 「가을날」에 나오는 구절처럼 가로수 길을 이러저리 방황하고 있는 중이었다. 말하자면 '백남준과 요제프 보이스 전'에 일부러 온 것이 아니라 우연히 남대문께를 지나다 삼성생명 빌딩 유리문에 붙어 있는 포스터를 보고 한번 들어와본 게 아니었냔 말이다. 그렇다면 나도 사정이 그와 비슷했다는 것을 고백해야겠다.

오후에 나는 순화동 중앙일보사 건물에 있는 호암아트홀에서 한 남자를 만나 영화를 보기로 돼 있었다. 지난주 부산에 다녀오다 비행기 안에서 만난 스물여덟 살의 흰 피부를 가진 남자였다. 그는 내 옆자리에 앉아 있었고 신원은 불분명했지만 전과기록은 없어 보였고 왼쪽에 귀고리를 달고 있었다. 비행기가 한반도 내륙 상공을 가로지르고 있는 동안 오랜 망설임 끝에 내가 이반이십니까? 라고 이네들만 알아들을 수 있는 질문을 던지자 그는 천천히 고개를 우로 돌리고 말없이 미소를 지어 보였다. 공항에 내리고 나서 나는 그에게 차라도 한잔하자고 했고 그는 미소를 머금은 채 이 층 커피숍으로 나를 따라왔다. 거기서 나는 그가 양성의 식성을 가진 동족임을 확인했다.

영화가 시작되고 나서 삼십 분이 지났을 때 나는 남몰래 영화표를 쓰레기통에 던져버렸다. 그리고 맞은편 호암갤러리 앞에 있는 직사각형의 나무의자에 앉아 자판기커피를 뽑아 마시다 매표구 위에 붙어 있는 백남준과 요제프 보이스의 전시회 포스터를 발견했던 것이다.

1990년 7월의 일로 기억한다. 그 더운 어느 날 오후 나는 어찌어찌한 일로 경복궁에 들렀다 나오는 길에 사간동 현대화랑 입구에 운집해 있는 일군의 무리를 목격했다. 잠시 후에 알게 되지만 그것은 백남준이 요제프 보이스를 추모하기 위해 미국에서 날아와 벌이는 굿판 〈대감놀이〉를 보기 위해 모여든 인파였다. 미술에 대해 특별히 훈련된 감식안을 가지고 있는 것은 아니었으나 나는 그 사이에 섞여 끝까지 퍼포먼스를 관람했다. 마침 카메라를 가지고 있었으므로 사진까지 몇 장 찍어두었다. 한 가지 더. 그날 밤 백남준의 퍼포먼스를 다룬 텔레비전 뉴스에서 편집해서 내보낸 요제프 보이스의 〈사슴Deer〉이란 작품을 본 아름다운 기억도 가지고 있다.

수사슴 기념물 앞을 떠나 밖으로 나온 것은 얼추 네 시였다. 교보문고에나 들러볼 양으로 나는 시청 쪽으로 휘적휘적 내려갔다. 먼 데 북서쪽 하늘이 큰바람이 몰려오고 있는지 웅웅거리고 있었다. 프라자호텔이 대각선으로 마주 보이는 지점에서 나는 화원을 발견하고 안으로 들어갔다. 며칠 전 온실에서 거실로 옮겨놓은 보랏빛 시네라리아가 오늘 아침 말라죽어 있던 게 생각났던 것이다.

발정한 음부 모양으로 생긴 우윳빛 꽃이 다닥다닥 붙어 있는 허스키란 서양란과 보라 분홍 자주 꽃의 바이올렛이 놓여 있는 선반을 올려다보고 있다가 나는 하얀 시네라리아를 신문지에 싸서 가방 안에 집어넣었다. 그런 다음 안을 돌아나오려는데 유리문 밖에서 웬 사내가 이쪽을 바라보고 있는 게 눈에 들어왔다.

그는 수사슴 기념물 앞에 서 있던 남자였다. 아까는 비록 앞모습은 보지 못했지만 코르덴 점퍼 주머니 속에 푹 질러넣은 손과 머리통만 보고도 나는 그 남자라는 것을 쉽게 알 수 있었다. 유리를 사이에 두고 서로 눈이 마주쳤지만 그의 얼굴엔 아무 표정도 드러나 있지 않았다. 초점이 보이지 않는 텅 빈 두 눈과 어둡게 빛나는 이마, 꾹 다문 입술, 목덜미에 드러나 있는 흰 금속줄.

내가 문을 나서기 직전 그는 발길을 돌려 지하철 2호선 시청역 방향으로 내려갔다. 나는 불룩해진 가방을 들고 어째 그의 뒤를 따라가는 꼴이 되어 프라자호텔과 시청으로 통하는 계단을 밟아내려갔다. 교보문고로 가는 길은 덕수궁 돌담을 따라 코리아나호텔 앞을 지나 세종로 사거리에서 지하보도를 이용하는 방법이 하나 더 있었지만 어쨌든.

앞서거니 뒤서거니 하는 식으로 이번에는 내가 그 남자가 있는 곳을 스쳐 지나가게 되었다. 1호선과 2호선이 갈리는 계단 끝에 그는 라면박스를 깔고 앉아 있었다. 말할 것도 없이 노숙자들이 모여드는 곳이었다. 구석 한켠엔 때에 전 담요들이 개켜져 있었고 몰골이 흉한 사내 두엇이 대낮부터 몸을 구부린 채 쓰러져 있었다. 그는 보행자들에게 등을 돌린 자세로 꾸부정하게 앉아 있었다.

시청 방향 출구로 나가는 계단을 올라가다 나는 그에게로 돌아갔다. 화원 유리문 밖에서 나를 들여다보고 있던 그의 아득한 눈빛이 떠올랐던 것이다. 또한 수사슴 기념물 앞에 외롭게 서 있던 뒷모습이 나를 돌려세웠다고 해도 좋았다.

방영시간이 지난 텔레비전 같은 얼굴로 그는 천천히 뒤를 돌아보았다. 나는 가물거리는 그의 눈을 보며 속삭였다.

"오늘 세 번이나 너를 보았다."

"……"

"그래서 다시 왔다. 괜찮다면 여기 이렇게 있지 말고 어디 가서 곧 뜨거운 밥이라도 먹자."

"……"

"자, 이젠 대답해봐. 수사슴 기념물씨."

그의 눈에 찰나 뜨거운 밤의 영상이 나타났다 사라졌다. 그는 의혹과 불안에 떨고 있는 듯이 보였고 의사결정의 순간까지는 꽤 긴 시간이 필요할 것 같았다. 나는 수첩을 꺼내 집 주소와 전화번호와 약도를 그려 그의 손에 쥐여주고는 자리에서 일어났다.

"갈 데가 없다는 걸 알고 있어. 내 집에 마침 낡긴 했지만 수사슴 기념물이 있으니까 잘 생각해봐."

내 말을 그가 제대로 듣고나 있었는지 모른다. 도박을 하는 심정으로 나는 그에게 지갑에 남아 있던 돈을 꺼내주고 내처 계단을 올라갔다. 오지 않는다 해도 뭐 어쩔 수 없는 일이다. 그런 일에 나는 이미 익숙해져 있다.

집으로 돌아온 나는 가방에서 시네라리아를 꺼내 온실로 가지고 갔다. 불을 켜자 어둠 속에서 제멋대로 떠들고 있던 꽃들이 일제히 입을 닫았다. 꽃을 키우는 데 있어 가장 중요한 것은 온실에 들어설 때 발소리를 조심하는 일이다. 짐승만큼 식물도 소리에 민감하다는 것을 삼 년 전 온실을 갖고 나서 곧 알게 되었다. 요컨대 전희와 애무가 없으면 때가 돼도 그 은밀한 부분을 절대 벌리지 않는다. 나는 물뿌리개를 들어 시클라멘과 산호수와 체리에 적당히 뿌려준 다음 온도계를 확인하고 라벤더 향의 허브 화분 하나를 들고 거실로 들어왔다. 지붕의 기왓장을 핥고 지나가는 바람 소리가 차츰 거세지고 있었다. 오늘은 꽃들이 밤새 숨을 죽이고 있겠다.

저녁 식사 시간이다. 나는 우선 냉동실에 있던 삼치를 꺼내 가스레인지에 굽고 계란프라이를 만들고 김치를 썰고 아침에 끓여놓은 미역국을 데워 식탁에 올려놓는다. 그러고 나서 물컵에 보리차를 따른 다음 전기밥통에서 밥을 퍼들고 의자에 앉는다. 오른쪽 머리 위에 떠 있는 삼십 촉 백열전구가 내 그림자를 왼쪽으로 길게 늘여놓는다. 그제야 조간신문을 한 장 한 장 넘기며 나는 한 그릇의 묵은 밥을 꾸역꾸역 입안으로 밀어넣는다. 눈비가 내리는 날 저녁의 식사 시간은 여간 그로테스크한 게 아니다. 바람이 불어가는 밤도 사정은 크게 다르지 않다.

아홉 시. 틀림없는 샤워 시간이다. 아침저녁으로 매일 샤워를 한다. 피부에 가려움증이 생길 우려가 있으므로 비누는 하루에 한 번만 쓴다. 그것도 LG에서 나온 순백 백 퍼센트 식물성비누만. 또한 저녁 샤워 때마다 죽염으로 가글을 한다. 기관지 보호를 위해서다. 점점 늘어만 가는 담배. 그런데 이런 사실을 누가 알랴.

열한 시. 음악을 듣고 나서 틀림없이 책을 읽고 있는 시간이다. 어제부터 예문에서 나온 마루야마 겐지의 『밤의 기별』을 읽고 있다. 틀림없이 좋은 소설이다. 요즘 들어 가끔 소설을 써보고 싶다는 충동을 느끼곤 한다. 과연 될까.

자정. 다시 한번 이를 닦고 소변을 본 다음 잠자리에 들어야 할 시각이다. 오늘도 내 생엔 아무 특별한 일이 일어나지 않았다. 모쪼록 생이 엠보싱 화장지만 같아도 좋으련만. 내 나이 만 서른다섯하고도 이 개월인 오늘, 호암아트홀에서 함께 영화를 보려던 남자는 오지 않았고 지갑의 돈은 다 떨어졌고 날씨는 바람이 불며 계속 흐렸고 오른쪽 어금니 하나가 이제는 더이상 방치할 수 없을 정도로 깊게 썩어 있다는 것을 점심때 콩자반을 깨물다 깨달았고 머리칼은 0.5밀리미터쯤 더 자랐을 것이고 그게 남자든 여자든 잠자리를 한 것이 벌써 일 년이 넘었다는 사실을 시청역 계단을 올라가다 알았고 그리하여 내일 새벽에도 나는 침대에 혼자 일어나 앉아 모래처럼 흘러내리는 자신을 목격할 터이었다. 기적이 일어나지 않는 한 생은 이런 식으로 지긋지긋하게 계속될 것이다. 이 시각에도 로댕갤러리에 걸려 있을 백남준의 작품 〈화면의 이미지가 왜곡된 TV〉처럼.

손님이 찾아온 것은 바야흐로 자정이 지나 외등 하나만을 남겨놓고 집 안의 불을 모두 꺼버렸을 때였다. 바람 소리에 섞여 대문의 초인종 소리가 들려왔다. 잠옷으로 갈아입고 침대에 들려다 나는 화닥 몸을 일으켰다. 어둠 속 거울 안에 있는 내 모습을 긴가민가하는 표정으로 바라보며. 한 십 초쯤 사이를 두고 다시 초인종이 울렸으므로 나는 거의 반사적으로 거실 장식장 위에 놓여 있던 허브 화분을 재빨리 침실 스탠드 위에 가져다놓고 카디건을 걸치고서 밖으로 나갔다. 아, 그토록 오래 기다려온 메신저가 마침내 나를 찾아온 모양이군.

바람에 기왓장이 들썩거리는 소리가 들려왔다. 이러다 비라도 한차례 뿌리면 집 안에 물이 샐 게 뻔했다. 하지만 지금은 그런 걱정을 할 때가 아니다.

그는 낮에 수사슴 기념물 앞에 서 있던 모습 그대로 대문 밖에 와 있었다. 밤바람 속을 지나온 그의 머리칼은 약간 들떠 있었고 추위 때문인지 얼굴은 잿빛으로 가라앉아 있었다. 예의 시력을 상실한 듯한 눈동자로 그는 약 십 도쯤 턱을 치켜들고 문고리를 붙잡고 서 있는 나를 바라보고 있었다. 나는 가까스로 마음을 진정시키고 잘 왔다고 짐짓 그의 어깨를 툭툭 두드리고서 안으로 그를 불러들였다. 그는 방금 자신이 지나온 어둠 속을 무연히 돌아보고는 멈칫멈칫 마당으로 들어섰다. 그가 들어서기가 무섭게 나는 뒤에서 빗장을 걸어버렸다. 나는 그를 데리고 파란 외등 불빛이 주름져 흔들리고 있는 현관을 지나 거실로 들어갔다. 이렇듯 쉽게 그가 내 집으로 기어들 줄이야.

그가 목욕탕 안으로 들어간 시각은 영 시 삼십사 분. 나온 시각은 한 시 십이 분. 그 삼십팔 분 동안 나는 서둘러 식탁을 차리고 그가 입을 잠옷을 내놓고 FM방송을 틀어놓았다. 라디오 소리는 때로 신경안정제처럼 긴장을 이완시켜주는 작용을 한다. 무엇보다도 먼저 그를 안심시켜야만 한다.

샤워를 마치고 나온 그는 식탁에 앉아 그릇에 담긴 음식들을 모조리 먹어치웠다. 마치 밤에 찾아오는 그릇 청소부처럼. 내가 설거지를 하는 동안 그는 소파에 앉아 물끄러미 FM방송에 귀를 기울이고 있더니 곧 장식장 위에 놓여 있는 고물 텔레비전으로 슬금슬금 다가갔다. 그리고 전원을 넣고는 마구잡이로 채널을 돌려대기 시작했다.

그때 KBS와 MBC와 SBS와 EBS는 방영시간이 지난 뒤여서 칙칙거리는 화면만을 내보내고 있었고 AFKN도 그것은 마찬가지였고 홍콩과 일본에서 날아온 전파만이 모니터상에서 흐리게 떨고 있었다. 날씨 탓인지 수신상태는 매우 불량했다. 그는 빠른 속도로 채널을 돌려대며 한 칸 한 칸 반복되는 어둠을 되풀이해서 보여주고 있었다. 나는 소파에 앉아 그런 그의 뒷모습을 주의 깊게 바라보고 있었다. 오 분 이상이나 그 짓을 계속하다가 그는 마침내 홍콩의 스타 TV에서 내보내고 있는 뮤직비디오 프로그램에 채널을 고정시켰다. 그러고는 모니터에서 불과 삼십 센티미터 떨어진 곳에서 무릎을 껴안고 앉아 새벽 두 시까지 텔레비전을 시청했다.

그가 잠자리에 든 것은 세 시였다. 그는 건전지를 갈아끼운 인형처럼 텔레비전 앞에서 벌떡 일어나 화장실에 들어가더니 얼마

후 칫솔을 들고 나와 무얼 잊은 사람처럼 거실 한가운데 서서 한 동안 피아노를 물끄러미 바라보고 있었다. 그러고 나서 도로 화장실에 들어가 칫솔을 놓고 나왔고 여기저기 방문을 열어본 후 서재로 들어가 신기철 신용철 편저 『새 우리말 큰사전』을 베고 바닥에 드러누워 믿을 수 없으리만치 금세 코를 골았다.

나는 허브 화분을 그의 머리맡에 놓아두고 침실로 들어가 기왓장이 떨그럭거리는 소리를 들으며 간신히 잠이 들었다. 그래, 오늘 하루쯤은 얌전히 너를 재우는 게 좋겠지.

아침에 일어나 서재 문을 열어보니 그가 보이지 않았다. 거실엔 텔레비전만이 혼자 아침방송에 열중하고 있었다. 나는 일말의 절망을 치마처럼 끌고 밖으로 나가보았다.

그는 열 평 남짓한 유리온실 안에서 어제 내가 사다놓은 시네라리아 화분을 들고 냄새를 맡고 있었다. 흠. 나는 그에게 말을 걸어볼 양으로 화분을 일일이 가리키며 이름을 알려주었다. 여기 세 개의 허브 화분이 있다. 페퍼민트, 애플, 파인애플. 이건 파피오, 심비듐, 둘 다 양란이다. 그 옆으로 칼라, 아잘레아, 페페, 선로즈. 여기 천리향(千里香)도 있군. 밤새 바람이 불어 향기가 어디로 날아갔는지 알 수 없음. 그 밑에 빨간 꽃이 달려 있는 것은 시클라멘. 체리. 저기 연한 핑크빛 꽃이 피어 있는 것은 라핀 로즈. 이건 어디든 가면 볼 수 있는 파키라와 벤자민. 크로톤. 소철. 이 무지갯빛 길죽한 잎새가 수염처럼 붙어 있는 것은

레인보우. 같은 종의 파란색 잎새는 마지란탄…… 어찌되었든 소생의 이 남루한 궁전을 방문해주신 것에 대해 진심으로 감사 드립니다. 이렇게까지 말했는데도 그는 멀뚱한 표정으로 화분만 바라볼 뿐 도대체 아무 반응이 없었다.

빵과 커피로 아침을 때우고 나서 그는 장식장 서랍을 뒤져 비디오를 찾아낸 다음 또 줄곧 텔레비전 앞에 붙어 앉아 있었 다. 제1편, 프랑수아 트뤼포의 〈피아니스트를 쏴라〉. 제2편, 마 르셀 카뮈의 〈흑인 오르페〉. 제3편, 장 르누아르의 〈게임의 규 칙〉. 지루하고 지루한 시간이 그렇게 오후로 길게 이어졌다. 저 대로 두면 필시 밤까지 텔레비전과 지낼 게 뻔했다. 삼십 분 간 격으로 거실과 서재를 오가다 지쳐 나는 어떻게든 그의 입을 열어보겠다는 일념에 사로잡혀 뜨겁게 달궈진 텔레비전 앞에 나란히 가 앉았다. 그리고 아무 얘기나 이렇듯 중얼거리기 시 작했다.

"수사슴 기념물씨, 늦었지만 우선 제 소개부터 드리겠습니 다. 저는 올해 우리 나이로 서른여섯이 되었고 한때 모 그룹 계 열의 영상사업단에서 프로그래머로 일했습니다. 제가 이반이 라는 사실을 깨달은 것은 약 삼 년 전의 일입니다. 그러나 이때 껏 변변한 사건이 있었던 건 아닙니다. 지금은 이 낡은 전셋집 에서 혼자 남루한 생을 버티고 있죠. 솔직히 말하면 마지막 남 은 사랑 하나를 꿈꾸며 삽니다. 하지만 이 난치병의 서울에서는 더이상 사랑이 불가능하다는 결론을 내렸습니다. 정말이지 이 하수도 같은 도시엔 온갖 에일리언과 숙주들만 들끓고 있습니다. 네, 봄에 오기 전에 저는 프라하에 갈 생각입니다. 카프카의 도시. 하늘이 빨간 지붕으로 뒤덮여 있는 도시. 거기 눈 먼 개와 눈 먼 노인이 문 앞에 나와 앉아 있는 집을 찾아갈 생각입니다. 몇 년 전 그곳에 갔던 친구로부터 엽서를 받았습니다. 거기서 법을 구하듯 사랑을 얻었다고 말입니다. 그날 밤 그는 야외카페에 앉아 우산을 쓴 천사들이 안개 속으로 지나가는 것을 목격했다고 합니다. 옆에는 물론 누군가 부신 모습으로 앉아 있었겠지요."

무표정. 묵음. 뭐 좀더 흥미로운 얘기는 없을까, 하는 순간의 표정.

"1994년 봄, 나는 한 여자를 만나 사랑에 빠졌는데 같은 해 첫눈이 내리던 날 종로서적 건너편 버스정류장 옆에 있는 공중전화부스 앞에서 돌연 헤어진 사건이 있었습니다. 내가 버스 토큰을 사는 사이 그녀는 지나가던 웬 남자의 팔소매를 스스럼없이 붙들고 내게 빠이빠이 손을 흔들어 보이며 인파 속으로 사라졌습니다. 나중에 알고 보니 그 남자는 그녀가 나를 만나기 전전(前前)에 사귀던 사람이었습니다. 그즈음부터 여자에 대한 내 마음은 차츰 거세되어갔습니다."

갸웃갸웃. 역시 묵음. 하지만 나는 그가 내 얘기를 속으로 즐기고 있다는 것을 눈치챘다.

"하나 더 고백하자면 1992년 당시 나는 한 아이와 함께 살고 있었습니다. 그 몇 해 전 웬 여자가 낳고 가버린 아이를 말입니다. 그런데 1993년 가을 느닷없이 그 여자가 도로 나타나 유치원에서 돌아오던 아이를 크레도스 승용차에 태우고 사라졌습니다. 내 입장에서 보면 그건 분명 유괴에 해당하는 일이었습니다. 그 시각에 나는 주방에서 그 애가 돌아오면 줄 간식을 만들고 있었습니다. 그로부터 지금까지 나는 그 아이를 한 번도 보지 못했습니다."

그의 머리가 스프링이 고장난 인형처럼 두어 번 앞뒤로 흔들렸다. 찰나, 눈시울?

"1996년 나는 다니던 직장까지 그만두었습니다. 이유는 단순 명료했습니다. 마음속에 숨어 있던 숙주 이반이 깨어난 것입니다. 그 첫번째 사건은 출근시간에 남들이 다 보는 앞에서 부지런히 계단을 올라가는 같은 과 남자 신입사원의 엉덩이를 더듬은 일입니다. 순간 나도 당황했고 그도 장난이려니 하고 멋쩍게 웃어넘기고 말았죠. 한데 그런 일이 몇 번 더 반복되자 신입사원은 사내 신문고 함에다 나를 집어넣었습니다. 나는 당장에 인사담당 상무에게 불려갔죠. 그는 내게 진심으로 고소인을 사랑하느냐고 다소 조롱기가 섞인 표정으로 심문하듯 물어보더군요. 나는 얼마간 생각하다가 묵묵히 고개를 끄덕거렸습니다. 그제야 내가 그를 사랑하고 있다는 사실을 깨달은 것입니다. 그날부로 나는 회사에서 해고됐습니다. 책상을 정리하고 나오면서 나는 그 남자에게 말했습니다. 모두 다 잃어도 좋지만 너만은 잃고 싶지 않다."

"하."

하, 라고 그가 최초의 음성을 입술 밖으로 내보냈다.

"오후에 나는 파출소에 끌려가 갖은 조사를 받은 다음 밤늦게 출소했습니다. 실직과 실연을 동시에 경험한 것입니다. 그날로 나는 저들과의 인연을 끊기로 작정하고 마당에 온실을 만들고 매일매일 꽃들을 사날랐습니다. 그러나 저도 외로운 사람인지라 가끔 종로3가나 화양리 근처를 헤매고 다녔습니다. 그러나 막상 그들과 접촉할 만한 용기는 없었습니다. 나는 늘 폐허였고 밤마다 흘러내리는 모래무덤이었습니다. 그때마다 나는 어둠 속에 앉아 먼 저편의 도시 프라하를 생각했죠. 거기 누군가의 손을 잡고 젖은 안개 속을 지나가고 있는 내 모습을 말입니다."

"가지."

잘못 들은 것일까. 아니, 그것은 분명 그의 입에서 튀어나온 말이었다. 그러나 내가 홱 고개를 돌려 그의 얼굴을 바라본 순간 그는 여전히 표정 없는 얼굴로 텔레비전에 눈을 박고 있었다. 야릇한 흥분에 떨며 나는 그의 귀 가까이에 대고 되물었다.

"가자고?"

그러자 그의 입에서 이런 소리가 주저 없이 튀어나왔다.

"가자니까."

그날 밤 아홉 시 뉴스를 통해 기상청에서 폭풍주의보를 발령했다. 뉴스가 끝나길 기다렸다가 나는 온실에 가보았고 이상 없음으로 판명하고 온도계와 습도계를 확인한 다음 문을 단단히 걸어닫고 다시 현관으로 들어설 때 문득 안에서 들려나오는 피아노 소리를 들었다.

그것은 리스트의 〈라 캄파넬라〉였다. 또 그것은 서툴지만 놀라운 솜씨였고 그 곡이 끝나기까지 약 사 분 삼십육 초 동안 나는 바람에 사납게 흔들리고 있는 외등 불빛 속에서 혼곤히 떨고 서 있었다.

안으로 들어가자 그는 텔레비전 앞에 도로 붙어 앉아 KBS1 TV에서 방영중인 〈세계는 지금〉이라는 프로그램을 보고 있었다. 돌아보니 거실 한쪽에 놓여 있는 피아노 뚜껑이 열려 있었으며 주방에서는 아까 올려놓고 잊어버린 물주전자가 펄펄 끓고 있는 중이었다. 텔레비전은 오스트리아의 빈을 보여주고 있었는데 나는 잠시 그 아래쪽에 있는 안개의 도시 프라하를 떠올리고 있었다.

나는 가스레인지의 불을 끄고 그의 옆에 표정을 숨기고 다가가 앉았다.

"그래, 같이 가는 거다. 가서 봄밤에 하늘의 붉은 지붕들을 밟고 다니는 거다. 너울너울 춤을 추며 말이다. 지금 밤바람이 크게 분다. 그러니 오늘은 내 방으로 가자."

자정에 라벤더 화분을 스탠드에 올려놓고 그와 잠자리에 들었다. 그는 의외로 순순히 침대로 따라 들어왔고 스탠드의 불을 끄자 문득 놀라는 시늉을 하더니 또 신기할 정도로 코를 골며 잠이 들어버렸다. 그가 잠든 사이 나는 조심스럽게 일어나 앉아 충혈된 눈으로 그의 모습을 내려다보고 있었다.

새벽 한 시. 내 손이 그를 어정쩡하게 지목하는 듯한 동작을 두어 번 되풀이하다 슬그머니 그의 머리를 쓰다듬기 시작했다. 그의 귀는 소리를 한데 모아 고막으로 잘 전달할 수 있도록 귓바퀴가 안으로 접혀 있었고 목은 대체적으로 희고 가늘었다. 어깨에서 가슴으로 퍼져 내려간 근육은 잘 발달해 있었으며 허리와 다리의 근육 또한 지방을 발라 펠트로 감싸둔 것처럼 부드럽고 단단했다. 숨결을 따라 규칙적으로 오르락내리락하고 있는 복부에 눈을 박고 있다가 나는 그의 왼쪽 가슴으로 손을 옮겨갔다. 심장의 박동이 손바닥을 통해 내 몸으로 찌릿하게 전류되며 핏줄이 팽팽하게 부풀어올랐다. 나는 천천히 그의 가슴을 쓸어내리며 벌렁대고 있는 복부로 손을 가져갔고 순간 그의 몸이 움찔하며 신경질적으로 꿈틀거렸다. 나는 반사적으로 손을 떼고 그의 몸이 순해질 때까지 참을성을 가지고 기다렸다. 그는 곧 벽을 향해 돌아누웠고 그러자 목덜미와 등과 다리와 요염한 엉덩이가 한눈에 빨려들어왔다. 그때 내 귀에는 수사슴 기념물이 연주하는 〈라 캄파넬라〉의 음표들이 맹렬하게 뛰어다니고 있었으며 마음 같아서는 거칠게 그의 속옷을 벗겨내고 곧장 안으로 들어가고 싶었다.

간신히 정념을 삭이고 난 뒤 나는 뒤에서 그를 부둥켜안은 자세로 자리에 누웠다. 지붕을 무겁게 밀고 지나가는 밤의 폭풍 소리를 들으며. 잠결에 그가 뿌리치듯 내 팔을 자꾸 밀어내는 것을 느꼈다. 그러나 나는 완강하게 그의 등을 끌어안고 있었다.

정녕 바람 소리인가. 새벽에 나는 누군가 지붕의 기왓장을 써걱써걱 밟는 소리에 잠에서 깨어났다. 옆이 허룩해서 보니 그가 없었다. 가버린 것일까. 멍하니 침대에 앉아 반쯤을 모래로 흘러내리다 나는 옷을 걸치고 방을 나갔다. 거실엔 변함없이 텔레비전이 칙칙거리고 있었으나 그의 모습은 온데간데 없었다. 나는 현관을 지나 떨리는 손으로 온실의 문을 열어보았다. 그러나 거기에도 그는 없었다. 나는 천리향 옆에 쭈그리고 앉아 목쉰 소리로 중얼거렸다.

"그만 홀연히 기비렸군."

그러한데 한순간 믿지 못할 광경이 눈에 튀어들어왔다. 온실 유리창에 무엇이 어른거린다 싶어 눈을 비비고 보니 누군가 지붕 위에 올라가 있는 게 보였다. 뿐만 아니라 그는 춤을 추는 동작으로 몸을 흔들며 지붕 위를 사뿐사뿐 걷고 있었다. 나는 온실 유리창에 바투 서 입을 쩍 벌린 채 그의 모습을 꿈처럼 엿보고 있었다. 그의 뒷전으로 새벽달이 완만한 기울기를 보이며 차차 내려앉고 있었다.

새벽 네 시쯤에 그가 미친 듯이 떨며 거실로 들어왔다. 그러고는 소파를 향해 걸어오다 거실 한가운데서 나무토막처럼 옆으로 비스듬히 쓰러졌다. 그로부터 그는 되게 앓기 시작했다.

거의 무명이었던 보이스는 1960년대 초 백남준과 조지 마키우나스를 만나 플럭서스의 주요 멤버로 활동하면서 본격적으로 알려지기 시작했으며, 이후 작고할 때까지 '미술계의 무당'이란 별명에 걸맞게 수많은 퍼포먼스와 전위적인 작품들을 발표했다. 특히 보이스는 나치 공군 부조종사 시절, 비행기가 격추되어 생명이 위독했던 자신을 지방과 펠트로 감싸 구해준 타타르인의 무속에 매혹되어 이를 자신의 중심 조형언어로 사용했다.

며칠을 앓고 누워 있는 그의 귀에 대고 나는 간간이 속삭였다.
"수사슴 기념물씨, 이번에도 변함없이 지방과 펠트로 당신을 구해드리겠습니다."

그는 맨정신으로 있을 때는 절대 입을 열지 않았으므로 나는 그의 혼수상태를 틈타 취조하듯 묻고 있었다.
"이제 말해봐, 네가 어디서 왔는지."

나는 그가 집과 직장을 잃고 한갓 거리를 떠도는 사내쯤으로 생각했었다. 하지만 그가 피아노를 두드려대던 순간은 그럼 어떻게 설명해야 좋단 말인가. 또한 폭풍이 불어가던 새벽에 그는 지붕에 올라가 무당처럼 춤까지 추고 있었다. 그가 등을 돌린 채 요지부동으로 있었으므로 나는 완력을 이용해 그의 어깨를 힘껏 잡아젖혔다. 그러고는 위협적인 소리로 대답을 재촉했다. 미라처럼 누워 있던 그가 한순간 눈을 번쩍 떴다.

"온 게 아니라 가고 있다."

"……"

"내 참, 가고 있는 중이라니까."

나는 더듬거리며 그의 말을 되받았다.

"어디로?"

"저쪽 소멸의 궁전으로."

"그럼 여기 있는 넌 누군데?"

"지나간 현재. 지금 지붕에 울고 가는 낮의 폭풍처럼."

"……그럼 나는?"

"마당에 흔들리는 모과나무 그림자."

"똑바로 말해!"

"그렇다면 지나간 미래겠지."

이렇게 말하고 나서 그는 발작적으로 어깨를 흔들더니 곧 잠잠해졌다. 나중에 알게 되지만 그는 동숭동에 있는 한 극단에서 일하던 배우였다.

그로부터 삼 일 후 새벽 그는 비틀비틀 방에서 걸어나왔다. 그는 자고 있던 나를 흔들어 깨워 이발소에 가고 싶다고 했다. 아침까지 기다리라고 말하고 나는 주방으로 나가 그가 먹을 죽부터 끓였다.

이발소로 가는 아침엔 지붕 처마 밑에 제비 두 마리가 몸을 잔뜩 사린 채 앉아 꾸벅꾸벅 졸고 있었다. 다른 해에 비해 거의 한 달이나 일찍 제비가 찾아온 것이다. 이발소를 찾지 못해 그와 나는 미장원으로 발길을 돌렸고 안에는 퍼머넌트 가운을 입은 두 여자가 잡지를 보며 껌을 질겅질겅 씹고 있었다. 두 남자가 한꺼번에 들어서자 미용사는 약간 경계하는 눈치였고 그러나 곧 표정을 바꿔 야릇한 웃음을 웃어주었고 그가 먼저 의자에 가서 앉자 내가 삭발을 해달라고 했고 그러자 그의 몸이 움찔하더니 나를 홱 돌아보았다. 나는 심각한 표정으로 그를 향해 고개를 끄덕여 보였고 소파에 앉아 있던 잡지 둘과 미용사의 얼굴이 일제히 내게로 쏠렸고 그는 곧 얌전해졌고 나도 물론 차례를 기다려 삭발을 할 생각이었다. 미용사가 전기 이발기계를 집어드는 틈을 타 나는 밖으로 나와 약국에서 콘돔을 사 주머니 속에 깊숙이 집어넣었다.

내가 의자에 앉아 있는 동안 그는 왠지 슬픈 얼굴로 소파에서 잡지를 펄럭펄럭 넘기고 있었다. 미용사는 거울을 통해 내게 최

종적으로 의사를 확인해왔고 나는 야무지게 고개를 주억거렸고 이윽고 내 머리통에 와 닿는 이발기계의 미묘한 떨림을 감지하며 한순간 두 눈을 질끈 감았고 곧바로 무참히 잘린 머리칼들이 과도하게 목을 조이고 있는 흰 가운 위로 소멸하듯 툭툭 떨어져내렸다. 나는 주머니 속에 손을 집어넣고 콘돔을 주물럭거리며 거울을 통해 그의 파란 머리를 골똘히 눈여겨보고 있었다. 그의 정수리 아래엔 칼에 찔린 듯한 자국이 깊게 패 있었다.

무어라 말할 수 없이 혼란스런 기운으로 가득 찬 미용실에서 빠져나와 우리는 목욕탕에서 간단히 샤워를 한 다음 중국식당으로 가 아침 겸 점심을 먹었다. 그는 탕수육을 먹자고 했고 나는 양장피 생각이 간절했다. 두 가지를 다 시키면 반쯤씩 남으리라는 것을 알면서도 나는 인심을 쓰듯 서빙하는 여자를 불러 이과두주를 함께 주문했다. 음식이 나올 동안 그는 굳게 입을 다문 채 자주 머리통을 문질러댔고 까닭을 알 수 없었지만 줄곧 울적한 표정을 짓고 있었다.

양장피와 탕수육을 앞에 놓고 지나간 현재와 지나간 미래가 미주 앉아 다소 경직된 분위기 속에서 젓가락질을 시작했다. 볼일을 마친 여급은 의자에 다리를 꼬고 앉아 턱을 약간 치켜든 자세로 벽 선반에 놓여 있는 텔레비전을 올려다보고 있었다. 낮시간이었으므로 텔레비전은 위성방송을 내보내고 있었고 그녀가 보고 있는 것은 아무리 생각해도 쓸데없는 우려먹기식 일

일연속극이었고 생각 같아서는 그녀를 의자에 묶어놓고 미용실에서 사용하는 이발기계를 들고 머리칼을 죄 밀어낸 다음 내가 텔레비전 안으로 들어가 춤이라도 추는 편이 한결 나을 성싶었다.

여전히 수심에 가득 찬 얼굴로 그는 이과두주를 연달아 입에 털어넣었다. 그의 얼굴은 금세 익힌 새우처럼 변해버렸고 세 잔인지 네 잔을 마신 뒤 찔금찔금 눈물을 흘리고 있었다. 도대체 왜 그런단 말인가.

중국식당에서 오찬을 마치고 나와 우리는 소화도 시킬 겸 우선 거리를 활보했다. 영화 구경을 하거나 과천 서울대공원에 가서 회전열차나 바이킹이라도 타는 게 어떻겠느냐고 은근히 물어보았으나 그는 내둥 고개만 가로저었다. 거리의 사람들은 너나 할것없이 죄 우리를 흘끔거리며 지나가고 있었다. 미루어 짐작이 가는 바 없지 않았으나 나는 슬슬 신경이 곤두서기 시작했다. 하긴 하긴.

1960년대 초반부터 플럭서스와 각종 페스티벌의 주요 멤버로 활동했던 백남준과 보이스의 운명적인 만남은 1961년 독일 뒤셀도르프에서 있었던 제로 그룹 오프닝에서의 첫 대면을 시작으로 1963년 3월 독일 부퍼탈 소재의 파르나스 화랑에서 열린 백남준의 첫 개인전에서 비롯되었다. 당시 백남준의 전시장에 나타난 보이스는 전시중이던 피아노 작품을 느닷없이 도끼로 부숴버렸는데, 이는 공교롭게도 백남준이 1960년 존 케이지의 넥타이와 와이셔츠를 자르고 찢고 피아노를 부순 것과 비슷한 행동이었다. 이를 계기로 두 사람은 상호 정신적, 예술적 교감과 우정을 나누게 되며 서로의 작업에 적잖은 영향을 주게 된다.

어느새 우리는 삼청동에서 광화문 세종로까지 나와 있었다. 그는 어쩐지 미안하고 한편 불만 섞인 얼굴로 내게 모자를 사달라고 했다. 뭐 그 정도야 싶어 나는 그에게 빨간 베네통 모자를 사주고 나도 노란 게스를 사서 썼다. 모자점을 나오면서 그는 뒤늦게, 삭발을 할 생각은 아니었다고 내게 말했다. 더군다나 나까지 그럴 줄은 몰랐다는 아연한 소리를 했다. 나는 맥이 탁 풀려 길에 떨어져 있는 빈 콜라캔을 발작적으로 걷어차며 빠른 걸음으로 그에게서 멀어져갔다. 금요일 한낮의 거리는 술에 취해 벌겋게 흔들리고 있었다. 지금부터 그럼 어디로 가야 하는 것일까. 실의에 빠진 나는 동물원에 갇힌 것처럼 불안스런 눈으로 연신 사위를 두리번거리며 가기 싫어도 어쩔 수 없이 가야만 하는 장소가 없는지 곰곰이 생각해보고 있었다.

그가 내 옆으로 다가오는 소리를 들으며 나는 일단 안도의 한숨을 내쉬었다. 관계가 삐걱거릴 때는 분위기를 환기시키는 방법으로 처음 만났던 장소에 가보는 게 효과적인 경우가 있다. 나는 그에게 수사슴 기념물을 보러 가자고 말했다. 그는 미처 내 말을 다 듣기도 전에 맹목적으로 고개를 끄덕거렸다. 나는 그것을 동의의 표시로 간주하고 세종문화회관 앞에서 택시를 잡아타고 로댕갤러리로 또 갔다.

가서, 수사슴 기념물 앞에서 무려 삼십 분이나 그와 나란히 서 있다가 돌아왔다. 갤러리 직원들은 빨간 모자와 노란 모자를 뒤에서 유심히 눈여겨보며 무어라 연신 수군거리고 있었다.

집으로 돌아오니 현관문 아래 새똥이 떨어져 있었고 아침에 본 두 마리의 제비는 어디로 갔는지 보이지 않았다. 다음날도 그 다음날도. 자리에 눕자 대낮에 물러간 줄 알았던 폭풍이 다시 불어대기 시작했다. 그날은 1999년 2월 19일이었고 제비는 미리 왔다 갔고 봄은 마침내 열흘 앞으로 다가와 있었고 그 전에 우리는 붉은 지붕으로 뒤덮인 프라하에 가야만 했다. 내가 그런 그런 얘기를 하자 그는 야유에 찬 시선으로 나를 바라보았고 자리에서 벌떡 일어나더니 내가 며칠 동안 돌보지 못한 온실에 들어가 자정이 될 때까지 나오지 않았다.

그를 데리러 갔을 때 보니 화분 몇 개가 손을 기다리고 있었다. 나는 물뿌리개를 잡고 머리를 감기듯 화분 위에 줄줄 뿌린 다음 그의 옆에 웅크리고 앉아 〈에반게리온〉이나 〈감각의 제국〉 따위를 보자고 그를 유혹했다. 그러나 그는 시무룩한 얼굴로 땅바닥만 내려다볼 뿐 도통 말이 없었다.

"그럼 수사슴 기념물과 놀면 되잖아."

이 말에 그는 삽시간에 표정을 바꿔 의뭉스런 웃음을 짓더니 다리를 풀고 일어나 현관 안으로 재빨리 뛰어들어갔다.

그는 안에서 문을 잠근 채 열어주지 않았다. 몇 번 문을 두드리다 나는 포기한 채 제비똥이 떨어져 있는 현관에 쭈그려 앉았고 잠시 후 그가 두드리는 피아노 소리를 들었다. 이번에도 〈라 캄파넬라〉였다. 파가니니나 리스트가 들어도 고개를 끄덕일 만큼 과연 현란하고 아름다운 솜씨였다. 그 순간에도 텔레비전은 시시각각 제멋대로의 영상을 내보내며 지글지글 끓고 있었을 것이고 밖에는 내가 현재 확인한 바 바람이 맹렬하게 불어가고 있었고 그에 따라 지붕의 기왓장들은 신나게 들썩거리고 있었고 물을 먹은 온실의 꽃들은 살랑살랑 몸을 흔들며 바야흐로 고개를 치켜들고 있는 중이었다.

그가 문을 열어준 것은 영 시 삼십사 분이었고 이십 분 이상을 나는 밖에서 떨고 있을 수밖에 없었다. 연주가 끝나고 나서 그는 안에서 혼자 무엇을 하고 있었던 것일까. 거실로 들어가니 그는 역시 텔레비전 앞에 앉아 이리저리 채널을 돌리고 있었다. 다른 한 손으로는 제 민둥머리를 계속 쓸어내리며.

나는 살금살금 그의 뒤로 다가갔다. 그러고는 무릎을 꿇고 앉아 그의 등을 껴안았다. 그가 가만히 있길래 나는 그의 번들거리는 머리에다 입을 맞췄다. 웬일인지 그는 얌전히 내 애무를 받아들이고 있었다. 나는 슬슬 손을 뻗어 그의 얼굴을 만지기 시작했고 곧 그의 숨소리가 거칠어지고 있다는 것을 알 수 있었다. 내 아랫배는 점차 뜨겁게 달아오르고 있었다. 나는 피아노를 곁눈질로 훔쳐보면서 그의 겨드랑이 사이에 두 손을 끼워넣었다. 그리고 남은 치약을 짜듯 그의 허리를 조이면서 엉덩이께로 죽 훑어내려갔다. 그의 시선은 텔레비전 모니터상에서 가물가물 흔들리고 있었고 푸른 핏줄이 부풀어오른 내 손은 그때 그의 바지춤 속으로 막 들어가려 하고 있는 참이었다.

그가 돌연 더러운 새끼! 라는 소리를 뱉어내며 내 몸을 거칠게 밀치고 일어난 것은 일본 위성방송이 마이클 잭슨의 뮤직비디오를 방영하고 있을 때였다. 나는 그게 유소년 취향으로 줄곧 세인의 입에 오르내리던 마이클 잭슨을 두고 하는 소리인지 아니면 나를 두고 하는 말인지 얼핏 분간하지 못한 채 뒤로 벌러덩 나자빠졌다. 그러나 곧바로 그 말이 또 그 말이라는 깨달음이 찾아왔다. 당황했지만 나는 침착하게 궁둥이를 털고 일어나 후들거리는 다리를 끌고 소파로 가서 앉았고 떨리는 손으로 담배를 피워물었고 텔레비전을 가리고 서 있는 그의 다리 사이에서 튀어나오는 푸른빛을 한순간의 덧없는 슬픔처럼 목도하고 있었고 이윽고 그의 얼굴을 가까스로 올려다보았다. 그는 총을 맞고 쓰러지기 직전에 찾아드는 지나간 일생의 파노라마를 눈앞에 보고 있는 듯한 표정을 짓고 있었다. 말하자면 느닷없이 엄습한 공포와 전율과 혼곤이 뒤범벅된 그런 얼굴로. 그러나 그는 쓰러지지 않았고 곧바로 옷걸이에서 코르덴 점퍼를 집어들고 그 어떤 작별의 말도 남기지 않은 채 유유히 밖으로 사라졌다. 나는 그를 잡을 수가 없었고 구겨진 종이처럼 참혹하게 소파에 앉아 그가 대문을 열고 나가는 소리를 낱낱이 엿듣고 있었다. 얼핏 코끝이 매워왔고 잠시 후 도로 차가워졌다.

새벽 두 시가 돼도 그는 돌아오지 않았다. 나는 그가 나를 찾아오던 날처럼 잠옷에 카디건만 걸친 채 밤새 골목에서 서성거렸다. 그가 춤을 추던 지붕을 올려다보며. 바람은 좀처럼 잠잘줄 몰랐고 현관에 걸려 있는 외등은 곧 떨어질 듯 위태롭게 흔들리며 상심한 내 마음을 더욱더 쓰라리게 부채질하고 있었다.

아침이 왔건만 그는 돌아오지 않았다.

나는 하루 종일 벽을 바라보고 앉아 있었다.

나도 힌때는 사랑을 염주처럼 목에 걸고 살고 싶었다. 그토록 투명한 갈맷빛 사랑을. 그런데 어느 날 단 한 번 헛디딘 발이 이렇듯 생을 송두리째 바꾸어놓을 줄이야. 그리고 마침내 막다른 골목에 이르러 나는 내게 남겨진 것이 막상 젖은 소금 한 되뿐이라는 것을 알았다. 생은 아마 백 년이 지나도 아물지 않을 몇 겹의 깊은 상처. 그 앞에 놓인 한 그릇의 짜디짠 소금. 나날의 쓰라린 문댐. 결코 되풀이되지 않을 너와 나의 고달픈 그러나 매순간이 숨찼던 사랑. 생은 또한 하루 스물네 시간 동안 무작위적으로 방영되고 있는 위성방송 앞에 잠시 무릎을 접고 앉아 있다 사라지는 것. 이윽고 동공에 모래알처럼 남는 영상의 자잘한 파편. 한 칸 한 칸 죽음을 건너뛰지 않고서는 바꿀 수 없는 채널 부호. 처마 밑에 춥게 웅크리고 앉아 있던 2월의 제비. 그가 남긴 현관 앞의 배설물. 그래, 고작 그러한 것.

밤늦게 그가 주뼛거리며 돌아왔다. 어디서 구했는지 손에 페페 화분을 들고. 그는 현관문을 들어서 신발을 신은 채로 거실로 뚜벅뚜벅 올라가더니 텔레비전 위에다 화분을 올려놓고는 거실 한가운데 버티고 선 채로 뻐끔뻐끔 담배를 피워물었다.

반쯤 피운 담배를 비벼 끄고 그는 내 손을 거머쥐더니 무턱대고 온실로 나를 데리고 갔다. 영문을 알 수 없었지만 나는 그가 끄는 대로 따라갔다. 그는 온실 안으로 들어가 제 손으로 문을 닫아걸더니 화분들이 놓여 있는 탁자로 나를 끌고 갔다.

"선물이야."

그는 등을 돌려 바지춤을 내리고 탁자에 두 손을 짚고 엉덩이를 내밀었다. 때는 1999년 2월 21일 일요일 오후 열한 시 삼십 분경이었고 사정을 하고 나서 문득 손목시계를 보니 자정이었고 밖엔 여전히 폭풍이 불어가고 있었고 바람 소리에 섞여 나는 얼핏 그가 수사슴처럼 우는 소리를 들었고 웬일인지 나도 맹렬히 울고 싶은 마음이 되어갔다.

그는 두 시간째 목욕탕에 들어가 있었다. 그를 기다리다 나는 가물가물 잠이 들었다. 그리고 잠결에 무엇이 크게 부서지고 넘어지는 소리를 엿듣고 있었다. 바람 소리려니 싶어 놔두고 있다가 나는 새벽 다섯 시에 모래처럼 변해 침대에서 부스스 일어나 앉았다.

마당으로 나가보니 폭격을 맞은 듯 온실이 부서져 있었다. 백 개가 넘는 화분들이 모조리 깨진 채 바닥에 흩어져 있었고 수도꼭지에선 물이 콸콸 쏟아져나오고 있었다.

나는 슬로비디오로 몸을 돌려 마당을 대각선으로 가로질러 남은 잠을 자두기 위해 현관 안으로 들어갔다. 그리고, 들어가다, 보았다. 날랜 사슴처럼 그가 지붕 위로 뛰어 달아나는 것을.

2월 24일 나는 오전 비행기를 타고 프라하로 떠났다. 지나간 미래 속에 현재를 일치시키기 위해. 모쪼록 크게 성공하여 봄과 발맞춰 돌아올 수 있으면 좋을 덴데.

그간 남아 있는 사람들에게 한 가지 정보를 제공하겠다. 아직 유용한 정보이다.

전시안내   기간 : 1998. 12. 24 - 1999. 3. 31

관람시간

전시기간중 오전 열 시부터 오후 여섯 시까지

오후 다섯 시까지 입장

매주 월요일 휴관

위치안내   지하철

1, 2호선 시청역 하차, 삼성플라자 방면 출구

삼성생명 빌딩 일 층

버스

시청 경유 전 노선으로 시청 또는 삼성본관 하차

승용차

약도 참조(*생략)

주차권 발급 없음

주소/전화번호 서울특별시 중구 태평로 2가 150번지

삼성생명빌딩 일 층(100 - 716), 로댕갤러리

Tel : 02 - 259 - 7782 Fax : 02 - 259 - 7795

이상 수사슴 기념물에 관한, 끄읕.

에스키모 왕자

1

　거울과 봄 사이 경주에서 그녀와 만났다. 오후 두 시경부터 계림엔 부슬비가 내리기 시작했다. 그녀는 보랏빛 줄무늬가 있는 단이 긴 코트에 베이지색 목도리를 하고 있었다. 미국산 이스트팩 가방을 메고 있는 걸로 보아 여행을 온 듯싶었다. 하지만 코트 차림으로 여행을 오다니. 네 시 정각, 경주박물관 에밀레종 앞에서 그녀는 신홍빛의 우산을 꺼내 썼다. 빗발이 거세지고 있었던 것이다.

　다음날 해돋이를 보러 간 감포 앞바다에서 그녀를 다시 보았다. 그날 그녀와 함께 기차를 타고 서울로 올라왔다. 큰 무덤들이 많은 경주를 좋아한다고 그녀는 초등학생처럼 말했다. 그렇군. 자정께 서울에 도착해 그녀와 잠실에서 맥주 한 병씩을 마시고 헤어졌다. 계단을 오르내릴 때 보니 그녀는 치맛단을 끌어올리듯이 코트 자락을 양손으로 잡고 있었다. 키 작은 사람이 꽤나 드레스 타입을 좋아하는 모양이로군.

다음주 토요일 프라자호텔 스카이라운지에 앉아 나는 그녀에게 '에스키모 왕자' 얘기를 했다. 그녀는 광화문 거리를 내려다보며 골똘히 내 얘기에 귀를 기울이고 있었다. 유난히 흰 얼굴 탓인지 앳돼 보이는 사람이었다.

서하원. 스물여덟 살. 더이상은 아는 바가 없다.

그로부터 매일 밤 그녀에게서 걸려오는 전화를 받는다. 쓸쓸한데 잘된 일이다. 삼십 분쯤 통화하는 동안 대개는 에스키모 왕자 얘기를 나누곤 한다. 며칠이 지나서부터는 차츰 지루하다는 생각이 들기 시작했다. 어쩌다 내가 그 얘기를 꺼냈는지 모르겠다. 그러나 뭐 어쩔 수 없는 일이라고 생각한다.

2

그가 나를 찾아온 것은 일곱 살 때나 여덟 살 때의 일이다. 아니 그 훨씬 전일 수도 있다. 게다가 찾아왔다는 말은 맞지 않는지도 모른다. 그렇다고 만났다고 할 수도 없다. 확실한 것은 그가 내 몸을 통해 온다는 사실이다. 계절이 바뀔 때마다 한 번씩? 아마 그쯤일 거라고 생각한다.

그것은 구름의 그림자처럼 나를 덮으며 찾아온다. 무슨 전조나 징조가 있는 게 아니다. 부지불식간에 느리고 무겁게 등을 껴안으며 내게 개입하는 방식으로 온다. 하지만 그것의 정체는 아직까지도 알 수 없다. 나무나 물고기나 짐승의 정령이 아닌가 싶기도 하지만 소리나 냄새처럼 형체가 없는 것일 수도 있다는 생각을 한다. 본 적이 없으니 더이상 무슨 말을 하랴.

그는 내게 와서 삼사 일씩 머물다 올 때와 마찬가지로 슬그머니 사라지곤 했다. 어느 날 나는 문방 가위를 들고 그의 모습을 색종이에 오려 책상 위에 붙여놓았다. 그가 사라진 후 미열처럼 몸에 남아 있는 형태의 느낌을 가지고.

그것은 어쩐지 사람과 비슷한 형상을 하고 있었다. 사람? 글쎄. 아무려나 나는 그가 왔다 갈 때마다 책상서랍에서 새 색종이를 꺼내 수정보완하는 형식으로 그의 모습을 계속 만들어나갔다. 스무 살이 될 때까지 무려 십 년 이상을.

나중에 완성된 삭품(?)을 보니 그는 어린 에스키모의 형상을 하고 있었다. 우습게도 손에 창(槍)까지 하나 들고 있었다. 그래서 나는 그를 에스키모 왕자라고 부르기로 작정하였다.

그후 나는 그의 존재를 조금씩 잊어갔다. 스무 살 후로 다시는 나를 찾아오지 않았던 것이다. 말하자면 나의 경계에서 사라진 것이다. 생각해보면 매우 서운한 일이다. 그것은 사춘기의 내 철없는 연인과도 같았는데 말이다.

그동안 나는 이십대의 혼미 속에서 90년대를 보냈고 어느덧 스물아홉 살이 되었고 2000년이 되는 내년엔 마침내 서른의 나이를 먹게 된다. 이때껏 나는 어떻게 살아온 걸까. 가끔 길가다 말고 누군가를 붙잡고 묻고 싶지만 차마 그럴 수는 없는 일이다.

3

오 년간 다니던 직장에서 한 달 무급휴가를 받아냈다. 그동안 나는 내가 몸담고 있는 시계회사에서 무척 열심히 일해왔다고 생각한다. 경우에 따라서는 휴일에도 출근해 늦게까지 일하고 결코 지각 한 번 한 적이 없다. 그런데 나는 왜 그래왔던 것일까? 어느 날 나는 그런 생활을 억지스럽게 견뎌내고 있었다는 사실에 허파가 뒤집히는 고통을 느꼈다. 다음날 나는 부장실로 찾아가 다소 충동적으로 사표를 제출했다. 부장은 멀뚱한 얼굴로 나를 쳐다보더니, 재고토록! 하고는 옷걸이에서 양복 윗도리를 집어들고 내 어깨를 툭툭 치고는 점심 약속이 있다며 밖으로 나가버렸다. 며칠 후 사표 반려와 함께 얼마 동안 쉬고 오라는 인사부의 방침이 내려왔다. 모르긴 해도 아마 배려 차원의 결정이었을 것이다. 고마운 일이다.

그날 밤늦게 그가 나를 찾아왔다. 그동안 어디에 가 있었던 걸까. 밖엔 무량히 눈이 내리고 있었고 그때 나는 로맹 가리의 『새들은 페루에 가서 죽다』를 읽고 있었다. 이번에 그는 이런 느낌으로 왔다.

봄날의 한적한 마을에 빨간 미니버스가 와서 멈춰선다. 나는 창가에 기대 햇살에 아롱아롱 흩어진 풍경을 내다보고 있다. 온몸에 털이 숭숭 난 사람인지 짐승인지 모를 존재가 오른손에 창을 들고 버스에서 내린다. 가방 따윈 들고 있지 않다. 직감적으로 나는 그가 에스키모 왕자라는 걸 깨닫는다. 한데 어째서 저렇게 흉하게 변해 있는 걸까? 그는 곧장 내 집을 향해 뚜벅뚜벅 걸어온다. 이윽고 현관에서 초인종 소리가 들려온다.

문을 열어준 바 없는데 그는 어느새 내 몸에 들어와 있었다. 나는 『새들은 페루에 가서 죽다』를 책상 위에 조심스럽게 내려놓고 오디오의 볼륨을 낮출 양으로 장식장 쪽으로 어기적어기적 다가갔다. 스피커에서는 비틀스의 〈컴 투게더〉가 흘러나오고 있었다. 그때 내 안에 들어와 있는 그가 말했다. 모르지, 내가 중얼거리는 소리를 내 귀가 듣고 있었는지도.

"그건 그대로 놔둬. 다음 곡이 〈섬싱〉이잖아."

나는 갑자기 커피가 마시고 싶었고 한여름에 겨울옷을 껴입은 것처럼 굼뜬 동작으로 부엌으로 들어가 커피메이커의 전원코드를 꽂았다. 오랜만에 돌아온 그는 집 안 청소를 하듯이 내 몸 구석구석을 아프게 쑤셔대면서 서서히 자신과 나를 일치시켰다. 나는 덜덜 떨면서 두어 번 재채기를 했다.

"이제야 좀 편안해졌군."

나는 커피잔을 들고 소파에 앉아 그동안 어디에 가 있었느냐고 그에게 물어보았다.

"네가 근무하는 시계공장 창고에 있었지. 마침 휴가를 받지 않았더라면 나는 꼼짝없이 그 안에서 갇혀 죽었을 거야."

시계창고에서 오 년 동안 있었다면 나머지 사 년은 또 어디에 있었던 걸까. 먼 데 여행이라도 다녀온 걸까.

"그럼 지금부터 뭘 할 건데?"

"일단은 며칠간 편히 쉬고 싶어. 그런 다음 천천히 생각해볼 거야. 그러니 잠자코 기다리고 있어. 이번엔 꽤 오랫동안 네게 있을 거야. 어쩌면 이게 마지막이 될지도 모르니까 말이야."

마지막이라고 그는 말했다. 무려 구 년 만에 돌아와서는 대뜸 나와의 작별을 예고하고 있는 것이었다. 늙고 허약해져 있는 그의 목소리를 들으며 나는 차츰 울적해졌다. 비록 그가 누구인지 모르고 있었지만 헤어질 거라는 생각을 하자 얼마간 서운한 느낌이 몰려왔다.

그로부터 그는 잠을 자기 시작했다. 따라서 내 몸에서도 더이상의 변화나 이상이 느껴지지 않았다. 다만 몸무게가 갑자기 몇 킬로쯤 늘어난 듯한 둔중함만이 계속되고 있을 뿐이었다. 그러나 그것도 느낌뿐이었던 것이 저울에 올라가보니 몸무게는 조금의 변화도 없었다.

어쩐 일인지 2월이 다 갈 때까지도 그는 깨어나지 않았다. 참다못해 나는 몰래 경주에 다녀왔다.

4

일요일에 하원을 만나 사진관에 갔다. 덕수궁 안을 함께 걷고 있던 그녀가 불쑥 사진관 얘기를 꺼냈을 때 나는 몹시 당황하고 있었다. 겨우 세 번 만났을 뿐인데 함께 사진을 찍자니. 더군다나 사진관까지 가서 말이다.

"몸무게의 변화가 없다니까 사진이라도 한번 찍어보자는 거예요. 혹시 거기에 그가 나타날지도 모르잖아요."

수긍할 수 없는 얘기였지만 나는 고개를 주억거렸고 그녀는 그것을 동의한다는 뜻으로 받아들였다.

"창을 든 성성이가 빨간 버스에서 내려 집으로 왔다구요?"

성성이라니.

"유인원과의 짐승, 곧 오랑우탄 말예요. 술을 좋아한다는 소릴 들었어요. 하지만 그렇게 되면 에스키모하고는 아무 상관도

에스키모 왕자 319

없잖아요."

열대밀림에서 태어나 북극해를 구경하러 갔다 길을 잃었는지
도 모르지. 그러나 나는 그런 얘기는 하지 않았다.

오후 네 시에 그녀와 나는 덕수궁 옆에 있는 사진관에 들어가
약혼자들처럼 나란히 어깨를 기대고 사진을 찍었다. 그녀의 권
유에 못 이겨 나는 독사진까지 한 장 박았다. 촬영을 마치고 나
서 배경으로 쓰이는 스크린을 돌아보니 보르네오나 수마트라를
연상시키는 울창한 숲이 화면 가득 펼쳐져 있었다. 사진관을 나
오는데 그녀가 지나가는 투로 이런 말을 내뱉었다.

"그는 에스키모 왕자가 아닌지도 몰라요. 안 그래요? 그건 어
디까지나 멋대로의 상상일 뿐이잖아요. 물론 그렇게 따지면 성
성이도 마찬가지겠죠."

그렇게 말하면 나도 더이상 할 얘기가 없었다. 그건 시간을 먹
고 사는 어떤 덩어리의 일종일 것이다.

"오 년 동안이나 시계공장 창고에 있었다면 아마 그럴 수도
있겠군요."

그러면서 그녀는 희미하게 웃었다. 그때서야 나는 그녀에게
시계회사에 다닌다고 고백조로 말했다. 그녀는 더럭 놀라는 시
늉을 하며 확인이라도 하듯 시계에 대해 물어왔다. 그닥 내키지
않았으나 나는 생각나는 대로 늘어놓았다.

"최초의 시계는 알다시피 해시계와 물시계 또 불시계입니다.

문명 발생 당시부터 약 육천 년 동안이나 이 간단한 시계들이 사용되었죠. 그후 과학기술의 발달로 템프라고 하는 균형바퀴를 사용하여 제어작용을 하는 기계시계가 14세기에 고안되었고 더 나아가 오늘날의 진자시계, 전기시계, 음차시계, 수정시계, 원자시계 등이 만들어지게 되었죠."

"나머진 대충 알겠는데 불시계는 뭐죠?"

"물질이 탈 때의 속도는 각기 종류에 따라서 다르지만 같은 물질일 때는 타는 시간이 일정하므로 타 없어진 정도를 보고 시간을 측정합니다. 예를 들면 타버린 기름의 양을 보고 시간을 측정하는 램프시계라는 게 있습니다. 이 시계는 900년경 알프레드 왕 시대부터 사용되었다고 하는데 16세기 스페인 왕실에서는 시민에게 야간에 시간을 알려주기 위해 일반적으로 쓰였다고 합니다. 아무튼 시계의 사용 이후 인류는 아이러니하게도 시간의 지배를 받으며 살게 됐죠. 그때부터 고유한 시간과 더불어 순수의 시대가 가버린 겁니다."

"고유한 시간?"

"과거와 현재와 미래가 막힘없이 하나로 이어져 있는 시간 말입니다. 사람들이 영원이라고 부르는 시간 말이죠."

한참을 말이 없던 그녀가 다시 입을 열었다.

"그렇다면 그이는 아마 고유한 시간에 속해 있는 존재겠군요."

뭘 말하는가 싶어 나는 옆을 돌아보았다.

"지금 당신 안에 들어와 있는 존재 말예요."

그래, 그럴지도 모르겠다.

"시간…… 그건 벽에 걸려 있는 둥근 거울 같은 거예요. 그 매끄럽고 정밀한 침묵 속으로 창인지 시침인지를 든 한 마리 성성이가 늘 저벅저벅 원을 맴돌고 있죠. 마치 고독의 그림자처럼 말예요."

그녀는 시계는 몰라도 시간에 대해서는 나보다 잘 알고 있는 것 같았다. 어쩐지 그녀는 자신에 관한 모든 것을 낱낱이 기억하고 있다는 느낌이 들었다. 낡은 일기장을 들춰보면 금방 깨닫게 되지만 그건 그리 쉬운 일이 아니다. 또 흔한 경우도 아니다. 그러한 느낌 속에서 그녀가 문득 내 팔을 잡아왔다.

그녀와 나는 손을 잡고 세실극장을 끼고 돌아 영국문화원 뜰 벤치에 앉아 있었다. 그제야 나는 사진관에 들어갔다 나온 후부터 그녀가 매우 익숙하게 느껴지고 있다는 사실을 깨달았다. 더불어 어제까지 보아온 거리의 풍경도 매우 낯설어 보였다. 그것은 유리창 안에서만 밖을 내다보고 있다가 실제로 밖으로 나왔을 때 찾아드는 야릇한 이질감과 같은 것이었다. 공간은 그대로 있되 시간이 바뀌어 있는 느낌. 그것은 솔직히 말해 약간 떨리는 일이기도 했다. 왜냐하면 이제 와서 시곗바늘을 거꾸로 돌린다고 해도 아까 사진관으로 들어가기 전의 상태로는 돌아갈 수 없기 때문이었다.

　남은 휴가를 앞으로 어떻게 보낼 계획이냐고 그녀가 내게 물어왔다. 이래저래 열흘 이상 쓰고 이제 이십 일 정도밖에는 남아 있지 않았다. 성성이가 내처 잠을 자고 있어 마음대로 움직일 수가 없었던 것이다. 나는 오래 꿈꿔왔던 대로 먼 곳으로 여행을 떠났으면 한다고 말했다. 또 에스키모 왕자든 성성이든 내 안에 있는 존재와 함께 가고 싶다는 말도 했다.

　"정확히 말하면 그를 찾아가는 여행이겠죠. 안 그래요?"

　듣고 보니 그럴지도 모른다는 생각이 들었다.

　"당신은 그가 당신 안에 존재하고 있다고 했지만 사실은 어디 있는지 모르는 거예요. 더군다나 누군지도 모르고 말예요. 당신은 그 두 가지를 다 알고 싶어하겠죠."

　"어쩌면 이번이 그와 마지막이 될지도 모릅니다."

　내가 이런 말을 하자 그녀의 표정이 문득 어두워졌다.

　"……저도 그런 느낌 알아요. 나도 모르는 사이에 누군가 내게 다녀가는 느낌 말예요. 아침에 일어나면 흔적조차 남아 있지 않죠."

　슬쩍 옆을 보니 그녀는 확실히 우울한 얼굴이 되어 있었다. 그녀와 나는 영국문화원을 나와 세실레스토랑에서 비프커틀릿을 먹고 흑맥주를 한 병씩 마시고 자정까지 거리를 쏘다니다 대한극장에서 심야상영중인 〈아라비아의 로렌스〉를 관람하고 새벽

네 시에 청진동 해장국집에 가서 수육에 소주를 먹고 헤어졌다.

그날 어떻게 해서 그녀와 그토록 긴 시간을 보냈는지 모른다. 나는 날짜가 바뀌기 전에는 반드시 귀가하는 버릇이 있고 그녀 또한 통행금지 시각이 열한 시인 사람이었다. 집으로 돌아와 잠자리에 들려는데 그녀에게서 전화가 왔다. 잘 들어갔냐고 나는 의례적인 말을 건넸고 그녀는 대답 없이 있다가 돌연 엉뚱한 말을 던져왔다.

"꼭 가야겠어요? 그 여행 말예요."

그녀는 잠옷으로 갈아입고 스탠드의 불을 끄고 침대에 누워 스메타나의 〈나의 생애에서〉를 듣고 있었다. 오랜 침묵이 전화선에 낮달처럼 걸려 있었다. 나는 희미하게 전해져오고 있는 음악에 한동안 귀를 기울이고 있었다. 그녀는 내게 무슨 말을 하고 있는 것일까.

"사람이 왜 그렇게 어리버리해요."

나는 소리나지 않게 담배를 피워물었다.

"저는 그럼 또 당신을 기다리고 있어야 하느냔 말예요."

마치 군에 간 남자를 기다렸다 바로 엊그제 해후한 투로 그녀가 말했다. 나는 그녀를 처음 보았던 경주에서부터 잠실 그리고 프라자호텔 스카이라운지와 덕수궁과 영국문화원을 차례로 떠올리고 있었다. 기껏해야 이 주일 전에 만났을 뿐인데 그녀는 내게 이 년 이상을 만나온 것처럼 얘기하고 있었다.

그녀는 잠에 취해 혀가 반쯤 굳어 있었고 전화선까지 접속불량으로 지글지글 끓고 있었다. 그녀는 양쪽 무게를 똑같이 견디지 못하고 있는 접시저울처럼 잠과 현실 사이를 오락가락하고 있었다. 말하자면 잠이 들었다 깼다를 반복하고 있었다. 그러니 통화가 제대로 될 리 없었다. 그러나 반쯤은 분명 명료하게 깨어 있었고 또 내 대답을 기다리고 있었다.

"떠나 있으면 가끔 생각이 날 겁니다. 그때마다 엽서도 쓰고 그러죠."

"가끔?"

"……자주가 되는지도 모르죠."

"생각이 안 나면요?"

"아마 날 겁니다."

"그럼 약속해주세요."

뭘 말인가. 알다시피 생각이란 약속할 수 있는 성질의 것이 아니다. 그러나 나는 약속한다고 그새 또 잠이 들었을지 모를 그녀에게 속삭였다.

그녀는 잠들어 있었다. 잠시 후 스메타나의 음악이 끝났다. 그와 동시에 그녀의 숨소리가 전화선을 타고 들려나왔다. 솔직히 말해 나로서는 그것이 아주 신기한 경험이었다. 잠든 여자의 숨소리를 전화로 듣다니. 그 소리는 기묘한 변화를 거듭하고 있었고 때로 잠꼬대로 끊어졌다가 다시 높낮이를 회복하며 예쁘게 이어지고 있었다. 한데 어느 순간 나는 내 귀를 의심하지 않을 수 없었다. 이런 이런. 그것은 코를 고는 소리였다. 코를 고는 것이다. 얼떨떨한 기분으로 오 분쯤 더 있다가 나는 살그머니 송수화기를 내려놓았다.

그러고 나서 담배를 한 대 더 피우고 불을 끄고 자리에 누우려는 찰나 전화벨이 요란하게 울렸다. 누군가 또 밤의 저쪽에서 나와의 통화를 시도하고 있었던 모양이었다. 나는 채 온기가 가시지 않은 송수화기를 집어들었다.

"왜 전화 끊었어요."

하원이었다.

"작별의 말을 안 했잖아요."

잠기운이 달아났는지 목소리도 아주 딴사람이 되어 있었다.

"했는데."

순간 나도 모르게 반말이 튀어나왔다.

"알고 보니 거짓말까지 하는군요."

"……"

"다음부턴 그러지 말아요. 거짓말처럼 사람을 슬프게 하는 건 없잖아요."

그러겠다고 나는 기어들어가는 소리로 대꾸했다. 새벽에 마신 소주 기운까지 겹쳐 피로에 극한 새벽, 아니 아침이었다.

"꿈을 꿨어요. 창고에 있는 성성이 꿈 말예요. 그는 지금도 당신 안에 있나요?"

글쎄. 그렇다고 믿고 있지만 열흘 이상 아무 신호를 보내오고 있지 않으니 뭐라 말하기가 힘들었다. 며칠 둔중하게 느껴지던 몸도 그사이에 익숙해져서 그런지 거동하는 데 아무 불편이 없었다.

"처음부터 우리 다시 얘기해봐요. 당신은 그가 정말 누구라고 생각하나요?"

"오직 나와 관계된 존재, 라는 것밖에는 모르겠어."

"······"

"그는 내게 버림받은 자이거나 아직도 상처를 받고 있는 중이라는 생각이 들어. 그래서 내게 뭔가 간절히 원하고 있는데 그게 뭔지 모르겠어."

이런 말을 하고 있자니 정말 그럴지도 모른다는 생각이 들었다.

"당신은 어렸을 때 무얼 크게 잃어버린 적이 있나요?"

그렇기도 하겠지만 얼른 기억은 나지 않는다. 그것은 아마도 유년의 여름날에 본 앵두나무 이파리들 사이로 뭉텅뭉텅 빠져나가던 아침햇살 같은 것이리라. 얼핏얼핏 헐판이 끊어시는 듯한 그런 현기증 나는 순간들 사이에서 맴돌던 적막. 그러다 아슬아슬하게 다시 이어지는 거미줄 같은 시간의 줄에 매달려 숨가빠하던 기억. 채송화가 피어 있는 따뜻한 담장 밖으로 뚜벅뚜벅 발소리를 내며 걸어가던 누군가의 어룽어룽한 뒷모습. 큰 싸움이라도 난 듯 멀리서 여럿이 외쳐부르던 소리. 그때 에스키모 왕자가 뒤에서 다가와 거미줄에 걸린 나를 안아내리고는 또 감쪽같이 사라져갔지.

"어쨌든 당신은 성성이를 찾으러 가야겠단 말이죠."

그녀는 끝끝내 그를 성성이라고 했다. 할 수 없는 일이다. 그래. 어쩌면 술에 취해 노래도 하고 춤까지 추는 놈인지도 모른다.

"그가 매우 위태롭게 느껴져."

"잡고 싶지만 안 되겠군요. 또 기다리는 수밖에."

그녀는 왜 자꾸 이런 식으로 말하고 있는 걸까. 이렇게 되면 그녀와 함께 사진관에 갔던 일도 자꾸 마음에 걸린다. 어디로 갈 것이냐고 그녀가 목소리를 바꿔 물어왔다. 밥상을 내다 치우고 앞치마에 손을 문지르며 방으로 들어온 사람처럼.

"아직 정하지 못하고 있어. 성성이가 창을 가지고 나침반 역할을 해주지 않을까 생각하고 있어."

"과연 그럴까요? 알다시피 그는 쿨쿨 잠만 자고 있잖아요. 게다가 이미 당신 몸을 빠져나갔는지도 모르구요."

그럴지도 모른다. 그새 창밖이 밝아오고 있었다.

"제가 길잡이 노릇을 해보면 어떨까요. 대학 때 배낭을 메고 여기저기 꽤 다녀본 편이니까요. 어차피 갈 곳을 정하지 못하고 있다면 그게 낫지 않겠어요? 더군다나 저는 성성이 얘기를 듣기도 했잖아요."

일곱 시에 자리에 누워 성성이를 불러보았으나 그는 좀처럼 기척이 없었다. 하긴 날이 훤히 밝았는데 그가 대꾸를 해올 리 없었다. 그는 벽에 걸려 있는 거울처럼 정밀한 침묵 속에서만 가만가만 움직이니까.

5

휴가를 보름 남겨둔 날까지 그는 깨어나지 않았다. 기다리다 지쳐 나는 런던으로 가는 비행기표를 끊었다. 우선 런던행을 택한 건 하원이 정해준 길을 따르기로 한 선택이었다. 그러나 막상 떠날 작정을 하니 혹시나 그를 버려두고 가는 게 아닌가 싶어 발목에 추를 단 기분이었다. 공항까지 배웅을 나온 하원과 스낵바에 앉아 보딩 시각을 기다리고 있는 동안 나는 점점 초조해졌고 마침내 그녀에게 이런 말을 하고 있었다.

"그를 여기에 남겨두고 가는 것이라면 사실 떠날 이유가 없는 게 아닐까."

그녀는 빈 커피잔만 둥그렇게 내려다보고 있었다. 그녀의 옆모습이 내 눈에서 흐려졌다 뚜렷해졌다를 반복하고 있었다. 언뜻 가깝기도 하고 실은 아직까지 먼 사람이기도 했다. 한참 만에 입을 연 그녀의 목소리는 여린 저음으로 변해 있었다. 핀이 떨어진 것처럼 문득 머리칼이 풀려내려와 그녀의 뺨을 가리고 있었다.

"사랑을 하면서 그 앞에서 너무 머뭇거릴 필요는 없다고 생각해요. 그럼 상대도 점점 자신을 잃게 되죠. 무슨 말이 하고 싶으냐면 그렇게 하기로 마음먹었으면 한번 그렇게 해보는 게 좋겠다는 거예요. 그게 머뭇거리는 것보다는 훨씬 낫잖아요."

"……"

"제가 알기로 그는 어디에도 있지 않아요. 하지만 또 어느 곳에서든 만날 수 있는 존재라고 생각해요. 그는 당신의 세계 저 깊숙한 곳에 있어요. 장소와 공간을 바꾼다고 해서 크게 달라지는 않는다는 거죠. 그는 시간의 틈바구니에 끼여 있는 존재 같아요. 그러니 시차를 달리해보면 뭔가 알아지는 게 있을지도 모르죠."

시간의 틈바구니에 끼여 있다. 그렇다면 시계판 속에?

"그가 곧 죽을지도 모른다고 했죠. 저는 그게 걱정이에요. 당신이 그 순간을 어떻게 버텨낼지 말예요."

그녀는 며칠 전 덕수궁 옆 사진관에서 찍은 사진을 찾아왔다고 말했다.

"물론 사진 속에 성성이나 에스키모 따위는 나타나 있지 않았어요. 그럴 리가 없잖아요? 깜짝 놀란 건 당신 얼굴에 들씌워져 있는 어떤 낯선 그림자였어요. 하긴 그게 성성이일지도 모르죠."

보딩 시간은 십 분밖에 남아 있지 않았다. 나는 루프트한자 항공편을 이용해 일단 프랑크푸르트로 가서 런던행 비행기로 갈아타야 했다.

"당신은 나에 대해 뭔가 알고 있는 것 같아. 내가 모르는 사실까지 말이야. 과연 그런가?"

그녀는 가만히 얼굴을 숙이고 있다가 맥없이 고개를 두어 번 끄덕거렸다. 가방을 챙기고 일어나기 전에 나는 그녀에게 이런 말을 하고 있었다.

"중국 위진시대에 행산(行散) 혹은 행락(行樂)이라고 하는 풍습이 유행했다고 해. 오석산(五石散)이라는 일종의 마약을 먹고 그 약기운을 발산하기 위하여 산이나 들판을 헤매고 다니는 일이었다지. 순전히 놀이로써 그런 일을 하지는 않았겠지. 그 일을 하는 사람한테는 나름의 그럴 만한 이유가 있었을 거란 얘기야. 그렇게 밖으로 나가 아주 돌아오지 않는 이들이 그 시절엔 많았다고 해."

"그래서요?"

"그게 두렵기도 하지만 어떻게든 돌아오도록 애쓸 거야. 그때 다시 만날 수 있다면 반가운 일이 되겠지."

"저한테 기다려달라고 말하고 있는 건가요?"

"보름쯤 숲으로 성성이 사냥을 나갔다고 생각해주면 좋겠어. 어차피 나침반은 그쪽이 갖고 있잖아."

나는 짐을 챙겨들고 서둘러 출국심사대를 빠져나갔다. 그녀는 대기실 한중간에 팔짱을 끼고 서서 무표정한 얼굴로 나를 지켜보고 있었다.

런던

히드로 공항에 내려 전화로 예약한 대영박물관 근처의 호텔에 도착하니 얼추 열한 시가 돼 있었다. 서울로부터 약 열다섯 시간이 걸린 셈이다. 지하철 튜브 안에서 본 런던 사람들은 한결같이 남루(?)한 모습에 굳은 표정을 짓고 있었다. 게다가 밖엔 질금질금 비까지 내리고 있었다.

프런트 옆에 있는 부스에서 전화를 걸어보았으나 하원은 집에 없었다. 서울은 오후 네 시일 터이었다. 외출이라도 한 걸까. 낮에 무얼 하는지 들은 바가 없으니 알 도리가 없다. 떠나오니 그녀에 대해 정말 아는 게 없다는 자각이 새삼스레 몰려왔다.

춥게 자고 일어나 무거운 슈트케이스를 끌고 대영박물관에 갔으나 가방 때문에 입장을 허락하지 않았다. 잠깐 멈췄던 비마저 내려 이래저래 추레해진 모습으로 나는 지하철을 타고 소호에 있는 중국인 거리에 가서 춘권에 청도 맥주로 점심을 대신했다.

그리고 나서 우산을 펴들고 가방을 질질 끌며 피커딜리 근처에 있는 상점 거리를 헤매다 나는 한국인 유학생과 우연히 마주쳤다. 그녀는 런던 서부에 있는 뉴몰든 지역 록우드 애비뉴에 세들어 살고 있었다. 호텔비에 기가 질려 대책 없이 가방을 끌고 나온 터라 숙소를 구한다고 하자 그녀는 마침 자신이 살고 있는 집에 방이 하나 비었다고 하며 친절하게도 집주인에게 전화까지 걸어주었다.

정희영이라는 이름을 가진 그녀는 조경(造景)을 배우러 와 있었고 가을쯤 한국에 돌아갈 예정이라고 했다. 그녀는 매일 오후 여섯 시부터 열 시까지 패스트푸드점에서 아르바이트를 하고 있었다. 그때까지는 시간이 남아 있다며 그녀는 트래펄가광장과 국립박물관과 러셀스퀘어로 나를 데리고 다니며 가이드 역할까지 해주었다. 패스트푸드점으로 갈 시간이 되자 그녀는 뉴몰든으로 가는 빨간 이층버스에 나를 태워주었다.

가는 길에 밤이 왔다. 그새 파란 잔디로 뒤덮인 하이드파크와 그린파크엔 이채롭게도 매화인지 벚꽃인지가 만발해 있었다.

록우드 애비뉴의 집은 이루 말할 수 없이 춥고 어두웠다. 밖엔 늦도록 비가 내리고 있었다. 사성께 놀아온 정희영이 맥주를 들고 내 방문을 두드렸다. 탁자에 마주 앉자마자 그녀는 불쑥, 많이 외롭다고, 오늘 만난 낯선 남자에게 말했다. 그렇다고 해서 뜻밖의 마음이 있는 것 같지는 않았다. 그녀는 어쩌면 그 한마디를 하기 위해 내게 하루 종일 친절을 베풀었는지도 모른다는 생각이 들었다. 한국어로 말이다. 내가 그런 얘기를 하자 그녀는 쓸쓸히 웃으며 그렇다고 농조로 받아넘겼다.

"사람에 대해 잘 알고 있는 것 같군요. 하지만 안심하세요. 서울에 약혼자가 있으니까요."

그러면서 내게도 서울에 두고 온 사람이 있느냐고 물어왔다. 생각해보기도 전에 대뜸 하원의 얼굴이 떠올랐다. 잠시 사이를 두었다가 나는 오래전부터 만나오고 있는 여자가 하나 있다고 얼버무렸다. 그게 서로 편할 것 같아서였다. 오래전, 이라고 되받으며 그녀는 맥주잔을 집어들었다.

"내일 또 가이드 역할을 하고 싶은데 그렇다고 설마 그것까지 안 되는 건 아니겠죠?"

아니라고, 고맙다고, 하며 나는 그녀의 어두운 얼굴을 살폈다.

"런던은 지겨운 곳이에요. 특히 겨울밤은 견디기 힘든 곳이기도 하구요. 텔레비전을 켜면 어디서나 공포나 범죄 영화만 틀어대요. 각 방송사가 시간대까지 맞춰서 말예요. 낮에도 종일 안개가 끼어 있거나 비가 와서 어둑어둑하고 말이죠."

그녀는 런던 생활 이 년 만에 완전히 지쳐 있었고 히스테리 증상까지 앓고 있었다. 한 시가 되자 그녀는 먹다 남은 맥주병을 들고 비틀비틀 제 방으로 돌아갔다.

자리에 누워 나는 조심스럽게 내 안의 그를 불러보았다. 안타까운 심정으로 십 분 이십 분 삼십 분을. 그러나 그는 서울에 있

334

는지 좀처럼 내 부름에 대꾸가 없었다. 만약 서울에 있다면 대답하기 어려운 거리다.

한데 새벽 세 시쯤 그가 나를 찾아왔다. 멀리서 폭풍이 몰려오는 것처럼. 튜브에 바람이 차듯 온몸이 팽팽히 부풀어오르는 느낌에 나는 눈을 떴고 직감적으로 그가 찾아왔다는 것을 알았다. 그러나 나는 그의 말을 알아들을 수가 없었다. 산소마스크를 쓰고 있는 듯 목소리가 안에서 웅웅거리고 있었던 것이다. 나는 어둠 속에서 가만가만 일어나 앉았다. 그는 내 등짝에 붙어 희미하게 꿈틀거리고 있었고 간간이 받은 숨을 몰아쉬고 있었다. 나는 내 몸을 껴안으며 그에게 속삭였다.

"말해봐. 뭘 원하는지 말이야."

대꾸를 하려는지 그는 필사적으로 꿈틀거리고 있었으나 나는 끝내 그의 말을 제대로 알아들을 수가 없었다. 그의 움직임은 서서히 잦아들었고 한순간 숨이 끊긴 듯 조용해졌다. 정신을 차리고 보니 온몸이 땀으로 축축이 젖어 있었다. 곧바로 몸살기가 스멀스멀 기어올라왔다.

아침까지 잠을 이루지 못하고 있다가 나는 밖으로 나가 서울로 전화를 걸었다. 하원은 막 잠이 들려던 참이었다. 나는 그녀에게 새벽에 성성이가 찾아왔던 사실을 털어놓았다.

"그가 나를 따라오긴 한 모양이야."

"그래요, 어련히 알아서 따라갔겠어요."

어쩐 냉랭한 투로 목소리가 가라앉아 있었다.

"런던에 오긴 했는데 뭘 어떻게 해야지?"

나침반을 들여다보는지 그녀는 한동안 말이 없었다.

"시간이 나면 자연사박물관에 들러봐요. 거기 가면 뭔가 찾을 수 있을지도 모르니까요."

여전히 차갑고 무성의한 어조로 그녀가 빠르게 속삭였다. 웬일인지 그녀는 집중력이 떨어져 있었다. 정말 그런가 싶어 나는 다시 비슷한 질문을 던져보았다.

"그다음엔?"

"행산을 하겠다면 뭐 암스테르담으로 가야겠죠. 오석산을 구할 수 있을 테니 말예요."

행산. 암스테르담. 유로스타를 타고 도버해협을 건너 벨기에를 거쳐 가라고 그녀는 교통수단까지 내게 알려주었다. 그러고 나서 굳은 소리로 덧붙였다.

"전적으로 저에게 매달리진 말아요. 약속대로 나침반은 들고 있겠지만 말예요. 어차피 성성인 당신만 찾아낼 수 있는 존재니까요. 이렇게 말한다고 해서 서운하게 듣지 말아요. 저는 생리통에 시달리느라고 며칠째 얼굴이 새파랗게 질려 있어요. 매달 꼬박꼬박 찾아오는 이 빨간 손님 때문에 제가 얼마나 고통을 받고 있는지 당신은 모를 거예요. 솔직히 말해 지금 성성이 따위엔 관심조차 없단 거예요."

"생리통."

"그래요, 당신도 일종의 생리를 겪고 있는 걸 거예요. 좀 특수한 편이긴 하지만 말예요."

그렇다면 그가 내 안에서 사라져 있던 몇 년간은 어떻게 설명해야 좋을까.

"그동안은 당신도 죽어 있었겠죠."

"……"

"독방에 수감된 것처럼 누구에게나 한동안 삶이 멈춰버리는 시기가 있잖아요. 밥을 안 준 시계처럼 말예요. 가령 당신에게도 그런 때가 있었을 거란 뜻예요."

그런데 어느 날 그가 되살아나 빨갛게 나를 덮치며 찾아온다.

"오늘은 그만해야겠어요. 진통제를 먹고 누워 있어야겠어요."

돌아오는데 정희영이 이 층 창문에서 나를 내려다보고 있었다.

에스프레소 커피와 빵 한 조각으로 아침을 때우고 나서 정희영과 자연사박물관으로 갔다. 거기서 나는 거대한 나무 화석을 발견했다. 크리스털처럼 단단하게 화석으로 변해 있는 그것은 무량한 시간의 겹침과 두께를 말해주고 있었다. 수천 년 혹은 수만 년. 그 안에는 도대체 어떤 존재가 갇혀 있는 걸까. 그러하고 에스키모 왕자이거나 성성이는 내 안에서 무얼 하고 있는 걸까. 아직도 산소마스크를 쓰고 누워 듣지도 못할 말을 내게 건네고 있는 걸까.

다시금 튜브를 타고 웨스트민스터역에 내려 처칠 동상을 마주 보며 애비로드를 건너는데 때마침 정오를 알리는 사원의 빅벤이 울리기 시작했다. 그러자 부근을 지나던 사람들의 발걸음이 일제히 멎고 시간도 잠시 그렇게 멎었는데 그때 내 눈에 왜 비틀스의 《애비로드》 앨범 재킷이 떠올랐는지 모른다.

존, 폴, 조지, 링고가 한낮에 횡단보도를 건너고 있다. 폴 매카트니는 양복 차림에 맨발이다. 그 사진을 두고 누군가 그의 죽음을 예견했다고 한다. 알다시피 그 예견은 빗나갔다. 그리고 내 귀에는 그가 부른 〈섬싱〉이 들려오고 있다.

런던브리지를 건너 한때 감방으로 쓰였던 런던탑 옆을 지나며 나는 아침에 하원이 한 말을 떠올리고 있었다. 독방. 삶이 멈춰져 있던 시간. 생리가 없던 시기.

오후 두 시부터 런던엔 또 음울한 비가 내리기 시작했다. 거리는 금세 어둑하게 변해버렸고 마음까지 이내 가라앉아버렸다. 나는 대영박물관에 가려던 계획을 포기하고 다시 소호로 갔다. 정희영이 심상찮은 표정으로 자꾸 내 얼굴을 흘끗거렸다. 붉은색이 녹아내리는 소호의 거리를 내다보며 나는 오리고기를 시켜놓고 독한 마오타이를 받아마셨다. 콜라잔을 쥐고 있던 그녀가 머뭇거리며 입을 열었다.

"지금 앞에 앉아 있는 사람이 제 눈에는 아주 나빠 보입니다. 왠지 무섭기도 하구요."

그건 아마 솔직한 말이었을 것이다.

"네, 저는 술을 마시고 있는 성성이올시다. 혹시 해칠지도 모르니 조심하시기 바랍니다."

무슨 뜻인지 그녀는 한숨을 길게 몰아쉬었다.

"그렇다고 하더라도 여섯 시까지는 어차피 갈 데가 없어요. 그러니 힘이 좀 들더라도 표정을 바꿔보시는 게 어떻겠어요."

"조경 말입니까?"

그녀는 픽 웃으며 고개를 흔들어댔다. 그녀가 아르바이트를 하는 패스트푸드점은 어제 만났던 피커딜리 근처에 있었다. 걸어서 갈 수 있는 거리였다. 울적한 기분에 사로잡혀 마오타이만 줄곧 들이켜고 있다가 나는 자리에서 일어났다.

"오늘은 제가 바래다드리죠."

그녀는 말없이 따라 일어나 밖으로 나오며 우산을 펴들었다. 그러더니 대뜸 내 팔짱을 끼며 함께 쓰고 가자고 했다. 얼핏 당황스러웠지만 나는 그녀와 발걸음을 맞췄다. 그렇게 한 우산을 받고 꽃상점 골목을 지나는데 그녀가 은밀한 소리로 중얼거렸다.

"이따가 함께 집에 들어갈까요? 피커딜리에서 〈오페라의 유령〉이라도 보고 나면 저와 시간이 얼추 맞을 텐데요."

"아뇨. 일찍 들어가 내일 런던을 떠날 준비를 해야겠습니다."

어색한 침묵이 흐른 뒤 그녀가 되받았다.

"그렇다면 집으로 가는 길에 꽃을 사다 제 방에 꽂아주세요. 어제오늘 그쪽한테 시간을 판 삯으로 말예요."

나는 그렇게 하겠노라고 했다.

"물론 그 정도는 해야 되는 거예요."

정희영을 패스트푸드점 안으로 들여보내고 나는 그녀에게 줄 중국과자와 벨기에제 초콜릿과 노란 장미를 샀다. 그리고 집으로 돌아와 내 방 바로 옆인 그녀의 방에 들어가 꽃을 꽂아놓았다. 이런 짧은 메모와 함께.

즐거운 당신과의 데이트였습니다. 소호의 한 우산 속. 이렇게 기억하고 있겠습니다. 아침에 못 볼는지 모릅니다. 오늘 젖은 우산일랑 속히 말리시기 바랍니다.

— 한밤 빗속의 유령

밤늦게 그녀가 돌아오는 소리를 듣고 잠이 들었다. 꿈결 사이사이 옆방의 그녀가 흐느끼는 소리를 들었다. 어째서 울고 있는 걸까.

새벽에 이런 일이 있었다. 화장실에 갔다가 캄캄한 계단을 더듬더듬 올라와 방을 찾아 들어갔는데 누군가 침대 위에서 자고 있었다. 어떻게 된 것일까. 더욱 아연한 것은 책상 위에 놓여 있는 화병이었다. 거기엔 어제 내가 꽂아놓은 노란 장미가 어둠 속에서 파르르 떨고 있었다. 아뿔싸. 그제야 나는 방을 잘못 찾아 들어왔다는 것을 깨달았다. 그 순간 그녀가 깨어 있다는 사실도 알았다. 나는 조용히 문을 열고 밖으로 나왔다.

내 스무 살 어느 새벽. 술에 취해 돌아온 나의 그림자. 내 방에 누워 있던 아직 인생이 어리디어린 여자. 책상 위의 노란 장미. 유령의 목소리처럼 카세트에서 들려나오던 폴 매카트니의 목소리.

암스테르담

워털루역에서 오전 열 시 이십육 분에 출발하는 유로스타를 탔다. 기차는 도버해협을 지나 브뤼셀 중앙역까지 가게 돼 있었다. 거기서 나는 암스테르담행 기차로 갈아타야 했다. 저녁참에나 도착하겠지. 하원은 자고 있겠다.

기차가 캄캄한 바다 밑으로 들어갔다. 그러자 잊고 있던 기억들이 생생하게 되살아났다.

이름은 남원이다. 전주 이씨. 어째 남자 이름 같다. 그렇다고 남원(南原) 사람은 아니다. 대학에 입학해서 만났으니 그녀도 스물의 나이였을 것이다. 하얗고 앳된 사람. 강촌으로 신입생 환영회 겸 야유회를 가서 서로 말문이 트였다.

모닥불을 피워놓고 죄 떠들다 새벽 두 시쯤 각자 텐트로 돌아가 잠들이 들었다. 내가 누워 있던 텐트로 그녀가 찾아온 것은 세 시였다. 밖에서 소곤거리듯이 그녀가 내 이름을 불러왔다. 세 번을 거듭. 그녀의 그림자가 달빛을 받아 텐트 자락에 어른거렸다. 옆에 있던 녀석이 히히덕거리며 팔꿈치로 툭툭 내 옆구리를 지르며 나가보라고 했다.

나는 맨발인 채 랜드로바를 끌고 밖으로 나갔다. 그녀는 살굿빛 원피스에 까만 구두를 신고 있었고 머리를 뒤로 틀어올리고 있었다. 어려운 인사를 온 여자처럼 그녀는 두 손을 앞으로 마주 잡고 서 있었다. 물론 아주 어려운 인사지.

그녀와 나는 강물 앞에 앉아 검푸른 하늘을 올려다보고 있었다. 나는 난생처음 여자의 냄새를 가까이에서 맡고 있었다. 그 희고 부드러운 살의 무어라 말할 수 없이 야릇한 향기. 시시각각 미세하게 변하고 있는 그것의 분분한 움직임. 그녀가 숨을 참고 있다는 느낌. 낮게 불어가는 새벽바람에 원피스 자락이 그녀의 발목을 휘감고 있었다. 그때 내게는 에스키모 왕자가 찾아와 있었으므로 마음 한편이 몹시 든든했다. 별이 많은 밤이었다. 그런 밤에 여인과 앉아 있는 것이 내게는 생의 첫번째 신화였다.

"저렇게 많은 별들을 뚜렷이 보고 있으면 까닭 없이 무서워집니다. 저 자신이 오래전에 죽은 사람처럼 생각됩니다."

소리마저 맑디맑은 사람이었다.

"아마 아름다운 나이여서 그런 생각도 드는 걸 겁니다."

샐비어처럼 그녀가 웃었다.

"남자가 못 하는 말이 없습니다. 때로 그것은 아주 무서운 말이 됩니다."

"……"

"저는 제 나이가 두렵습니다. 스무 살이 왠지 삶과 죽음의 경계로 생각됩니다."

왜 그런 생각을 하는 걸까.

"그쪽은 늘 혼자인가요? 제게는 가끔 어떤 존재가 찾아와 머물다 가곤 하는데요."

나는 에스키모 왕자 얘기를 하고 있었을 것이다.

"그게 누군데요?"

"얼음집에서 태어난 아이인데 여기저기 떠돌다 지치면 저한테 쉬러 옵니다. 그때마다 북극에서 잡은 언어를 한 마리씩 창에 꿰서 들고 오죠. 어쩌면 쉬러 오는 게 아니라 저를 위로하러 오는 걸 겁니다."

"그렇다면 에스키모 말인가요?"

나는 깜짝 놀랐다. 최초로 타인의 입을 통해 에스키모란 말을 들었던 것이다. 그녀가 입엣말로 또 중얼거렸다.

"그럼 이런 밤에 하늘을 타고 오겠군요. 어린 왕자처럼 말예요."

그녀는 왕자란 말도 했다. 맞다. 에스키모 왕자다.

"저한테 그런 예쁜 손님은 없습니다. 그래서 뭘 어째야 좋을지 몰라 늘 허둥거리고 있죠. 대학에 들어왔지만 그것도 어데 갈데가 없어 온 게 틀림없습니다. 어디든 사람이 많은 곳은 딱 질색입니다. 차라리 나무 아래 앉아 있으려면 일 년이라도 그러겠습니다."

묘한 사람이었다. 그래, 그게 저 자신이라고 하더라도 너무 맑은 것은 무서운 일 같다.

"사춘기 때부터 꼭 이런 생각만 했습니다. 어서 결혼해서 아이를 낳고 싶다고 말예요. 그럼 그 애가 저에게는 에스키모 왕자일 겁니다."

이제 갓 스물의 나이에 결혼이라니.

"요즘 세상이어서 그렇지 따지자면 꼭 이른 것도 아니잖아요. 저는 충분히 그럴 수 있다고 생각합니다."

물론 그럴 수 있을 것이다. 하지만 왜 벌써부터 그토록 깊은 허무의 바다를 딛고 있는 것일까. 더군다나 사연이 있을 나이도 아니다. 그렇지 않은가.

"사연이 다 뭐예요. 아직 사내 손 한 번 못 잡아봤는걸요."

강물이 별빛에 반사되어 빙어 떼가 마구 튀어오르고 있는 듯이 보였다. 빙어 철이었다. 나는 시간이 갈수록 목이 말라 불과 며칠 전에 배운 담배를 피워물었고 이내 독한 현기증이 몰려와 캑캑 밭은기침을 해대고 있었다. 그녀가 옆에서 또 희미하게 웃었다. 눈앞에선 빙어 떼가 별로 화해 하늘로 떼 지어 곤두박질치고 있었다. 그러한데 그녀가 불쑥 어디 손 좀 이리 내봐요, 하며 내 손을 끌어당겼다.

몸이 타들어가는 뜨거운 고통을 느끼며 나는 에스키모 왕자에게 묻고 있었다.

"이럴 땐 어떻게 해야 하는 거지?"

그러자 그가 냉큼 속삭여왔다.

"이봐, 사랑이 막 시작되고 있는 참인데 왜 화를 내듯 묻고 있는 거지? 그건 일생에 단 한 번 찾아왔다 가는 건지도 모르는 거야. 지금부터 뒤에 숨어 모른 척하고 있을 테니 스스로 알아서 해. 제발 남자처럼 굴란 말이야."

남자처럼 구는 게 뭔지 모른 채 나는 덥석 그녀의 목을 끌어안았고 다두듯 피하나 입을 맞췄고 그와 동시에 따뜻하고 비릿한 단내를 느꼈고 그녀는 밀치는 듯하더니 가만히 있었고 곧 아이처럼 내 품에 안겨 숨을 색색거리고 있었다. 그러다가 확 입술을 떼고 이런 말을 내뱉었다.

"당장 해주세요, 절대 후회하지 않겠습니다. 처음부터 그쪽에 마음을 두고 있었습니다."

나는 다시금 에스키모 왕자에게 어떻게 해야할지를 물었으나 그는 더이상 아무 대답도 해주지 않았다. 조약돌이 깔린 강가에서 그녀는 반듯하게 누워 제 손으로 원피스 안의 속옷을 벗어 스타킹과 함께 구두 속에 집어넣었다. 생경한 두려움과 들뜸에 사로잡혀 있다가 한순간 나는 허겁지겁 그녀의 살굿빛 원피스 안으로 들어갔다. 남자에게나 여자에게나 모든 것의 처음이자 마지막인 그곳 새벽의 미궁 속으로. 그녀의 등 밑에서 자갈이 눌려 떠드는 소리가 들려나오고 있었다.

암스테르담에 도착해 여행자안내소에서 소개해준 펜션급 호텔에 짐을 풀고 나와 샴페인과 닭고기와 샐러드로 저녁을 먹고 나서 나는 레드라이트 근처에 있는 한 물가 카페에서 마리화나를 사서 주머니에 챙겨넣었다. 오늘 밤 안으로 나는 행산에 들어갈 작정이었다. 그 전에 하원과 얘기를 나누고 싶어 서울로 전화를 걸어보았으나 그녀는 받지 않았다.

자정을 택해 슈퍼마켓에서 사온 샴페인을 마시며 나는 곧바로 행산에 들어갔다. 위진시대의 그 사람들처럼 부디 사라지지는 말아야 할 텐데, 라고 수없이 되뇌며. 마리화나 한 대를 다 피우자 몽롱하게 머리가 흐트러졌고 팔다리에서 서서히 힘이 빠져나가기 시작했다. 나는 몸을 수습하고 침대에 올라가 똑바로 누왔다.

　두 달이 지났는데 남원에겐 생리가 오지 않았다. 내게 그 말을 전하는 학교 근처 허름한 식당에서 그녀는 우적우적 순대를 먹어대고 있었다. 그러나 그녀의 얼굴은 내 암암한 얼굴빛과 곧 같아졌고 식당을 나올 때는 나보다 더욱 절망적인 표정을 짓고 있었다.

　"하늘인지 땅인지 딱 한쪽으로 얘기해요."

　나는 한없이 꾸무럭거리며 담배나 줄줄이 피우고 있었다. 아버지가 되기에는 나는 여러모로 부족한 점이 많았다. 쉽게 말해 아직 아들의 수준조차 벗어나지 못하고 있는 상태였다. 그녀는 그런 사실을 납득하지 못했고 이해하려 들지도 않았다. 어쨌든 문제는 내 쪽에 있었다. 그래, 항상 그랬지.

　열흘 뒤 그녀와 다시 만났을 때도 나는 마냥 입만 봉하고 있었다. 이런 경우 묵묵부답이란 불가(不可)를 뜻하게 마련이다. 차라리 그렇다고 얘기해주는 것이 그나마 상대를 위한 일이라는 것도 훨씬 뒷날에 일었다. 요컨대 나는 모든 걸 그녀에게 맡겨놓고 있었던 것이다.

　그로부터 이틀 뒤 그녀는 내 방에서 죽었다. 화병에 노란 장미를 꽂아놓고. 비틀스의 《애비로드》판을 오토리버스 시켜놓고. 단 한 번 물어본 다음 대답이 없자 그렇게 덧없이 갔다. 내게 영원히 죽음을 남겨놓고.

그후 에스키모 왕자는 다시 나를 찾아오지 않았다.

나는 그녀와 자주 가던 학교 근처의 복숭아밭에서 매일 앉아 있다 돌아오곤 했다. 어떤 날은 하루 종일. 학교를 졸업할 때까지 사 년 내내. 봄날에 복사꽃 무진장 피면 나는 자살을 꿈꿨다. 그러나 삶은 아무 때나 함부로 죽어지는 것이 아니었다.

학교를 졸업하고 나는 시계회사에 취직했다. 나는 사람들이 만들어놓은 그 일정 합의의 시간에 나를 내맡기고 싶었을 것이다. 시곗바늘이 가리키는 대로 정확하게 움직여주기만 하면 삶은 그런대로 지속되게 마련이다. 입사한 지 몇 달도 되지 않아 나는 과연 '초시계'란 별명을 얻었다. 출근시간은 물론이고 지정된 모든 시간에 단 일 분도 늦지 않는 사람으로 소문이 났다. 그런 사람이어서 나는 회사에서는 쉽게 인정을 받았고 주위에서는 이상한 사람으로 눈총을 받았다. 심지어는 정신병 경력이 있는 사람으로 오해받기도 했다. 그러나 정작 내 사정을 이해해주는 사람은 아무도 없었다. 나야말로 시간을 잃고 사는 사람이라는 것을 말이다. 단 하나의 존재, 에스키모 왕자만이 그런 사정을 알고 있었을 텐데 그는 좀처럼 내게 찾아와주지 않았다.

환각이 시작된 지 얼마 되지 않아 손가락 하나 까닥일 수 없는 무력감이 온몸을 지배하고 있었다. 눈꼬리 옆으로 눈물이 비져

나와 뺨을 타고 귓속으로 차갑게 흘러들고 있었다. 그리고 어느 때인가 나는 침대 모서리에 누군가 와서 턱을 괴고 앉아 있는 것을 발견했다. 나는 혼겁하여 반사적으로 몸을 일으키려 했으나 뒤미처 그럴 수가 없다는 자각이 몰려왔다.

그는 내 안에 있던 성성이었다. 그는 긴 팔로 턱을 긁으며 내가 남긴 샴페인을 마시고 있었다. 두 눈을 끔벅거리며. 그가 에스키모 왕자가 아니고 성성이란 사실이 나는 못내 두려웠다. 확실히 그는 늙고 지쳐 있었다. 이빨도 빠져나가 불과 두세 개밖에는 남아 있지 않았고 그르륵그르륵 가래 끓는 소리를 내고 있었다. 피로에 지친 얼굴로 그는 내 모습을 내려다보며 천천히 샴페인을 다 마신 다음 내 주머니를 뒤져 마리화나를 꺼내 피웠다. 그러고는 침대로 올라와 끙, 하고 내 옆에 나란히 누웠다. 나는 간신히 입을 벌려 그에게 물었다.

"언제부터 그런 모습으로 변했지?"

기다려도 대답이 없었다.

"어디 아픈 데가 있으면 말해봐."

대답이 없었다.

"너는 곧 내게서 빠져나갈 것 같은데 그게 사실인가?"

역시 대꾸가 없었다. 힘겹게 얼굴을 돌려 옆을 보자 그는 신소 마스크를 쓴 채 깊이 잠들어 있었다.

아침에 일어나니 그는 사라지고 없었다. 비틀거리는 몸을 일으켜 나는 다만 시간을 죽이기 위해 밖으로 나가 식사를 하고 화랑과 골동품점 들이 있는 골목을 헤매다 쓸데없이 하이네켄 공장에 가보기도 하고 국립박물관에 가서 중세에 쓰던 가구와 집기 들을 구경하다 정확히 오후 다섯 시 십오 분에, 새벽 한 시 십오 분인 서울의 하원을 깨워 통화했다.

그녀는 아직도 생리통 때문에 괴로워하고 있었다. 하지만 전날보다는 목소리가 차분하게 가라앉아 있었다. 행산을 시작했다고 나는 말했다.

동정을 살피듯 조심스럽게 그녀가 되받았다.

"그렇군요."

"어젯밤 성성이가 왔었어. 산소마스크를 쓰고 내 옆에 누워 있다 아침에 갔어. 비록 얘기를 나누진 못했지만 뭔가 굉장히 힘들어하고 있는 것 같아."

그녀는 일순 긴장하는가 싶더니 마른 소리로 뇌까렸다.

"실제로 그를 본 건 처음이죠?"

듣고 보니 아닌 게 아니라 처음이었다.

"그러니까 확실히 성성이였단 말이죠? 에스키모 왕자가 아니고 말예요."

"그렇다니까."

무얼 생각하는지 그녀는 오래 말이 없더니 내게 다음 행선지를 물어왔다. 웬일인지 쫓기듯 말소리가 다급해져 있었다.

"그건 당신이 정하기로 했잖아."

"정말 제가 정하는 곳으로 갈 거예요? 실패하더라도?"

"이제 와서 그렇게 말하면 나는 오도 가도 못 하게 되지."

"알았어요. 어쨌든 성성이를 봤다면 당신은 현실에 많이 접근해 있는 거예요."

그 말이 이상하게도 내게 안도감을 불어넣어주었다. 나는 숨을 고르며 그녀의 입에서 나올 다음 말을 기다리고 있었다.

"이건 저도 꽤나 고민하다 생각해낸 건데 이번엔 하이델베르크로 가보세요. 그다음엔 한번 능동적으로 움직여보도록 하구요. 암스테르담에선 더이상 머물 이유가 없다고 느껴져요."

하이델베르크엔 뭐가 있는가. 그녀는 그에 대한 설명은 따로 덧붙이지 않았다. 그건 오직 내가 풀어야 할 문제라는 당연한 말만 되풀이했다. 그녀는 하이델베르크에 도착하면 역에서 버스로 이십 분쯤 걸리는 곳에 있는 '골든 로즈'라는 펜션에 가서 묵으라고 했다. 그리고 서랍에 들어 있던 여행수첩까지 꺼내 그곳의 전화번호를 알려주었다.

골든 로스라니. 그렇다면 노란 장미 말인가.

암스테르담을 떠나기 전날 나는 다시금 마리화나를 피우고 늦도록 행산하였다. 하지만 늦게까지 기다려도 그날은 성성이가 나타나지 않았다. 어디로 또 숨어버린 걸까.

하이델베르크

다음날 나는 쾰른을 거쳐 하이델베르크로 갔다. 쾰른에서 마인츠로 가는 도중 포도밭이 늘어선 로렐라이 언덕과 강 한가운데 우뚝 세워진 고성을 보았다. 앞에 앉은 독일 신사에게 물으니 오백 년이나 된 성이라고 알려주었다.

마인츠, 만하임을 지나 하이델베르크에 도착한 시각은 오후 네 시 오십 분이었다. 역에 내려 나는 하원이 알려준 펜션으로 가는 버스를 탔다. 하이델베르크도 런던에서처럼 을씨년스러운 비가 내리고 있었다.

내가 간 곳은 낡은 벽돌집으로 식당과 술집을 겸하고 있었다. 촛불이 흔들리는 어둑한 구석 탁자에 앉아 나는 벽에 걸려 있는 슈베르트의 사진을 보며 독일식 소시지와 필스너 맥주로 저녁을 먹었다. 주인은 쉰 살쯤 된 사내로 인상이 무척 독특했다. 큰 키에 마른 몸매를 가진 그는 매우 우울해 보였고 삭발을 한 머리에 도수 높은 안경을 쓰고 있었다. 하지만 목소리만큼은 테너 가수처럼 우렁우렁 울려나왔다.

내가 저녁을 먹는 동안 그는 반대편 테이블에 젊은 아내와 마주 앉아 무슨 얘긴가를 쉼 없이 주고받고 있었다. 알아들을 수 없는 소리였지만 나는 이내 그들이 다투고 있다는 것을 깨달았다. 아름다운 금발의 아내는 남편에게 줄곧 화를 내는 눈치였고 그는 끝까지 자세를 흩뜨려뜨리지 않고 그녀에게 다분다분 대꾸를 하고 있었다. 보기 드문 인내심과 자제심을 가진 남자였다. 마침내 금발의 아내는 이 늙은 사내에게 뭐라 벌컥 화를 내고는 식당 안쪽에 나 있는 문을 통해 사라졌다. 얼핏 그녀가 사라지는 곳을 보니 강당처럼 생긴 홀에서 아이들 몇몇이 발레 연습을 하고 있었다. 나중에 들으니 그녀는 베를린에서 온 발레 선생이었다.

맥주를 더 주문하자 그가 앞에 와 앉으며 영어로 말을 바꿨다. 실례가 많았다며 그는 우선 사과부터 했다. 나는 뭘? 하는 표정을 지으며 그저 못 들은 척했다. 사실 못 들은 것이다. 그는 짐작대로 슈베르트를 좋아하고 있었고 베를린 필하모니와 푸르트뱅글러에 대해서도 잘 알고 있었다. 나는 그와 베를린 필에 카라얀 후임으로 온 클라우디오 아바도에 대해서 몇 마디 얘기를 나눴고 시간이 지나면서 조금은 사적인 말까지 보탰다. 그는 삼십 년 동안 자기 소유의 이 펜션에서 일해오고 있었고 많이 지쳐 있었고 한적한 시골로 내려가 살길 원하고 있었다. 아내와의 다툼은 늘 그것과 관계된 것이라고 그는 부연설명까지 했다.

나는 골든 로즈에 온 경위에 대해 짧게 설명했다. 언젠가 이곳에 와서 묵었던 서울의 여자가 소개해줘서 오게 됐다, 내가 노란 장미를 좋아하는데 그녀가 그걸 어떻게 알았는지 모르겠다, 라는 식으로. 그는 심각한 얼굴로 내 말을 듣고 있다가 노란 장미가 모두 골든 로즈는 아니지 않느냐고 반문부터 했다. 하지만 골든 로즈가 노란 장미에 속한다는 것에는 그도 별다른 이의를 제기하지 않았다. 이처럼 알맹이가 없는 얘기를 나누다 나는 가방을 끌고 이 층 방으로 올라갔다. 방은 더할 나위 없이 정갈하고 복도와 방 벽마다엔 결코 수준이 떨어지지 않는 그림들이 몇 개씩 걸려 있었다. 이런 식으로 삼십 년 동안 집을 관리하다보면 지칠 만도 하다고 나는 생각했다. 공동으로 쓰는 배스룸에서 샤워를 하고 나와 나는 탁자에 앉아 하원에게 엽서를 썼다. 암스테르담에서 사두었던 엽서에다.

이곳에 오니 과연 성성이를 닮은 사내가 있군. 돌아가면 당신은 내게 자신이 누구인지를 말해줘야 해. 감포에서부터 내가 서울을 떠나올 때까지 무언가 설명이 필요한 부분이 생겨 있어. 또 하나 여기 와서 생각해낸 것. 오 년 동안 시계공장 창고에 갇혀 있던 자는 다름 아닌 나일 거라는 자각. 그런데 뭐 내가 현실에 접근하고 있다고?

　　　　　　　　　　—골든 로즈에서 성성이가 쓰고 내가 부침.

늦도록 잠이 오지 않아 아래층 식당으로 내려가니 그들 부부가 또 지루한 말싸움을 하고 있었다. 나는 맥주 두 병을 들고 도로 방으로 올라와 밖에서 내리는 빗소리에 귀를 팔고 있다가 까무룩 잠이 들었다. 그때까지도 아래층에선 말다툼 소리가 끊이지 않고 있었다.

누군가 울고 있는 소리를 들은 건 새벽 다섯 시쯤이었다. 나는 무거운 몸을 일으켜 침대에서 일어났다. 처마 물통으로 빗물이 흘러 떨어지는 소리가 들려오고 있었다. 그 소리에 섞여 사람인지 짐승인지를 분간하기 힘든 기묘한 울음소리가 사이사이 들려왔다. 남자 짐승? 한참 귀 기울여 듣고 있자니 이런 얼토당토않은 말이 머리에 떠올랐다.

나는 어둠 속에서 부스스 일어나 옷을 꿰입고 발소리를 죽여 아래층으로 내려갔다. 야간엔 정문을 닫아두기 때문에 뒷문으로 나가 정원을 통해 밖으로 나가게 돼 있었다. 식당엔 불이 꺼져 있었고 발레 교습을 하는 홀도 깊은 정적에 싸여 있었다.

울음소리가 나는 곳은 정원 어디쯤이었다. 사위는 아직 어둑어둑했고 마당엔 빗방울만 선명한 소리로 후득이고 있었다. 어렴풋한 눈으로 맥주 박스가 쌓여 있는 곳을 돌아 정원 한가운데로 나오자 거대한 나무가 한 그루 서 있는 게 보였다. 그 밑에서 비를 피하다 나는 소리가 나는 곳을 알아냈다.

정원 옆에 딸린 창고 안이었다. 가까이 다가가자 남자 짐승의 울음소리는 좀더 선명해졌고 나는 그게 성성이일지도 모른다는 엉뚱한 생각을 잠깐 사이에 하고 있었을 것이다. 창고 안을 기웃거려보았으나 온갖 잡동사니가 석탄처럼 쌓여 있어 남자 짐승의 모습은 볼 수가 없었다. 누구일까. 비가 내리고 있는 이 새벽에 낡은 창고 안에서 울고 있는 자.

나는 창고 처마 밑에서 정원 한가운데 우뚝 서 있는 물푸레나무를 바라보며 아침이 밝아올 때까지 그 기나긴 울음소리를 엿듣고 있었다. 빗방울이 눈에 보일 때까지. 날의 밝음과 함께 울음소리는 점점 잦아들었다.

아침이 왔건만 창고 안에서 밖으로 나오는 이는 없었다. 식당으로 들어가자 주인 사내가 시커먼 낯빛으로 내게 아침인사를 해왔다.

하이델베르크에서의 이틀째 나는 영화 〈황태자의 첫사랑〉에 나오는 대학 거리를 쏘다니다 우체국을 발견하고 어젯밤 하원에게 쓴 엽서를 부쳤다. 그런 다음 맥도날드에서 간단히 점심을 때우고 칸트, 야스퍼스 들이 사색을 하며 거닐었다는 '철학자의 길'을 따라 걸었다. 짙은 비안개에 싸여 있는 네카어 강을 내려다보며.

다리를 건너 하이델베르크 고성에 올라갔다가 모습이 눈에 익은 여자 하나가 우산을 쓰고 성 아래로 내려가는 것을 보았다. 예의 우쭐거리는 걸음걸이로. 놀란 마음에 앞질러 따라가보니 대학생으로 보이는 일본인이었다.

하원. 그녀는 어깨에 실을 매단 인형처럼 걷는 여자다. 나는 어디쯤 와 있는 걸까.

이튿날 새벽에도 나는 남자 짐승이 우는 소리에 잠에서 깨어 났다. 내려가봐야 소용없다는 것을 알고 있었으므로 나는 혼곤 한 상태에서 귀나 기울이고 있었다. 이곳 골든 로즈엔 아무래도 독일산 성성이 한 마리가 살고 있나보다.

아침에 정원으로 나갔더니 주인 사내가 창고에서 검불을 쓰 고 뚜벅뚜벅 걸어나오고 있었다. 나를 보기도 했을 텐데 그는 알 은체도 하지 않고 내 옆을 스쳐 곧장 발레 연습장으로 들어갔다. 무섭도록 무표정한 얼굴을 하고서.

아침밥을 먹으면서 나는 오늘로 이곳을 떠나야겠다는 생각을 하고 있었다. 더이상 있게 되면 내가 누군가를 방해하게 될 거라 는 느낌이 들었던 때문이었다. 아침부터 그는 구석 테이블에 앉 아 복숭아로 만든 위스키를 마시고 있었다. 떠나겠다고 하자 그 는 초췌한 얼굴로 고개를 끄덕거리며 내게 작별의 술을 한잔 따 라주었다. 그러고 나서 내게 어디로 갈 것이냐고 탁한 영어발음 으로 물어왔다. 글쎄. 이번엔 능동적으로 움직여보라고 하원이 내게 말했었다. 혼자 수수께끼를 풀기에는 그녀 역시 벅찬 모양 이나.

갈 곳이 없어도 가야 한다, 라고 내가 궁여지책 끝에 말을 흐리 자 프란츠라는 성을 가진 이 사내는 꽤나 진지한 표정으로 이번 엔 '골든 하우스'가 있는 곳으로 가보는 게 어떻겠느냐고 했다.

'골든 하우스'는 베를린 필하모니 홀을 일컫는 말이었다. 그럴까. 그래, 길을 잃으면 이런 식으로 누군가 다음 갈 곳을 알려주곤 하지. 그럼 그쪽으로 한번 가보기도 하는 것이다, 하원.

베를린

만하임에서 잠시 쉬었다가 나는 베를린으로 갔다. 전깃줄이 갈라놓았다가 다시 붙여놓는 하늘을 하염없이 올려다보며. 동베를린역에 내려 나는 터키 음식인 케밥을 먹고 프러시아 군국시대의 개선문인 브란덴부르크 개선문 근처의 숙소에 들었다. 베를린은 시 전체가 대규모 공사판을 방불케 했다. 서울을 떠나오면서부터 쌓인 피로가 몰려와 나는 일찌감치 잠자리에 들었다. 여기서 지치면 안 된다.

정오께나 눈을 비비고 일어나 나는 지도를 보고 고급 패션가인 쿠담 거리로 나갔다가 오후엔 벼룩시장을 기웃거렸다. 그러다 불현듯 생각이 나서 베를린 필하모니 홀을 찾아갔다. 마침 그날은 연주회가 없어서 안으로 들어갈 수조차 없었다. 며칠 후 블라디미르 아슈케나지의 객원지휘로 슈베르트 연주회가 있었으나 그날까지는 머물 성싶지가 않았다. 골든 하우스까지 왔되 그렇게 찾아지는 것은 아무것도 없었다. 그리하여 나는 황금빛으로 우뚝 솟아 있는 건물 주위만 맴돌다 맥없이 발걸음을 돌렸다.

하이델베르크 골든 로즈의 사내를 떠올려보며.

이튿날이 되자 까닭을 모르겠는 우울이 걷잡을 수 없이 몰려들기 시작했다. 특별한 이유 따위는 없었다. 다만 텅 빈 황금빛 건물 안에 혼자 갇혀 있다는 외로움이 절망처럼 치받아오르고 있었다. 길을 잃은 것인가.

방에서 뒹굴고 있다가 나는 비싼 택시비를 지불하고 베를린 방송탑 꼭대기에 올라가 정오가 될 때까지 시가지를 내려다보고 있었다. 전망대에 있는 레스토랑은 원반식으로 만들어져 천천히 돌고 있었으므로 테이블에 앉아 있어도 시내 동서남북을 모두 관찰할 수 있었다. 게다가 여의도 63빌딩 전망대처럼 망원경까지 설치돼 있었다. 하늘이 잠시 걷힌 틈을 타서 나는 동전을 바꿔 망원경에다 눈을 들이밀었다. 언제까지 여기 앉아 있을 수는 없는 노릇이다.

오후에 나는 베를린 동물원으로 갔다. 날씨는 거무칙칙했고 평일이어서 그런지 시간을 견디기 위해 나와 있는 노인네들만 간간이 눈에 띨 뿐이있다. 가랑비가 뿌리고 있는 물가에 홍학들이 나와 깨금발을 하고 내가 지나가는 것을 홀연히 지켜보고 있었다.

무덤에 들어가는 기분으로 나는 야행성 동물들이 갇혀 있는 지하에 들어갔다 나와 곰과 호랑이와 사자와 코끼리와 기린과 펭귄과 물개와 부엉이와 하마를 구경한 뒤 전 세계에 분포돼 있는 원숭이들을 데려다놓은 우리가 있는 곳으로 발걸음을 옮겼다.

거기서 나는 유인원과에 속한 고릴라와 오랑우탄, 곧 성성이를 보게 된다. 그제야 나는 내가 동물원으로 오게 된 이유를 확연히 깨달았다. 그놈이 멀리 방송탑 꼭대기에 앉아 있는 나를 이곳까지 부른 것이다.

그는 진공관을 연상시키는 두꺼운 유리관 속에 갇혀 있었다. 눈이 마주치자 그는 내가 서 있는 곳으로 느릿느릿 다가왔다. 창은 어디다 뒀는지 보이지 않았다. 그와 나는 약 일 센티미터의 투명한 벽을 사이에 두고 마주 보고 있었다. 그토록 사무친 얼굴로. 다가올 자신의 종말을 예감하고 있는 듯 그는 모든 것을 체념한 모습이었다. 언뜻 거울을 들여다보고 있는 듯한 착각에 사로잡혀 나는 부르르 진저리를 치고 있었다. 그는 마지막 한 번만이라도 밖으로 나가보고 싶다고 내게 간절히 호소하며 질금질금 눈물까지 흘리고 있었다. 하지만 그는 수의사에 의해 안락사를 당할 때까지 저 단단하고 투명한 우리 안에 갇혀 있게 될 것이다.

비가 멈추고 동물원에 어둠이 내렸다. 내가 갇혀 있는 거대한 우리 위에.

동물원을 나와 어둠이 내린 거리를 바라보며 가까스로 전화선이 연결된 하원과 통화했다. 나는 하이델베르크에서 베를린으로 오게 된 경위와 어제오늘 겪었던 일들을 그녀에게 들려주었다. 암스테르담에서 통화할 때처럼 그녀는 떨고 있었다. 무엇 때문인지 그녀는 한시바삐 그곳을 떠나라고 또 다급한 소리로 내게 외쳤다. 묻지도 않았는데 프라하로 가라고 하면서. 그곳에 가서 구청사 시계탑을 찾아보라고 하면서.

그래서 나는 프라하로 갔다. 가는 길에도 비가 많이 왔다. 이번 여행은 비를 쫓는, 비에 쫓기는, 그러다 비에 사로잡히는 길이 되고 있다.

프라하

시청에 처음 시계가 부착된 것은 15세기 초엽의 일이다. 1490년 이 시계는 하누슈라는 이름의 거장 시계공에 의해 고안되었다. 당시 시의회 의원들은 그 시계공이 다른 곳에서도 그러한 걸작을 만들 것을 염려하여 그 가련한 노인의 눈을 멀게 하였다.

이 시계가 만들어질 당시의 시계공들은 지구가 우주의 중심이라고 생각했다. 따라서 그들이 추구하는 시계의 목적은 정확한 시각을 알려주는 것이 아니라 지구를 중심으로 도는 태양과 달의 궤도를 모방해내는 데 있었다.

시를 가리키는 시곗바늘은 세 가지 종류의 시각을 나타낸다.

중세 아라비아 숫자로 된 바깥쪽의 원은 옛날 보헤미아 식 시각이다. 보헤미아 식 시각은 태양의 움직임에 따라 측정된다. 로마 숫자로 된 원이 나타내는 시간은 오늘날 우리 사회에서 통용되는 시간을 보여준다.

숫자판의 파란색 부분은 낮을 상징하는 하늘이다. 이것은 열두 부분으로 나뉘어 있다. 소위 바빌로니아 식 시각에서 해가 비치는 시간은 열두 시간으로 나뉘며 그 길이는 계절에 따라 달라진다. 이 천문 시계는 16세기 프라하에서 매우 중시되었던 황도 십이궁을 통해 해와 달의 움직임도 보여준다.

이 시계가 시간을 알리는 종을 울릴 때마다 십이사도의 움직임이 많은 구경꾼들을 끌어모은다. 우선 시계 오른쪽에 설치된 해골이 자기의 오른손에 감긴 줄을 잡아당긴 다음 왼손으로는 모래시계를 들어올려 뒤집는다. 그러면 두 개의 창문이 열리고 시계 태엽에 해당되는 십이사도(정확히 말하면 열한 명의 사도와 성 바울)가 성 베드로를 따라 천천히 움직이기 시작한다. 이 행렬이 끝날 무렵에 수탉이 홰를 치는데 이때 시계는 벨을 울려 시간을 알리게 된다.

이 밖에도 움직이는 부속들이 또 있다. 고개를 좌우로 흔드는 투르크인, 거울을 보고 있는 '허무', 유대인 고리대금업자에서 그 모습을 따온 '탐욕' 등이 그것이다.

나는 시계탑이 있는 구청사 광장 야외카페에 앉아 있었다. 오늘 하루 동물원에서 빠져나온 나는 사람의 눈에 띌까 두려움에 사로잡힌 채 시계탑 광장 파라솔 밑에 숨어 맥주를 찔끔거리고 있다. 한 마리 늙은 성성이의 모습을 하고서. 가련한 노인 하누슈를 생각하며.

술기운에 흔들리며 나는 그 옛날 카프카가 거닐었던 구시가지의 골목길을 헤매고 다녔다. 비가 내리고 있는 거리는 가로등 불빛에 번들거리고 있었고 날씨는 매우 추웠다. 크리스털 가게들이 즐비하게 늘어서 있는 상점 골목을 빠져나와 나는 블타바강으로 나갔다. 강에는 날개를 접은 갈매기 떼들이 물 위에 둥둥 떠서 어딘가로 흘러가고 있었다. 시간이 흘러가듯 그렇게. 카를교 건너편에 있는 프라하 성은 조명을 받아 밤에도 웅장한 모습을 드러내놓고 있었다. 하지만 성성이의 모습을 하고서는 결코 갈 수 없는 곳이다.

밤늦게 호텔로 돌아오니 서울에서 하원의 전화가 와 있었다. 프라하에 도착하자마자 그녀의 자동응답기에다 호텔 전화번호를 남겨두었던 것이다. 몇 시인지도 모르고 나는 서울로 전화를 연결했다.

서울은 아침 여덟 시였고 일요일이었고 봄이었다. 그녀는 프라하에서 내게 무슨 일이 있었는지를 알고 싶어했다. 나는 얼마간 어둠 속의 거울을 들여다보며 눈만 끔벅거리고 있었다. 그러다 나는 런던과 암스테르담과 하이델베르크와 또 이곳 프라하로 나를 보낸 이유를 먼저 그녀에게 물었다.

"순전히 감각에 의존했을 뿐예요. 하지만 그렇다고 그게 쉬운 것만도 아니었어요. 자칫하면 위험천만한 일이 될 수도 있으니까요. 왜냐하면 당신이 성성이를 못 찾게 되면 정말 오갈 데도 없게 돼버릴 테니까요. 물론 찾더라도 거기엔 또 다른 위험이 도사리고 있죠. 하지만 문제는 어쨌든 당신이 현실로 돌아와야 한다는 거예요."

그녀는 현실, 이라고 또 말했다.

"그렇다면 프라하 구청사 시계탑으로 나를 보낸 것도 현실과 관계된 건가?"

"당신이 잃어버린 시간을 회복하길 기대했어요. 당신의 고유한 시간 말예요. 비록 눈이 멀게 되더라도 말이죠. 제가 말하는 현실도 바로 그런 거구요. 하누슈라는 노인이 그 시계를 만들 때는 해와 달과 또 영원과 감응하려 했던 걸 거예요. 거기엔 물론 시차 따위의 오류는 존재하지 않죠."

귀 기울여 듣고 있다가 나는 그녀에게 성성이의 존재가 무엇인지 깨달은 것 같다고 고백했다. 그리고 머지않아 안락사를 시켜야 할 것 같다는 말도 했다. 그녀는 기척 없이 내 얘기를 듣고 있었다.

"그런데 나는 그 방법을 모르겠고 무엇보다도 그다음에 내가 어떻게 될지 솔직히 두려워."

내가 이 말을 하고 나서 무려 삼십 초 정도의 긴 국제선 침묵이 흘러갔다.

"벽에 걸려 있는 거울에 대해 우리 얘기한 적이 있었죠. 당신이 지금 느끼고 있는 두려움 뒤엔 아마 그런 고독한 자유의 시간이 찾아올 거예요. 그럼 당신은 무딘 창 하나를 들고 자기 존재의 시간을 가리키며 그 정밀한 침묵의 맑음을 건져야 할 거예요. 한 발 한 발 자신의 주위를 둥글게 맴돌면서 말예요."

"고독의 그림자 말인가?"

나는 어둠 속에 걸려 있는 거울을 들여다보며 입엣말로 중얼거렸다.

"네. 알잖아요, 왜."

긴 숨을 몰아쉰 뒤 그녀가 확인하려는 투로 속삭이듯 물어왔다.

"성성이가 누군지 알았다면 그럼 에스키모 왕자는 누군가요?"

"이봐, 짐작했겠지만 그 둘은 하나의 존재야."

"......"

"당신은 언젠가 누구에게나 삶이 멈춰버리는 시기가 있다고 했지. 생리가 끊기듯이 말이야. 에스키모 왕자에게도 그런 때가 찾아왔고 다시 깨어났을 때는 성성이로 변해 있었던 거야."

"왜 그렇게 변했는지는 알고 있나요?"

알고 있다고 나는 더듬더듬 대꾸했다. 하지만 다른 말을 굳이 보태지 않았다. 나중에 얘기할 수 있는 기회가 오리란 막연한 믿음 때문이었다. 대화는 거기서 뚝 끊어졌고 서울과 프라하 간의 전화선은 다시 찾아든 침묵으로 비현실적으로 이어져 있었다. 성성이를 내 안에서 무사히 내보내는 방법. 그것은 그녀도 모르고 있었다. 막연하게 서로를 붙들고 있다가 내가 수화기를 내려놓으려는데 그녀의 메마른 목소리가 흘러나왔다.

"서울을 떠난 지 꽤 됐는데 뭐 먹고 싶은 건 없나요?"

내일이라도 당장 음식을 만들어가지고 올 듯한 투였다. 글쎄, 뭐, 라고 얼버무리다 나는 매운 것이 생각난다고 했다.

"고추나 고추장 말인가요?"

그렇게 말하면 고춧가루도 있겠지.

"마늘과 파."

"또 다른 것은요. 그것 말고는 없나요?"

왜 그런 걸 자꾸 묻는단 말인가.

"족발과 소주. 그리고 백숙이 먹고 싶군."

그녀는 자신도 닭고기를 무척 좋아한다고 맞장구를 쳤다. 하지만 그런 얘기가 다 무슨 소용이란 말인가.

"꼭 그렇지만도 않아요. 당장 돌아올 생각이 아니라면 마지막으로 부다페스트로 가보세요. 거기 가면 지금 말한 것들을 대충 다 먹을 수 있을 거예요."

글쎄, 그런가? 하지만 나는 프라하에서 이삼 일 더 머물 계획이었다. 비오는 블타바 강에 떠 있던 갈매기 떼처럼 시간의 흐름에 나를 맡긴 채 얼마간 무연히 떠내려가고 싶었다. 그것도 괜찮은 일이 될 것 같다며 그녀는 딸각 전화를 끊었다.

프라하에서 이틀 더 머무는 동안 나는 여러 곳을 돌아다녔다. 삼 일째 나는 카를 교를 건너 하벨 대통령 관저가 있는 프라하 성과 성 비투스 대성당과 앙리 루소와 피카소의 자화상이 소장돼 있는 스테른베르크 궁전을 돌아본 다음 벤체슬라스 광장으로 돌아와 저녁을 먹고 드보르자크 홀에서 프라하 오케스트라가 연주하는 차이코프스키의 〈로코코 변주곡〉과 드보르자크의 〈체코 조곡〉과 모차르트의 교향곡 제38번 〈프라하〉를 관람했다. 그 다음날은 기차를 타고 블타바 강을 따라 내려가 카를스테인 성에 다녀오기도 했다. 그때도 성성이는 유리관에 갇힌 채 이따금씩 괴로운 신음을 내고 있었으나 그를 내 안에서 내보낼 방법은 좀처럼 떠오르지 않았다. 시간이 갈수록 그는 숨결이 희미해지고 있었다.

프라하를 떠나기 전날 나는 세탁소에 다녀오다 우연히 길가 소극장 앞에 붙어 있는 포스터를 발견했다. 그것은 블랙시어터 퍼포먼스로 우연찮게도 비틀스 전성기 때를 배경으로 한 〈노란 잠수함〉을 공연하고 있었다. 블랙시어터 팬터마임은 등장인물의 대사를 사용하지 않고 어둠과 소리와 빛으로만 만든 연극이었다.

포스터를 보니 하루에 한 번 공연인데다 마침 여덟 시 시작이어서 나는 묵직한 세탁봉투를 들고 표를 구입해 안으로 들어갔다.

무대에 불이 꺼지고 시계를 상징하는 열두 개의 아라비아 숫자가 공중에 떠서 좌충우돌하더니 시계판의 제 위치로 하나씩 찾아들어갔다. 그리고 시곗바늘이 거꾸로 회전하면서 시점이 과거로 옮겨졌다. 줄거리는 지극히 단순했다. 사랑한 남녀가 있었는데 어느 날 남자가 징집되고 남자를 기다리는 동안 여자는 갖은 유혹에 시달리다 결국 해후를 한다는 내용이었다. 그 속엔 프라하 민주화 과정의 역사가 깔려 있었다. 그러나 블랙시어터 마임의 핵심은 이 같은 줄거리에 있는 것이 아니라 그 불가사의한 표현방법에 있었다. 마술이라고밖에는 달리 말할 수 없는 다양한 빛의 움직임과 음향과의 조화가 놀라운 긴장감을 불러일으켰다.

극의 중간중간에 삽입된 비틀스의 노래들을 들으며 어느덧 나도 과거로 돌아가 있었다. 스무 살 시작과 함께 오로라처럼 찾아왔던 봄밤의 숨가빴던 사랑. 강물 위에서 퍼득이던 먼 우주의 별빛. 샤워코롱 냄새. 그 냄새를 닮았던 목소리. 거기 배어 있던 존재의 투명한 슬픔. 그 밤, 내 옆에 마지막으로 와서 머물렀던 나의 사랑하는 에스키모 왕자. 또한 그토록 하얀 내 연인. 어둠에 노랗게 타버린 장미. 창창한 햇빛 속으로 분분히 날려가던 복사꽃 이파리들. 그로부터 오랜 세월이 흐른 뒤, 나는 비 내리는 이국의 허름한 지하창고에 묵직한 세탁봉투를 들고 앉아 홀로 가슴을 적시고 있는 것이었다.

돌아오니 어두운 거울 앞에 성성이 한 마리가 세탁봉투를 들고 서 있었다. 내가 봉투를 내려놓자 그도 따라 내려놓았다. 나는 그를 데리고 욕실로 들어가 양치를 시키고 샤워를 하고 나와 침대에 누웠다. 그도 따라 누웠다. 암스테르담에서와는 달리 그는 아주 희미한 모습이었다. 그는 창문 커튼에 배어 있는 가로등 불빛이 아니면 도저히 감지할 수 없는 마른 그림자에 불과했다. 나는 그에게 복화술을 흉내내 말했다.

"이제 그만 내게서 떠났으면 해."

"……"

"그 전에 하나 묻고 싶은 게 있어. 시계공장 창고로 오기 전에 너는 도대체 어디에 있었던 거지? 사 년 동안이나 말이야."

뒤미처 메아리처럼 남자 짐승의 소리가 귀에 물결져왔다. 나는 아프도록 귀를 활짝 열어놓았다. 그것은 내 어린 시절부터 스무 살 때까지 내게 머물러 있던 에스키모 왕자의 목소리였다.

복사꽃, 밭에, 있었다. 별들이, 외로웠다. 눈비가 오고, 하늘이, 추웠다. 내가, 그토록 울었다. 여자가, 죽어서, 꽃이, 많이, 피었다. 첫사랑이었다.

새벽녘까지 나는 온몸을 오그려붙인 채 목이 빨갛게 타들어가는 아픔을 참고 있었다. 희붐한 빛이 커튼을 적시고 들어와 침대 모서리에 엉기고 있었다. 조금 있으면 날이 밝아올 터이었다. 나는 성성이, 아니 에스키모 왕자에게 마지막으로 필요한 게 있으면 뭐든 말해달라고 속삭였다. 슬픔에 지친 그가 쉰소리로 웅얼거렸다. 들릴 듯 말 듯한 너무나도 희미한 소리였다.

"고추, 마늘, 파."

받아적듯 나는 파, 마늘, 고추, 하고 중얼거렸다.

"족발, 소주, 닭고기."

"닭고기, 소주, 족발."

이렇게 되받는 사이 그의 모습이 차츰 엷어지더니 커튼 사이로 밝은 빛이 쳐들어오는 것을 목격한 것 같은 찰나 옆에서 사라져버렸다.

부다페스트

프라하에서 슬로바키아를 거쳐 헝가리로 들어갔다. 국경을 넘는데 사슴 네 마리가 들판 위를 뛰어 달아나는 것을 보았다.

칙칙하고 삭막한 기운에 싸인 역을 빠져나오자 숙소를 소개하는 브로커들이 겹겹이 주위를 에워쌌고 나는 그중 한 사람의 뒤를 따라 전차를 타고 마르크스–엥겔스 광장 근처에 있는 낡은 아파트촌에 내렸다.

내가 세 든 집은 십오 평쯤 되는 아파트였다. 대체로 물가가 싼 프라하의 중급 호텔에 비해서 반밖에 안 되는 요금이었다. 그러나 집은 어둡고 침침해서 곧 우울증에 걸릴 것만 같았다. 대충 짐을 풀고 저녁을 먹기 위해 나간 부다페스트 거리도 사정은 마찬가지였다. 아직 이른 밤인데도 곳곳에 핫팬츠 차림의 여자들이 나와 호객행위를 일삼고 있었다. 도시 전체가 두터운 먼지에 뒤덮여 있었다. 아무 데나 들어가 육개장 비슷한 수프와 빵과 한 모금의 맥주로 끼니를 때운 다음 나는 원형감옥을 연상시키는 아파트로 서둘러 돌아왔다.

샤워를 하고 벽난로가 설치된 침실에 들어가 눕자 버릇처럼 또 내가 왜 여기까지 오게 됐는가, 라는 여로의 의문이 가슴속에서 고달프게 치밀어올랐다. 그리고 나는 또 빗소리에 시달리고 있었다. 런던에서부터 이곳까지 질기게 따라온 그 망령 같은 빗소리를. 놈이 물러가길 기다렸다가 아침에 나가보니 부다페스트 거리는 큰물이 씻겨간 하천처럼 변해 있었다. 햇빛이 내리쬐자 도시는 금세 먼지와 매연에 부옇게 부풀어오르기 시작했고 나는 맑은 공기가 그리워져 무작정 겔레르트 언덕으로 올라갔다. 아름답겠거니 믿었던 도나우 강도 산업폐수와 공해에 찌들어 탁한 몰골로 꿈틀거리고 있었다. 한 시간쯤 도시 우안인 부다와 좌안

페스트를 번갈아 내려다보고 있다가 나는 휘적휘적 언덕을 내려와 국립박물관과 국회의사당 근처를 기웃거리며 아파트까지 걸어서 돌아왔다.

그런데, 그러다, 나는 뜻밖의 장소에 발을 들여놓게 된다. 그곳은 아파트에서 그리 멀지 않은 곳에 위치한 농축산물 시장이었다. 나도 모르게 발걸음이 저절로 그쪽으로 돌려졌다. 시장 안으로 들어서자마자 나는 단박에 가락동 농수산물 시장에 온 듯한 착각에 사로잡혔다. 가게마다 순대가 줄줄이 걸려 있고 돼지 머리에 족발에 닭 내장까지 팔고 있었다. 또 채소류를 파는 상점엔 엮어서 걸어놓은 마늘이며 고추며 심지어는 파, 상추, 고춧가루까지 팔고 있었다. 내 입에서 저절로 한국말이 튀어나온 것도 어쩌면 당연한 일이었는지 모른다.

"여기 마늘하고 고추 좀 주세요."

상점 주인이 내 말을 알아들었을 리는 없었다. 그러나 나는 한국어를 계속 써가며 상추와 파와 닭고기와 순대와 소고기 반 근까지 샀다. 또 소주 대신 보드카 한 병을 사서 누가 볼까봐 서둘러 아파트로 돌아왔다.

주방에는 음식을 만들어 먹을 수 있는 갖가지 기구들이 비치돼 있었다. 나는 문을 굳게 닫아걸고 커튼을 치고 촛불을 밝힌 다음 요리에 열중하기 시작했다. 우선 백숙을 만들 요량으로 압력밥솥을 꺼내 소금과 마늘을 몇 통 까넣고 가스레인지 위에 올

려놓았다. 그러고 나서 파와 상추와 고추를 다듬어 씻고 프라이
팬을 달궈 소고기를 구웠다.

오후 일곱 시. 나는 순식간에 소고기 반 근과 순대를 먹어치우
고 그것도 모자라 밥솥에서 백숙을 꺼내 또 깨끗하게 먹어치웠
다. 나로서도 도저히 설명할 수 없는 식욕이었다. 나중에 식탁을
보니 상추니 고추니 마늘이며 파까지 남아 있는 게 하나도 없었
다. 더 이상한 것은 그 독한 보드카 한 병을 다 비웠는데도 취기
가 느껴지지 않았다.

설거지를 할 수 없을 만큼 배가 불러 나는 뒤뚱거리는 걸음으
로 침대로 다가가 볏단이 넘어지듯 풀썩 쓰러져 곧바로 잠이 들
었다. 고작해야 아홉 시나 됐을까 말까 한 시각이었다.

얼마의 시간이 지났을까. 어떤 크고 무거운 힘의 덩어리가 내
안에서 태아처럼 꿈틀거리고 있다는 느낌이 찾아와 있었다. 그
와 함께 관절 마디마디에서 둔한 통증이 시작됐다. 그 덩어리는
내 몸과 똑같은 크기로 부풀어오르고 있었다. 점차 숨이 차오르
며 심장으로 뜨거운 압박이 가해졌다. 나는 옴짝도 못 한 채 그
걸 다 견디고 있었다. 이런 상태는 쉽사리 끝날 성싶지가 않았
다. 그렇게 화로를 껴안고 있는 듯한 뜨거움을 참고 있는 동안
나는 서서히 깨달아가고 있었다. 내 어두운 생의 우리에 갇혀 있
던 외로운 짐승 하나가 이제 나로부터 벗어나고 있는 중이라는
것을. 태초에 그가 왔던 영원 속으로 돌아가고 있다는 것을. 나

는 갖은 힘을 다하여 그와의 마지막 화답을 시도하고 있었으나 그것만큼은 끝내 이뤄지지 않았다. 나는 미쳐가는 것처럼 알아들을 수 없는 소리를 쉼 없이 웅얼거리고 있었다. 이윽고 까만 불덩어리가 몸에 나 있는 아홉 개의 구멍을 통해 화산처럼 폭발하며 밖으로 쑥 빠져나갔다.

나는 한덩어리의 투명한 얼음으로 변한 꿈을 꾸며 긴긴 잠에 빠져들어갔다. 그리고 다음날 아침 점심 저녁까지 자고 밤이 돼서야 자리에서 일어났다. 나는 휘황한 어둠 속에서 오랫동안 어리둥절한 표정으로 주위를 두리번거리고 있었다.

나는 오스트리아의 빈으로 가서 루프트한자 항공을 타고 프랑크푸르트를 거쳐 서울로 돌아왔다. 부다페스트에서 떠나올 때 역 구내에서 하원에게 줄 장미 향수 한 병을 샀다.

6

남원, 하원. 성(姓)이 다르므로 자매일 리 없다. 그러나 서울을 떠날 때부터 그 원(援) 돌림자가 마음에 걸렸다. 2월의 감포 앞바다에서 하원과 만나던 순간도 한편 예사롭지 않은 여운을 남겼다. 그녀는 롱코트 자락을 치마처럼 끌고 우쭐우쭐 내게로 다가왔다. 타인이란 말이 무색할 정도로 서먹한 경계를 가볍게 차고넘어 그야말로 곧장. 물론 처음 말문을 틀 때는 입술 사이에 얼핏얼핏 드러나는 붉은 잇몸처럼 부끄럼 같은 게 엿보이기도 했다. 그녀는 전날 계림에서 나를 보았다며 당돌하게 먼저 알은 체를 했다. 감포 앞바다엔 그때 장대비처럼 햇살이 내리붓고 있었고 그 거친 햇빛 때문에라도 흙을 핥고 싶을 만큼 둘 다 배가 고픈 참이었다. 그녀에게선 나는 모르겠는 생의 어떤 투명한 기쁨이 형광빛으로 고요히 타오르고 있었다.

이번 여행의 마지막 일박을 한 곳은 오스트리아의 빈이었다. 거기 가로등을 파는 가게들이 있었다. 말하자면 가로등 상점들의 거리가 되겠다. 밤거리를 걷다가 나는 수십 수백 개의 가로등이 쇼윈도 안에서 불을 밝히고 있는 곳을 지나고 있었다. 참으로 인상적인 풍경이었다. 나는 모퉁이의 상점을 기웃거리다 문을 열고 안으로 들어갔다. 안에는 사람이 없었다.

나는 가로등들 사이를 마냥 거닐다 갸웃이 열려 있는 뒷문을 통해 마당으로 나갔다. 거기에도 곳곳에 가로등이 서 있었다. 말하자면 가로등의 정원. 그때 나는 하이델베르크의 골든 로즈를 떠올리고 있었을 것이다. 때맞춰 비까지 부슬부슬 내리고 있었으니 말이다. 그러나 거기, 창고 안에서 울고 있는 사내는 없었으며 에스키모 왕자도 성성이도 스무 살 때 죽은 내 연인의 모습도 더이상 보이지 않았다. 다만 어깨에 끈이 달린 인형처럼 걷는 여자가 밤의 정원 저쪽으로 사라지는 것을 얼핏 목격했을 따름이었다.

그녀는 잠시 걸음을 멈추고 비스듬히 얼굴을 돌려 밤의 정원
이쪽에 서 있는 나를 홀연한 얼굴로 바라보고 있다. 마치 전생의
연인을 바라보듯이.

하원. 그녀 또한 스무 살의 봄일 때 복사꽃밭 앞을 지나다 웬
사내가 앉아 있는 모습을 보았다. 봄날 내내. 그는 오래전에 죽
은 남자처럼 보였다. 몇 년 후 그녀는 밤거리를 걷다가 다시 그
사내를 목격하게 된다. 지금으로부터 약 삼사 년 전의 일이다.
사내는 양복을 입고 옆구리에 서류봉투를 낀 채 어딘가로 뚜벅
뚜벅 걸어가고 있었다. 눈이 내리던 밤이었다. 그녀는 모처럼의
사랑에 실패한 후 긴 여행에서 막 돌아온 참이었다.

감포에서 그녀가 내게 말을 걸어온 것은 훗날 또 어디선가 이
런 식으로 나를 만나게 될 거란 예감 때문이었다. 그렇다면 또
몇 년씩이나 기다릴 필요는 없는 것이다. 나는 그때 그녀가 아주
잘했다는 생각이 든다. 나라도 틀림없이 그랬을 것이다.

그녀는 맥스웰을 만드는 커피 회사에 다니고 있었고 외국어
를 배우러 다니느라 매일 새벽 다섯 시에 일어났고 저녁엔 또 요
리학원이나 봉제학원에 나가느라 늘 잠이 부족했다. 그래서 일
요일엔 열다섯 시간 정도 동면 같은 긴긴 잠을 잤다. 그녀는 나

와 같은 대학을 다녔고 밀양에 사는 부모와 떨어져 잠실에서 팔 년째 혼자 살고 있었다.

유럽에서 돌아온 그주 토요일에 그녀와 함께 남해에 다녀왔다.

7

에스키모 왕자. 그는 나를 데리고 여행하는 자이다. 그는 또한 내가 존재하기 전부터 이미 나로 존재하던 자이다. 그는 아주 추운 곳에서 뾰족한 창 하나를 들고 시간의 이름으로 내게로 왔다.

에스키모 왕자. 그는 또한 나보다 일찍 죽은 아이. 그로부터 성성이로 변해 내 북쪽 창고에 갇혀 있던 자이다. 그러니까 바로 나 자신. 또한 무한한 시간대를 앞뒤에 둔 나인 나이며 동시에 나 아닌 무한 자유이다.

나는 다만 그가 멀리서 끌고온 시간 위에서 잠시 춤을 추고 있는 자일 뿐이다.

해설 _ 김화영(문학평론가)
별을 찾아가는 그림
－윤대녕론

1

아름다운 중편 「상춘곡」에서 작중화자인 '나'는 고등학교 시절의 담임선생이었던 화가 인옥과 다음과 같은 대화를 나누고 있다. 그는 또한 인옥의 첫 개인전이 열리던 그날 화가의 고종사촌 여동생 란영이라는 여자를 처음으로 만나게 된다.

고등학교 때부터 내게 죽어라 그림을 시키려던 인옥이 형이 그날도 내 뒷덜미를 쥐고 있었던 것 같습니다. 나는 인옥이 형의 뜻대로 미대를 가지는 않았지만 복학을 앞두고 다시 슬그머니 물감색에 끌리고 있을 때였지요. (……)

"그래 복학하고 졸업한 다음엔 뭘 할 건감? 여학교에 가서 폼

잡고 불어 가르칠 건감?"

인옥이 형은 벌써 어지간히 취했는지 혀가 말려 있었지요.

"글쎄요, 전공을 바꿔 천문학과나 갈까 생각중예요."

"흠…… 전방에서 별을 많이 보고 온 모양이구나."

괜히 쓸쓸한 얼굴이 되어 더이상 묻지 않았지만 인옥이 형은
아직도 내게 무슨 미련이 남아 있는 모양이었습니다.

"그림을 했으면 너한테 란영이를 주려고 했는데 말이야."

대학에서 불문과에 다니다가 군 복무를 마치고 복학하려는
주인공이 장래의 진로를 놓고 고민하는 모습이다. 그는 지금 '물
감색'에도 끌리고 있고 다른 한편 진로를 바꾸어 '천문학과'로
전과할 생각도 한다. 그러나 막연하고 불확실했던 그의 진로는
돌연 뜻밖의 방향으로 선회하여 한곳으로 집중된다. 격정적인
사랑이 그것이다. 그는 영문학을 전공하는 그 여자 앞에서 소리
친다.

"안 그래도 방금 전공과목을 확실히 정한 참입니다. 최란영
당신으로 말입니다."

문학, 미술, 천문학, 사랑, 이 네 가지 진로는 근래에 와서 윤
대녕의 인물이 차례로 혹은 동시에 이끌리며 순환하는 자장의
네 가지 극이라고 할 수 있다. 최근에 오면 '별 보기'에 대한 관
심이 점증하면서 천문학과로 갈 가능성도 부정하기 어려워지지

만 이번 단편집을 가장 뚜렷하게 특징짓는 것은 역시 그림 그리기라고 할 수 있다. "다시 슬그머니 물감색에 끌리고" 있는 작가의 한 경향이 다분히 노출되고 있는 것이다. 그의 문학은 지금 미술의 은유와 방법을 거쳐 사랑의 별자리를 찾아가고 있는 것이 아닐까?

미술, 혹은 조형예술은 이제까지 첫번째 단편집 『은어낚시통신』에서는 「눈과 화살」의 수렵도, 두번째 단편집 『남쪽 계단을 보라』에서는 「사막의 거리, 바다의 거리」의 이제하의 소묘집, 「피아노와 백합의 사막」의 젊은 여자 화가 등을 통해서 잠깐씩 암시되는 정도에 그쳤을 뿐이다. 반면에 1996년경부터 윤대녕의 글쓰기는 그림 그리기의 은유나 방법을 적극적으로 활용하기 시작한다.

대체로 윤대녕은 소설가보다는 오히려 시인에 가깝다. 그는 이야기의 연속성보다는 비약적인 암시와 이미지를 통한 형상화, 섬광과도 같은 순간의 포착, 순간과 순간 사이에 가로놓인 침묵과 단절의 표현에 능하다. 그러나 그는 특히 이번 창작집에서 시인보다는 화가에 훨씬 가깝다. 그가 화가라면 무엇보다도 인상주의 화가다. 인상주의 화가들은 빛의 힘을 빌려 세계를 드러내지만 그때의 빛은 사물의 존재에 대한 믿음을 확고히 해주기보다는 오히려 시간과 더불어 변화하는 세상만물의 덧없음을 인식

시켜준다. 아니, 화가는 빛을 통해서 세계를 드러낸다기보다 오히려 세계의 표면을 통해서 빛을 드러낸다. 빛은 공간 속에 투영된 시간의 에피파니다.

인상주의가 회화에 가져온 혁명은 인간이 그 존재의 시간적 성격을 자각하는 일련의 사건들 중 하나이다. 인간은 이렇게 시간 속에 스스로를 자리매김하고 시간 속에서 변화 생성, 그리고 소멸하는 스스로의 운명을 인식한다. 그래서 윤대녕의 붓질에는 인상주의 화가 특유의 우수가 깃들어 있다.

2

현대문학상 수상작인 단편 「빛의 걸음걸이」는 언어로 그린 한 폭의 인상주의 회화다. 이 소설에는 초입에서부터 한 장의 그림이 등장한다. 작중화자의 가족이 사는 고향 집의 평면도가 그것이다. 언어를 통한 묘사가 아니라 그림 그 자체다. "가야나 발해의 집터 발굴 현장 도면처럼 그리고 싶었는데"라고 화자는 말한다. 그러니까 이 작품은 이 간략한 한 장의 평면도를 출발점으로 하여 매몰된 입체적 삶의 심층으로 하강하여 그 형상을 발굴 복원시키는 고고학적 그림 그리기의 과정이다.

한편, 작중의 여동생은 「상춘곡」의 인옥이 형처럼 결혼하기 전까지 "중학교 미술선생"이었다. 그녀가 쓰던 동쪽 방에는 "클로드 모네의 〈인상, 해돋이〉란 복제 그림이 오랜 세월 문장처럼 걸려 있었다". 화자는 어느 한순간 '모네의 붓질'을 다시 한번 더 상기시킨다. 과연 화가 클로드 모네는 다분히 이 작품의 '문장'과 같은 역할을 하고 있다. 그리고 이 집에 새로 들인 문간방에 붙여진 '해바라기 방'과 그 자리에 피어나던 해바라기 꽃들은 또 한 사람의 인상파 화가를 연상시킨다. 이런 여러 가지 암시들은 당연히 독자의 관심을 인상주의 회화 쪽으로 유인하기에 충분하다.

그러나 정작 우리가 주목해야 할 것은 이런 피상적인 단서들 이상으로 작품의 제목 「빛의 걸음걸이」가 말해주는 암시, 즉 작가 자신이 빛을 그리는 '붓질'이다. 그가 보여주려는 것은 존재가 아니라 변화다. 공간이 아니라 시간이다. 과연 작가는 이 작품의 서술에 있어서 "아침에 해가 떠서 저녁에 질 때까지 빛이 어디서 어떤 각도로 지나가는지를 어느 방 창문에서든 엿볼 수" 있도록 세심하게 유의하고 있다. 이 작품은 빛 밝은 6월 7일 토요일 이른 아침부터 어머니가 숨을 서두는 밤까지 하루 동안 빛과 색깔이 이 '외로운 소행성'을 통과해가는 과정을 모네의 붓질처럼 시시각각으로 묘사함으로써 탄생에서 죽음으로 옮겨가는 '삶이라는 하루의 꿈'을 섬세하게 그려내고 있는 것이다. 가족이라는 '소우주'를 통과해가는 하루 동안, 빛의 그 미세한, 그러나 결코 돌이킬 수 없는 변화, 그것은 바로 우리들 저마다의 덧없는 일생, 즉 "해바라기 꿈"인 것이다. 화자는 말한다.

"내게는 꿈이 생시요 생시가 곧 또 꿈이다."

그리고 또 말한다.

"애야, 오늘 난 우리 집의 평면도를 그려놨어. 언젠가는 햇빛을 받아 누렇게 색이 바래고 두루마리처럼 안으로 말려버릴 테지. 우리들 인생처럼."

이 집의 공간적 배치와 그 공간을 차지하고 있는 인물들의 상황은 해가 뜨고 지는 하루와 사람의 일생 사이의 아날로지를 의미심장하게 암시한다. 해 뜨는 동쪽 방은 여동생의 방이다. 그녀는 "첫애를 낳고 산후조리를 하기 위해" 내려와 있다. 따라서 이 공간은 탄생과 유년의 자리다. 해가 지는 "서쪽 건넌방"에는 철쭉꽃 필 때 '피를 토하고 이혼을 한' 누나가 곁방살이를 하고 있다. 이 방은 결혼, 질병, 이혼의 자리다. 안방에는 "외조모 상을 치르느라 무리한" 어머니가 '신장염으로 몸져누워' 있다. 여기는 병과 노쇠와 죽음의 공간이다. 그리하여 그 옆에 딸린 "마루엔 괴괴한 적막이 빈 항아리처럼 도사리고 앉았다 사라지곤 한다". 이렇게 여성들만이 점유하고 있는 이 집의 본채는 그야말로 탄생에서부터 어린 시절, 결혼, 출산, 이혼, 질병, 노쇠를 거쳐 죽음에 이르는 '여자의 일생'을 한눈에 보이도록 병치시켜놓은 공간이다.

반면에 남성인 화자와 아버지는 아웃사이더가 되어 그 공간 밖으로 떠돈다. 사실 이 집의 공간배치는 첫번째 단편집에 포함된 「은어」의 고향집을 거의 그대로 옮겨놓은 것이다.

"공주 집에는 방이 네 개가 있었고 서른 살 된 여동생이 하나를 차지하고 있었다. 그래도 방은 두 개가 비어 있었다. 빈방 하나에 아내와 아들이 들었다. 아버지의 생일이었다. 다음날 아침에 대전에 사는 누나가 조카를 안고 매형과 함께 와서는 다른 빈방 하나를 채워버렸다. 더이상 빈방이 없었다. 그리하여 나는 시내에 나가 혼자 술을 마시고 밤늦게 돌아왔다."

유사한 공간이지만 「빛의 걸음걸이」에서는 빛의 각도, 방위, 각각의 방에 배치된 인물을 보다 분명히 보여주고 있다.

이 작품에서는 '평면도'가 그렇듯이 가족 구성은 눈에 띄게 단순화되었다. 그러나 남성 구성원(아버지와 나)의 아웃사이더적인 상황은 변한 것이 없다. 어머니를 퇴원시키고 회사에 나갔다가 오후 세 시쯤에 돌아온 아버지는 "손을 씻은 다음 불쑥 내 방으로 건너"오지만 "뒷짐을 지고 문간에 버티고 서 있"거나 방에 들어와도 "손님인 듯" 들어온다. 아니면 "마루에 길터앉"거나 뒤꼍에서 연탄을 피우며 밖에서 서성거린다. 단 한 번 자정이 지나 어머니의 신발을 든 아버지가 안방으로 들어가지만 그때는 "집 안의 모든 불이 다 꺼"진다. 그의 입실과 더불어 공간이 지워진 것이다.

한편, 스물여섯 살 이후 "집이 늘 떠나기 위해 돌아오는 곳"이라 여기는 '나'의 경우 그 아웃사이더적 상황은 더욱 본질적이 되었다. 아내와 아들의 자리가 지워진 채 혼자가 된 '나'는 오직 해바라기 방으로부터 타자를 바라보는 하나의 시점으로 환원되고 만 것이다. 그의 시선은 집 안의 도처에서 빛의 '걸음걸이'를 매순간 감지하고 묘사한다. 그의 시선은 해바라기처럼 해를 따라서 돈다. 시간은 그의 시선을 통하여 흘러간다. 그 흐름을 통해서 빛의 하루, 그리고 사람의 일생이 어둠 속으로 무너진다. 그렇지만 그와 동시에 한 장의 그림이 완성된다.

우선 아침의 시선: 해바라기 방은 "아침볕이 그중 먼저 찾아드는 열대온실 같"은 곳이다. 그는 그 방 창문을 통해서 "거의 수직으로 화단에 내리붓고 있는 햇빛을 바라"본다. 그리고 정오: "이윽고 정오가 되자 화단엔 검불만한 그림자만 몇 올 남고 크레파스를 마구 분질러놓은 것처럼 빛들이 화사하게 튀며 서로 엉킨다. 일순 귀에서 낮의 소란이 멎는다." 절정에 이른 빛이 뜨거운 열기로 변할 때 잠시 그의 시점은 연탄을 들여놓은 뒤꼍으로 이동한다: "그때 햇빛은 부엌 하늘께를 지나고 있었으므로 시멘트 담벼락에선 매운 열기가 확확 반사되고 있었다."

그러나 곧 그의 시점은 해바라기 방으로 복귀한다: "오후의 농익은 햇살이 장독으로 몰려가며 구름 한 자락이 마당과 화단 한쪽을 덮고 있을 때였다. (……) 석류의 붉은 주둥이에서 염염한 빛이 튀어나오고 있는 것을 해바라기 방에서 훔쳐보고 있을 때" 아버지가 돌아온다. 하오의 빛이 한동안 머문다 : "화단은 상기 모네의 붓질처럼 시시각각으로 색깔이 변해가고 있는 중이었다. (……) 바람 한 자락이 슬쩍 화단머리를 핥고 지나가고 있었다." 처녀 할머니가 "깔깔한 공기의 버성김 속에서" 석류나무 밑의 양귀비 모가지를 똑! 부러뜨릴 때 "화단에 쏟아지고 있던 빛이 슬그머니 장독으로 올라붙"는다. 마침내 해가 기운다 : "하오의 나른한 빛이 장독대를 적시며 뱀처럼 꾸물꾸물 담을 타넘어가는 것을 보며 나는 얼핏 안방에서 들려오는 어머니의 낯선 흐느낌에 귀를 기울"인다. 그리고 식구들이 저녁상에 둘러앉아 있는 동안 "서서히 마당의 빛이 걷히고 이불보 같은 어둠이 내려앉았다", 아버지가 "마루 등을 켰다", 이제 남은 것은 밤을 기다리는 일뿐이다. 자정이 지났는데 아버지가 마루 앞에서 손에 무얼 들고 "시커멓게" 서 있었다. 다가가보니 어머니의 신발이었다. "집 안의 모든 불이 다 꺼졌다." 그리고 "신발도 없이 밖에서 밤이 지나가는 소리가 들려온다. 해바라기 지붕을 밟고 지나 마낭과 화단을 밟고 지나 장독대를 밟고 지나 성기는 담을 타넘어가고 있다". 드디어 "밤의 발소리가 도로 돌아와, 내 머리맡에 바투 와서 어깨를 흔든"다. 죽음의 시간이다. 이 전체적 붓질의 흔적들 속에서 흥미로운 것은 떠오르는 오전의 빛보다 기울어가는 오후와 저녁과 밤의 묘사가 현저하게 많은 부분을 차

지하고 있다는 점이다. 중요한 것은 빛으로부터 어둠으로의 이동, 즉 걸음걸이인 것이다.

이 인상파 그림은 마치 색채학 교과서 같은 느낌을 준다. 여기서 중요한 것은 물론 빛만이 아니다. 그림은 주로 무채색인 검은색과 흰색이 교차하는 가운데 "크레파스를 마구 분질러놓은 것처럼" 빛들이 화사하게 튀며 서로 엉킨다. 지금은 사라진 해바라기가 암시하고 플라스틱 바가지가 보여주는 '노란색'이나 화단에 심은 각종 식물이 암시하는 녹색, 이글거리는 연탄의 '파란' 불꽃이 없지 않지만 가장 현저하게 눈에 띄는 것은 붉은색이다. 이 현란한 색깔은 어딘가 위험한, 그래서 불길한 심리적 깊이를 내장하고 있다. 화자 자신의 말처럼 "가야나 발해의 집터 발굴 현장" 그 속에는 많은 "털어놓을 수 없는 비밀들이 터무니없이 잔뜩 생겨" 깊이 매몰되어 있는 것이다. 그의 붓질은 그러므로 잃어버린 시간을 찾아가는 발굴작업이다.

이 집 식구들은 예외 없이 각각 하나씩의 붉은색과 관련을 맺고 있다. "괴로운 비밀들"을 안고 있을 아버지는 집의 지붕을 하늘색, 감색, 노란색, 주황색, 엷은 쑥색 등으로 바꾸어 칠하곤 하지만 대문은 항상 '빨간색'으로 칠하여 이 집은 "빨간대문 집"이라는 별명을 얻는다. 누나는 철쭉꽃이 필 때 이불에 핏덩어리를 토하고 남편에게 버림받았다. 그 누나의 눈자위엔 "실고춧빛 핏발 몇 올이" 선연했다. 사실 이 집안의 금기사항이나 비밀과 관련된 것은 모두 진한 붉은색을 띤다. 여름날에 "선혈처럼 낭자하게 피어나는 양귀비"는 어머니가 "남몰래 애지중지" 키우고 있는 식물이어서 이 붉은 꽃이 피어 있는 여름 동안 이 집안 사람들은 "대문 빗장을 굳게 닫아걸고 산다". 그래서일까, 난데없이 이 집을 찾아온 언청이 할머니는 양귀비 모가지 하나를 똑! 부러뜨려 들고 "안방을 슬쩍 흘겨본"다. 이 붉은색은 아마도 성적인 금기와 깊은 관련이 있을 성싶다. 화자인 '나'는 중학생 시절 연탄 옆 감나무 밑에서 수음을 하고 그날 밤 "집에 불이 난 꿈"을 꾸었다. 이 금기의 붉은색 드라마는 지금도 암시적으로 계속된다. '나'는 해바라기 방에서 "벌어져 있는 석류의 붉은 주둥이에서 염염한 빛"이 튀어나오고 있는 것을 "훔쳐" 보고 있다. 바로 그때 대문을 들어선 아버지는 대뜸 연탄 들였냐? 라며 "성난 사람처럼 소리를 질러댔다". 아버지는 금기의 현장을 목격한 사람처럼 위협적으로 반응한다. 그리고 무엇보다도 이 작품 전체를 신비적 비밀로 윤색하는 이인칭의 붉은색이 있다. 정오 "아. 그리고 네 붉은 입술!" 이 이인칭의 '너'는 과연 누구일까?

그 어느 것도 확실한 것은 없다. 다만 우리는 텍스트의 논리를 근거로 그 해답을 구하려고 노력할 뿐이다. 이 단편소설 속에서 이인칭이 처음 사용된 곳은 '여동생'과 관련된 것이었다.

"나는 늘 얼굴을 찡그리고 다니는 초등학교 오 학년이었으며 여동생은 흰 운동화만 세 켤레인 좀처럼 말이 없는 아이였다. 그때 넌 이 학년이었어."

돌연한 이인칭의 출현이다. 과연 화자와 여동생은 세 살 차이
다. 그 여동생의 "붉은 입술!" 사실 화자와 여동생의 관계는 주
목의 대상이다. 우선 화자는 해바라기밭에서 찍은 사진을 "누나
혹은 여동생이 가져갔을까" 하고 자문한다. 누나는 사진을 기억
도 하지 못한다. 소설의 끝에 이르자 화자는 고백한다.

"해바라기밭에서 찍은 사진도 네가 가지고 있다는 걸 난 알
아. 어느 여름날 우리는 해바라기 푸른 대궁 사이에 숨어 겁없이
입을 맞췄지."

바로 앞에서 화자는 발리 여자의 벗은 등 너머로 장미와 야자
수를 "훔쳐보며" 줄곧 "동쪽 방의 내 연인"을 생각하고 있었다.
그 동쪽 방에는 여동생이 거처해왔고, "입양되는 아이처럼 결혼
에 응했다고" 하는 그녀가 지금도 "첫애를 낳고 산후조리"를 하
고 있다. 그렇다면 동쪽 방의 연인은 여동생이다.

어릴 때부터 말이 없어서 아버지에게서 "귀신도 속을 모를"
작은년이라는 말을 듣는 '동쪽 방 누이'는 한결같이 비밀의 인물
이다. 그녀는 어머니의 거친 소리에 "가웃이 마루를 내다보다
슬그머니 문을 닫아버"린다. 대문을 들어선 아버지가 "성난 사
람처럼" 소리를 질러대자 "여동생의 품에서 갓난애가 자지러지
게 울어대기 시작"한다. 그런데 화자는 동쪽 방의 문을 열고 들
어가 여동생에게 "해바라기 방으로 옮기면 어떻겠느냐고 넌지

시 물었다. (……) 그녀는 화닥 젖을 가리고 얼굴을 붉"한다. 이 두 사람의 관계는 정신분석학적일 만큼 아슬아슬하다(사실 이 오이디푸스적인 모험은 '나'의 시선 앞에 이 집안의 세 여자를 하나의 선상에 묶어놓고 있다. 즉 그것이 뜨거운 열기다. "6월이 건만 지금 안채의 방 세 개는 지글지글 끓고 있는 참이다. 동쪽 방에서 산후조리를 하고 있는 여동생 때문이다. 뒤꼍에 설치돼 있는 보일러 선이 안방과 양쪽 건넌방에 연결돼 있어, 안방에 불을 넣으면 동쪽 방과 서쪽 방에 한꺼번에 불이 들이게 돼 있다. 각 방에 열을 차단할 잠금장치가 따로 설치돼 있지 않은 것이다." 이것이 바로 그녀들이 공유하는 여자의 일생의 모습이다. 다만 세 여자 중 누나만이 뜨거운 방에서 나와 밖으로 나다닌다. 그녀만이 이혼하여 자식 없이 혼자된 여자이고 여동생이나 어머니와 달리 '나'와 사이에 '비밀'이 없는 관계이다. 이 소설 속에서 너무나 자주 등장하는 흰 신발과 검은 신발, 짚신, 맨발은 명백히 오이디푸스적인 소도구들이지만 누나만이 그 신발들과 무관하다).

아슬아슬하게 드러나는 동시에 은폐되는 이 심리적 관계는 그림 속에서 흰색에 의해 중계되고 있다. 그런데 그 흰색은 신발과 관계된 색이다. 여동생은 "흰 운동화"만 세 켤레인 아이였다. 흰색은 발리서머호텔 여자의 색깔이기도 하다. 그녀는 "끈 달린 하얀 신"을 신고 있었다. 화자는 "하얀 신발을 내려다보면서" 그녀에게 말을 건다. 두 사람은 한국에 많이 오는 눈에 대해서 이야기한다. "하늘에서 흰 신발들이 마구마구 떨어지는" 이야기를 한다. 그래서 이 흰색은 사랑과 신비의 색깔이 된다. 그러나 눈의 흰색은 덧없이 녹아 사라진다. 발리의 여자는 공항에 배웅 나와서 "내가 눈사람이 아니길 바란다"고 말하며 눈시울을 붉힌다. 그래서일까? 숨을 거둔 어머니의 머리맡에 놓여 있는 것은 "흰 고무신"이다. 흰색은 그림 이전의 바탕인 동시에 그림 이후에 남는 아득한 그리움의 환영이다.

흰색을 가장 돋보이게 하는 것은 같은 무채색인 검은색이다. 윤대녕의 인상주의 그림 속에서 가장 빈번하게 등장하는 것이 흑과 백이다. 이 작품에 등장하는 집안 밖의 두 인물은 다 검은색으로 대표된다. 우선 박씨 아저씨의 '시커먼' 리어카에 실려 들어온 연탄이 그것이다. "탐욕스럽게 빛을 빨아들인 연탄은 무두질을 한 가죽처럼 번들거렸다." 이것이 검은색의 실체. 누나는 "시커먼 연탄수레"를 바라보며 박씨는 늙어 죽을 때까지 연탄배달을 해야 하는 인물임을 말해준다. 그가 저지른 불륜 때문이다. 그는 연탄으로 화자의 손이 가는 것을 막는다. "검댕이 묻으면 잘 지워지지 않응게." 화자는 불길한 듯이 연탄가루를 쓸어낸다. 그러나 "일껏 쓸어냈는데도 마당에 연탄가루가 남아 있었던 모양"인지 아버지가 "성난 사람처럼 소리를 질러댔다". "탐욕스럽게 빛을 빨아들인" 연탄은 숨기고 싶은 금기의 흔적일까? 어쨌든 그 검은색은 화자에게 지난 시절 "빛 한 점 없는 새까만" 자신을 상기시킨다.

다음으로 등장한 집안 밖 인물은 두붓집을 하던 언청이 노파다. 그녀는 등장 방식부터 죽음의 전령임을 느끼게 한다. 대문이 열리는 순간 화자는 "다락방의 묵은 사진첩 속에서 웬 여인 하나가 걸어나오고 있는 듯한 착각에 사로잡혀 있었다"고 말한다. 그녀의 초상은 온통 검은색이다. 그녀는 '까만' 보따리 하나를 들고 마당 한중간에 우두커니 서서 누가 나오기를 기다리고 있었다. 무명저고리에다 통치마 그리고 매양 신고 다니던 '검은 고무신' 차림이었다. "그녀를 마지막으로 본 것은 수년 전의 일이었다. 죽었는지 살았는지조차 모를 정도로 완전히 잊고 있던 사람이었다." 병석의 어머니는 "귀신을 본 듯 겁에 질린 얼굴"을 한다. 검은 죽음의 전령을 보았기 때문이다. 과연 그녀는 "양귀비 모가지 하나를 뚝! 부러뜨려 들고" 누나가 내민 쌀 바가지를 내려다보다가 "오늘 밤 니 에미 입에나 너줘" 하고는 돌아서 나간다. 이 두 인물에 의해 예고된 검은색은 마당의 빛이 걷히고 이불보같이 내려앉는 '어둠'과 마루 앞에서 어머니의 신빌을 들고 '시커멓게' 서 있는 아버지, 그리고 마침내 밤의 소리를 '캄캄히' 엿듣는 나의 귀로 이어진다. 윤대녕의 붓질에서 느껴지는 인상주의 화가 특유의 '우수'와 불길한 느낌은 아마도 "크레파스를 마구 분질러놓은 것처럼" 화사하게 튀며 서로 엉키는 빛의 저 뒤에서 이처럼 강박적으로 어른거리는 검은색에서 오는 것이다. 그리고 마침내 그림 전체를 뒤덮는 검은색 위에 홀로 떠 있는 "흰 고무신"에서는 단순한 슬픔 이상의 귀기마저 느껴진다.

3

「빛의 걸음걸이」가 뜨거운 초여름날의 풍경이라면 「은항아리 안에서」는 첫서리가 내린 투명한 가을 풍경이다. 전자가 빛의 이동을 그린 붓질이라면 후자는 사람의 행동이 그린 궤적을 보여준다. 전자가 크레파스를 마구 분질러놓은 것 같은 인상파 그림이라면 후자는 흑백에 간간이 붉은색이 어리는 수묵화라고 할 수 있다.

이 작품은 제목이 암시하듯이 그릇과 내용물 사이의 관계가 중요하다. 우선 음식물을 담는 수많은 용기들과 그 내용이 등장한다. 항아리에 담긴 채소, 우묵한 체에 담은 멸치, 흰 플라스틱 접시에 담은 홍시, 운두가 낮은 팬에 볶는 멸치, 반찬통 속에 옮겨담은 멸치, 바가지 속의 콩나물과 무채, 사기그릇에 옮겨담은 양념한 무채, 밥통 속의 밥, 국그릇의 콩나물국. 이 모든 그릇과 음식물은 가을의 풍요와 맛과 영양, 요컨대 생활의 즐거움을 환기한다. 이런 즐거움에는 미적 기능을 지닌 꽃항아리가 추가된다. 국화꽃을 꽂은 질항아리가 그것이다.

　다음에는 그 같은 삶이 담기는 마을, 즉 사람이 사는 공간이다. 무드리, 무너미, 두무골이 마을 이름이듯이 은항아리도 사람이 사는 골짜기 이름이다. 그러나 부엌에서 사용하는 그릇들이 정태적인 용기에 불과한 반면 화자인 '나'·여인·노인·아낙네 같은 인간들, 장닭·염소 떼·잉어·소·수탉·거미·하루살이 떼 같은 동물들, 배추밭·들깨·모과나무·속이 꽉꽉 여문 배추 같은 식물들 그리고 무엇보다 그 모든 것들의 삶이 담기는 은항아리 계곡은 행동에 의해 그 형태가 살아나는 공간이다. 두 남녀가 산책을 한다. 그들의 걸음은 원을 그리면서 은항아리를 만든다.

　「빛의 걸음걸이」에서 화자가 빛의 이동을 시시각각 묘사했듯이 「은항아리 안에서」는 두 사람의 산책길과 그들의 이동하는 시선에 비친 풍경을 시시각각 묘사한다. 그 걸음은 원을 그린다. 그들은 "은항아리 안을 천천히 돌기 시작한다" : "여인과 나는 그새 항아리 안을 반쯤 비껴돌고 있다." 산(전나무숲 ─ 단풍이 타고 있는 산), 두 갈래의 물줄기, 호수가 차례로 나타난다. "여인과 나는 은항아리 안을 삼분의 이쯤 돌아 추수가 끝나가는 논배미에 다다른다." : 여인과 나는 "길을 되짚어 내려온다" : "여인과 나는 은항아리 안을 얼추 다 돈 것이다. 조금 전까지 보았던 낮의 풍경들이 꿈처럼 죄 지워지며 가슴 안짝으로 찬바람이 우 몰려든다. 눈에 보이는 것은 끝없이 몰려오는 하루살이 떼

뿐……" 하루살이의 여행이 끝났다. 그 여행이 텅 빈 항아리를 만들었다. 항아리는 원래 그 속의 비어 있는 공간을 사용하기 위하여 만들어진 것이다. 이로써 하루가 완성되었고 그와 동시에 하루가 비워졌다. 마침내 "은항아리 안에 먹물이 들어찬다. (……) 반달이 돋아난다".

이 반달은 「빛의 걸음걸이」의 마지막, 죽은 어머니의 머리맡에 놓인 흰 고무신을 연상시키지만 그 투명한 빛은 귀기보다는 아름다움에 가깝다. 이 작품은 한 가지 긍정적 선택을 남겨놓고 있다. 작중의 화자는 사막으로 가려다가 "불쑥 길을 바꾸"어 이곳 은항아리 계곡으로 왔다. 가면 "돌아나오기 힘"든 사막과는 달리 이 그릇 속에는 허무만이 아니라 풍요의 꿈 또한 담겨 있는 것이다. 여인은 산책길에서 "속이 꽉꽉 여문" 배추를 보고 배추밭으로 뛰어든다. "여인은 고랑 한가운데 쭈그리고 앉아 배추를 애처럼 끌어안고 있다. (……) 여인은 지금 태몽을 꾸고 있는지도 모른다." 그녀는 아낙에게서 배추를 선물받는다. 여인은 말한다. "아닌 게 아니라 이렇게 속이 꽉꽉 여문 배추 같았으면요. 이렇게 야무지게 일생을 살다 서리가 내릴 때를 알고 속으로 꼭 입 다물 줄 안다면요." 여인은 이제 "늦가을 배추처럼 속이 단단해지는 꿈을 꾸며" 잔다: "그믐의 몸으로 계곡을 한 바퀴 다 도느라 꽤나 힘들었을 것이다.": "상기는 배추 한 포기가 은항아리 안에서 울고 있다." 이 항아리는 비어 있음과 가득함의 긴장이 만드는 그릇이다. 여자는 햇빛에 젖은 거미줄들을 보며 말한다. "하지만 그것들은 또 줄에 걸려서도 나름대로 태몽을 꾸고 열심히 새끼들을 낳아 기르며 살겠죠?"

은항아리는 태몽, 즉 삶의 꿈을 담는 그릇이다. 소설의 도입부는 작품의 독법을 암시한다.

나는 가을고추처럼 얼얼한 얼굴로 은항아리 안에 앉아 있다.
항아리 속에는 홍당무와 대롱 끝이 뾰족한 싱싱한 대파와 잔멸치와 껍질이 얇게 부스러져 있는 양파와, 내 여인의 이마를 닮은 마늘과 간장과 콩기름병 들이 놓여 있다.

해서 항아리 안은 지금 단풍처럼 환하게 달아오르고 있는 참이다.

은항아리라는 큰 그릇과 항아리라는 작은 그릇이 동심원을 이룬다. 그 속에는 각기 '나'와 음식 재료들이 앉아 있고 놓여 있다. 다른 섬이 있다면 '나'의 경우에만 존재 방식이 명시되어 있다는 점이다. 즉 '나'는 "가을고추처럼 얼얼한 얼굴로" 앉아 있는 것이다. 여기에는 생명의 열기와 치열성이 개입되어 있다. 이 열기와 치열성의 동력이 빛을 생산한다. "해서" 항아리 안이 지금 "단풍처럼 환하게" 달아오르는 것이다. 이 소설에서도 그러므로 매우 중요한 것은 빛과 색이다. 특히 색은 여기에서도 '환한' 빛을 받은 "가을고추"나 "단풍" 외에도 홍시, 노을, 붉은 집들, 붉은 갈대, 붉은 잉어, 불타는 집들의 환영, 다홍 치마, 산호 숲 등 온통 붉은색으로 도처에서 빛을 발한다. 빛이 없음이라면 붉은색은 그 없음에 비친 있음의 영상이다.

이 소설의 아름다움은 있음과 없음이 서로 빛을 주고받는 유희에 있다. 화자는 사막에 가서 그것을 깨달았다. 그는 말한다. "허나 나는 내가 늘 없음의 있음에 홀려 떠나고 있다는 것을 알고 있다." 없음의 있음, 이 소설은 항아리, 거울 그리고 태몽의 이미지가 연출하는 없음의 있음이다. 우선 항아리는 두 개의 반, 혹은 반원이 만나서 만든 둥근 온그릇이다.

오늘은 반달이 뜨는 날이다. 생채를 만들기 위해 딱 반으로 쪼개놓은 무처럼. 날이 맑았으면, 하고 나는 속엣말로 중얼거린다. 여인은 아침 여덟 시에 이곳 은항아리 계곡으로 왔고 저녁 여덟 시가 되면 다시 서울로 돌아갈 것이다. 하루의 딱 반이다.

달도 반달, 무도 반원, 만남의 시간도 하루의 반. 은항아리는 반 개가 온 개로 변하고 싶은 그리움과 열망의 그릇이다. "배추같이 속이 꽉 찬" 여자 반쪽과 "텅 빈 영혼을 가진" 사내 반쪽이 만나서 만드는 사랑의 그릇이다.

그런데 이 항아리에는 뚜껑이 없다. 그래서 이 텅 빈 '없음'의 항아리 속을 온갖 '있음'들이 드나든다.

"뚜껑 없는 항아리 위로 국자 모양의 북두칠성이 흘러가고 견우성 직녀성이 흘러가고 그리고 내가 까마득하게 흘러간다."

항아리 안에 숨죽이고 있던 낮의 짐승들이 밖으로 하나씩 기어나가기 시작한다. 은항아리 안이 명줏빛 거미줄만 남고 텅 빈다.

그러나 유의할 것이 있다. 이 항아리가 '은빛'이라는 점이다. "달이 밝은 밤에 하늘에서 내려다보면 항아리 둘레를 싸안아 흐르는 물줄기가 은빛으로 반짝여" 은항아리가 되는 것이다. 은빛은 항아리 자체의 빛이나 질료가 아니라 흐르는 물줄기에 비친 달빛이다. 은항아리는 달빛을 받은 물거울이다. 거울은 있음을 비추는 없음의 세계다. 게다가 그 거울은 '흐르는' 거울이다. 은항아리 계곡은 흘러가는 세계지만 어느 순간 거울로 변하여 있음으로 가득 찬다. 거울은 빛을 받아 없음을 있게 한다. "그래서 봄에는 연둣빛이 스민, 여름에는 푸른빛이 도는, 가을에는 단풍에 붉는 그리고 겨울에는 무명하고 차디찬 은빛 항아리가 되는 거지"라고 화자는 말한다. 은항아리는 물론 인생의 은유다.

항아리 속의 물은 흐르는 세월의 그림을 담는다. 흐름이 잠시 정지된 순간의 영상, 그것이 물속에 비친 삶의 순간이다. 그래서 지금 "사방을 병풍처럼 둘러치고 있는 단풍의 무리가 물살마저 죽은 저수지 안에 적막한 빛으로 떨어져 있다". 이 "물살마저 죽은 저수지" 즉 정지된 거울의 이미지는 또 다른 거울인 얼음의 이미지로 이어진다. 얼음장에 붉은 노을이 비친다. 어릴 적 할아버지는 "얼음장 아래 붉은 집들"이 있다고 말했다. 늙은 할아버지가 "돌아갈" 그 얼음장 아래는 다름 아닌 죽음, 다시 말해서 없음의 세계다. 그러나 얼음 거울은 그 없음의 있음을 보여준다. 그것은 매우 네거티브한 없음의 있음이다. 여자는 그 점을 정확하게 집어낸다.

"그러니 당신은 떠나지 않고는 못 배기는 사람인 거예요. 붉은 집들인가 뭔가에 홀려서 말예요."

반면에 여인의 태몽은 같은 없음의 있음이지만 속이 꽉꽉 찬 배추처럼 긍정적인 꿈이다. 그 여인이 옆에서 잠들어 있는 동안은 모든 것이 가득 차 있다.

"튤립 모양의 스탠드 옆에 배추 한 포기가 화분처럼 놓여 있다. 여인은 홍시 같은 얼굴에 땀을 흘리며 이불 속에 깊이 파묻혀 있다."

두 반쪽이 둥글게 둥글게 항아리 안에 담겨 있다. 그러나 여인과 그의 태몽이 떠나고 나면 "은항아리 안이 명줏빛 거미줄만 남고 텅 빈다". 그래도 그 거미줄은 '명줏빛'이 남아 있는 기다림의 줄이다.

4

우리는 앞에서 윤대녕의 문학을 "미술의 은유와 방법을 거쳐 사랑의 별자리를 찾아가고 있는" 도정으로 잠시 요약해보았다. 그리하여 우선 「빛의 걸음걸이」와 「은항아리 안에서」같이 완결성이 높은 작품을 통해서 그 '미술적 은유와 방법'을 분석해보았다. 그러면 이제는 다음으로 '사랑의 별자리를 찾아가는 도정'을 생각해볼 차례다. 앞서 두 작품이 주는 '완결성'의 인상은 사실상 간결한 도면으로 그릴 수 있는 '고향 집', 혹은 '은항아리' 계곡 같은 단일한 장소가 갖는 통일성과 무관하지 않을 것이다. 그밖의 다른 작품들은 인물들이 끊임없이 떠돌며 이동하는 도정을 그리고 있어서 그 전체의 통일성이나 완결성을 헤아려내기가 용이하지 않다. 그러나 유기적인 생명체인 작품을 이처럼 순차적으로 분석한다는 것은 무리가 있다. 형식과 내용은 단순한 그릇과 그것에 담기는 물체처럼 분리시켜 '차례로' 다룰 수 있는 것은 아니다. 그림을 그리는 방식이 곧 그림의 내용이 되는 것을 우리는 앞의 분석에서 살 보았나. 사랑의 별사리를 찾아가는 깃 자체가 이미 미술의 은유와 방법을 드러낸다. 그러므로 가령 윤대녕이 줄기차게 집착하는 회화적 요소인 검은색과 흰색의 변주와 대조는 '사랑의 별자리를 찾아가는 도정'에서도 여전히 우리의 시선 속에 놓일 것이다. 그러나 '동시적'으로 존재하는 작품과 '순차적'으로 진행할 수밖에 없는 분석의 방법이 어느 정도 어긋나는 것은 당연한 일이다. 그러므로 이제 상대적으로 더 중요한 관심의 대상은 사랑과 천문학 그리고 그것을 찾아가는 도정이 될 것이다.

「천지간」「상춘곡」「3월의 전설」은 앞의 작품들보다 길이가 길지만 일종의 '구도적 여행'이라는 모태에서 태어난 닮은 작품들이라고 할 수 있다. 사실 최근에 와서 윤대녕의 거의 모든 인물들은 한결같이 어딘가를 향해서 가고 있다는 점에서 서로 닮아 있다. 그들은 지칠 줄 모르는 여행자들이다. 그들은 한곳에 머물지 못하는 근원적 떠돌이들이다. 「빛의 걸음걸이」에서 아버지는 화자인 '나'에게 말한다. "넌 또 변변찮게 어디 한군데 주저앉아 있질 못허지." 화자 자신도 그 사실을 잘 알고 있다. "스물여섯 살 이후 내게는 집이 늘 떠나기 위해 돌아오는 곳이었다." 그래서 그는 발리에 갔었고 또 그리로 떠날 것이다. 「은항아리 안에서」 화자는 말한다. "매양 헛것에 쫓겨 기어이 떠나게 돼도 거기서 또 번번이 다른 곳으로 떠나가야 했기 때문이다. 그러고 나서 돌아오는 길은 가는 길보다 더욱 낯설고 아득했다." 이런 떠돌이 근성은 이 작가의 거의 모든 인물들에 골고루 해당되는 성격이다.

'떠나지 않고는 배길 수 없'는 기질은 윤대녕의 경우 대체로 「신라의 푸른 길」 부근에서 본격적으로 나타나기 시작했다. 화자 자신도 "걸핏하면 영혼이 길 위에 있기 때문에, 라는 같잖은 말로 아내의 입을 막으며 휭하니 어디로 떠나곤 하는 내 기질"을 인정한다. 그는 왜 떠나는가? "삶의 거적때기를 벗고, 닫혔던 모든 문을 열고, 사랑이라는 것도 훌렁 벗어버리고 때로 길 떠나자 하는 마음을 어찌하랴"라고 그는 설명한다. 떠남의 동기와 목적은 그러니까 자유와 가벼움과 집착으로부터의 해방이다. 「피아노와 백합의 사막」에서도 화자는 그와 유사한 심리적 환경 속에서 서역의 사막으로 떠난다. 「천지간」에서의 '나'는 문상을 가던 참에 길을 바꾸어 낯선 여자를 따라 땅끝까지 간다. 「상춘곡」과 「3월의 전설」에서는 꽃을 찾아, 사랑의 환영을 찾아 선운사로 쌍계사로 간다. 「많은 별들이 한곳으로 흘러갔다」에서 화자는 아버지의 환영을 쫓아 속초로 논산-강경으로 그리고 유성우가 쏟아지는 밤하늘로 떠난다. 「에스키모 왕자」에서는 급기야 멀리 동서 유럽을 일주하고 돌아온다.

이 낭만주의적인 여행의 주제는 사실 소설에서 그리 새로울 것이 못 된다. 세상의 모든 '옛날이야기'들은 한결같이 여행을 은유로 삼은 성장소설이있다. 더군다나 신업혁멍괴 대혁멍으로 구체제가 무너진 이후 사회구조의 재편에 따라 수많은 젊은이들이 고향을 버리고 신분체제 밖의 신기루 같은 삶을 찾아 도시로 길을 떠났다. 그런 이야기가 근대소설 자체인 것이다. 그런데 근래에 와서 윤대녕의 문학에서는 그 떠남이 동어반복적인 위험마저 드러내는 것이 사실이다. 떠나지 않고는 배길 수 없다는 본질적 동기를 이해 못 하는 바는 아니지만 이런 떠남이 반복되면 그 것 역시 하나의 타성으로 변할 뿐만 아니라 벽을 만난 상상력이 소설의 소재를 구하기 위하여 무작정 떠나는 인위적 여행이라는 혐의를 지우기 어려워진다.

다만 윤대녕의 경우 여행의 주제는 다른 리얼리스트 소설들의 경우처럼 출세를 위해 사람들의 도시로 가는 길이 아니라 일상적인 삶으로부터의 일탈로서 오히려 도시와 멀어진다는 점이 다르다. 그의 인물들은 흔히 바닷가, 사막, 사찰, 유성우가 쏟아지는 밤과 같이 사람이 많지 않은 곳으로 가고 있다. 그들의 목적은 출세나 돈벌이나 권력이 아니라 구도나 사랑, 혹은 아름다움이다.

그러나 여행의 목적이 구도나 사랑처럼 제아무리 고귀한 것이라 할지라도 그 뒤에는 반드시 사회적 조건이 숨어 있는 법이다. 작가는 스스로 선택한 직업이지만 동시에 사회의 산물이다. 이제 작가는 풍족하게건 가난하게건 작가라는 그 직업 자체로 독립적 존재가 되었다. 이 같은 독립은 그를 다른 노동으로부터 자유롭게 만든다. 그는 소설을 쓰는 것만으로 살아간다. 이 독립은 자유인 동시에 소외다. 윤대녕의 인물들은 그 자유와 소외, 거기에 따른 고독 그리고 어느 정도의 허구성과 주변성을 노출시킨다.

다른 대다수의 현대인들이 왜소한 삶의 현장에 발목 잡혀 있을 때 꽃이나 여인이나 별을 찾아서 떠날 수 있으려면 그에 필요한 최소한의 조건이 갖추어지지 않으면 안 된다. 「상춘곡」의 화자처럼 "형편이 좋아 관광을 온 것은 결코 아닙니다"라고 강변해도 사정은 달라지지 않는다. 그래서 우리는 그 인물들의 심리적 조건뿐만 아니라 사회 경제적인 조건에 주목하지 않을 수 없다. 그들은 어느 면에서 오늘의 소설가가 처한 사회적 위상을 대변한다. 대개 삼십대인 그 인물들은 거의 대부분 직업이 따로 없는 (아마도 소설가일 듯한) 고독한 외톨이다. 우리는 앞에서 첫번째 단편집에 포함된 「은어」의 고향집을 일별하면서 "빈방 하나에 아내와 아들이 들"어 있는 것을 목격했다. 그런데 기이하게도 가장인 화자는 이렇게 덧붙이고 있다.

　"더이상 빈방이 없었다. 그리하여 나는 시내에 나가 혼자 술을 마시고 밤늦게 돌아왔다."

　그는 이미 그의 가족인 아내와 아들로부터 소외되어 있는 것이다.

　두번째 단편집을 보자. 「남쪽 계단을 보리」의 회자는 회사원으로 "올가을에 결혼"할 예정이다. 「가족사진첩」에서 '나'는 이제 막 결혼했다. 「새무덤」의 화자에겐 은행원 출신의 아내와 상수라는 이름의 아들이 있다. 그러나 가정에 편입된 이들의 경우는 오히려 예외에 속한다. 그래서인지 「새무덤」에서 벌써 아버지와의 여행에 아내는 결석중이다. 아내나 약혼자, 애인이 있는 인물들까지도 흔히 그들로부터 소외되어 퉁겨져나와 있는 것이다. 「배암에 물린 자국」에서 화자는 "결혼해 이태리로 가버린 계집"한테서 편지를 받는다. 「신라의 푸른 길」에서 '나'는 삼십사 세가 되도록 아이가 없으며 '일본에 유학중'인 아내는 한 달째 연락이 없다. 그 밖의 모든 인물들은 모두 독신이다. 여행의 주제로 거의 일관하고 있는 이번 단편집에서 인물들은 전원이 예외 없이 독신으로 항상 떠날 준비가 되어 있다. 다만 앞에서 보았듯이 「은항아리 안에서」의 경우 여자가 하루의 반쪽을 함께 보내준다. 거기에는 '함께 살기'의 동경이 어른거린다. 그러나 그것은 아직 예외에 속한다.

그리고 거의 대부분의 작중화자들은 직업이 없거나 직업이 불확실하다. 「많은 별들이 한곳으로 흘러갔다」만이 예외에 속한다. 화자는 신문기자였으나 정리해고당했다. 그래서 "책상서랍에 깊숙이 처박아두었던 생(生)이라는 걸 꺼내 한번 반추해볼 작정"으로 속초로 떠난다. 두 달 후 "아침마다 벌거벗고 쳐들어오는 시간을 감당할 수가 없"어서 어떤 시사주간지의 리포터 겸 객원기자로 일한다. 그들은 이처럼 직업이 없거나 사회의 주변부로 밀려나 있거나, 직업이 있는 경우도 사회생활에 능동적으로 참여하는 계층이라기보다는 기자나 리포터처럼 삶을 '바라보는' 관찰자의 입장에 있다.

이상과 같이 사회 경제적인 조건을 갖춘 이 인물들은 국내·국외, 심지어는 천체·상상·추억·꿈의 세계 등 광범위한 공간을 떠돈다.「천지간」이라는 작품의 제목과 주제는 이 광범위한 공간을 암시하고 있다. 모든 끈으로부터 해방된 이 홀가분한 존재들에게는 거칠 것 없는 여행의 광대한 공간이 열려 있다. 그러나 이 거칠 것 없음과 광대함은 한편으로 자유인 동시에 다른 한편으로는 그 공간이 필연성이 결여된 우연성과 우발성의 세계임을 말해준다. 그래서 많은 경우 여행은 그 목적 자체가 불분명해진다.「천지간」의 화자는 말한다. "지금 내가 어디로 가고 있는가는 아무도 모르고 있다. 물론 나 자신마저도." 아니, 여행의 목적이 분명했던 경우에도 돌연하고 우발적인 행로의 변화가 일어난다. 이것이 윤대녕 특유의 해찰이다. 외숙모의 장례식에 가던 사람이 돌연 행선을 바꾸어 낯선 여자를 따라 폭설의 눈길을 한없이 걷는다. 사막으로 가려다가 "불쑥 길을 바꾸"어 은항아리 계곡으로 온다. 낯선 곳에서 우연히 마주친 여자의 말을 듣고 산수유꽃이 핀 화개로 간다. 여자를 만나러 가다가도 "약속장소를 전방 백 미터쯤 남겨둔 지섬에서" 발길을 돌려 빙금 지나쳐온 곳으로 '회향'한다. 그리운 사람은 포천에 두고 남쪽의 꽃피는 선운사 골짜기로 간다. 비구니 스님이 길을 가다가 "느닷없이 사람의 돌부리에 채어" 환속한다. 전시회 구경을 갔다가 마주친 낯선 사람을 따라간다. 제 몸속에 들어왔다가 사라진 에스키모 왕자와 성성이를 찾아 밖의 세계를 한 바퀴 돈다. 어느 행로에도 필연성이 없는 여행, 이는 바로 덧없고 목적 없는 인생의 행로, 그 어느 봄날의 꿈이다. 「3월의 전설」에서 꽃길을 돌아나오며 여자는 말한다. "이 봄에 제가 무슨 사나운 꿈을 꾸고 있는 건가요." 화자는 생각한다. "꿈에 치인 것은 나도 마찬가지였다. 이 봄에 도대체 내가 무슨 딴 세상을 보고 있는 거냔 말이다. 나는 속으로 치를 떨며 그녀와 걸어왔던 뒷전을 슬그머니 돌아보고 있었다."

'꿈'이나 '딴 세상'은 이성으로 그 법칙을 이해할 수 없는 우연적 세계다. 사실 윤대녕의 인물이 세상을 헤매고 다니는 것은 그 우연성과 우발성의 세계 속에서 막연히나마 어떤 법칙, 필연을 찾으려는 데 그 목적이 있는 것 같다. 그래서 그의 여행은 흔히 의문으로 가득 찬 구도의 행로가 된다. 우리가 앞에서 보았던 '천문학과'나 '별 보기'에의 관심은 바로 땅의 일을 두고 하늘에다가 길을 묻는 방법, 즉 일종의 점성술을 의미한다고 볼 수 있다. 「많은 별들이 한곳으로 흘러갔다」는 바로 이 같은 천지간의 길 찾기의 기이한 방식이다. 나운이 묻는다.

"당신은 천문대를 통해 아버지를 찾고 있던 거로군요. 그런 건가요?"

윤대녕의 인물들의 길 찾기는 완료형이 아니라 항상 진행형이다. 그래서 그의 작품은 온통 의문과 신비에 싸여 있다. 어느 것 하나 확실한 것이 없다. 그의 인물들은 어디서 와서 어디로 가고 있는지 모른다는 사실만 알고 있을 뿐이다.

"그는 제미니12호 속에 그녀와 단둘이 앉아 있는 듯한 느낌에 사로잡혀 있었다. 그리고 광막한 우주공간에서 그녀에게 도대체 무슨 대꾸를 해야 할지를 곰곰이 생각하고 있었다."

그래서 「많은 별들이 한곳으로 흘러갔다」에는 의문과 신비가 가득하다. 함바 집 여자는 과연 마리아 수녀일까? 아버지는 시인이었을까? 아버지는 논산-강경 국도변 한 술집에 나타났을까? 아버지가 어느 쪽으로 갔는지는 아무도 모른다. 밤이면 늪지대를 가로질러오며 하모니카를 부는 자는 누구일까. 함바 집 여자가 그즈음 동쪽에 나타났다 사라진 세 명의 수녀 중 하나인지 그로서는 끝내 알 수가 없었다. 그는 의문 앞에서 절망한 듯이 중얼거린다. "사슴이 가끔 출몰한다나 어쩐다나." 우리 안에서 "그가" 가는 숨을 토해내며 두어 걸음 뒤로 물러났다고 했을 때 '그'는 사슴일까, 아버지일까? "그는 내 아비이므로"라고 그가 대답한다. "뜻을 모를 텐데 그녀는 잠자코 있었다." 윤대녕의 독자들도 가끔 뜻을 모른 채 잠자고 있을 수밖에 없다. 「3월의 전설」의 키 큰 사내도 "전남 화순과 승주가 여기서 얼마냐고 거푸 물었으나 그는 왜요? 왜요? 할 뿐 막상 대답이 없었다".

윤대녕의 인물들이 작가에게 친근해 보이는 불교적인 세계 근처를 자주 서성거리는 까닭은 여기에 있다. 그들은 흔히 절 근처를 찾아가서 무엇인가를 기다린다. 혹은 "오래전부터 이미 예정돼 있었고 자신도 그렇게 알고 있었던 듯" 슬그머니 입산 불제자가 돼버린다. 혹은 "목탁을 들고 사막 한중간에 앉아 인계(印契)에서 불똥이 튈 때까지 숨을 죽이고 있을 작정"을 한다. 어떤 이는 사람 곁에서 "바랑을 벗고" 잠시 쉬고 난 다음 내처 길을 간다. 심지어 "부처님 발아래서 불과 물이 다 타고 마를 때까지 정사를 치르"는 경우도 있다. 왜냐하면 거기에서는 파편처럼 흩어져 있는 우연적인 현상들을 서로 관련지어줄 신화적 필연, 혹은 필연적 만남의 가능성이 엿보이기 때문이다. 논리적 인과관계를 초월하는 그 같은 필연은 바로 불교적 세계관 특유의 인연, 인과, 업보, 환생 등의 모티프로 나타난다. 우연의 반복과 연쇄는 '인연'과 '인과'의 가능성을 낳는다.

가령 「천지간」의 화자는 외숙모의 장례식에 가다가 "돌연 덜미를 잡힌 사람처럼" 어떤 낯선 여자의 뒤를 쫓는다. 그 알 수 없고 예기치 않은 행로는 수많은 우연의 연쇄와 반복이다. 우선 여자와의 첫 만남은 "툭 하고 서로 어깨가 부딪"치는 우연으로 시작된다. 여자가 "배를 싸쥐고 있었다. 몰랐는데, 내 몸이 그녀의 배까지 스친 모양이었다"(임신중인 여자의 배다. 그 뱃속에 든 아이가 장차 이들을 맺는 신비적 인과의 고리가 될 것이다). 그로부터 약 오 분 후에 그녀와 다시 만나게 된다. 또 한 번의 우연이다. 어디서나 흔히 있을 수 있는 타인과의 찰나간 마주침에 불과했다 ─ 그녀가 나를 주시하고 있었다 ─ 그녀는 몸을 돌려 사라졌다 ─ 돌연 덜미를 잡힌 사람처럼…… 냅다 가드레일을 뛰어넘어 그녀의 뒤를 쫓아갔다. 이런 우연의 반복과 연쇄는 필연의 심리적 밀도를 점차로 높여준다.

그러나 우연의 연속적인 반복과 연쇄에 의미를 부여할 수 있기 위해서는 그와는 전혀 다른 차원의 새로운 접착제가 개입되지 않으면 안 된다. 그것이 바로 이 작가가 도처에서 지속적이고 폭넓게 활용하는 흑색과 백색이다. 흑색은 강박적으로 반복되는 죽음과 상복의 모티프이고 백색은 폭설, 싸락눈, 함박눈, 화가인 외숙부의 백색, 의식을 잃기 전의 "그 마지막 흰색", 뇌관이 폭발하는 순간의 "투명한 흰색", 조선백자의 "황홀한 흰색", 감성돔의 "미묘한 흰색" 등, 좀 무리하다 싶을 정도로 반복 등장하는, 생명이 죽음과 맞닿는 순간의 빛이다. 이 일관된 흑백의 이미지를 통해 우연의 연쇄에 대한 다음과 같은 의미 부여가 가능해진다. "슬픔이 슬픔을 알아보고 사랑이 사랑을 알아보듯 죽음 또한 죽음과 만나면 별 수 없이 서로를 알아보게 마련인가보다. 하여 길을 가다보면 예기치 않은 일로 행로가 바뀌는 경우가 있다는 것을 이제 알겠다"고 화자는 말한다. 이제부터는 화자 자신과 관찰자의 입을 통해서 '인연'이라는 표현이 조심스럽게 발설되면서 그 필연성을 기정사실화하여 '인과'로 승격시킨다. 횟집 남자가 말한다.

"참으로 이상한 인연이군요. 문상을 가는 길에 만나다니요. (……) 꼭이 천둥이 치고 비바람이 몰아친 다음에야 사람이 만나지는 건 아닙니다. 인연이란 게 뭐 따로 있나요."

그리고 화자는 자문한다.

"이 서먹할 수밖에 없는 우연 혹은 인연의 끈을 여자는 왜 이토록 질기게 거머쥐고 있는 것일까." 마침내 두 남녀는 보름달의 조명을 받으며 알몸으로 만난다. 그것을 화자는 "기이한 인연"으로 설명한다.

"세상엔 참으로 여러 가지의 만남이 있는 모양이고 그걸 행여 인연이라고 부를 수 있다면 그 여자와의 만남은 분명 기이한 인연에 속하는 일이었다."

이 알몸의 만남은 '상대적 진실'의 결합으로 마침내 온전한 의미 부여를 가능하게 하는 만남이다. 이를 통해 이들은 '인연'을 필연의 운명으로 끌어올리게 된다. 그것은 여자 쪽에서 보면 뱃속의 아이를 살리고 자신의 전생을 지우는 동시에 아이의 아버지에게서 놓여나는 일이요 "새빨간 목숨으로 구해진 목숨"인 남자의 편에서는 '인과'의 응보가 된다. 그러나 이 작품 속의 인연은 '기이한'이라는 형용사 하나로 감당하기엔 너무 벅찬 우연의 작위성에 의지하고 있다는 점에서 아무래도 좀 안이하다는 인상을 지우기 어렵다.

5

「3월의 전설」은 덧없는 봄날의 빛을 투영시킨 아름다운 그림 속에 '인과'와 '환생'의 모티프를 짜넣은 아름다운 작품이다. 독자들의 심상 속에서는 완도의 구계등 여관(「천지간」)과 선운사 동구의 동백장 여관(「상춘곡」)과 쌍계사 입구의 청운산장(「3월의 전설」)이 겹쳐지고, 그 언저리에서 일어난 서로 다른 여인들과의 정사가 겹쳐지고 그 인근에서 피어나는 산수유, 벚꽃, 동백, 매화꽃 들이 서로 겹쳐지듯이 「3월의 전설」 속에 교차하는 세 여인의 모습은 서로 분간하기 어려울 만큼 서로 오버랩되게 마련이다. 각기 다른 작품, 각기 다른 인물이 서로에게 빛과 의미를 투영하며 서로를 거울처럼 비추는 이 겹쳐짐 혹은 닮음에서 작가 윤대녕은 무수한 우연들에 의미를 부여해줄 어떤 '길'을 찾고 있는 것 같다. 그 길은 '전설' 혹은 '인과', '환생'의 모습으로 나타난다.

「3월의 전설」은 봄과 꽃과 여자와 꿈의 그림이다. 봄, 꽃, 여자, 꿈, 모두가 덧없는, 그래서 더욱 아름다운 인생의 은유다. 은유는 느껴지되 잡히지 않는 거울 저쪽의 그림자다. 본다는 것, 구경한다는 것은 보는 주체와 대상 사이의 넘어설 수 없는 거리를 전제로 한다. 그 거리가 바로 거울이다. 거울 저쪽의 그림자를 오래 보고 있으면 어지럽다. 그래서 이 작품은 이렇게 시작되는 것일까?

"그럼 화개 쪽에 가보셔요. 그 참에 산수유와 매화 벚꽃도 구경하시구요. (……) 화개(花開). 그 말을 듣는 순간 나는 마음이 되게 어지러웠다."

화자가 화개에 오기까지는 세 여자와의 우연적이며 연쇄적인 만남이 있었다. 차례로 등장하는 그 여자들은 어느 먼 길 찾기의 안내자들이다. 우선 화개를 처음 귀띔해준 이는 홍천에서 우연히 만난 여자(여자 2)다. 그 여자는 '전설 같은 이야기'를 들려주며 그곳에 가보라고 권한다. 십 년 전 화순 운주사에 출가한 여승이 화개의 산수유 마을을 지나다 서울서 온 신사를 만나 정이 통하나 길이 어긋나 다음날 구례 장터를 헤매다가 서울로 환속하여 해마다 3월이면 남행하여 장터를 서성인다는 이야기였다. 화자는 서울에 돌아와 홍천의 여자를 다시 만나러 가다가 "예기치 못했던 덫"에 걸려들듯 음악 소리에 홀려 오던 길을 되돌아가 구형 음반 한 장을 산다. 그 낡은 음반에 적힌 메모가 계기가 되어 그는 난희라는 여자(여자 3)를 만나게 된다. 그런데 그 음반은 화자가 스무 살 때 만났다가 헤어진 후 비구니가 되었다는 추억의 여자(여자 1)가 선물로 주었던 음반이기도 하다. 화자는 이미 결혼한 여자인 난희에게 자신이 들은 전설 같은 이야기와 자신의 추억의 여자 이야기를 들려준다. 그 여자(3)는 쌍계사 경내의 청운산장을 소개한다. 그리하여 화자는 청운산장으로 내려오고 뒤이어 어느 날 난희가 그를 찾아와 정을 나누고 떠난다. 이것이 기나긴 사랑의 길 찾기 행로다.

이 우연한 만남들의 연쇄는 기이한 인과관계를 이루면서 각각의 인물들은 서로를 비추는 '환생'의 거울이 된다. 화자는 여자(3)에게 농담처럼 말한다.

"전생 인연이 지금 어디 있는지 누가 알겠습니까?『인과경』에 따르자면 아까 우리가 형제갈비에서 잡아먹은 소가 그 사람일는지도 모르지요."

화자가 만난 세 여자가 각기 서로에 대한 환생적 거울로서 동심원을 이룬다면 그 한복판에 '전설의 여자'가 위치한다. 전설의 여자와 추억의 여자(1)는 다 같이 비구니가 되었다. 여자(3)와 추억의 여자(1)는 동일한 음반과 관련되어 있고 다 같이 화자와 정을 나누고 떠난다. 홍천 여자(2)와 난희(3)는 다 같이 화자에게 길을 가르쳐주는 역할을 맡는다. 여자(3)와 전설의 여자는 위반(파계와 간통)의 공통점을 갖는다.

과연 화자 자신도 그 여자들 사이에 분신 혹은 환생의 모습을 비추는 거울을 놓아본다. 그는 신수유 마을을 지나며 자문한다.

"수년 전 서울 사내와 함께 이곳을 지났다던 비구니가 혹 그녀(3)는 아니었는지."

한편, 그는 또 이런 의문도 품어본다.

"홍천에서 만났던 여자가 바로 운주사로 출가했다던 비구니는 아닐까. 그러니까 내가 들은 말은 모두 자신의 얘기가 아니었을까. 그렇다면 대명콘도에서 내가 화석을 들여다보고 있는 동안 그녀는 내 등짝에 매달려 있던 다른 비구니 하나를 보고 있었을 것이다."

그러나 여자들만 서로를 거울에 비추는 것은 아니다. 부천에서 청운산장을 찾아온 키 큰 사내 역시 비구니가 된 추억의 여자를 생각하는 화자의 거울에 비친 분신인지도 모른다. 그는 스물아홉에 만난 여자를 서른에 잃고 십이 년 동안 세상을 헤매고 다닌다. 그는 흐린 바다를 보며 중얼거린다.

"오늘 나는 저기 먼 바다에 너를 버린다. 기어이 버리고 간다. 멀리멀리 변치 않고 있다가 그때 도로 만나자."

그에 화답하듯 화자는 생각한다.

"그녀는 어디에 있는 것일까. 여태도 절에 있다면 당연 딴 세상 사람이어서 만날 수 없을 테고."

어쨌든 이 연쇄적인 인과관계의 길 안내를 받아 화자가 도달한 화개의 '청운산장'에는 과연 봄을 비추는 거울이 붙어 있다. 한 일주일 전부터 새 한 마리가 아침 녘에 와서 마루에 붙어 있는 거울을 부산스럽게 쪼아댄다는 말을 들은 화자가 거울 안을 살피니 "무섭게도 아침에 문을 열고 본 매화가 들어앉아 있었다". 거울 속에 들어 있는 매화는 한 장의 아름다운 그림이지만 다가갈 수 없는 저 너머의 꿈이다. 그러나 새도 인간들처럼 그

덧없는 꿈을 현실로 알고 달려드는 것인지도 모른다.

"애야, 고만 좀 쪼아라. 그새 매화 다 떨어질라."

그러나 꿈과 현실은 거울의 이쪽과 저쪽으로 갈라져 있다. 거울의 안팎에 갈라진 것이 어디 꽃들뿐이랴. 이 단편 속의 여자들은 거울 속에 비친 영상처럼 흔히 창문 저편에 있다. 화자는 추억 속의 여자를 "창문 이쪽에서" 엿본다. 홍천서 만난 여자도 처음 만날 때 "유리문 밖에 서 있었다". 그녀는 "늘 반대편 강둑에 마주 앉아 있는 듯한 여자"를, "줄곧 차창 밖에 눈을 던져둔 채 세상의 마지막 풍경을 관람하고 있는 표정"이었던 추억의 여자를 생각나게 한다. 꽃들도 여자들도 거울 저편에 떠 있다.

그렇다면 거울 저쪽의 꽃과 여자는 어떻게 서로 만나는 것일까. 윤대녕의 인물이 찾는 것은 아마도 그 만남의 통로, 즉 사랑일지도 모른다. 그 길 찾기, 사랑 찾기 중에도 봄날은 간다.

"거울 속의 매화는 그놈의 방정맞은 새 부리 탓인지 이내 져버리면서 붉은 꽃 끝만 남긴 채 잎새를 준비하고 있었다."

화자는 이제 그 모든 연쇄적 안내자들을 생각한다.

"홍천에서 만난 여자를 생각했고 운주사로 출가했다 환속한 비구니를 생각했고 그리고 어쩔 수 없이 또 내 서글픈 첫사랑을 떠올리고 있었다." 비가 온 다음 "불현듯 생각이 나서 매화가 져버린 마루의 거울 안을 들여다보니 산벚꽃 몇 그루가 때를 맞춰 하얗게 피어 있었다". 그리고 이 소설 속에서 가장 아름다운 그림, "못내 서글퍼 차라리 어여"쁜 그림 한 장이 저만큼에 걸린다. 밤벚꽃 아래서 술에 취해 떠들다가 사라져가는 중년의 시골 아낙네들의 모습이 그것이다.

그 마지막 거울 속 그림을 끝으로 마침내 그녀가 찾아온다. 그 모든 안내자들이 인도한 길의 어느 한순간―마침내 화자는 거울의 저쪽으로 들어간다. 산장으로 찾아온 여자의 몸 안으로 들어가는 동안에도 화자는 느낀다.

"그놈의 새가 다시 날아와 거울을 타다다다 쪼아대기 시작했다. 나는 덜컥 산에 피어 있는 벚꽃이 걱정이었다."

그러나 황홀한 순간 그의 동공 속에서 나타났다 사라졌다 하는 산벚꽃 역시 거울 속의 벚꽃일까? 여자는 돌아가며 묻는다.

"이 봄에 제가 무슨 사나운 꿈을 꾸고 있는 건가요."

6

「상춘곡」은 이 단편집에 포함된 소설들 가운데서도 가장 완성도가 높은 역작이다. 여기에는 앞의 두 편 「천지간」이나 「3월의 전설」에서처럼 과장된 우연의 반복이나 너무 돌연한 해찰에서 오는 작위성의 느낌이 제거되어 있다. 불필요한 비약이나 신비로 독자를 어리둥절하게 만들지도 않는다. 모든 것이 제자리에 알맞게 놓여 있는 서사적 안정감도 이 작품의 완성도를 더한다. 비슷한 시기에 창작된 다른 두 작품은, 아니 이 작품집에 묶인 거의 모든 작품들은 마치 「상춘곡」의 완성을 위한 예행연습일 것만 같다. 그만큼 「상춘곡」에는 앞서의 모든 테마와 모티프들이 세련된 구조 속에 통합되고 있어서 그 모든 작품을 성숙한 시선으로 다시 고쳐 쓴 것 같은 인상을 준다.

우선 「상춘곡」은 전화와 인터넷 통신이 연애편지를 멸종시킨 이 시대에 신경숙의 「풍금이 있던 자리」와 더불어 사랑을 주제로 한 서한 형식의 대표적 절창으로 꼽을 만하다. 이 글 속에서는 무엇보다 먼저 '목소리'의 진실성과 아름다움이 우리를 설득한다. 글을 쓰기 시작하는 도입부에서부터 화자가 "소리나는 대로"나 "육자배기 가락"이나 "짚신처럼 변"한 당신의 목소리, 혹은 자신의 "그릇 깨지는 소리"에 민감해지는 것은 바로 그 때문이다. 그리고 이야기의 첫 장면은 인사동에서 열린 전시회다. 그러나 관심은 눈으로 보는 전시회가 아니라 뒤풀이에서 귀로 듣는 노래나 소리에 쏠려 있다.

이 청각적 관심은 인옥이 형의 "말본새", 눈물짐 여자가 부르는 나애심의 노래와 봄타령, 미당의 「귀촉도」, "왕겨를 털어내고 먹는 겨울 찬 사과 맛" 같은 주인 여자의 목소리에 실린 〈서해에서〉를 거쳐 마침내는 『법성계』와 『천수경』(아니나 다를까, 벌써부터 독자는 절 근처로 인도되고 있다!)에 이르기까지 광범한 영역을 아우른다. 그 뒤에서는 물론 처음부터 흩뿌리기 시작한 "빗소리"가 우주적인 배음을 형성한다.

윤대녕은 우리가 앞에서 지적한 "미술의 은유와 방법을 거쳐 사랑의 별자리를 찾아가고 있는" 도정을 이처럼 가장 자연스러운 목소리 속에 담아내려는 것이다. 이젠 목소리만이 아니다. 모든 감각기관이 차례로 깨어난다. 그래서 이 광범한 소리들에 귀를 기울이는 화자의 마음속에는 추억의 빛, 3월의 빛인 "연둣빛"이 가득히 차오른다. 연두는 시작의 소리며 빛이다. 그 시작에서 가만히 일어서는 것이 바로 이 아름다운 편지의 수신자인 "당신"이다.

모든 것의 시초에는 "인옥이 형과의 인연"이 있다. 그는 원래 화자의 "고등학교 때 담임선생님"이었다. 이보다 더 확실한 길 찾기의 안내자는 없다. 그는 학교를 그만두고 "포천 산정호수 근처"로 들어가서 "그림을 붙잡고 늘어졌"다. 그의 그림 그리기는 이처럼 구도자의 공간과 수련 양식을 갖추면서 길 찾기의 시범 보이기로 변한다(그의 시범 보이기는 우회적인 수확을 거둔다. 이 화가가 갖추고 있는 시적 소질이 그것이다. "역설적으로 말해 내가 지금 글을 쓰게 된 가장 커다란 이유 중의 하나는 바로 인옥이 형 때문이 아닌가 싶기도 합니다. 나는 인옥이 형의 그 쓸쓸한 시적 분위기를 사랑했던 것입니다." 그림 그리기란 곧 윤대녕 특유의 글쓰기임은 우리가 앞에서 본 대로다). 급기야 인옥은 첫 개인전을 열면서 화자에게는 '선생님'의 자리에서 '형'의 자리로 더 가까이 다가온다. 그는 바로 그날, "복학을 앞두고 다시 슬그머니 물감색에 끌리고 있"는 화자와 마주 앉아 우리가 이 글의 초입에서 인용했던 대화를 나눈다.

"그림을 했으면 너한테 란영이를 주려고 했는데 말이야."

구도의 길잡이가 안내하려는 곳은 사랑의 자리라는 것을 알 수 있다. 그런데 화자는 '천문학'에 관심이 있다. 별이 점지하는 길이 곧 사랑의 길임을 아직 알지 못하는 화자가 란영의 '목소리' 속에서 타오르는 '화톳불'을 발견하고 "봉숭아꽃물을 들인 것 같은 당신의 손톱"을 내려다보고 있을 무렵, 즉 붉은색이 압도할 무렵, 인옥은 두 사람을 "검은 어둠" 속에 남겨놓고 사라졌다. 이제 그의 길잡이 역할은 끝난 듯하다. 검은색 바탕에 뜨거운 붉은색. "세상이 다 흑백으로 보였기 때문에 물감만 보면 헛구역질이 나"던 화자의 마음속에 돌연 '연정'이 '불같이' 치솟는다(「빛의 걸음걸이」에서 검은 고무신을 신고 와서 양귀비꽃의 목을 똑 분질러 가던 언청이 할머니의 그림자가 멀지 않다). 이제 길잡이 없이 혼자 남게 되자 화사는 "눈으론 딩최 안 보이는 부분도 있"다는 믿음 속에서 순간적으로 하늘에 길을 묻는다. 그는 말한다.

"지금도 나는 캄캄한 하늘에 떠 있는 별을 보고 있다 이 말입니다."

이제 그의 별과 종교는 최란영을 향한 격정이다. 그래서 그 종교의 사원인 선운사 석상암으로 달려간다. 십 년 전 '전설'의 시대는 이렇게 시작된다.

「상춘곡」에서는 봄도 사랑도 처음엔 연둣빛으로 찾아온다. 연두는 '멀리'서 오는 가장 연한 빛이며 소리며 색깔이다. 봄과 사랑이 멀리서 찾아오는 소리와 빛과 색깔을 여기서처럼 섬세하게 그려보인 경우는 그리 많지 않다.

그러던 어느 날 아침에, 나는 문득 잠든 내 얼굴에 감겨드는 이상한 빛의 속삭임을 듣고 있었지요. 그것은 아주 은은하고 부드러운 생기가 느껴지는 빛이었습니다. 가만히 듣고 있으니 머리맡 문살 창호지에 바늘 끝 같은 것이 타닥타닥 튀는 소리 같았습니다. 오래 그 소리에 귀를 던져두고 있다가 나는 슬그머니 눈을 뜨고 보았지요. 그 순간 나는 얼마나 놀랐던지요. 그것이 문살 창호지를 투과해 들어오는 연둣빛 봄햇살 소리였다는 걸 어떻게 알았겠습니까. 당신에게 나는 모든 게 흑백으로 보일 때가 있다고 고백한 적이 있습니다. 그러고 나서 당신의 육체에서 처음 분홍을 보았다고 얘기한 바 있습니다. 그리고 그토록 밝은 연두. 나는 어쩌면 새로이 맞은 봄과 더불어 당신에게서 내 성인됨을 발견했는지도 모릅니다. 어쨌든 그 두 가지 빛은 내가 성인이 되고 나서 최초로 목격한 자연색이었으니 말입니다 나는 도로 눈을 감고 돌부처처럼 누워 있었습니다. 시간이 가면서 얼굴에 휘감겨 있던 빛은 서서히 풀려나가 창호지에서 미세하게 타닥거리던 빛발 소리도 차츰 엷어졌지요.

그리고 곧 나는 알게 됩니다. 그것이 멀리서 당신이 오고 있는 소리이며 색깔이었다는 것을 말입니다. 당신이 절 마당에 들어서자 그 연둣빛의 소리는 감쪽같이 달아나버렸습니다. 빛과 소리라는 말은 어쩌면 '멀리'라는 뜻에서 온 것이 아닐는지요.

그러나 십 년 전의 이 시작은 불발이었다. 멀리서 오는 연두색 사랑은 너무 가까운 것들에 의하여 훼손되고 말았다. 가까운 것이란 윤대녕의 소설 속에 매우 예외적으로 등장하는 '6·29' '운동권' '화염병' '시국사범'과 같은 시대의 폭풍이다. 그후 란영은 그의 선배와 열렬한 연애, 화자와의 사이에서 얻은 아이의 유산, 감옥에서 나온 선배와 결혼, 출산, 이혼, 포천 인옥의 화실로의 이사, 아들과의 이별이라는 과정을 거친다. 십 년의 세월이 흘러간 뒤, 이런 상황에서 "그닥 사람을 즐겨 만나는 성격이 아"닌 이 두 사람에 인옥은 다시 한번 더 다리와 실잡이가 된다. 그가 인사동에서 연 삼인전이 그 계기다. 그 뒤풀이 끝, "적멸하는 시간"에 화자는 선운사 석상암을 "찾아들었던 연둣빛"을 기억한다. 그리고 인옥과 여관방에서 하룻밤을 보내고 난 아침에도 다시금 "그 연둣빛이 얼굴에 휘감기는 느낌"에 눈을 뜬다. 「천지

간」이나 「3월의 전설」에서는 행로의 종착점에서 여자와 한몸이
되지만 「상춘곡」에서 "부처님 발아래서"의 정사는 십 년간 계속
되는 구도의 시작일 뿐이다. 그래서 십 년이 지난 뒤 인옥은 "뭐
가 잘났다고 처박혀서 염불들이나 외고 있어" 하고 꾸짖으며 화
자를 포천으로 인도한다. 앞에서 보았듯이 포천은 길잡이 인옥
이 구도의 공간으로 선택했던 곳이니 일종의 절간이다. 그리하
여 「3월의 전설」에서는 끝내 만나지 못한(혹은 '사나운 봄꿈'
속에서 덧없이 만난) "이혼한 비구니"를 찾는 데 성공한다.

　"이혼한 비구니" 란영의 현재는 검은색과 어둠과 고독뿐이다.
봄철 알레르기 때문에 그녀는 "유행성결막염"에 걸려 있다(이
눈병은 「천지간」에서 "어디서 와서 어디로 가고 있는지 모르"는
화자가 결국 "장님처럼 꺼이꺼이 길을 짚어" 구계등을 돌아나오
는 모습이라든가 동백숲으로 봉황을 보러 왔다가 자살한 장님
노파를 연상시킨다). 그뿐이 아니다. 처녀 적에 "명주실 같던" 목
소리가 지금은 "짚신처럼" 탁해져 있다. 요사채로 신고 들어오던
'흰 고무신'과 탁한 '짚신' 사이에 지나간 세월이 가로놓여 있는
것이다. 그리고 그녀가 살고 있는 집은 마당가에 '검은 나무'가
한 주 서 있는 "괭이밥나무 집". "밤에 고양이가 올라가 혼자 밥
먹는 나무여" 하고 인옥이 설명한다. 화자는 여자와 그 괭이밥나
무 아래서 작별한다. 그러나 "그저 계절이 바뀔 때만이라도 한 번
씩 봤으면" 하는 마음을 전한 화자에게 여자는 희망을 준다.

"지금은 캄캄해서 안 보이지만 4월 말이 되면 요 앞산에 벚꽃이 정말 가관이에요."

이리하여 「상춘곡」은 캄캄한 어둠 속 검은 괭이밥나무에 하얀 벚꽃을 피우는 편지다. 편지는 멀리 떠나 있으면서 쓰는 글이다. 그래서 화자는 "여러 겹의 인연이 겹쳐진" 선운사를 찾아간다. 그리운 사람을 만날 4월 말까지 기다릴 자신이 없어 그는 "미리 남(南)으로 내려가 벚꽃을 몰고 등고선을 따라 죽 북향할 작정"인 것이다. 선운사는 물론 "십 년 전에 우리가 처음 인연을 맺은 곳"이다. 그 인연은 보다 먼 곳으로 소급된다. 그 고장은 '당신'이 태어난 곳이며 화자가 재수할 때 머물렀던 곳이다. 거기에 한 가지 인연이 더 추가된다. 그곳은 바로 "미당을 길러낸 땅"이다.

이제 길잡이로서 담임선생님, 혹은 형 인옥의 임무는 대체로 끝난 듯하다. 배턴은 새로운 스승에게로 넘어왔다. 벚꽃을 피워 봄을 기리는 〈상춘곡〉을 노래하는 일에 있어서 미당 이상의 길잡이는 찾기 어렵다. 그의 불교적 세계관, 그 문학의 신화적 구조, 떠돌이 기질, 뜨겁고 붉은 피를 맑게 하는 그 비길 데 없이 섬세한 가락 등으로 보아 최상의 인내자일 수밖에 없는 미당은 그리하여 당연하다는 듯이 이 노래의 대단원에 몸소 입장한다. 다른 작품에 인용된 시 「신부」외에도 이 소설의 도처에서 주목되는 '귀촉도' '짚신'(신이나 삼아줄걸 육날 미투리) '손톱' '동백꽃'은 집요하게 미당을 연상시킨다.

그런데 마침내 벗나무길에서 화자는 "애 밴 여인네"를 보자 "십 년 전 내 아이를 가졌을 때의 당신 모습"을 떠올린다. "애 밴 여인네"의 테마는 사실 이 작품집 전체에서 「천지간」의 주제로 떠오른 이래 「빛의 걸음걸이」의 출산을 앞둔 여동생, 「은항아리 안에서」의 태몽과 속이 꽉 찬 배추, 「많은 별들이 한곳으로 흘러 갔다」의 "임신 삼 개월인 몸으로 돌연" 독일로 간 해연과 어린 화자를 외양간에 버리고 간 아버지, 「수사슴 기념물과 놀다」의 "웬 여자가 낳고 가버린 아이" 그리고 「에스키모 왕자」의 "생리가 오지 않"는 남원과 그녀의 자살 등 실로 강박적일 만큼 반복되는 중요한 테마다. 사람의 태어남과 죽음이라는 이 근원적 모티프는 백색-검은색과 쌍을 이루며 윤대녕의 영원한 숙제로 떠오른다.

이제 그 숙제는 마침내 미당의 시 세계에서는 너무나 익숙한 '환생'의 회로를 통해서 다시 살아난다. 태어나지 못하고 죽은 "아이는 어느 날 돌부처가 되어버리고 도솔암 동백 한 송이거나 잉어 한 마리로 환생해 오늘 내 눈앞에 나타난 것인가봅니다"라고 화자는 말한다. 그러나 정작 중요한 것은 이 환생을 볼 수 있는 눈이다. 화자는 이미 앞에서 미당의 시와 꽃과 다시 만난 '당신'으로부터 아름다움을 보는 법의 기초를 배웠다. 한 겹씩 마음을 털어내어 "나 아닌 다른 것들이 끼어들 틈"이 생기면 그 벌어진 틈들 사이로 '고운 빛'이 소리 죽여 드나든다는 사실이었다.

이제 남은 일은 아직 피지 않은 동백꽃을 "벌써 보고" 간다는 미당의 육성을 통해서 보는 법을 깨닫는 일이다. 미당은 두 가지를 가르쳐준다. 하나는 눈으로 보는 것, 검은 것이 희게 꽃피는 환생이다. 이것은 "보긴 했되 미처 알아보지 못했던" 것이 "인연으로 알아지는" 것에 속한다: "선생의 말씀대로 만세루는 타고 남은 것들을 조각조각 잇대고 기운 모양으로 대웅전 앞에 장엄하게 버티고 서 있었습니다." 그런데 마침내 화자는 그 경내의 "캄캄한 어둠 속"에서 "만세루 안에 하얗게 흐드러져 있는 벚꽃의 무리"를 보게 된다. 그것은 바로 "환해진 마음"의 꽃인 것이다.

「빛의 걸음걸이」의 하얀 고무신에서부터 「천지간」의 눈과 "그 마지막 흰색"과 조선백자의 "황홀한 흰색"을 거쳐온 이 빛은 마침내 마음의 벚꽃으로 피어났다. "벚꽃도 불탄 검은 자리에서 피어나는 게 더욱 희고 눈부시리라"고 믿는 화자는 이제 사랑하는 사람을 향해 등고선을 따라 북상해도 좋을 때다.

미당 선생이 가르쳐준 두번째 지혜는 시각이 아니라 후각으로 배우는 것이다. 그것은 선운사 목조삼존불에서 퍼져 내린 '향내'다. 천 년 뒤 인연이 닿는 후세를 위하여 바다 속에 묻어 만든다는 '침향내'는 다름 아닌 "멀리서 얘기하되 가까이서 알아들을 수 있는" 지혜다. 이것이 바로 윤대녕이 추구하려는 천문학인 듯하다. 그러나 장차 작가는 '멀리서 오는' 이 향기를 과연 그 어떤 붓으로, 무슨 색깔로 '가까이서 알아듣도록' 우리에게 그려보일 수 있을 것인가?

작가의 말

남해 금산에 오른다. 해 질 녘 남해는 붉게 젖어 있고 섬들은 안개에 점점이 가라앉고 있다. 부처가 온 날이었다. 사람들은 보리암 탑 둘레를 왼쪽으로 끊임없이 돌았다. 나도 무리에 섞여 그렇게 돌았다. 그것은 중심을 세우는 일이며 곧 신을 지향하는 일이었다. 하지만 신이라니. 내게 과연 그런 게 있었던가. 있다면 변함없이 모든 이미지와 만물이 그것이다.

해가 지고 구불구불 연등이 켜진 산길을 따라 내려갔다. 바다 속으로 들어가듯이 그대가 있는 세상의 깊은 곳으로 내려왔다.

방랑 서른여덟 해다. 그동안 나는 이 말을 붙잡고 살아왔다.

어디에도 매이지 않고 떠돌아다닐 수 있는 저 위대한 독립의 탁발정신!

그런데 나는 왜 아무것도 없는 곳을 향해 그렇게 걷고 있었던 걸까.

검불을 쓰고 사막의 화염 속을 지나온 것 같다. 하지만 객사하지 않았다. 때로 세상의 아름다운 풍경을 홀로 목격하기도 했다. 그 숱한 낮과 밤 사이의 이미지들―먼 데 섬들, 제 스스로 타버리는 황금빛 꽃들, 어느 무덥던 오후 창가에 앉아 있던 낯모르는 여인의 무어라 말할 수 없이 아름답던 옆모습. 모래와 폭풍. 뜨거운 여름숲. 다시 서쪽으로 날아가는 저녁새. 장미가 핀 검은 담장 안에서 들려오던 어린아이의 고달픈 울음소리. 지루한 밤비. 이국의 눈 내리는 아침 카페 테라스에 앉아 겨울의 연인에게 쓰던 편지. 그리고 또한 미처 말하지 못했거나 결코 말해질 수 없는 것들.

쓰려고 했다면 아마 좀더 썼을 것이다. 그러나 1996년 봄부터 나는 차츰 일념(一念)을 잃어갔다. 그해 많은 일들이 일어났고 내가 쓰는 말과 글도 점점 왕겨처럼 느껴졌다. 몸부림을 치고 있었지만 왕겨가 날려가는 꿈은 밤마다 계속됐다. 그리하여 나는 더 자주 떠나 있게 되었다. 사물과 이미지와 언어가 하나로 일치되는 꿈을 꾸며. 하지만 애초에 그것은 불가능한 꿈이었다. 그것들은 각기 다른 꼭짓점을 가지고 있을뿐더러 정삼각형의 팽팽한 긴장 안에서만 삶이 보인다는 걸 알게 되었다.

그로부터 만 삼 년의 시간이 흘렀다. 아뿔싸. 그것은 마음만 먹는다면 튼튼한 아이 셋을 생산할 수 있는 세월이다. 기껏 내가 가진 언어의 껍질을 날려보내고 생에 대한 정념과 그 그립던 일념을 회복하는 데 그토록 오랜 세월이 걸렸다니.

그러나 늦었다고 생각하지는 않겠다. 어차피 경과가 필요한 일이었다. 이 책에 수록된 여덟 편의 소설들은 그러므로 그 경과를 뜻하고 있다.

오직 전심전력하는 마음으로 써야겠다. 누가 말했듯 작가는 신분적인 존재가 아니라 분명 행위하는 존재이기 때문이다. 거기서 내가 그토록 갈구하는 자유가 생겨난다. 이런 '자유'가.

그 한마디 말의 힘으로
나는 내 일생을 다시 시작한다
나는 태어났다, 너를 알기 위하여
너의 이름을 부르기 위하여

1999년 초여름

윤대녕

개정판 작가의 말

『많은 별들이 한곳으로 흘러갔다』에 수록된 중단편 소설들을 다시 읽어보니 내 삼십대의 행로가 핏자국처럼 선연하다. 「빛의 걸음걸이」와 「수사슴 기념물과 놀다」를 제외하면 모두가 길에서 쓰여졌거나 일회기적으로 머문 장소에서 얻은 소설들이다. 하물며 위의 두 편조차도 생의 거처가 불분명할 때, 혹은 어디론가 떠나기 직전에 서둘러 문예지에 마감했던 기억이 떠오른다.

그렇듯 온데간데없는 삶을 살고자 했는데, 글을 씀으로써 오히려 삶을 지우고자 했는데, 이 난데없는 선연함 앞에서 지금 나는 오히려 무참하다. 내 삶이 여기에 이르러 있음 또한 불가해하게 여겨질 따름이다. 비록 그렇더라도 「상춘곡」을 쓰던 시기에 나는 남에게는 말해질 수 없는 묘묘한 정념에 사로잡혀 있었고 「에스키모 왕자」를 통해 뜻밖에도 현실 언저리로 돌아올 수 있었다. 그때 회귀의 모티프를 제공한 사람이 지금 내가 가장 사랑하는 자이기도 하다.

이 책은 수년간 절판된 상태였으며 원작자인 나조차도 돌보지 않은 채 방치해두고 있었다. 작가 개인의 삶이며 영욕이야 본래 하잘것없는 것에 속하지만, 각 편의 문장들을 따라 읽다보니 그래도 그중 '나다운' 책이라는 생각이 든다. 독자들에게 감히 개정판을 내놓는 이유이자 나름의 고백이기도 하다.

다시 새 책처럼 『많은 별들이 한곳으로 흘러갔다』를 출간해준 문학동네에 감사드린다.

2010년 봄
윤대녕

문학동네 소설집

많은 별들이 한곳으로 흘러갔다

ⓒ 윤대녕 2010

1판 1쇄 │ 2010년 3월 19일
1판 3쇄 │ 2021년 11월 30일

지은이 윤대녕
책임편집 백다흠 서현아 정세랑 │ 디자인 이경란 유현아
마케팅 정민호 이숙재 우상욱 정경주
홍보 김희숙 함유지 김현지 이소정 이미희
제작 강신은 김동욱 임현식 │ 제작처 (주)상지사P&B

펴낸곳 (주)문학동네 │ 펴낸이 염현숙
출판등록 1993년 10월 22일 제406-2003-000045호
주소 10881 경기도 파주시 회동길 210
전자우편 editor@munhak.com │ 대표전화 031)955-8888 │ 팩스 031)955-8855
문의전화 031)955-3578(마케팅) 031)955-8864(편집)
문학동네카페 http://cafe.naver.com/mhdn

ISBN 978-89-546-1060-5 03810

www.munhak.com